中国科幻新锐系列

王晋康 主编

分形橙子 著

地球²众神
Gods of the Earth

本源　重启

深圳出版集团
深圳出版社

图书在版编目（CIP）数据

地球众神.2, 本源重启 / 分形橙子著. -- 深圳：
深圳出版社, 2025.9. --（中国科幻新锐系列 / 王晋康
主编）. -- ISBN 978-7-5507-4189-8

Ⅰ . I247.5

中国国家版本馆CIP数据核字第2025X4P212号

地球众神 2：本源重启

DIQIU ZHONGSHEN 2: BENYUAN CHONGQI

责任编辑　吴　珊　何　滢
责任校对　叶　果
责任技编　梁立新
封面绘制　乌　卡
装帧设计　日　尧

出版发行　深圳出版社
地　　址　深圳市彩田南路海天综合大厦（518033）
网　　址　www.htph.com.cn
订购电话　0755-83460239（邮购、团购）
排版制作　长虎·设计 QQ:931640398　CHANGHU Designstudio
印　　刷　深圳市华信图文印务有限公司
开　　本　889mm×1194mm　1/32
印　　张　10.25
字　　数　304千
版　　次　2025年9月第1版
印　　次　2025年9月第1次
定　　价　42.00元

总　序

　　"中国科幻新锐系列"第一辑开始编辑时，正好是我从事科幻创作三十周年，作为三十年前的"新锐"来主编丛书，免不了忆起很多陈年旧事。

　　中国发展太快了，三十年已如隔世。科幻圈都知道，当年我因为被十岁娇儿逼着讲故事而被逼成了科幻作家，巧合的是，开始主编第一辑时，我的宝贝孙子正好十岁，也在每天逼着我讲科幻故事。但相隔三十年的两个十龄童显然有很大差别。孙子生活在深圳，除了校内学习，还要参加各种培训班，活得很辛苦。但在承受现代化的压力的同时，也享受着现代化的慷慨馈赠：他已经周游列国；英文水平已经达到能通读原文版《哈利·波特》的程度；经常参加英语话剧表演和钢琴比赛；因为读书多，写起作文也能随手挥洒倚马千言。可以说，这个十龄童的小脑瓜内的信息量，绝对十倍于三十年前那个十龄童的信息量。我曾开玩笑说，这代孩子从小就受信息洪流的强烈刺激，说不定他们的大脑沟回都会比三十年前的孩子深一些。

　　一斑而窥豹，单从我的孙子身上就可以清楚地触摸到时代的进步，触摸到深圳这个"科技之都"的脉搏。

我一直有一个观点，科幻文学这个品种的兴盛和其他文学品种不同，其他文学品种的巅峰不一定和盛世同步，反倒有可能"乱世出经典"，"国家不幸诗家幸"；但科幻文学的巅峰和盛世之间呈现出很强的正相关性，因为只有社会经济和科技足够发达，能培养出足够多的、跨过某一个知识门槛的读者群和作家群，科幻文学才能蓬勃发展。放眼看世界上科幻文学的诞生和科幻文学中心的数次迁移，都符合这个规律。

　　而今天，中国社会的腾飞已经到了"这个份上"，更不用说中国的"科技之都"深圳。

　　近十年是中国科幻文学发展最迅猛的十年，一批八零后、九零后甚至零零后新锐作家不断涌现，他们视野开阔，感觉敏锐，信息丰沛。他们毫不客气地将中国科幻文学的大旗从我们这代人的手中夺走，扛在了他们年轻的肩上。"中国科幻新锐系列"经过了层层筛选，代表了国内科幻作品一流水平。他们是新一代中国科幻作家中的佼佼者。

　　在这一代新锐科幻作家群中，常年在科技创新第一线的工作者居多。这种现象在当代中国科幻圈相当普遍。浸润于高科技环境，曾在IT行业或其他前沿科技行业工作多年，这些经历让这批作家能够站在与众不同的科技视角来审视未来的技术发展。在他们的作品中，往往有出其不意的科幻创意，极具震撼力和冲击力，又完全符合科学理性。当他们带着这些点子进入科幻创作领域，就会打开阿里巴巴的宝库，写出夺人眼球的优秀作品，给读者呈现一场科幻盛宴。

　　深圳这个城市本身就很科幻，很新锐。深圳经济特区自建立以来，在四十多年的岁月里，一直在大笔书写着一个个传奇故事。金融之都、创新之都、粤港澳大湾区中心城市之一，这座城市四十多年的成就，本就是一部科幻色彩浓郁的华丽篇章。在深圳这片日新月异的热土上发展科幻产业，拥有无可辩驳的天然优势。

深圳作为中国独一无二的未来都市，凭借得天独厚的科技资源优势，已经汇集了大量的科幻从业者，包括全国唯一致力于科幻发展的公益基金——"科学与幻想成长基金"，该组织自 2015 年起每年举办"晨星杯"中国原创科幻文学大赛，为国内科幻发掘、培养了一大批以本土作家为主的优秀新锐科幻青年作者。我身为该基金的督导，对他们这种锲而不舍的坚持十分感动。中国需要这样的科幻组织。

继组织"晨星杯"中国原创科幻文学大赛之后，科学与幻想成长基金又与深圳出版社合作，适时推出"中国科幻新锐系列"丛书。相信这套丛书能够加强深圳本地科幻力量的交流协作，为科幻事业提供优秀的文字基础作品，也为新锐科幻作家的作品推广和 IP 运作提供一个良好的平台。假以时日，它一定能成为中国有影响力的科幻出版品牌，成为大家认识和了解中国新科幻的第一站。

长江后浪推前浪，新锐科幻力量必将引领中国科幻走向下一个辉煌。

王晋康于深圳

2024 年 9 月

目 录

交 易

公元前 689 年夏天的一日，美索不达米亚平原。

黎明时分，阿卡德终于赶到了巴比伦城外。他心急火燎，筋疲力尽，全凭内心深处的一股希望之火支撑着他疾行了三天三夜，从遥远的大马士革赶回了巴比伦。到最后，连他自己都不知道心里的希望之火是否还在，路上遇到的每一个从巴比伦方向逃亡出来的人带来的消息都给他的希望之火浇上一罐冰水。

"尊敬的旅行者，请不要继续前行，听说尼尼微的大军正在向巴比伦前进，这一次，他们的怒火不会像前三次那样轻易平息。"

阿卡德充耳不闻，继续前行，他的马喷出热气，口鼻周围都是白沫。

"转头吧，我看到了远方扬起的尘土与天边的云彩相连，好像一场永不停歇的沙尘暴，那一定是亚述人的军队死神般的衣裳。"

阿卡德继续前行，他的眼睛因缺乏睡眠而布满血丝。

"现在回头还来得及，血腥狮穴的爪牙已经摸到了巴比伦的城墙，传言我们的军队已经战败，巴比伦将化为烈火。"

不，已经来不及了。他丢弃了他的马，那可怜的畜生无声地倒下，甚至没来得及发出死亡前的哀鸣。

他摔得头昏脑涨，挣扎着爬起身。阳光刺得他睁不开眼，缠袍里进了沙子，他浑身难受，却还是继续前行，甚至没有回头看一眼。

现在，他终于赶到了。可是那座伟大的城市，那座曾经众神都会为之惊叹的白色之城，那座每个广场都有清澈的喷泉的清凉之城，那座所有因长途跋涉而疲惫不堪的旅人向往的绿洲之城，已经成为火神努斯库的祭品。

的确太晚了，盛宴已经结束，狮子已经享用过它的猎物，只留下一片枯骨。

这里已经成为埃列什基伽勒的领地，亡灵游荡的荒野，没有一个生人的气息。

空气中充满了血腥和灰烬的味道。大火已经熄灭，但烟雾仍然从城中冒出，在无风的空中形成一条条灰色的烟柱。巴比伦上空被一层黑雾笼罩，那是整座城市里未能及时逃走的生灵的余烬，那是死神埃列什基伽勒的披风。

希望之火熄灭了，他的脚像是绑了西奈山上的花岗岩，寸步难行。

他的意识坠入了黑暗的深渊。

沙漠里的寒风唤醒了阿卡德，月亮已经升起，呼啸的风声就像夜里幽魂的泣诉。远处的沙丘在月光下呈现出奇怪的影子，好像一只只蛰伏的怪兽。

阿卡德睁开眼睛，首先看到的是一双黑色的牛皮凉鞋，随着视线上移，他看到一个魁伟的男人站在自己身边。男人身穿一件兽皮制成的袍服，身上没有任何装饰，手里也没有武器。他的面容毫无特点，他高大但不健壮，他的头发乌黑而卷曲，他的目光十分柔和。

"疲惫的穆什钦努，"他说道，"我能感受到你洪水般的悲伤，你需要我的帮助吗？"

意识渐渐清醒，沉睡的"毒蛇"也跟着一起醒来，并开始撕咬他的心脏。阿卡德痛苦地捂住胸口，向巴比伦望去，他白日所见到的并不是一场噩梦，而是无人能否认的现实。

"娜塔莎，我的妻子，我的孩子……"他发出一声悲恸的哀号。

陌生人微微颔首，毫不委婉地表示自己明白了阿卡德的意思，

"你的妻子在城里，也许还有你的孩子。她们没有逃走，她们或许正在等待自己的丈夫和父亲。"

阿卡德怒视着陌生人，他挣扎着爬起身，左手撑地，右手挪向腰间——他想拔出他的弯刀。

陌生人后退一步，话语中却没有退让的意思，"显而易见，她们已经死了，也许死于利剑，也许死于烈火，但你没有勇气向前一步正视这个事实，却想着对一个陌生人拔出你的弯刀。"

阿卡德站了起来，他的身材不比陌生人的高大，但更强壮有力。阿卡德终于拔出了弯刀，尽管脑袋还有点晕眩，但他无法抑制自己的怒火。

"你是血腥狮穴中的一员？"阿卡德低声说，他的嗓音因干渴而变得低沉。

"不是，"陌生人无视他手中的弯刀，"你不必悲伤，死亡只是一个幻象，是真实之海上泛起的涟漪，她们并没有离你远去，你不必浪费自己的生命。"

阿卡德摇摇头，"你说这些又有什么用呢？你即使不是狮穴的一员，也难逃干系，没有人愚蠢到接近尼尼微的领地。"

陌生人重复道："你不必浪费自己的生命。你很虚弱，我能看到你的生命之火正在熄灭，如果你攻击我，你将会死去。"

"那又有什么关系呢？"阿卡德说，"我的生命已经随着巴比伦的逝去而逝去了，我在这个世间最珍贵的东西已经逝去了，我活着还有什么意义呢？"

陌生人的表情变得严峻，他的声音也变得严厉，"你不应该放弃希望。你没有勇气踏入这座城市，也不敢面对真相，却有勇气面对死亡，但你的死将毫无价值。现在，我可以给你一个机会，让你得到你想要的一切。"

阿卡德瞪大眼睛，他仔细打量这个陌生人，"我拒绝接受你的取笑、你的戏弄和你的侮辱。"他举起手中的弯刀。

"你就打算用这个来杀死我吗？"陌生人讥讽道，"如果它还能被叫作武器的话。"

阿卡德看向手中的弯刀，记忆中的弯刀已经不见了，取而代之的是一块铺满褐色铁锈的铁片。铁锈是如此之多，以至于层层堆积覆盖在铁片表面，翘起毛茸茸的边缘。他不禁用力握紧了刀柄，沙柳木质的刀柄也变得松软不堪，在他的手掌间化成一团木屑。那柄他曾经引以为傲的弯刀从手中掉落，散落在黄沙中。

似乎在一瞬间，他的弯刀被万年的时光抹过。

"现在，你已经见识到了我的法力，"陌生人继续说道，"收起你的敌意和怀疑，说出你的愿望。"

"我想再见到她们……"阿卡德后退一步，哆嗦着嘴唇，他没有意识到自己浑身都在颤抖。

"可以，"陌生人毫不迟疑地点头，"但是只有一个昼夜的时间，在此期间，你不能带她们离开，那将是徒劳的，而我将立即阻止你，让泡沫重归河流，让浪花重归大海。"

阿卡德舔了舔干裂的嘴唇，他敬畏地问："你是——哪位？"

"我有很多名字，这并不重要，"陌生人耸耸肩，"我也不需要知晓你的名字。我可以许诺你，但这不是施舍，而是交易。既然你已经准备赴死，那么我给它赋予价值，在这件事情结束之前，我将收取你的灵魂，让你免受离别之苦。而这——公平合理，你意下如何？"

阿卡德木然而立，一言不发。

"当下弦月再次出现的时候，回到这里，回到你的家里。如果你来了，我将认为你同意了这笔交易；如果你退缩了，我也不会强迫你。在此期间，远离这座城市。亚述人并未远去，你的灵魂属于我，不要浪费了。"

说完这些话，陌生人转身离去，他步伐平稳，视脚下的流沙如无物，很快便消失在月光的阴影里。

一个月的时间很快就过去了。

下弦月再次升起的时候，阿卡德来到了这里。他在城市的尸体周围徘徊许久，似乎在等待着什么；时而疾走，时而停住四处张望，最终只看到了月光下沙丘的影子和城墙下的死亡丛林。

　　最终，阿卡德向曾经是城门的地方走去。他穿过死亡丛林，死者在每一棵树干上冷冷地注视着他，他们干枯的手臂伸向夜空，形成丛林的枝丫，他们扭曲的身躯是多瘤弯曲的树干。当他穿过城墙的时候，更多的死人脑袋用空洞的眼窝望着他，死人们在窃窃私语，他们提醒着他，驱赶着他。这里不再是那座生者之城，这里是亡者的领地。

　　阿卡德沿着阿什利大街行走，他小心地绕过地上的遗骸，大街尽头是一座神庙——曾经是一座神庙——它的大门敞开着，门口没有迎宾的神女，门后通道中的火把也熄灭了。神庙里一片黑暗，像一个怪兽张开的嘴。

　　他转身向西，无视地上干枯的尸骸在月光下行走。他转进一个小巷子，巷子里有一面墙倒塌了，碎石形成一座小小的石堆，堵塞了道路，他手脚并用爬了过去，继续前行。

　　阿卡德在这一个月里，重新找回了回家的勇气，也许是因为对那个陌生人还有所期待。

　　如果……如果他真的是神灵的化身……

　　他放慢了脚步，这条路他曾经走过无数遍，但今夜有所不同。他回过头，碎石堆消失了，但远处也被黑暗笼罩着。

　　他望向前方，那扇他熟悉的木门完好无损，门的缝隙中透出一丝火光。

　　阿卡德的心脏几乎要停止跳动了，眼泪涌出他的眼眶。他快步向前，奔跑着冲向那扇门，也许是听到了他的脚步声，门开了，一个人影出现在门口，然后一个毛茸茸的小脑袋从门缝里挤了出来——娜塔莎，后面是他的女儿丽莎。

　　他迎了上去，拥抱了妻子和女儿，仿佛一切都没有发生过。他沉浸在一种奇妙的感觉之中，眼前的一切都无比真实，妻子温暖细软的身体、女儿清脆的笑声让他心醉。他享用了鲜美的肉汤和面包，壁炉里的火焰轻快地跳动着，屋子里温暖如春。

他的羊皮袋还在，他从中掏出给妻子带的礼物——他以为自己永远无法再送出了——一条黑色羊皮束腰，上面缀着晶亮的贝壳；还有给女儿的礼物——一个木雕的玩偶。

"赞美所有的神灵！赞美提亚马特，赞美马尔都克！"

娜塔莎和丽莎吃惊地看着他，他视而不见，眼含泪花。他们开始用餐，伴以无花果干、手工压制的蜜糖和小莴苣。

吃完饭之后，丽莎给他按摩双肩，让他浑身舒畅。他们聊了一会儿天，丽莎咯咯直笑，然后他们熄灭了炉火，准备就寝。

第二天，当太阳升起的时候，阿卡德心中开始泛起恐慌，他犹豫不决，他想带娜塔莎和丽莎逃走，但又想起那个陌生人的话。

你的城池已成废墟 / 你何以还能幸存 / 你的房屋已夷为平地 / 你的心还能无动于衷吗 / 沙玛什圣殿已化作一阵清风

当太阳行走到苍穹正中的时候，阿卡德的心情平复了。如果一切都是神的恩赐和安排，那么他的抵抗将是徒劳的，甚至连眼前的一切都将马上逝去，而他自己也将背弃与神的交易。

这是普普通通的一天，和过去的无数个日夜以及将来可能会有的无数个日夜没有什么不同。

当夜晚再次来临的时候，他已经做好了准备。

有人敲门，娜塔莎和丽莎却什么都没有听到。是他来了，那个陌生人，如幽灵一般悄无声息。阿卡德从木桌旁起身，娜塔莎和丽莎也没有注意他的举动。

阿卡德打开了门，陌生人走了进来。

"愿众神保佑你。"陌生人向他致意,他环视四周,"你遵守了我们的约定,没有试图逃走。"

阿卡德点点头,"我必须向你坦诚,我有过犹豫不决,我不知道这是一个精心营造的幻象,一个神迹,还是一个梦。"

"很好,"陌生人微笑,"这不是幻象,不是梦,这一切都是真实的,你看到的,听到的,闻到的,舌头品尝到的,触摸到的,你对这一天的记忆,构成了你能体验到的真实世界,而这一切,你都体验了,难道还不够真实吗?不过,如果你说这是一个神迹,我倒不置可否。"

"我还有多少时间?"阿卡德问道。

"她们还有时间,"陌生人的视线转向娜塔莎和丽莎,她们对眼前发生的一切视而不见,"但是你,我说过,我会提前取走你的灵魂,让你们远离离别之苦。"

阿卡德慢慢地说:"然后她们会消失,对吗?就像阳光下的泡沫一样。"

陌生人点点头,"但不会有任何痛苦。"

"最后一个问题,如果您允许,"阿卡德说,"为什么是我?巴比伦有几万人死去了,现在的巴比伦是最不缺游魂的地方。"

"生者的灵魂对我才有用。"

"绝望痛苦的人遍布世间,你很轻易就能做这种交易吧?"

陌生人点点头,"你说得对,不过我已经回答了你太多问题,现在,该完成交易了。"

娜塔莎和丽莎已经睡熟了,阿卡德用目光向陌生人请示,陌生人垂下眼帘,默许了他的告别。阿卡德走向床边,望着妻子和女儿熟睡的脸庞,她们睡得很沉,纹丝不动,女儿好像在做梦,睫毛跳动了两下。

阿卡德俯下身,亲吻了妻子的嘴唇和女儿的额头,他能感受到她们肌肤的温度。

他长久地注视着她们，难分难舍，泪流满面，陌生人安静地等待着。

阿卡德转过身，说道："谢谢。"

"很好，那么你准备好了吗？"

"是的，大人。"

陌生人伸出手，说道："跪下，屈服于我，奉献于我，敞开你的心灵，扫净你的记忆，将隐藏于心灵之海最深处的秘密都呈现于我面前。"

他将手放在阿卡德的额头上。

"不要反抗你的命运，你是否愿意将灵魂奉献于我？"

"我愿意。"

陌生人声音严厉，"不，诚意还不够！你是否愿意摒弃一切怀疑，将灵魂奉献于我？"

"我愿意。"

"你是否已经潜入意识的深海，从深海的淤泥中发掘出你真正的灵魂，并奉献于我？"

"是的，大人。"阿卡德闭着眼睛，耳边只有陌生人的话语声。他用意识的眼睛去看，看到一片虚无的黑暗，他用不存在的脚在虚无中漫步，他看到一扇门，他用不存在的手推开了门，门后站着另外一个阿卡德。

"你看到了，把你的灵魂交给我。"死神命令道，声音不再柔和，像尖利的刺刀。

阿卡德伸出不存在的手，拉住另外一个阿卡德的手。他用力，整个虚空都在崩溃，他看到无数的画面出现在虚空之中：大声啼哭的阿卡德，牙牙学语的阿卡德，母亲关切的脸，父亲严厉的脸，漫长的旅程中出现过的，他依然记得的和已经忘却的。

他的一生环绕着他，还有娜塔莎、丽莎的脸。

他用力……

"把你的一切，都奉献于我，完成这个交易。"

门内的阿卡德面无表情，被他拽了出来。

虚空崩溃了，画面开始消失，一帧一帧，被一双无形的大手删除。

"你从来没有存在于这个世界上，你的一切都将回归神的领域。你将用我的眼睛去看，用我的耳朵去听，用我的意识去想。"

阿卡德倒了下去，像一块沉重的石头砸落在地上。

死神收回他的手，交易已经完成了，他的能力又增长了一分。死神望向床上的两个人，她们对发生的一切浑然不觉。

时间快到了，他必须离去，时空的震荡从某个角度来看如同黑夜中的灯塔一样耀眼，肯定已经引起了那些人的注意，也许他们正在赶来的路上。

他匆匆离去，没有再回望一眼。穿过死亡丛林，越过一片沙丘，他看到一把闪耀着月光的弯刀静静地躺在地上。

片刻之后，一个黑影出现在弯刀旁边，他注视着远处的废墟，没有活物的气息，沙地上的一抹光亮引起了他的注意。他俯身捡起弯刀，眉头紧锁，他嗅到了恶魔的气息。他闭上眼睛冥思了一会儿，再次睁开眼睛的时候，看到一串模糊的脚印在黑暗的沙地上延伸向远方。他沿着痕迹一路前行，走进了已经成为死亡之城的巴比伦。

太晚了，他来得太晚了，恶魔已经收取了阿卡德的灵魂，又一个牺牲品，已经无须前进，这座伟大的城市已经被摧毁，它的躯体被焚烧，它的人民被斩首。威廉姆抚摸着手中的弯刀，这个恶魔并不是他真正的追踪对象，他只是途经这座城市，他要寻找的是隐藏在血腥狮穴中的那个恶魔。

威廉姆转身离去，他没有时间和兴趣去追踪这个骗取凡人灵魂的恶魔，至少现在没有。一路走来，威廉姆已经猎杀了十几个大意的恶魔，他们肆无忌惮地到处收割人类的灵魂，就像黑夜中的灯塔一样醒目。威廉姆很轻易地就追踪到他们，但这个恶魔太过小心，他在威廉姆赶到之前就得手了，现在已经重新隐匿起来，威廉姆很难追踪到他了。

这是一个狡猾的猎物。

威廉姆在巴比伦城里停留了一会儿，做最后一次巡游。他还记得上次来到这座伟大的城市时的情景，到处都是熙熙攘攘的人群和来自远方的商人，如果赶上女神祭典，喧嚣的声音和人群踏起的尘土甚至能直达天国。这座城市是这个时代最伟大的城市之一，它是沙漠中的明珠，是沙漠中的绿洲，是人间的天国，但恶魔的奴仆们摧毁了它，这座伟大的城市将和其他被恶魔屠戮过的城市一样，化为沙子底下的废墟，甚至永远无人知晓。

威廉姆穿过倒塌的城门，看见城墙上挂满干枯的头颅，如一串串死亡国度的果实。黑洞洞的眼窝似乎在望着他，哭诉着不甘和愤怒。在刺破黑暗的天光降临之前，威廉姆离开了巴比伦。

恶 魔 的 诞 生

最初，世界是一片虚无和黑暗。神说，要有光，于是世界充满了光，无数星系出现在宇宙中。

一颗蔚蓝色的行星出现在黑暗深邃的宇宙中。大气层包裹着行星，一颗恒星出现在不远不近的地方，温度正好。

大海出现了，潮汐出现了，在星球的极点，洁白的海冰漂浮在海面上。

微小的生物出现在清澈的海水里，阳光照射海水，水汽弥漫蒸腾，在天空聚集成云。白云第一次出现在蓝色的天空，更多的白云聚集在一起遮蔽了阳光，水汽越来越多，很快，星球上第一次下起了雨。

生命很快就爬上了陆地，荒漠变成了绿洲，绿洲变成了草原，草原变成了森林，披着鳞片的动物第一次睁开懵懂的眼睛。

神说，要有智慧。

巨大的恐龙们在烟尘中窒息，在饥饿中死去，曾经仓皇躲藏的小生灵们开始繁衍壮大，其中一种生灵被神明看中，它们从树上走进草原，开始直立行走，前掌变得更加灵活，能轻易抓取树枝和石块。一代又一代，它们躲避着猛兽的侵袭，躲避着天火的吞噬，躲避着灾害和饥荒，幸存者的后代们变得更加聪明。

一天，一个人猿第一次靠近了闪电引发的野火，野火已经燃烧了一段时间，大片草地化为灰烬，残留的野火正在吞噬最后一片灌木丛。人猿心中泛起一个念头，他捡起一根饱含油脂的树枝，将其放进火焰中，然后小心翼翼地举着燃烧着的树枝返回山洞。

不知道为什么，这个人猿第一次对火焰不再是单纯的恐惧，而是莫名的熟悉和好奇。第一次，他觉得火是一个很重要的东西，无比重要。

他教会了其他人猿用火，人猿们学会了用火来烤熟食物，防御野兽。

语言出现了，紧接着是文字，神移开了目光，隐没于黑暗之中。

人猿们追逐着巨大的猎物，烈火让他们在黑夜中不再恐惧，人猿的眼眸里不再是混沌的模糊，取而代之的是清澈的智慧。人猿们不再被肉体的本能所控制，第一次，他们的灵魂睁开了眼睛。

人们四处游荡，又有人教会了他们种植作物，人群从山洞走出，建造房屋，形成村落，村落变成城邦，文明出现了。

创 世 记

　　男人不知道自己叫什么名字，他醒来的时候，正在一棵橡树下面躺着。他的身下是冰冷潮湿的地面，地面上覆盖着厚厚的落叶，散发出一股浓重的腐臭气息。阳光从橡树树冠的缝隙里洒落到地面，形成点点碎光。

　　男人突然发现自己很难呼吸，他试着挪动自己的身体，但没能成功。他终于完全清醒了，他望向自己的身体，却看到了一个石堆——由大大小小的石块堆积而成，是的，他的身体被埋在了石堆之下，他被埋葬了。

　　男人想不起来发生了什么，但他意识到他曾经死去，有人埋葬了他，用石块覆盖他的躯体，却让头部露在外面，这是一种古老的殡葬方式。人们相信灵魂会从逝者的嘴里出来，神灵会在天上接引上升的灵魂，但神灵厌恶人类死去的身体，所以必须用石块将身体覆盖。

　　男人将注意力集中到右手臂，猛地发力，石块摇摇欲坠，再一次，塔尖的石块滚落下来。片刻之后，男人从一堆乱石中爬了出来。他环顾四周，这棵橡树位于一座小山丘上，而这座小山丘位于一个更大的山谷中，山谷两侧的山脉雄伟挺拔，一条小溪从山谷中蜿蜒而过。

　　顺着小溪流向的方向望去，男人看到小溪的拐弯处有一处平整的空地，空地上坐落着十几个简陋的草屋。简陋？男人不知道自己为什么会有这个概念，他渐渐想起来了，他似乎就是从某个草屋中被抬了出来，那是他的村庄。

男人慢慢走下山丘，向村庄走去。现在是黄昏，太阳正在西沉，他知道，很快，大地将淹没在黑影之中。西沉？这是一个新概念，他们生活在一个圆球上，这个圆球围绕着太阳旋转，造就了四季更替。男人不知道自己怎么知道这些全新的概念，这些记忆，或者说知识，突然浮现在他脑海里，仿佛是他原本的一部分。

不仅如此，当有人看见他走进村庄时——借着尚未消失的余晖看清楚他的脸时——夹杂着恐惧和兴奋的惊叫声响彻这个小小的村落。很快，人们就从草屋里奔跑而出，聚集在他的周围，惊慌和敬畏的表情出现在人们的脸上。

"哈拉尔，你怎么……"一个惊恐的声音问道。

哈拉尔？这一定是这具肉体曾经的名字，但男人知道自己并不是哈拉尔，他有一个名字，一个注定的名字，一个光辉不朽的、亘古不变的名字。他思索着，在记忆之海中寻找着——无数光怪陆离的场景在他眼前闪现，恒星狂暴地在黑暗中燃烧，巨大的钢铁之船庄严地划过长空，山峦般的巨兽轰然倒下，闪电和烈火摧毁了巨大的城市。不仅如此，男人发现自己能听到以往不曾听到的声音，他能听到几公里之外的落叶声，能听到山间野兽的奔跑声；他能看到眼前这些人的内脏，能看到他们身上散发出来的微光；他能感受到他们的脉搏，他们的不安，他们的紧张，他们的怀疑，他们的敬畏——他能主宰一切。

与此同时，大量的记忆涌入他的脑海，这样描述并不准确，那些记忆仿佛潜伏在他的脑海深处，如涓涓细流般涌出，无数个人名掠过他的脑海，冥冥之中，他抓住了其中一个，莫特，一个奇特而又熟悉的名字。

莫特对"家人"这个概念似乎没有什么特别的感觉，那个发疯般冲向他的女人自称是他的妻子，但他却什么都记不起来了。还有两个男孩，一个十几岁——不，已经应该称他为男人了，还有一个四五岁，站在大男孩身后怯生生地望着死而复生的父亲。

莫特推开了女人，"不要靠近我。"他冷冷地说，丝毫没有掩饰语气中的厌恶。

女人愣住了，眼泪还凝结在她的脸上，她睁大眼睛看着"丈夫"——她孩子们的父亲。她长得并不漂亮，有一头亚麻色的长发，剪得参差不齐，像海藻一样垂落在她的肩膀上。她的脸色发黄，一看就是营养不良导致的——又是一个新的概念，营养不良，莫特不知道自己怎么会做出这些判断，但他就是知道。但这个女人也有优点，她的乳房饱满，臀部浑圆——能生出强壮的孩子。等等，莫特这时才注意到女人没有穿衣服——她裸露着上半身，饱满的乳房在乱发遮掩下若隐若现，她的腰间围着一条裙子，不，那不是裙子，只是一件用树叶编织的遮盖物。莫特环顾四周，每个人都是差不多的穿着，男孩们则赤裸着身体，毫不在意地裸露着自己的生殖器。只有少数几个男人穿着树叶编织的裙子，更多的男人一丝不挂，毫无羞耻之心。莫特很奇怪自己为什么刚刚注意到，片刻之前他还觉得一切都是理所当然的。而现在，他觉得一切都是那么的怪异，人们似乎不应该穿成这样，但他也想不出人们应该穿成什么样子。

莫特这才意识到自己也什么都没穿，奇怪的是，他身上曾被石堆掩盖，身下必有蛇虫横行，但他的身上却没有一处伤痕。

虚幻和现实的记忆在他脑海中交错，他想起来了，他叫哈拉尔，是这个部落的一员。这个小小的部落没名字，他们不知道自己来自哪里，也不知道自己将去往何方，他们依靠打猎和简单的种植为生。几个冬天以前，他们从寒冷的北方顺着这条溪流来到这个温暖而平坦的山谷，并在此定居。高耸的山脉挡住了来自北方的寒潮，山谷里一片生机盎然。他们在这里能找到充足的猎物，而且这里似乎没有大型的猛兽，只有一种毒蛇。这种毒蛇表面长着光滑的细鳞，黑褐色的脊背让它们更容易隐蔽在黑色的地面上，它们的身体很小，但毒液却非常致命。在过去的几冬天里，已经有四个青年和一个孩子死在这种毒蛇的毒液之下。

不对，莫特想起来了，是五个。哈拉尔在一天前也死于这种毒蛇的毒液。哈拉尔和另外三个男人正在溪边行走，准备到对岸去碰碰运气，山谷里的猎物越来越少了，也许这是他们在这个山谷里的最后一个冬天了。冬天是安全的，毒蛇都会冬眠，但也许哈拉尔的运气不好，他踩中了一条毒蛇，他当然不知道这条毒蛇是被他从冬眠中惊醒的还是正在觅食。它攻击了哈拉尔。哈拉尔感到小腿外侧一阵剧痛，紧接着他的小腿就失去了知觉，毒素随着血液循环迅速麻痹了他的神经，当同伴们七手八脚把他抬回茅屋时，他几乎说不出话了。

　　他的妻子趴在他身上大哭，其他人都离开了茅屋，他们知道他必然会死。他的两个儿子站在母亲身后，神情悲戚地看着濒死的父亲，大儿子抓着弟弟的肩膀，似乎在安抚他。

　　哈拉尔知道自己快死了，他努力抬起右手臂指向大儿子，他想让大儿子过来，想告诉大儿子，等过完这个冬天，一定要离开这个山谷，他们已经在这里停留太久了，部落的人口增长得太缓慢。山谷里的猎物已经不多，冬天却越来越冷，他们必须继续前行。但是来不及了，他已经说不出话了，毒素侵入了他的大脑，他失去了视觉，眼前一片漆黑；接着是听觉，妻子的哭喊声消失了，他感受到了前所未有的寂静；最后是触觉，仿佛皮肤一层一层地从他身上剥落。他感觉自己似乎正在脱离肉体，疼痛消失了；最后，他的意识消散了，甚至连最后一个念头都没留下。

　　哈拉尔已经死了，这一点毋庸置疑，那么，现在是谁占据了这具本应在泥土和石块下腐烂的躯壳？莫特又是谁？

　　莫特不知道自己是谁，但他知道，自己一定不是哈拉尔。哈拉尔和这些人一样，愚昧无知，茹毛饮血，对这个世界一无所知，将一切自己理解不了的东西都归于神迹。他们崇拜太阳，崇拜月亮，崇拜星辰，崇拜隆隆的雷声，崇拜绽放的鲜花，崇拜死亡。如果他不是哈拉尔，那么他又是谁？他为什么知晓那么多的秘密？

"我不是哈拉尔，"莫特说，他威严的目光扫过人群，人们纷纷移开视线，不敢与他对视，"你们可以叫我莫特，我是死神，来自神之国度。我借用了这具无用的躯壳，你们将抛弃伪神，崇拜我，侍奉我。"

人们惊恐地望着他，疑虑重重，死而复生已经让他们感到恐惧和惊慌，莫特的话语更是让他们犹如陷入惊涛骇浪。

莫特向前走了一步，奇迹发生了。他的脚停留过的地方，野草以肉眼可见的速度钻出地面覆盖了他的脚印，一朵朵人们从未见过的红色花朵迅速绽放，原本枯黄的野草恢复成绿色，原本绿色的野草则迅速蔓延开来。一股浓郁的生命力量扫过这片土地，人们惊奇地发现自己身上也发生了变化：老人们的脊背重新挺直了，松动的牙齿脱落了，新的牙齿正在生长；被病痛折磨的人痊愈了；女人们干瘪的乳房重新变得饱满，仿佛随时都可以溢出鲜美的乳汁；人们第一次有了羞耻之心，男人们不自觉地用手护住自己的私处，女人们则脸红着遮挡自己的乳房。

部落没有如哈拉尔所愿离开山谷，他们离开草屋，来到山丘顶，在莫特降临的地方——那棵粗壮的橡树下——用打磨光滑的石块建立起一座神殿，作为莫特的居所。

在山丘的周围，人们遵循着莫特的指导，开垦出大片的空地，用木头和夯实的泥土建造了新的房屋。他们垫高了地基，挖出了排水渠，并且在房屋中央用石块铺垫地面，以保持房屋里的干燥。莫特教会了人们用木炭保存火种，用黏土烧制简单的陶罐，女人和孩子们喝上了热水。男人们则被组织起来开荒，他们焚烧山谷里的森林和野草，用石头打造的锄头进行耕种。

这些技能已经足以让这个简单的、以游猎为生的部落转变为一个真正的定居部落。随着人口的增长，人们围绕着小山丘建造新的房屋，一个小小的城邦逐渐成形。山谷里从未被探索的地区也被完全开发，耕地不断扩展，山谷里的森林和灌木被一扫而空，猎物们纷纷逃离了山谷。

人们组成远征队向溪流的上游进发,他们砍伐树木,等雨季来临的时候,小溪变成了宽阔的河流,砍伐好的树木将被扔进水里漂流而下,直抵山谷。人们筑起堤坝来蓄水、捕鱼,人工水渠被开凿出来灌溉耕地,堤坝的使用让人们不再害怕旱季和雨季。

哈拉尔复生之后,哈拉尔的大儿子成为新的部落首领——尽管他远没有成为部落首领的资格,但作为"神之子",人们自然将对莫特的敬畏转移到了他的身上。但是莫特高居于神殿之中,很少抛头露面,只有少数几个人能见到他,向人们传递他的声音和旨意。

时光荏苒,斗转星移,孩童长成青年,青年变成老人,老人们如落叶般凋落,腐烂在泥土里,新生的婴儿又成长起来。人们已经不记得哈拉尔是谁,他们甚至不记得哈拉尔的儿子是谁,他们只知道山丘上那座宏伟的神殿里住着一位脾气不太好的神祇,他们也已经忘记了神祇从何而来,但从祖祖辈辈流传下来的传说中他们知道,神祇是伴随着隆隆的雷声、刺眼的闪电从天国降临的。他的名字叫莫特,他用神力建造了恢宏的神殿,并居于其中。在他到来之前,居住于这个山谷的只是一些茹毛饮血的野蛮人,在他的教导之下,他们从野蛮走向文明。

每一年都有许多婴儿出生,部落的人口稳步增长,更多的耕地被开辟出来,更多的房屋被建造出来,小村落变成了小镇,小镇继续蔓延,越过了河流,变成一个横跨河流的小城邦。

城邦派出了远征队,他们走出山谷,沿着溪流的上游和下游寻找着猎物和其他部落。他们全副武装,轻易地制服了那些未开化的小部落,杀死敢于反抗的男人,将俘虏和妇孺带回山谷。俘虏被献给莫特,尽管如今从未有人见过他,但无人胆敢质疑他的存在。傍晚,俘虏们被捆绑着聚集在橡树下。第二天清晨,俘虏们会毫无痕迹地死去,莫特已经收取了他们的灵魂。

作为回报,莫特赐予这片土地永不枯竭的生机、永不结冰的河水、永不缺少的食物，每一个新生儿都能平安长大，每一个老人都能在亲人的包围下逝去。

但他需要人类的灵魂作为祭品，为了获取祭品，无数的部落被城邦的远征队毁灭。远征队越走越远，但是已经很难找到其他部落了。城邦的凶名已经传开，邻近的部落纷纷逃向远方。

一天，大祭司惴惴不安地来到神殿门口，他听到过一些传言，城邦里的一些人对神祇产生了不敬之心，他们谣传那座岩石建造的神殿里其实空无一人，神殿外疯长的野草就是证明。这种说法蛊惑了不少人，毕竟从未有人见过神祇，尤其是他还有一个可笑的名字——莫特。如果他真的存在，那么他也一定不是真正的神祇，叫他死神可能更合适，只有幽冥世界的死神才会喜欢用人类的灵魂作为祭品。神祇并不存在，大祭司和他的跟班们捏造出了这个可笑的故事，他们用恐惧来统治这个城邦，这种卑鄙无耻的行为浪费了多少强壮的俘虏啊。

想到这里，大祭司不禁感到气愤异常。根据古老的传说，是神祇庇佑着这座城邦，让他们战无不胜，让这座城邦屹立不倒。尽管神祇很早之前就不再露面，但大祭司知道，他就在那里，在那座神殿之中，偶尔会返回神国，但他的眼睛一直注视着这座他亲手建立起来的城邦。

传说中，神祇第一次降临的地点就是大橡树下，他浑身缠绕着刺眼的闪电，光芒四射，没有人能看清他的面孔，他的声音震耳欲聋，只有大祭司的祖先听懂了他的神音。人们用巨石在神祇降临的地方建起神殿，那棵大橡树也被称为圣树，即使在最寒冷的冬天也不曾落叶——大橡树本身就是一个神迹。

今天早上，习惯抬头望一眼大橡树的人们发出了惊呼，大橡树那似乎永恒存在的叶子不见了，一夜之间，圣树枯萎了。那些怀疑神祇的人都闭嘴了，神祇终于发怒了，人们窃窃私语，恐慌在整个城邦中蔓延。得知消息的祭司们匆匆赶来，大祭司更是惊魂未定，整整一个月没有俘虏可以用来祭祀了。这不能怪他们,远征队已经扫荡了山谷周围数百里的区域,甚至深入南方的平原,那里本该有很多小部落,但现在只有野草和灌木,他们已经很难获得新的俘虏了。

大祭司是神的代言人,也是山谷城邦的实际统治者,上一代统治者和大祭司是他的父亲,再上一代则是他的祖父。实际上,大祭司没有见过他的祖父,很少有人能见到自己的祖父,他们口口相传,只知道存在的每一代大祭司都是他的直系祖先。他们的家族得到了神祇的认可,向城邦传递神祇的旨意。但神祇的旨意超乎寻常的简单。上一代大祭司死去之前曾经告诉他,神祇需要灵魂作为祭品,而灵魂则来自俘虏。在神祇的庇佑下,城邦的男人们拥有更精良的武器和更健壮的体魄,他们能轻易摧毁那些游荡在荒原上和森林中的部落,那些披着兽皮的野蛮人不堪一击。

大祭司隐藏着一个秘密,他从未倾听过神祇的声音,甚至不确定自己的父亲是否见过神祇,但他严格地遵守着遥远年代的大祭司制定的规则,向神祇献上俘虏。也许在某个时刻,大祭司也曾有过一丝动摇,神祇是否早已回归神国?但他马上为自己的这个念头感到惊慌和羞愧,永不落叶的圣树早已证明神祇依然居于那座神殿,尽管他从未现身,但他一直注视着城邦。

大祭司跪在神殿门口,他不愿意承认自己不知道如何与神祇沟通,但他知道身后有无数双眼睛正紧紧地盯着他。他不知道神祇会不会接见他,但他已经做好承受神祇怒火的准备。比那更糟糕的是,如果神祇一直不出现,那么他的大祭司也就做到头了。

一阵风吹来,遍地的橡树叶仿佛有了生命般翩翩起舞,它们从地上轻盈地飞起,随风飘摇旋转,如同一群嬉笑的精灵。它们在这个城邦尚未建立的时候就存在了,它们曾为欢乐而笑,它们也曾为死亡而哭泣,但今天它们在为自己哭泣。

神殿的门开了,一个男人出现在大祭司面前。

莫特威严地看着大祭司。

大祭司战战兢兢地抬起头，第一次，他看到了莫特的脸，一瞬间，他似乎看到了父亲，太像了，他不禁在心里惊叹，但马上就陷入了更深的恐惧，他不该对神祇有这种想法，这是渎神！他赶紧低下头，瑟瑟发抖，他想说点什么，但恐惧堵住了他的喉咙，他什么都说不出来。

"你注意到了，"莫特开口了，他有一种奇异的腔调，但听起来还是人的声音，而不是传说中的隆隆的雷声，"你们违背了规则，或者，你们已经不相信神祇了。"

"不，"大祭司浑身颤抖着，他感到欣喜和恐惧，"伟大的莫特，我们依然是您忠实的仆从。几百年来，我们一直遵循着您的教导，您可以看到，在您的庇佑下，我们建立起了最强大的城邦，征服了无数部落，给您献上了无数的俘虏，但是——"他不知道自己为什么能够一下子说出这么多话，也许莫特和他想象中的不一样，看起来只是一个普通的中年男人——还是像极了自己的父亲——他不敢再想下去，尽管这个念头在脑海里挥之不去，"所有的部落都逃走了，我们很难再捕捉他们……"

"你的名字？"

"哈拉尔。"

"哈拉尔，又一个哈拉尔，"莫特微微点头，"我的要求不高，哈拉尔！"

"我知道，可是……"顾不得思索莫特奇怪的话，哈拉尔惊恐地解释着，"我们捕捉不到俘虏了。"

"每一个月圆之夜，为我献上四个灵魂，我庇佑你们的城邦，这是一个公平的交易。"莫特没有理会哈拉尔的辩解，他的语气充满寒意，"许多年了，你们从未违背这个交易。但为什么是你，哈拉尔，你怎么敢违背我的旨意？"

哈拉尔能感受到神祇的怒火，他的大脑一片空白，只留下一个念头——我要死了。

"你会活下去的，哈拉尔！"预料中的闪电没有出现，据说莫特降临人间之时，手持闪电缠绕的权杖，能轻易召唤闪电杀死任何生灵，他以前被称为雷电之神，而非死神，"今夜，交上你们的祭品，我将宽恕你们。"

"可是……"哈拉尔马上就意识到自己的愚蠢，他居然试图和神祇讨价还价，在意识到自己的愚蠢之后，哈拉尔闭上了嘴。

"你们有充足的祭品，哈拉尔！看看吧，看看这个山谷，看看你身后的这个城邦——哈拉尔，你的信仰发生了动摇。"

哈拉尔将头紧紧地贴在地面上，既不敢承认，也不敢否认。

"每个月圆之夜，献上五个健康的处男和五个健康的处女，我将宽恕你和你的城邦。"

五个健康的处男和五个健康的处女！哈拉尔的耳边仿佛有炸雷响起，他在心里大呼，这是不可能做到的，即使在以前战利品丰富的时候，也出现过连四个俘虏都凑不齐的情况，而现在祭品增加到十个，而且要五个健康的处男和五个健康的处女，这是不可能做到的……不可能捕捉到如此多的俘虏了。

莫特仿佛看穿了他的想法，"已经五百年了，我从未更改过交易规则，因为你们履行了契约，但你今天打破了它，所以我们需要制定新的契约。这个契约非常合理，哈拉尔——"莫特轻轻地说，他的声音仿佛真的来自幽冥世界，"城邦里有充足的人口，我的要求不高。"

是的，哈拉尔眼前一亮，他怎么没想到呢？从来没有谁规定祭品一定来自俘虏，只是他们一直是这么做的，也许是应该先把那些渎神的混蛋作为祭品，相信神祇一定会满意的。但是，如果每个月圆之夜都要十个祭品的话，城邦里的人口也支撑不了太久——不仅仅是从长远来看数量不足，条件过于苛刻，而且，哈拉尔深深地怀疑他的战士们不会听从他的命令。

"你能做到的，"莫特说，"我将赐予你不朽的肉体，赐予你强大的灵魂，你将成为真正的国王，建立你的军队。你将向东方进军，向西方进军，向北方进军，向南方进军，你将征服每一寸土地、每一座高山，你的军队将在征战中变得更加强大，你将建立一个真正的帝国，帝国的领土将覆盖你能看到的每一寸土地，我允许你建立自己的宫殿。你，难道不想当一个真正的帝王吗？"

无数的新名词从莫特的口中说出来，但哈拉尔奇迹般地全都明白了，他明白每一个词语的意思，尽管他从未听过这些词语。他知道，这就是神迹，神祇不仅仅在用嘴和他说话，还直接和他的灵魂进行对话。哈拉尔的脑海中浮现出一幅景象，他端坐在高大的王座上，王座由黑曜石制成，镶嵌着光芒四射的宝石。无数的人臣服在他的脚下，他发出的每一道命令都被完全地执行，他每天晚上都有不同的美女陪伴，宫殿之外，忠心耿耿的军队在等待他的命令。他就是神，人间之神，万王之王。

贪婪和欲望冲击着哈拉尔，他的双眼变得血红，"伟大的莫特，我愿意奉献我的一切来侍奉你！"

莫特满意地点点头，又一个被欲望支配的人，尽管从血缘上来说，眼前这个哈拉尔是莫特这具肉体的直系后裔，但莫特依然感觉非常美妙。是他教授了这些野人知识，是他引领一个几十人的小部落成为一个王国，而且在不远的将来，这个王国将变得空前的强大，而他就是真正的神祇，亿万人类将匍匐在他的脚下，膜拜他。

"记住新的契约，哈拉尔，如果你们胆敢违背我的意志，你们将承受来自神祇的怒火。"莫特转身离去，他走进了神殿大门，隐没在黑暗中。

哈拉尔过了很久才起身，他已经快四十岁了——是莫特教会了他们如何记录数字，他知道自己已经老了，死亡随时都可能来临，作为这个城邦的统治者和大祭司，他能在温暖的室内躲避寒风，能吃到更好的食物，已经是这个时代最幸运的人之一了。

但是现在，哈拉尔知道，以前的自己是多么愚蠢和无知，如同一只动物般懵懵懂懂，他的幸运才刚刚开始。

哈拉尔站直了身躯，他现在的感觉很好，他的肉体从未如此有活力，他的肌肉从未如此强健有力，他能听到城邦里的人们在窃窃私语，能听到高空中的风声。哈拉尔知道，自己获得了神祇的宠爱，尽管他的信仰也曾动摇，但神祇没有放弃他，反而赐予他祝福，给他希望。

哈拉尔慢慢地走下山丘，有一会儿，他感到怅然若失，他觉得，自己的一部分似乎永远留在了山丘这座神殿之中。但很快，他就重新振作起来。

莫 特 与 海 拉

莫特感到空前的孤独。孤独，一个奇怪的字眼，如同其他一些奇异的词语一样，似乎本身就存在于莫特的脑海中。莫特清晰地知道孤独这个词语的意思——没有同类的陪伴。但是他并不孤独，他记得他这具肉体的妻子和孩子，还有朋友们，虽然他们对哈拉尔的死而复生既欣喜又恐惧，但无疑，他们是哈拉尔的亲人，作为哈拉尔，他并不孤独。但是莫特知道，他不是哈拉尔，他不知道自己是谁，但他不完全是哈拉尔，他知道自己不属于这里。

自从他"来到"这个世界，无数个夜晚，他一直在思索着到底发生了什么。他不知道自己来自哪里，他只是突然从哈拉尔这具肉体中苏醒，有着哈拉尔的记忆，但也有更多不属于哈拉尔的记忆。

一切都让他感到熟悉和陌生，熟悉的是这些野人的部落，他能清晰地记得哈拉尔在这个部落经历过的一切：难忍的饥饿，刺骨的寒冷，悲壮的迁徙，猛兽的袭击，很少有婴儿能顺利长大，每一个女人都尽可能地多生孩子，迁徙的路上，老人和弱者被抛弃。

但他不是哈拉尔，他不知道自己是谁，即使是"莫特"这个名字也必定不是他真正的名字。往前看，他看不到自己的来处；往后看，即使看到时光的尽头，他也看不到自己的归途。但不管怎么样，莫特即使自命比这些野人高贵，也有着和他们同样的肉体，也会感到寒冷和饥饿。但是他似乎有着奇异的力量，正如他在众人面前所做的那样，他能够感知到脚下枯萎的野草和蕴藏的生命力——两种可能，生或者死，莫特可以操控这两种可能。他必须保证自己的安全，他的肉体依然是脆弱的。如果这些野人认为他是魔鬼，他们可以轻易杀死他。于是他自封为神，划出一道铁壁界线，他需要这些野人，但不可能伪装成野人。

随着时间的推移，莫特渐渐发现了自己更多的能力，他的灵魂似乎正在改造这具肉体。一天清晨，他发现这个世界在他眼中变得完全不同，他可以看穿墙壁，可以听到以前听不到的声音。他的感知范围在扩大，当他端坐在野人们用石块建造的简陋的住所中冥想时，他感觉到自己的精神触角正伸向远方，穿过河谷和平原，越过险峻的山峰和密布的森林，同时他感到极度的"饥饿"，他需要力量，而力量来源于野人们，莫特需要他们的灵魂。

灵魂，莫特在黑暗中睁开眼睛，他不知道自己为什么想到这个词语，这些野人有灵魂吗？莫特感到怀疑，他们只是一些比黑猩猩聪明不了多少的动物，但不知道为什么，莫特只在他们身上发现了自己想要的东西。那么，什么是灵魂？莫特不知道，这个词语似乎本来就潜藏在莫特记忆深处，如同幽暗深海中的一个气泡，如今终于浮出海面。

天亮的时候，莫特走出石屋——野人们称之为神殿，他走下山丘，开始教授野人们知识。当部落的人口开始增长，野人们开始学会制造弓箭和保存火种，当他们走出河谷，轻易地打败另外一个人数众多的敌对部落时，莫特下了一道命令——祭祀。

这是一个公平的交易。

斗转星移，野人们对莫特更加崇敬和膜拜，他们自发地修建莫特的住所，发掘巨石，仔细打磨平整，抬上山丘来建造神殿。神殿愈加宏伟，莫特发现，野人们似乎没有自己想象的那么愚钝，稍一点拨，他们就爆发出惊人的创造力。他们建造起更坚固的房屋，每一座房屋里都有不熄的火种；他们建造堤坝进行捕鱼，轻易就学会了制造更有力的弓箭和长矛，人口急速增长，山谷里已经遍布他们的足迹。在莫特的鼓动下，他们甚至组建了远征队外出探索这个世界。

他们膜拜他，按时送上祭品，那些新鲜的灵魂让莫特感到非常满意。他能感受到祭品们的恐惧和绝望，他们知道自己难逃一死，却依然抱有一丝希望。这些战败者，被掠夺者，他们的妻儿也被掠夺到这座新兴的城邦，他们的妻子将将成为生育的奴隶，他们的孩子将忘记自己的父母和来处。莫特抽取他们的灵魂时能看到他们一生的记忆，从出生到死亡，饱含着绵长的痛苦和转瞬即逝的快乐——时时刻刻为果腹而焦虑，初生的孩子因为饥饿和寒冷而死去，老人们在夜里悄悄离开……

后来莫特就不再这么做了，并不是因为同情，相反，他越来越觉得人类是一种奇特的生物。绝大部分人类一生都处于痛苦之中，他们出生时，父母焦虑于如何喂饱他们，他们没有厚实的毛皮，没有尖利的爪牙和强健的肠胃，一场小病就能很轻易地夺走他们的小命。当幸运的家伙们跌跌撞撞长大，他们就迫不及待地进行繁衍，再次进入一个循环，为了尽可能地留下后代，他们拼命地生孩子，然后像他们的父母和祖先们一样疲于奔命，而他们的孩子则又继续开始痛苦的旅程。

莫特觉得，把他们从肉体的囚禁中解脱出来，是一种善行。但不得不承认，他们依然是一个有趣的物种。莫特感到自己的力量在增长，他的触角能延伸到更远的地方，他甚至已经可以操控山谷里的天气——也许他真的是神，假以时日，他将成为真正的神灵。

但莫特知晓这并不是真正的答案，他不知道自己来自哪里，也许他真的是从神国跌落凡间，那么他的使命又是什么？会不会有其他的神同样降临大地？他经常四处行走，但从不离开城邦太久，在有些地方，他感到了某种危险——尽管他并不知道是什么造就了他对危险的预感，但他依然感到了本能的恐惧——这个世界似乎并没有他想象的那么安全。

莫特不再像以前那样四处游走，大部分时间里，他都藏身于信徒们建造的神殿之中。他发现，当他沉浸于冥想的时候，时间的流逝在他身上不起作用。莫特曾在一个冬夜里冥想，当他回到现实后，时间已是盛夏，他不敢相信冬天和春天已经过去。但是橡树下堆积如山的尸骨提醒了他，也许在冬天和夏天之间过去的不只是一个春天，他浪费了太多的祭品。

莫特能看到活人的生命能量，他并不是用眼睛去看，而是用精神触角去感知。人死后，他能感知到逝者灵魂的离去，重新融入这个世界的风中、水中和大地中，化为这个世界最本源的力量，尘归尘，土归土，从世界中来，到世界中去。他吸取灵魂时，则将这种力量据为己有。

他的胃口越来越大，第一个一百年很快就过去了，他早已不再满足于每个月圆之夜得到十个祭品，第二个一百年来临的时候，这个数量已经增长到二十个，第三个一百年到来时，数量增长到一百个。他放宽了条件，不再要求性别和处女，当祭品数量不足时，婴儿和老人也来者不拒。

降临一千年之后的一天，哈拉尔的王国遭遇了第一次挫折。帝国的军队第一次跨过大海，他们乘坐带有风帆的船只，第一次征服了海洋，但是持续几百年的好运到此为止了。在对岸，他们遇到了一支陌生的军队，敌军拥有更强大的武器，他们手持泛着金属光泽的刀剑，哈拉尔的军队被轻而易举地摧毁，损失惨重，几乎无人生还。

哈拉尔闻讯后大为震怒，他的王国从来没有遭遇过失败，以至于报信的幸存者费了很多口舌才让哈拉尔明白究竟发生了什么事，因为他们根本没有发明"失败"这个词语！哈拉尔难以容忍这种失败，他立即发出强硬的命令，征发了王国境内所有的成年男子，甚至奴隶们也被征发上阵，大量的战船被建造，整个王国都被动员起来。奴隶们彻夜打造着石刀和石斧，入夜，整个城邦都被工坊的火焰照亮。

哈拉尔站在宫殿二楼，俯视着山谷里的城邦，他依然怒火难消，自从神祇莫特赐予他真正的力量之后，哈拉尔轻而易举地登上了真正的王位——他得到了他的先辈们从未得到的真正的权力。他那些可怜的先辈，从未见过莫特，依靠着从古至今传下来的只言片语维系着自己可怜的地位，来维持家族的延续。真正掌握权力的人依旧是那些最强壮有力的猎手。那次中断的祭祀，其实是哈拉尔无法维持传说的结果，有人不想再让哈拉尔家族戴着神圣的光环。如果祭祀中断而什么都没有发生，那么谎言就不攻自破了，根本不存在什么神祇，一切都是哈拉尔家族捏造出来的谎言。感谢神祇，哈拉尔想到这里，不禁在心里由衷地祈祷，神祇没有抛弃哈拉尔家族。传说是真的，哈拉尔家族是神选家族，哈拉尔毫不留情地斩杀了企图反抗他的族人们，并且将怀有异心的男人女人，连同他们的家族一起全部献祭。

献祭后的第二天，圣树的叶子重新出现了，仿佛从未凋落枯萎过，与之同时建立起来的，是哈拉尔的王国。从那天开始，哈拉尔真正成为城邦的统治者，再也没有人胆敢反抗他的意志，大橡树下那日益增高的枯骨堆时刻提醒着人们谁才是哈拉尔身后真正的力量。

一阵冷风袭来，哈拉尔感到一阵疲倦，今年的冬天似乎来得更早一些。他想起了那些被他献祭的族人，那已经是数十个寒冬以前的事情了，也许更久远——当哈拉尔意识到应该记录时间时，时间已经过去许久。他的手指触碰到矮墙上的几道痕迹，或浅或深，每一道都是他亲自动手在坚硬的花岗岩上刻下的，每一道痕迹都代表了一个寒冷的冬天。他从未想过自己能活这么久，幸运或者不幸的是，只有他获得了神祇的祝福。他曾经以为自己的军队将战无不胜，能够征服太阳照耀之下的所有土地，梦想着他的军队追逐着太阳一直走到世界的尽头。

但是今天，他的梦想被击碎了。哈拉尔的怒火渐渐平息，被怒火驱逐的理智渐渐回潮，他意识到一个严重的危机正在袭来。如果他无法击败敌人，那么这不仅意味着他的梦想破灭，还将导致他再次违背契约……他不敢再想下去，莫特并不是一个温和的神祇，他一直都知道，所有人都知道，神祇的胃口越来越大，哈拉尔甚至已经开始将奴隶们作为祭品献上去。当奴隶用完之后，他将不得不"制造"更多的奴隶。

平原和河谷里游荡的部落大都知晓了帝国的存在，他们选择了逃亡，尽可能地逃得越远越好。哈拉尔的军队已经扫荡了整片大陆，他们必须越过海峡，越过那曾经让他们颤抖的波涛和似乎能吞噬一切的大海，除此之外，他们别无选择。

他必须征服大海对面的敌人，树木将被砍伐，大量的战船将被建造，既然他的军队已经能够越过海洋，那么他们将源源不断地越过那道该死的海峡，战士们的石斧和木棒将一如既往地击败所有敌人。哈拉尔根本不相信幸存者所说的敌人手持奇怪的泛着光泽的更坚硬的武器……还有什么比花岗岩更坚硬呢？在莫特的庇佑下，他的军队将战无不胜。

出征的前夜，哈拉尔独自一人走上山丘，他沿着献祭小径盘旋而上，数百年来的献祭让人们走过的地方寸草不生，形成了一条弯曲盘旋的通向圣树的路。小路的周围从未有人踏足，人们膜拜神祇，也惧怕神祇，除了献祭时，没有人会擅自爬上山丘。心存恐惧，必定产生敬畏，进而导致服从——这也是哈拉尔从莫特这里学到的。小路的周围生长着密集的灌木丛，生长着几棵弯曲虬结仿佛从地底探出来的怪手的树，它们的枝丫弯曲着指向天空，遮蔽了小路。小路的尽头则是那棵比这座城邦还要古老的橡树，一路走来，哈拉尔脚底的泥土变成了灰白色，那是长年累月从尸骨山上滚落的枯骨化成的灰烬，幽幽的鬼火在林间跳跃。哈拉尔踩着密集的枯骨前进，清脆的断裂声连成一片，一只硕大的乌鸦扇动着巨大的翅膀腾空而起。

哈拉尔看到了那棵老橡树，那棵被称为圣树的老橡树旁边是堆积如山的尸骨，绕过尸骨堆，哈拉尔终于走到了神殿门前。石质的神殿已经变成了墨绿色，苔藓在潮湿的角落蔓延，缀着大片叶子的藤蔓几乎爬满了神殿表面。哈拉尔已经很久没有见到莫特了，事实上，恭敬的表面之下隐藏的是极度的恐惧，那是他一直不愿承认的事实，他对这位神祇充满了恐惧，看看吧，这位神祇的住所宛如鬼域，看看吧，这位神祇吞噬灵魂之后所剩的残渣。

但今夜，他不得不来觐见莫特，他有一种预感，这次面对的敌人是前所未有的，他恐惧失败，他需要得到神祇的庇佑。哈拉尔跪伏在地，他知道莫特一定已经知晓他的到来。

"恐惧，怀疑，不安，愤怒，"一个声音响起，一时间，哈拉尔无法分辨这个声音是真的从神殿传出还是直接在他的脑海中响起，"哈拉尔，我的孩子，发生了什么事情？"

"我的军队遇到了前所未有的敌人。大人，遵照您的意志，帝国日益壮大，给您提供了丰厚的祭品，"哈拉尔努力控制住自己的颤抖，"这片土地已经彻底臣服，要想获得更多的土地和奴隶，帝国必须开辟新的领地，我派遣了军队越过无边无际的海洋，他们发现了新的土地，但也遭遇了惨重的失败……"

"敞开你的心灵，哈拉尔。"莫特打断他。

哈拉尔闭上了嘴巴，他突然感到一阵后悔，他明明知道神祇莫特拥有查看他心灵的能力，这意味着哈拉尔的一切都将在莫特面前无所遁形，他所有的秘密和不敬的想法将如同正午阳光下的积雪一般暴露无遗，但他别无选择。莫特的神力已经进入了他的脑海，他感到一阵无法描述的冰冷，他的身体依然浸泡在夏夜的热气中，但他的灵魂却感到刺骨的寒冷。寒冷马上消失了，哈拉尔丧失了一切感官的知觉，他的眼前一片黑暗，耳边一片寂静，似乎悬浮于无边无际的虚空之中。他知道莫特正在探查他的记忆，神祇喜欢高效的沟通方式，莫特曾经告诉过他，语言交流是低效的、容易产生误解的沟通方式。

无边无际的虚空……尽管这种糟糕的体验不是第一次，但哈拉尔依然感到恐惧，恐怕世间没有比剥夺人所有的感官更令人恐惧的惩罚了。恐惧无处释放，没有任何感知，一个又一个念头生起又熄灭，丧失了对时间和空间的感知，最终只剩下无边的深渊和恐惧，直至被黑暗彻底吞噬……

哈拉尔跌落在草地上，他的眼前依然是那座破烂不堪的神殿，他浑身颤抖着，感到裤裆湿漉漉的，他的肉体在丧失了灵魂之后，一定奋力挣扎……他感到羞耻，这不是他做的……但他马上就感到恐惧，莫特一定已经知道了他的不敬之心和他内心最深处的想法。

一声轻蔑的笑声，"不要试图隐藏什么，那对我不起作用，哈拉尔，我了解你想的一切，你的恐惧，你的怀疑和不敬——但神祇不在乎凡人的想法。"

哈拉尔大汗淋漓，他自己都没有意识到他对神祇的不敬，但他不敢反驳，在这种情况下，沉默是他唯一能做的。

有趣，非常有趣，莫特思索着刚才看到的记忆，同哈拉尔一样，他也对大海对面的王国产生了兴趣，哈拉尔带来了一些重要的信息，但远远不够。莫特的精神触角远远地延伸出去，在一个牢房里找到了他的目标——那名向哈拉尔讲述见闻的幸存者。莫特潜入他的大脑，审视着这个可怜人的记忆，代入自己的视角，用自己的眼睛去看，用自己的耳朵去听……一瞬间，莫特看到了过去、现在，还有帝国可能发生的未来。

"你应该相信他，那个报信者。"莫特的声音再次在哈拉尔脑中响起，"他不曾用谎言欺瞒于你，你的冒险会再次失败，而这次失败将毁灭你的帝国。幸好你没有愚蠢到底，哈拉尔，这是你今天做的唯一正确的事情。"

哈拉尔如遭雷击，他终于意识到了事情的严重性，"那我们应该怎么做？"

"加固城墙，削尖长矛，做好盾牌，然后等待我的指示。"

莫特的预言是对的，就在他下达命令的时候，无数挂着芦苇编织的长帆的船只满载着士兵正渡过月光下的海峡。平时漆黑的海水在今晚的月光下呈现出奇异的银白色。

太阳升起的时候，数千名装备精良的敌军已经随着潮水登陆，列队向河谷挺进。他们的武器在阳光的照耀下泛着金色的光芒，他们每一个士兵都身穿着哈拉尔的士兵们从未见过的藤蔓编织的甲胄。

哈拉尔站在城墙上，他的士兵们正将沉重的木质大门关闭——那是工匠们连夜匆忙打造的，连树皮都没刮干净。哈拉尔回想起昨夜发生的事情，感到一阵后怕。他从神殿山丘走下后，下令找到那名报信者，他想再仔细听一遍他的描述，但他的士兵只找到了报信者的尸体——他死在了牢房里。哈拉尔并不在意，他相信莫特的力量，那是凡人无法对抗的力量，既然莫特让他们防备，那么他们就防备，不管怎么样，莫特会让那些家伙付出代价的。

随着太阳的升起，哈拉尔的额头上沁出了细密的汗珠，他不禁又开始有了渎神的念头，他怀疑莫特是不是太——那个词儿怎么说？大惊小怪？只是一场小小的失败，损失了几百名士兵……哈拉尔并没有觉得有什么大不了的，婴儿们很快就能成长起来成为新的战士，人们像春天的青草一样发出嫩芽，不是每一棵青草都会在冬天枯萎，但枯萎是注定的，人都是会死的，不是吗？在过去的日子里，他征服了这片大陆，直到每个方向看到的都是茫茫大海，他的帝国从未遭遇失败，但这并不代表着他永远不会遭遇失败，这是个简单的道理。

就在哈拉尔胡思乱想的时候，一个士兵指了指远方让哈拉尔看。他顺着士兵指着的远方看去，除了风卷起的沙尘让地平线显得模糊不清，像是给地平线镶上了一道毛边，他什么都没有看到。但他很快就发现那并不是风卷起的沙尘，而是人群经过沙地扬起的沙尘，一个黑色军团犹如潮水般从沙尘中涌出，缓慢而坚定地向城墙走来。

现在哈拉尔终于知道王国的远征军都遇到了什么，那是他和他的王国从未见过的军团，是来自另外一个世界的军团，坚不可摧，不可抵挡。

信　使

莫特第一次走出了神殿，他从圣树下面走过，穿过尸骨山丘形成的峡谷，走下山丘。他穿着一件麻布长袍，脚上踏着一双鹿皮靴，这是城邦里最普通不过的穿着。城邦的青壮年全部都聚集到临时搭建起来的城墙后面，没有人注意到他从山丘走下来，当然，即使有人见到了，也不会认出他就是莫特。

莫特察觉到了危险，昨夜，他发现那支军队后面隐藏着一股强大而危险的气息。他认为自己长久以来的猜想被证实了——他不是唯一一个降临到这个世界的神祇，这个世界上存在着他的同类。在海洋的对面，那片未知的土地上，存在着另外一个神国，那神国的背后，隐藏着另外一个神祇。

莫特不喜欢同类，他觉得，这个世界上只有一个神就足够了……他在成长，降临初始，他孱弱到差点搬不动堆在身上的石块，但随着时间的流逝，在收取了无数祭品之后，他感觉到自己越来越强大，假以时日，他也许能成长为一个真正的神。

莫特试图接触那个未知的同类，但他的精神触角无法穿透那个海峡——一堵奇异的屏障挡住了莫特的精神探测，他发出了精神波动信息，但没有收到任何回应。那个神祇似乎对他充满敌意，他感到自己的尊严受到了莫大的侵犯。作为一个神祇，他无法容忍这种无礼的行为，而对方的无视，更是让莫特感到奇耻大辱。

更让他感到不安的是，那个同类的军队比他的更强。他的军队还使用着石头打造的武器，而对方的军队才是真正的军队，他们步伐整齐，军容严整，俨然经历过无数次真正战争的洗礼。反观自己的军队，则更像一群乌合之众，事实上他们平时的确只是猎人和田里的农夫……

数百年来的探索让莫特已经知晓，他降临的地方是一个岛屿，虽然巨大，但仍然是一个岛屿。这座巨大的岛屿被一条环形山脉横亘而过，王国所在的山谷就位于山脉中一个横断处的余脉中央。岛屿上没有他的同类，所有的危险感知都来自岛外的大海。当莫特第一次见到大海时，他被大海的深邃广袤深深地吸引了，他的记忆里没有海洋这个概念，但是莫特很快就思索出越过海洋的办法。本能让他知道一定要走出去，他不能被困于这座岛屿，在海洋的另外一边，一定存在着其他的陆地。天气晴朗的日子里，站在山脉最顶峰遥望日落的方向，在氤氲的雾气中能隐约看到一条起伏的黑线，莫特相信那是一个新的世界。

他指示哈拉尔组建一支舰队进行远征，野人们战战兢兢地克服着对大海的恐惧，扬帆出海……

　　莫特登上城墙，他看见了哈拉尔，身着兽皮制成的衣服，在一群身披麻布衣的士兵中颇为显眼。他又望向远方，黑色的军团正滚滚而来，但是在莫特眼里，却是另外一番景象。他看到了一个无所畏惧的军团，带着毁灭气息的灰雾；看到了每一个士兵脸上沁出的汗珠和每一粒落在他们身上的沙尘；看到了他们昂扬的斗志；看到了他们的过去……没有怜悯，没有悲伤，他们有人类的外表，却装着野兽的灵魂，他们曾与最危险的敌人战斗，和他们经历过的战斗相比，哈拉尔的军队扫荡岛屿进行的那些战斗和儿戏无异。不仅如此，莫特还看到了这个军团的未来，他们将轻易摧毁哈拉尔的军队，他们手持锋利的金属武器——亲眼见到之后，莫特才想起这种材料的名字——将轻易击碎哈拉尔军团的武器和头颅，这座城邦无人能够幸免，他的神国将被摧毁。

　　莫特已经看到了确定的结局，这种可能性的概率趋向于无限大，即使是他也无法扭转战局，伴随着这个军团而来的还有陌生神祇的意志。抵抗是无意义的，莫特不知道该做什么，他看到哈拉尔虽然恐惧，但仍然镇定，他一定是相信这座城邦的守护神会一如既往地庇佑他们，但是莫特知道，这次不会了，他的好运到此为止了。莫特赐予哈拉尔永生的肉体也将被摧毁，莫特看到了结局，他无法改变的结局。

　　敌军很快就行进到城墙下，在距离城墙大约 200 步的地方，敌军停止了前进。犹如蚁群一般密密麻麻的黑色军团训练有素，城墙上一阵骚乱，王国的军队从未见过如此规模的大军，一个鸟群无意中经过军团上空，被军团的杀气惊得四散而去。

　　队列分开，四排抬着用木头制成的长梯的队列显露出来，对方显然有备而来，而且有着丰富的攻城经验。

　　哈拉尔的军队没能挡住第一次进攻，敌军的第一次冲锋就攻上了城头，与此同时，十二名士兵抬着巨木制作的攻城锤轻易地将城门撞得向城里倒下。敌军如潮水般地攻入城内，哈拉尔的士兵们一触即溃，纷纷四散逃走。哈拉尔国王挥舞着一柄石斧冲进敌阵，他相信自己坚不可摧，正如以前在战斗中那样，但他的石斧被轻易砍断，一名敌军士兵挥剑将哈拉尔的头颅斩下。在这场战斗中，国王和普通士兵并无不同。

莫特从战场中穿过，哈拉尔的头颅滚到他的脚下，莫特抬起脚迈过去继续行走。敌军对他视而不见，甚至没有一滴鲜血溅到他的身上。莫特仿佛不属于这个世间，只是一个旁观者，整个战场都是他的背景，无法对他造成任何影响，他的神国在他身后燃烧，敌军迅速杀死了所有敢于反抗的人，他知晓这个城邦的命运，男人、女人和孩子将被掳走作为奴隶，用于祭祀，正如他们之前对其他部落所做的那样。

但这次不同，这次不仅仅是凡人之间的战争，还是神祇之间的战争。莫特知道，他也来到了这片战场，是他压制了自己的神力，夺走了哈拉尔的不死之躯，他就在这里。

莫特来到了战场后方，他看到一个普通的士兵正席地而坐，嘴里悠闲地叼着一根青草。那个士兵的长相非常普通，毫无特点，但他身上有一种掩盖不住的从容。

"很高兴见到你，我的兄弟。"那个士兵说，莫特虽然对他说的语言一无所知，却听懂了他的话语。

莫特走到士兵的面前坐下，"你是谁？"

士兵轻笑一声，反问道："我们是谁？"

莫特没有回答，这正是他一直以来寻找的答案，自从他降临到这个世界之后，他就一直在思索自己是谁，他知道自己和那些野人不同，尽管和他们有着相同的外表，但他知道自己的灵魂必然来自另外一个世界。而眼前这个人，身上有一种让莫特熟悉的气息，他的直觉告诉他，这是自己的同类。已经过去了那么长的时间，莫特以为第一次见到自己的同类时会很激动，但现在的他却异乎寻常地冷静，同类不代表一定是朋友，他深深地明白这一点，那些野人就是最好的例子，死于同类之手的野人远远多于死于其他方式的。

眼前这个士兵必定早就知道莫特的存在，他拒绝了莫特的交流请求，故意摧毁莫特的神国，他比莫特要强大许多，莫特相信，如果对方想取自己的性命，一定轻而易举。

"我以莫特为名，但那未必是我真实的名字。"莫特说。

"我以维克多为名，"维克多说，"那也不是我真正的名字。莫特，很高兴认识你。"

莫特耸耸肩，"我不知道是不是很高兴认识你，维克多，你打招呼的方式非常特别。"

在莫特身后，他的王国正被摧毁，维克多的士兵正在杀戮敢于反抗的士兵，他们已经开始放火来逼迫那些躲藏起来的人，浓烟冲天而起，整个河谷都笼罩在一片黑烟之中。

"你是第一次经历这种事情？"维克多露出一丝惊奇，莫特能看出他的惊奇是真实的，"我是说，你第一次遇到同类？"紧接着维克多笑了，"当然，你很幸运，或者不幸，你的降临之地是一座巨大的岛屿，或者说是一片很小的大陆，看来我是第一个拜访者。"

"还有其他人？"

维克多点点头，问道："你降临多久了？"

莫特沉思了一会儿，他不知道是不是应该告诉他，但他确实不记得具体的时间了，"降临……"莫特咀嚼着这个词语，看来维克多的想法和莫特是一致的，他也认为他们不属于这个世界，"几百年，也许一千年，可能更久，我不知道。"

"一开始我们的确会意识不到记录时间，这很正常，但你对时间的感知是不会错的，你降临的时间大约就在一千年前，误差不会超过两百年，这种事情，我已经很有经验了。"维克多说了一连串新名词，"莫特，我不是你的敌人，相信我。"

莫特向河谷方向望了一眼，浓烟更多了，他甚至已经看不到近在咫尺的城墙，"看来我们对'敌人'这个词语的理解有些不同。"

维克多笑了，"莫特，凡人就像野草一样生生灭灭，我们和他们不一样，难道你会在乎踩在脚底的野草的生命？"

"不会，"莫特说，这句话倒是真的，"但是他们对我有用，而且你们不该杀死我的奴仆。"

"你依然有机会重新建立你的神国——如果你愿意这么称呼它的话，"维克多说，"这是你第一次遭遇这种事情，我能理解你的愤怒，但愤怒是有害的，你要习惯我们的规则，莫特。"

"告诉我一切，维克多。"

维克多摇摇头，"我做不到，并不是我想要对你隐藏什么，而是因为我知道的也不比你多多少，但我能告诉你我知道的一切。"

"你降临多久了？"莫特问道。

"比你要久远很多，你很年轻，我的朋友，据说最古老的降临者来到这个世界的时候，这个世界还是一片荒芜。"

"是你？"

"不，我降临的时间不比你早多少，大约是一万年前，误差不超过两千年，你一定想知道我们来自哪里，我们到底是谁，"维克多苦笑道，"但是我要让你失望了，我并不知道答案。"

莫特难以掩饰自己的失望，此时此刻，他已经将哈拉尔和他的神国忘诸脑后了，维克多说的对，他们有着漫长得难以想象的生命，不必执着于眼前的繁华，正如一棵数千年的大树，不会在意朝生夕死的蜉蝣，他们根本就生活在不同的世界，但他还想知道另外一个问题的答案，"我们，有多少？"

维克多摇摇头，"几百个，也许数千个，我也不知道精确的数字，不是所有人都热衷于建立自己的神国，也不是所有人都喜欢人类的灵魂，我曾经见过将自己伪装成凡人的降临者，"他看着莫特，露出一丝微笑，"如我所说，我们有自己的规则。"

"你第二次提到了'规则'这个词语，"莫特说，"那是什么？"

"我们自称降临者，这个词语是最初的降临者确定下来的，我们不知道最早的降临者是什么时候降临到这个世界的，事实上，我们不知道谁是最古老的降临者，我们对时间的感知不尽相同。降临者们第一次相遇的时候，经历了一场混乱，不仅仅是降临者们建立的神国卷入了战争，他们自己也展开了战争，一切都陷入了混乱，暗无天日。大地上流满鲜血，高山变成大海，大海瞬间变成陆地，日月颠倒，星辰坠落，洪水滔天，那是一个黑暗的时代，但很快就结束了。凡人所剩无几，降临者恢复了理智，他们发现自己无法杀死对方，即使杀死了对方的肉体，他们也能很快借着凡人的身体重生。事实上，已经无人记得那场混乱是否真正发生过，即使是我们，也只能从凡人残存的传说中窥探那个黑暗时代的一星半点。降临者恢复了理智，进行了真正的交流，其中最强大的一个降临者说服了所有人，建立了第一条规则，降临者不得互相为敌；第二条规则，降临者不得干涉其他降临者的自由。"

"你违反了第一条规则，维克多。"

"没有，我并未与你为敌。还有第三条规则，降临者不得互相为敌，但可以用棋子进行游戏。"

"所以，你们互相摧毁对方的神国？"

"当然，再也没有比这更有趣的事情了。"维克多大笑，"每个降临者都乐此不疲，我们四处建立自己的神国，互相攻伐，胜利者获得失败者神国所有凡人的灵魂，失败者则被驱逐出神国。但失败者并不永远是失败者，他有足够的时间再次建立神国，胜利者也只是暂时的，总有人能打败他。"

莫特有些难以理解，"这种情况持续多久了？"

"久远到已经没有人记得这场游戏的开始——包括我刚才所说的，也不一定是真实的。真实的情况已经无人知晓，也许我们生来就是如此，至于为什么会这样，谁会去关心呢？"维克多不屑地说。

"那么，既然无人关心我们的来路，是否有人思考过我们的结局？"

维克多笑笑，他指着一只正爬上草叶的蚂蚁，"你会关心蚂蚁这个种族的结局吗？"

"当然不会，"莫特困惑地摇摇头，"这不一样……"

"本质上没什么不同，我们和蚂蚁一样，都有无法理解的领域。莫特，思考太多是没有意义的，不过，如果你愿意，你可以认为有一个神明存在，这样会让你好受一些。"维克多好心地说，"但我不建议你这么做，大多数降临者都反感这种想法，毕竟绝大多数降临者都自封为神，也包括你。"

莫特点点头，接受了维克多的建议，"那么，我现在应该做什么？"

"加入我们，敞开你的心灵，我将成为你的引路人。"维克多向他伸出右手，"这个世界很大，这座岛屿只是这个世界一个很小的角落，我们有永恒的生命，你可以去任何地方，去享受你的生命，去继续做你的神祇，去学习新的知识，你可以做你任何想做的事情。这个世界上有数不清的凡人，他们的生命力像野草一样顽强，他们是这个世界为我们准备好的祭品和游戏……未来的路就在那里，我们虽然看不清，但它就在那里。"

"你们已经失去好奇心了，维克多，"莫特说，"但我对这个世界充满了好奇，是谁创造了这个世界，我们究竟来自哪里？你们也自称降临者，你们知道我们不属于这个世界。"

"每一个新生的降临者都会经历好奇心这个阶段，但这是没有意义的，相信我，莫特。你的好奇心我们都有过，但不久之后你就会发现，好奇心是这个世界上最没用的东西，如我所说，只要我们走过去，未来的路就会出现在我们眼前。"

莫特不置可否地点点头，"也许你是对的，不过，你说还有新的降临者来到这个世界上？"

"很少，非常少，已经很久没有见到过了，"维克多咧开嘴笑了，"所以我真的很高兴见到你。怎么样，要不要加入我们？"

"我怎么知道这不是一个圈套？也许一切都是你编造出来的，也许你想通过这种方式获取我的灵魂。"

维克多耸耸肩，莫特能看出他在尽力掩饰自己的不屑，"你是我遇到的最弱的对手之一，你甚至没有教会你的国民使用金属。莫特，我们的力量就是王国的力量，如果我真的想对你动手，你不堪一击。相信我，第一条规则，降临者不得相互为敌，不是因为善良，而是因为我们根本无法杀死对方，即使我杀死了你的肉体，你也依然会重生在这个世界的某个角落，带着今世的记忆和仇恨。这是没有必要的，我们以前经常做这种事情，这毫无意义。我们是棋手，而不是棋子，这个世界就是这样设计的。"

"你们承认有'人'设计了这个世界？"

"你的问题太多了，"维克多有些不耐烦了，"你有足够的时间去寻找答案，而在你寻找到足以说服你的答案之前，你早就忘记了寻找答案的目的。"

莫特耸耸肩，"也许吧，但我想这个世界一定是有目的的，我会去寻找的。"

"我说过，如你所愿，你可以做你想做的任何事情，那么，你是否愿意加入我们？"

莫特犹豫着，他不确定眼前这个摧毁他神国的士兵说的是不是真的，他依然怀疑这是一个圈套。一只狼可以奔袭很远只为捕杀一只兔子，但如果狼会制作陷阱的话，它就可以轻松获得猎物。

维克多笑了笑，他看出了莫特的犹疑，他从地上站起身，莫特这才发现维克多非常矮，低了自己差不多一个头，但他的身体非常匀称，维克多无所谓地说："我该走了，如果你需要，可以呼唤我，我依然愿意做你的引路人。"

"我们为什么需要人类的灵魂作为祭品？"

"那要问你自己了，"维克多转身离去，他的声音渐渐远去，"很少有人能抵挡凡人灵魂的诱惑，但我建议你保持克制，海拉不喜欢克制不住自己欲望的人。"

"海拉是谁？"莫特朝维克多的背影喊道。

"海拉是最早的降临者，是我们中最强大的一位，他是众神之王。"

维克多很快就消失在远方。

维克多的军团在退却，他们带着满身的血迹和硝烟朝来时的方向退去，伤兵被留在原地自生自灭，犹如潮水退潮时留在沙滩上的贝壳。莫特逆着潮水向他曾经的神国走去，他感知到无数惨死的灵魂在战场上游荡，化为本源的能量向维克多涌去。莫特无法挽留它们，他是战败者，但不会总是这样，莫特在心里说，如果维克多说的是真的——他不会再在这座岛上停留，多么愚蠢，自己竟然在这个岛上待了数百年，甚至上千年，他痛苦地意识到，他所谓的好奇心并没有让他走出这座岛屿，他在大海面前恐惧了，退缩了。而他竟然还指责维克多没有好奇心，维克多没有当场揭穿他已经非常礼貌了。

莫特穿过倒塌的城门，城墙的上面和下面都堆满了尸体，有的大体完整，有的残缺不全，还未凝固的鲜血在地上缓缓流淌。莫特从尸体上跨过，他甚至看到了哈拉尔的头颅，他的眼睛蒙着一层灰翳，无神地望着天空。莫特已经无法复活他了，他的灵魂已经从躯壳中散逸，成为世间万物的一部分。他临死前一定心有不甘，悔恨和绝望，他信奉了几百年的神祇没有拯救他和他的王国。

维克多的大军轻易地就碾碎了一个耗费了几百年才建立起的城邦，维克多夺走了一切。但莫特却没有意料中的悲伤和愤怒，相反，他感到一丝若有若无的欣喜，维克多为他打开了一扇新的大门，他不是孤独的，有和他一样的降临者在这个世界上。

莫特沿着原路返回，他经过布满枯骨的黑暗丛林，鬼怪般的枝丫横亘在他的头顶，发出无声的呐喊。莫特回到了那个破烂不堪的

"神殿"，再也不会有祭祀了，没有凡人胆敢来到这个地方，尽管岛上还残存着一些幸存者——维克多说过，他们摧毁一个神国的时候，从不斩尽杀绝，只要留下足够的种子，凡人会很快重新繁衍出足够的人口。

但莫特不会再留在这个岛上了，他没有信心比这次做得更好，虽然那些凡人依然会将他奉若神明。

"即使我们都走到了路的尽头，我仍不能放手，这很反常，你属于我，我也属于你……"莫特突然发现自己正在哼唱一首曲子，旋律很熟悉，语言却是从未使用过的，但他就是哼唱了出来，仿佛这首歌一直存在于他脑海深处，直到今日才浮现出来。莫特敢肯定自己从未在这个世界上听到过这首曲子，也从未听到或使用过这种陌生又熟悉的语言。如同他刚苏醒的时候，无数陌生的记忆充斥着他的脑海，他教会那些野人的技能都是来自这些陌生的记忆。而现在，莫特理解了维克多所说的他们本身的力量就是神国的力量的意思了，莫特知道自己犯了什么错误，他故步自封，从未试图去挖掘那些隐藏的记忆，所以他的王国没有金属，没有谋略，没有甲胄……还有一些莫特从未意识到的东西，一些原本应该存在的东西……

他坐在神殿中央，不，现在这里已经不是一座神殿，而是一座破烂的石头房子，摇摇欲坠，爬满了常春藤，建造它的人和他们的后裔大都已死去，有一些早已化为枯骨，尘归尘，土归土；有一些死于不久之前，鲜血尚未冷却。

斗转星移，春去秋来，时光荏苒，不知道过了多久，莫特终于睁开了眼睛，他重新扫视了他的领地，维克多说的没错，有一些幸存者已经逃到了岛屿的西方，敌人并未斩尽杀绝。灰烬之下残存着火种，终有一天，火种将重新变成熊熊烈火。

莫特释放了一个信号："做我的引路人，维克多。"

神庙轰然崩塌，乱石坠落，尘土飞扬，但没有一块石头砸中莫特。阳光洒在莫特身上，他站起身，腐朽的衣服碎片从他身上掉落，化为尘埃。仿佛一刹那，莫特穿越了数百年的时光，神庙早就应该化为废墟，随着莫特的睁眼，才回归它最真实的形态。

维克多没有回应，但莫特感觉像是一条小鱼找到了出口。从出生以来，这条小鱼一直在一个深潭里生活、游荡，它突然发现了一个出口，狭窄，黑暗，前方隐隐有一丝亮光在吸引着它。小鱼游荡了一圈，最后一次巡视它的领地，然后钻进了那条通道。夹杂着兴奋、恐惧和紧张，它听到同类在呼唤它，在前方，在光明之处。小鱼再也没有犹豫，它摇摆着尾巴顺着水流前进，它早就应该这么做了，但是对未知的恐惧让它一直困在那个水潭里。很快，通道变得更加宽敞，光线越来越明亮，它继续前行……突然，它进入了一个新的世界，它来到了大海。

一个声音在它脑海里响起，"维克多对我说起过你，莫特，欢迎你，我是海拉。"

除了海拉，莫特还感知到另外一个熟悉的气息，那是维克多，"你终于来了，我的朋友。"

记　忆

2021 年，纽约。

天色微明之际，沈晓琪走出了公寓。

大街上空无一人，平常川流不息的车流和人群消失了。一阵风吹来，卷起地上散落的广告彩页和被丢弃的报纸，远处的天际线上有几道黑烟升起，沈晓琪联想起清明节祭祀祖先时漫卷的烟火。没有车鸣，没有鸟啼，只有偶尔从远处传来的几声警笛的尖啸，繁华的纽约大都会一夜之间变得萧瑟荒凉，一幅末日的景象扑面而来。

昨夜发生的震荡改变了一切，政府发布了紧急通知，要求人们尽量待在家里。沈晓琪不知道这次的奇怪震荡是否和卡兰迪出现的地狱之门有关，她甚至不知道中国是否发生了同样的事情，昨夜的震荡之后，所有的通信设备都中断了。

沈晓琪麻木地开车前往长岛，她脑海里一直回想着一个名字——威廉姆。过去十六年里和威廉姆相处的一幕幕不断涌进沈晓琪的脑海。她想起十六年前第一次来到美国时，一出纽约国际机场，就看见一个身材高大、面容坚毅的男人站在出口处，手里还举着一个用汉字写着"沈晓琪"的牌子。

威廉姆，威廉姆……沈晓琪咀嚼着这个名字，不，他不可能是一个幻影，即使所有人都忘记了他，但沈晓琪对威廉姆曾经存在过深信不疑。这个沉默寡言的男人是一个伟大的守护者，他曾经参与过众神之战，也曾经行走在每一个乱世和每一片土地，四处寻找着为祸人间的漏网之鱼，许多强大的恶魔都命丧他手。从这些年威廉姆的只言片语中，沈晓琪了解到，在众神之战前，威廉姆曾经前往埃及，杀死了阿努比斯和许多埃及古神，为众神之战的胜利打下了坚实的基础。威廉姆的威名绝不亚于埃克斯，但他却远比埃克斯要睿智，他清楚地看到了恶魔正在重新联合起来的事实。

这些年的朝夕相处，一切都历历在目。作为 SIB 仅有的两个守护者，威廉姆对沈晓琪给予了无微不至的照顾。如果说议长是引领沈晓琪进入这个神奇世界的导师，那么威廉姆就像一个亲切的兄长。他手把手地教会了沈晓琪如何鉴别隐藏在人群中的恶魔。他曾亲自带着沈晓琪参与对恶魔的围剿，也带她走遍美洲大陆。他们曾一起去阿兹特克文明所在地寻找恶魔在历史上的痕迹，也曾教会沈晓琪在历史典籍中辨别恶魔的蛛丝马迹。

在威廉姆的教导下，沈晓琪惊讶地发现，原来恶魔无处不在。他们伪装成人类，利用超自然的力量夺取权力，肆无忌惮地发动战争。他们嗜血残暴，视人类的生命为草芥，操纵着人类的历史。尽管守护者们一直在猎杀恶魔，但恶魔却从未绝迹。沈晓琪曾经问过威廉姆这个问题，如果在数千年里，守护者一直不断地猎杀恶魔，那么恶魔应该早就绝迹了才对，这是一个简单的数学问题。

威廉姆没有给她答案，议长也没有。沈晓琪猜测，守护者宣称能彻底杀死恶魔，但实际上他们并没有真正做到，恶魔可能被重创，但意识却从未真正消失，而是重新传输到新的肉体，并借此重生。正如你可以在网络游戏里杀死一个角色，但角色并不会因此真正死去。守护者也许不仅可以杀死游戏中的角色，甚至可以注销他的账号，但坐在屏幕后面的那个人却从未受到真正的伤害。

也许沃顿是对的，这个世界，真的只是一个虚拟程序，一个母体。沈晓琪想起她第一次进入皮埃尔的虚拟空间时的感觉，和肖恩不同，沈晓琪在虚拟空间里待的时间更长，她甚至在虚拟空间里经历了几次不同的生命历程。她甚至怀疑自己的错乱记忆和虚拟空间中的经历互相影响，从而使她现实中的记忆更加错乱。那一次之后，沈晓琪就拒绝再次连接，她不愿意再回到那个虚拟世界，即使那个世界已经逼真到完全分不出真假。

可是现在，沈晓琪不知道自己是否真的回到了真实世界，也许她从来都没有在真实世界存在过，也许所有的世界都是真实的。也许威廉姆只是另外一个世界的记忆，也许问题出在沈晓琪自己身上，也许她跳转到了一个威廉姆从来都不存在的世界。

沈晓琪紧紧地抓着方向盘，威廉姆的音容笑貌不断在她眼前流转。她没有意识到，她把下嘴唇咬出了血。嘴里的腥甜味让沈晓琪回过神来，她轻轻摇摇头，努力把注意力集中到眼前空荡荡的公路上。

路上，沈晓琪遇到警方设置的几个路障，在出示了证件之后，穿着反光背心的警察就挥挥手放行了。

这时，沈晓琪才注意到天空灰蒙蒙的，却不是低沉的阴云，仿佛整个天空的背景被一双看不见的手调成了灰色。曼哈顿的高楼大厦在灰色的背景下犹如一座座沉默的墓碑。

不对，沈晓琪在心里摇摇头，这一次不一样，她还是不记得关于斯诺的任何事情。以往，当沈晓琪发现记忆和现实出现冲突后，她的大脑会根据现实对记忆进行自动"矫正"。关于现实的记忆会逐渐"复苏"，而错乱的记忆则会退回脑海深处。就像十四岁那年，沈晓琪发现自己书桌上的兵马俑摆件不见了。沈晓琪记得小兵马俑是自己七岁那年的暑假，父母带她去西安旅游的时候买的。但是后来，沈晓琪却发现，爸爸妈妈根本没有带她去过西安。七岁那年，他们去的是海南岛。得知真相之后，前往海南岛的记忆逐渐复苏，沈晓琪逐渐想起了前往海南岛的旅途中经历的一切。关于西安之行的记忆则逐渐扭曲着退回黑暗。

但这一次不同，已经过了一晚，关于斯诺的记忆却丝毫没有复苏，她脑海中关于斯诺的记忆依然是一片空白，而对威廉姆的记忆却愈加鲜明。

突然，昨夜的噩梦闯进沈晓琪的脑海，她不禁浑身一凛，阴冷绝望的气息从心底泛起，她浑身颤抖起来，方向盘都差点握不住了。沈晓琪深呼吸，定了定神，把车缓缓地停在路边，靠在椅背上，无神地望着前方。她不敢闭上眼睛，只要闭上眼睛，眼前就会浮现出狂热的人群和黑色的祭坛。她的身上仿佛还残留着被捆绑后的感觉，被麻绳捆绑之处依然隐隐作痛。但更让她心痛的是那双冷漠的眼睛，她梦中的母亲的眼睛。面对黑曜石尖刀，沈晓琪感到恐惧，但当她从人群的缝隙中看到那双眼睛之后，恐惧之潮退去，只剩下死寂般的绝望。

此时，沈晓琪深刻地感受到梦中那个小女孩的绝望，尖锐的痛楚直击她的灵魂。她浑身战栗着，噩梦中的画面是那么逼真。她闭上眼睛，看到自己又回到了那个黑色的祭坛，一个赤裸着上身的男人手持一把黑曜石尖刀正朝她的心脏猛扎下来。这时，画面似乎定格了，沈晓琪的视角从小女孩身上移开，看向祭坛上方，一个脖子上戴着人头项链，腰间系着人的手掌装饰的腰带，身上穿着金丝编织的缠袍，还有四只青黑色的手臂的女人正冷冷地看着她，嘴角似乎露出一丝邪魅的微笑。

沈晓琪猛地睁开眼睛，不知道为什么，她立即就知道了那是印度著名邪神迦梨。

迦梨……沈晓琪在心里微叹，是迦梨。她突然想起威廉姆曾经提到过，杀死埃克斯的凶器很可能是一把黑曜石尖刀，有守护者曾经在肯塔基州的一次血腥祭祀中发现过迦梨的踪迹。

难道是真的？难道迦梨曾经试图杀死她？难道迦梨依然存在于这个世界上？

还有什么是不可能的呢？沈晓琪在心里苦笑，恶魔正在重生，远古的亡灵正在归来，卡兰迪的地狱之门一定是那位莫特的杰作。

他们必须阻止莫特，必须马上阻止莫特。不管莫特在谋划什么，沈晓琪知道，这个世界正处于极大的危险之中。

她重新发动了汽车，汽车如一支离弦的箭向长岛方向飞驰而去。

海 拉 苏 醒

埃克斯错了，艾米丽错了，斯诺也错了，所有人都错了，肖恩根本不是一个沉睡的守护者，他是海拉，万神殿的统御者，父神在人间的化身，大地神灵的统治者，他是众神之王。他没有辜负父神的期望，幻境中的神国终于降临到了这个世界。

每时每刻，天空中都飞翔着载人的"铁鸟"，大海里航行着高山一般巍峨的巨船，人类的规模比想象中的要大，这个世界上遍布着人类建造的超级城市，他们可以轻易地与地球上任何一个角落的人取得联系——最让人惊叹的是，这一切都没有借助任何神力，而是利用科学和知识的力量。人类这个弱小的种族终于重现了神国的辉煌。

醒来后的一天一夜，除了照顾他的护工以外，没有人来看望他。沃顿没有来，沈晓琪也没有来。但肖恩敏锐地察觉到了这个世界和之前有了一些不同之处。

昨夜的震荡发生时，肖恩正盘腿坐在房间的地板上冥想。众神之战前，肖恩经常冥想，他在浩瀚星空下的山巅和湖边冥想，在猛兽横行的黑暗旷野中冥想，在无人涉足的戈壁荒原上听着呼啸的风声冥想，在耀眼的群星之下冥想。

那时的他相信，通过冥想能抵达父神的领域。众神坚信他是父神派来这个世界上统治大地的神灵，包括他自己。他经常在冥想中进入幻境，在幻境中，他看到不可思议的景象。他曾在幻境中看见旗帜鲜明的军队攻打一座拥有通天之塔的城池，通天之塔如一柄利剑般直插云霄；他曾看见绵延数百里的巨大城市，无数"铁盒子"在城市里如巨兽般地穿梭流动；紧接着，他又看到无数飞行的"铁鸟"投下致命的雷电，炫目刺眼的白光升起，高大的大楼如沙滩上的沙雕般纷纷倾倒在火海中；他还看到如山峦般高大的钢铁巨舰在波涛中斩浪前行，几排"铁鸟"整齐地排列在巨舰的甲板上。

久而久之，海拉认为这些幻境是父神给他的预示，但这些预示到底意味着什么呢？海拉始终未曾参悟透彻。进入幻境的次数越来越多，他沉入幻境的时间也越来越长，看见的景象也越来越逼真。终于有一天，在一次深度的冥想中，他能以化身在神国中行走。他惊奇地发现，神国中的神人似乎与凡人无异，尽管他们拥有许多精巧的神器，比如能够瞬息千里的铁鸟和不用畜力就能飞速奔驰的铁车，但他们的身体似乎依然是脆弱的，甚至比人间的凡人还要脆弱。

后来，海拉经常进入深层的冥想，每一次他都以不同的化身去经历不同的生命历程。他发现神国之人的寿命虽然远超过凡人的，但依然会生老病死，他们的身体也非常脆弱。

终于有一天，海拉明白了父神真正的启示，他在幻境中看到的并非天庭神国的景象，而是父神希望看到的人间的景象。他明白了众神真正的使命，他们依然是父神统治大地的使者，但并非以这种方式。他们应该引导和保护凡人，而非奴役和屠杀凡人。海拉虽被尊为万神殿之首，但当他给众神们宣示了启示之后，却没有一个神灵相信他的话。

海拉派出的前往各大神国的使者也空手而归。高傲的神灵们拒绝了他的召集和提议，他们沉浸在杀戮游戏中乐此不疲。

海拉的担忧日益加重，他意识到，父神不会对众神的所作所为听之任之。他想起在幻境中看到的那些毁天灭地的力量，这个世界多次毁于烈火和洪水，那一定是神即将降下的惩罚。当恶魔突然出现在这个世界上并且摧毁了东方神灵之后，海拉却暗自松了一口气——如果这是来自父神的惩罚，那么，看起来父神并未完全抛弃众神。

但海拉依然无法说服其他人，即使是他，也对恶魔是否真的是父神降下的惩罚惊疑不定。但众神之战后，海拉屈服了，他亲眼见到了众神在恶魔面前完全无法施展法力。在恶魔带领的凡人军队面前，即使贵为神灵也能被轻易杀死。毫无疑问，恶魔拥有克制神灵的力量，那一定是父神赐予他们的。

海拉封印了众神之后，记忆还是模糊的，他隐约记得自己陷入了另外一场战争——一场众神之间的内战。海拉的眼前亮了，那座塔庙，美索不达米亚平原上的战争，扑朔迷离的巴比伦战争，沈晓琪曾经提到过的恶魔内战，是的，一定是的。但是有一个小小的问题，那就是为什么自己会陷入沉睡？难道是战败了？

海拉并没有感到沮丧，他只是好奇，他已经惩罚了莫特，剥夺了他使用人类身体的权力，只允许他使用飞鸟的躯壳……但是他似乎打破了这个诅咒，重新获得了人身，尽管他的脑袋是一个可笑的鸟头。那么，是谁帮助了他？维克多？不，维克多没有这个能力；泰坦？更不可能，比起大脑，泰坦更喜欢用肌肉来思考；至于安德鲁，海拉第一时间就把他排除了，安德鲁绝不会帮助莫特。

毫无疑问，莫特背叛了他，也许还有维克多和泰坦，也许莫特还煽动了更多的神灵来反对他。海拉在第一次唤醒实验中看到的情景绝非偶然，那一定是发生在恶魔之战中的场景，也许沈晓琪说的对，那座塔庙真的是巴比伦塔。

虽然海拉丢失了那段记忆，但有一点是确定的：在巴比伦之战中，他战败了，他的灵魂陷入了沉睡，坠入了轮回的深渊。而莫特却依然没有放过他，每一世都追杀他，折磨他，剥夺他的挚爱，让他品尝这个世界上所有的痛苦。莫特亲手给他制造了一个地狱，每一世他的死法都离奇而残忍，在品尝了无尽的绝望之后，凄惨地迎接死亡。

与之相比，海拉仅仅把他变成一只乌鸦是多么的仁慈。

海拉强行把思绪从莫特身上移开，现在最重要的是要搞清楚巴比伦之战中到底发生了什么，他为什么会战败。虽然海拉不愿意承认这一点，但他必须面对这个事实。巴比伦之战中到底都发生了什么，那个女人是不是真的存在？如果她真的存在，那么她是谁？她说的那些话又是什么意思？

"当群星熄灭，亡者苏醒，沉睡者唤醒力量，朝圣者再次踏上征途，毁灭的尽头即是重生。"

群星熄灭已经应验，亡者苏醒说的难道是自己？

那位议长，守护者的领袖，他安排人找到了肖恩，并且借用人类的科技之手唤醒了他，作为守护者的首领，他为什么要这么做，为什么要唤醒海拉？这位议长到底有什么目的？还是真如沈晓琪所说，他只是希望通过一个让莫特如此痛恨的守护者来知晓莫特的弱点？

当然，海拉不会放过莫特，但不代表他将成为议长的傀儡，没有人能够控制他。这位议长大人一定隐藏着许多秘密，就连威廉姆和沈晓琪都不知情。

正在思索间，有人敲门，海拉睁开眼睛，"请进。"他说。

门被推开了，是沈晓琪。

"肖恩！"沈晓琪走到他的身边，惊喜地看着他，"你醒了。"

"你好，沈晓琪，我知道你会来的，我一直在等你。"肖恩朝沈晓琪露出一丝微笑。

"你……看起来气色很不错。"

肖恩点点头，"这一次，我看到了许多过去的事情，我相信我看见了巴比伦之战。"

"你参加了巴比伦之战？"沈晓琪惊呼。

"那座塔庙……我又见到了它，我想那应该就是巴比伦塔。"

"那场战争中到底发生了什么？"沈晓琪迫不及待地问道，"你有没有见到海拉？"

"没有，"让沈晓琪失望的是，肖恩立即给出了否定的回答，"我没有看到海拉，但我看见了莫特。有许多恶魔追随了他，我看到一支恶魔大军正在朝通天塔行进。"

他并没有欺骗沈晓琪，当封印的情景退去后，他又看到了许多后来发生的画面。他看到自己亲手摧毁了神殿，脱下华丽的神袍，披上麻布兽皮，行走于人群之中。追随他的众神听从了他的训示，分散到大地四方，加入遇到的部落。但这一次，不是统治他们，而是教导他们。

他又看到了巴比伦，人类建立起的最早的城市，他甚至看到了通天塔的修建。在不经意的一瞥中，他看到莫特纠集了追随他的神灵向通天塔行进。在他的身边，还有一个面容模糊的女人。

沈晓琪的脸上露出惋惜的神色，"如果你能看见海拉就好了，所有人都相信莫特在那一场战争中杀死了海拉。"

"事实也证明了这一点，不是吗？海拉已经很多年都没有出现了，很多守护者都忘记了海拉，而莫特还活着。"

"我不知道，"沈晓琪脸上的困惑并不是装出来的，"也许是我疯了，所有的事实都证明海拉死在了那场战争之中，但我的记忆和所有人都不同，我分明记得海拉战胜了反叛的恶魔，也击败了闻讯赶来的守护者。事实上所有参战过的守护者都不记得战争的细节，但所有人对那场战争的结果的记忆都是一样的，海拉战败了，人类的神话传说也印证了这件事情，吉尔伽美什——这是苏美尔人对海拉的称呼——被伊什塔尔的父神安努所杀。"

"但是在你的记忆里，吉尔伽美什并没有死去，对吗？"

"是的，死去的是恩奇都，他是吉尔伽美什的朋友。"

"那么，恩奇都是谁？"肖恩没听说过这个名字。

"我不知道，"沈晓琪摇头，"也许是追随海拉的恶魔，也许是一个根本不存在的人。从某种意义上来说，恩奇都代替吉尔伽美什而死。"

"但神话里可不是这么说的，神话里死去的是吉尔伽美什，"肖恩摆摆手，"也许你搞错了，这个神话和巴比伦之战毫无关系。"

沈晓琪有些气馁，"当然有这个可能，"她暗自心想，还有一种更大的可能是自己的记忆出错了，"肖恩，你是否看到了你是如何重创莫特的？"

肖恩摇摇头，"很抱歉，晓琪，我还是不知道莫特为什么会追杀我。"

沈晓琪的脸上露出失望的表情，"但你曾参加了巴比伦之战，那么，至少我们知道了巴比伦之战是真的，而且有守护者参加过那场战争。"

"如果真的有守护者对莫特造成过严重的伤害，为什么你们会不知道？"海拉提出自己心中一直以来的疑问，"埃克斯这种恶魔猎手似乎就非常有名。"

"在守护者们组织起来以前，守护者对其他人的行为几乎一无所知，"沈晓琪说，她似乎不愿意在这个话题上继续深入，"你有什么打算？"

"我已经沉睡太久了，"肖恩静静地看着沈晓琪，"我已经很久没有用守护者的眼光来打量这个世界了。"当然，还有神灵的。"我想到处走走，重新看看这个世界。你知道吗，晓琪，这种感觉很奇怪。作为美国人肖恩，我对这个世界很熟悉，我通过互联网和有线电视知道发生在这个世界各个角落上的很多事情，也早已对这个世界失去了好奇心，但是作为守护者，这个世界对我来说很陌生，好像我是从千年之前直接穿越到了这个时代。"

"我能理解这种感觉，可是我担心你的安全。肖恩，你要知道，埃克斯死了，恶魔已经开始猎杀守护者了。"顿了顿，沈晓琪才说，"卡兰迪出现了一个地狱之门，威廉姆也死了。"

"威廉姆是谁？"果不其然，肖恩惊奇地问。

"算了，这不重要了，"沈晓琪无力地摆摆手，"你要小心，你不是无名小卒。而且你要小心普通人，有些恶魔会诱惑普通人为他们服务，他们洞悉人类的弱点，懂得利用人类的欲望来笼络他们。很多地下团体和邪教都是恶魔在背后捣鬼。"

这个信息并没有让海拉感到吃惊，事实上，这才是神灵们一贯的做法，他们不仅仅把人类当作奴隶，当战争四起时，人类还是得力的仆从军。

"我很抱歉，"肖恩说，"你们在我身上浪费了太多时间，你们想要的我也给不了，我不知道莫特的弱点，我甚至不知道自己曾经是否和莫特交过手。"

"看来你受到的伤害太大了，"尽管有些失望，沈晓琪还是安慰道，"不必自责，也许你以后会慢慢想起来的。"

"你刚才说，地狱之门？"海拉心中一动。

"是的，在卡兰迪，"沈晓琪垂下眼睑，"威廉姆……斯诺是这么说的，很可能是莫特打开了地狱之门，现在所有人都自顾不暇了。"

"也许莫特也顾不上我了，"肖恩若有所思地说，"他现在看起来很忙。"

耶 梦 加 得

瑞典，波罗的海沿岸，斯科讷。

现在是凌晨 2 点，巡警约瑟夫正坐在警车里昏昏欲睡，他的搭档杰克逊是一个头发黑直的年轻人，刚刚加入警队不久，还处于幻想着自己能干出一番大事业的阶段。很快他就会发现生活完全不是他想象的那样，很快他就会被琐事和枯燥的生活折磨得失去所有的野心和梦想。良好的治安让约瑟夫几乎整天都无所事事，这个街区倒是有几个惯犯，他们最喜欢偷带着大把现金的中国游客。

上帝啊，那些来自东方的游客为什么那么喜欢携带大把的现金，他们难道不用信用卡的吗？但他们又能拿那些小偷怎么样呢，关几天还得放出来。

车门拉开了，杰克逊递给他一杯热气腾腾的卡布奇诺，打断了约瑟夫的胡思乱想。约瑟夫接过咖啡，道声谢，小口地啜着咖啡。今夜又是一个枯燥的夜晚，约瑟夫一边喝着咖啡，一边想着明天白天的计划。明天要付例行的账单，还有索菲亚和孩子们的保险快到期了，他得处理这些事情。如果一切顺利，晚上也许可以去那家Half&half table 吃奶酪意大利面，不过他不喜欢那里的抹茶蛋糕，天知道那些东方人为什么能把茶做成点心。

这时车载对讲机响了，一个刻板的女声传来，"请最近的巡警前往克罗索大街，有人报告目击了一个……"罕见的停顿，约瑟夫想象着坐在控制中心的那个妆容精致的金发女人困惑地看着看报警记录，又是一个新手，这二十年来，约瑟夫见过各种奇奇怪怪的报警记录，有醉汉报警说看见了天使，当警察赶到时看到醉汉面对墙上的涂鸦大呼小叫，"身高约十米的巨人，正在沿着克罗索大街往东行走。"

瞧瞧，我说什么了，约瑟夫放下咖啡，拿起对讲机，"阿尔法二号正在前往。完毕。"

约瑟夫发动了汽车，他们距离克罗索大街大约只有两个街区。理论上，过了前面那个十字路口，他们就能看到克罗索大街，如果真的有一个十米高的巨人的话，他们得小心别被踩扁了。

还没到十字路口，约瑟夫就听到一阵尖厉的刹车声和撞击声，天哪，他意识到前面出了车祸，但紧接着撞击声此起彼伏，不，还有金属被撕裂的声音，是连环车祸。该死的，约瑟夫一边猛踩油门，一边拿起对讲机，但他还没来得及说话就一头撞在了方向盘上。

头晕目眩的约瑟夫还没反应过来是怎么回事，就听见杰克逊撕心裂肺地大喊："后退，快后退！"

约瑟夫抬起头，他看到自己撞在了一堵灰色的墙上，不，是一根灰色的柱子上，怎么会突然多出一根灰色的柱子？他不记得路口有这么一根柱子，谁会发疯到在路的中间竖一根柱子。

"快后退！"杰克逊再次大喊。

约瑟夫晃晃脑袋，他觉得额头上黏糊糊的，眩晕感稍退，约瑟夫抬头望去，耶稣啊，他没有看到柱子的顶端，他看到一个灰色的巨人，足有十米高的巨人正俯视着他——这个撞到他小腿的玩具盒子。

约瑟夫终于反应过来了，他咒骂一声，挂了倒挡，猛地一踩油门，引擎盖还冒着烟的汽车终于后退了，离灰色巨人越来越远，这时约瑟夫发现自己浑身都在颤抖，几乎握不紧方向盘。该死的，该死的，他打开对讲机，这时已经不需要他的汇报了，克罗索大街上的动静更大了，整座城市都可以听到。

他还在颤抖，也许是因为恐惧，但更多的是因为寒冷，气温在飞速下降，汽车窗户上以肉眼可见的速度结起了冰花。他看向杰克逊，这个年轻的警察正张大嘴猛烈地呼着气，眼神发直，察觉到约瑟夫正在看他，杰克逊转过头看着约瑟夫，结结巴巴地问道："长官，这种情况……多见吗？"

约瑟夫相信此时的他在杰克逊眼里也好不到哪里去，他的额头还在流血，"我从来没见过这种事！"该死的，这是怎么了？那个灰巨人到底是什么鬼东西？难道他闯进了一个魔幻影片拍摄剧场？

他们已经退得足够远，约瑟夫踩下刹车，好消息是灰巨人没有追上来，坏消息是他们同时听到一声穿透整个城市的号叫。

约瑟夫战栗了一下，他看向杰克逊，从杰克逊惊恐的眼神里他知道这不是幻觉——这个可怜的年轻人被吓坏了，警校里可没教他怎么应付这种情况——那是西南方向，那里是海边。

紧接着他们听到了巨大的轰鸣声，整个大地都在微微颤抖，灰巨人动了起来，他迈开双腿，沉重的身躯开始移动，每一步都在马路上踩下一个足以装下他们警车的深坑。约瑟夫和杰克逊对视了一眼，灰巨人正在前往海边——号叫声传来的地方。

隆隆的巨响声越来越大，那不是灰巨人的动静，对讲机里传来沙沙的声音，通信中断了，该死的。约瑟夫重新发动了汽车，他的目标是斯特劳区，那里是城市的最高点，可以看到到底发生了什么。不得不说他的选择是正确的，但是时间不够了。

杰克逊终于明白了他们听到的轰鸣声是什么，"是海啸！"他撕心裂肺地喊道。

约瑟夫看了一眼后视镜，他浑身的血液都凝固了，黑色的海水卷起白色的浪花正汹涌地追赶着他们。路边停着的汽车像玩具一般脆弱，瞬间被海水吞噬，化为海啸力量的一部分，就像《2012》和《后天》中发生在纽约的场景。

约瑟夫和杰克逊绝望地对视了一眼，海浪的速度远远超过他们的速度，他们逃不掉了。撞击来临的那一刻，约瑟夫的大脑一片空白，他感觉自己突然失重了，紧接着汽车玻璃碎裂的清脆声传来，冰冷的海水淹没了他们。

上帝啊，世界末日来了，这是约瑟夫沉入黑暗前的最后一个念头。

海啸席卷了整个城市，所有的灯光都熄灭了，灰巨人已经冲到了海边，海啸仅仅减缓了他奔跑的速度，但阻止不了他。灰巨人所到之处，气温迅速降低，汹涌的海水以肉眼可见的速度冰封，形成一条通向港口的寒冰之路。

"耶梦加得！"灰巨人远远地望见了海啸的罪魁祸首，它已经登陆了——部分登陆了，庞大的灰色身躯在海浪中若隐若现，月光下它灰色的鳞片清晰可见。听到了灰巨人的怒吼，耶梦加得抬起足有一栋三层小楼高的头颅，海水如瀑布般倾泻而下，它冰冷的眼睛死死地盯着灰巨人，那是冷漠的、毫无感情的黑黄色眼睛，但灰巨人从那双眼睛里面看到了复仇的烈焰和死亡的气息。

如果约瑟夫能看到这个场面，他一定会以为自己在做梦：耶梦加得，传说中能环绕尘世的海底巨蛇，火神洛基的第二子，被奥丁扔进无底深海，在诸神黄昏之战中与托尔同归于尽的耶梦加得。

它在黑暗冰冷的深海中醒来，庞大的身躯上覆盖着岩石和沙土，它已经化为海底的山脉，曲折盘旋在黑暗的深海。它已经沉睡数千年，但它仍然记得那场战争，那场仓促的战争，不知从何处冒出的魔鬼……它记得自己已经死去，魔鬼从地狱召唤尼德霍格——世界的终结者，死亡之翼——杀死了它，杀死了所有人。

是复仇的烈焰惊醒了它，有一个声音不断地在它意识里低语，背叛者……是背叛者勾结了魔鬼……复仇……鲜血……火焰……

摧毁……

背叛者……

海底的山脉裂开了，耶梦加得抖落身上的岩石和沙土，扶摇直上，它感觉到背叛者的气息，甩了甩尾巴，把一艘货轮拍了个粉碎，它却没什么感觉，加速向海边游去。

霜巨人迎了上去，所到之处，海水迅速结冰，耶梦加得冰冷地望着他，张开大嘴吐出一团黑色的黏稠液体，霜巨人以不可思议地敏捷跳到一旁躲开了，黑色液体击中了克罗索街区，将克罗索街区化为一片嘶嘶作响的沼泽。紧接着霜巨人来到了巨蛇的面前，即使十米高的身躯，在巨蛇面前也显得非常渺小，仅仅比巨蛇的头颅高出一半，他挥出巨大的拳头猛击蛇头，发出沉闷的巨响。如果耶梦加得能够思考，它必定会嘲笑这轻飘飘的一击，但现在它所有的思想都被复仇的烈火所占据，耶梦加得张开大嘴猛地咬住霜巨人的胳膊，利刃般的牙齿密密麻麻地嵌入霜巨人的皮肤。即使是霜巨人也痛得大叫一声，猛地往回收胳膊，试图挣脱出来，同时左拳从上而下猛击巨蛇的头颅，但巨蛇仿佛没有痛感一般死死地咬住他的右胳膊不放，而且巨大的身躯猛地翻卷过来。霜巨人看出了它的意图，巨蛇试图用身躯将他卷住。霜巨人拖着巨蛇向岸上奔去，在海里和巨蛇搏斗实非明智之举。

港口一片混乱，霜巨人拖着巨蛇横扫过港口，港口里停泊的渔船和货轮像玩具一样倾覆，在黑色的礁石上被碾成碎片。霜巨人的一只脚已经踏上了岸，耶梦加得的身躯掀起巨浪先行一步拍打在岸上，将一个加油站拍得粉碎，泄漏的汽油四处流淌。巨蛇缠绕住了霜巨人，坚硬的鳞片在地面上擦出火星，引燃了汽油，发生了剧烈的爆炸，火焰冲天而起。霜巨人高高地抬起胳膊，将巨蛇头颅举到半空然后狠狠砸在地上。但巨蛇的身躯依然坚定地缠绕着，与此同时，毒液开始进入霜巨人的身体，传说中耶梦加得就是用毒液杀死了雷神托尔。

霜巨人被缠住了，尽管他的左手还是自由的，但他的双脚已经脱离了地面，在巨蛇的缠绕下动弹不得，四处翻滚。半座城市都变成了废墟，火焰和海水反复蹂躏着这座城市，霜巨人和耶梦加得所到之处，一片狼藉。

巨蛇翻滚着，缓慢而坚定地用力，霜巨人徒劳地用左手撕扯着巨蛇，却对它光滑坚硬的鳞片无可奈何。这时，一声巨大的号叫从远方传来，紧接着号叫声近了，一只足有五米高的巨狼出现在约瑟夫和杰克逊本来要去的高地。巨狼浑身漆黑，绿色的眼睛里竟然透出一丝戏谑，它饶有兴致地看着巨蛇和霜巨人搏斗。

"芬里尔！"霜巨人大吼一声，"你还在等什么！"声浪滚滚，整个城市的幸存者都听到了他的吼叫。

魔狼芬里尔大吼一声，旋风般从高地上冲下，它高高跃起，黑色的皮毛在月光下如绸缎般美丽，一口就咬住了巨蛇的头颅，巨蛇痛苦地张大嘴巴，霜巨人趁机将右胳膊解放出来，趁着巨蛇吃痛略微放松了身躯，霜巨人从它的缠绕中挣脱了出来。

但是巨蛇马上就找到了新的目标，它猛烈地甩着头颅，试图从魔狼的嘴里挣脱出来，同时身躯向魔狼缠绕过去，但是魔狼显然比霜巨人要敏捷许多，它蹦跳着躲闪巨蛇的身躯，却死死地咬住巨蛇的头颅不放。

霜巨人腾出手来，朝巨蛇的身躯猛扑过去，试图用身体的重量压住巨蛇。同时他身体周围的温度迅速降低，肉眼可见的冰霜覆盖了巨蛇的身躯，巨蛇的行动开始变得迟缓起来，"以希密尔之名！"霜巨人大吼一声，巨石般的双拳猛击巨蛇的七寸。

巨蛇痛苦地翻卷着身体，魔狼的利齿狠狠地扎进了它的脑袋，耶梦加得感受到巨大的痛苦。它的身躯猛烈地翻卷着，躲闪着霜巨人的攻击，同时向大海的方向翻滚而去。魔狼看出了它的意图，加大了力气，它的牙齿在鳞片的缝隙间越扎越深，已经扎进了耶梦加得的头骨里。但它低估了巨蛇的力量，耶梦加得突然不再翻卷，而是猛地抬起头颅，上半身几乎直立起来，然后猛地一甩，魔狼被甩了出去，獠牙却留在了巨蛇的脑袋上，就像一连串奇异的角。

摆脱了芬里尔的耶梦加得转过身，居高临下冷冷地看着霜巨人，它的身躯已经将霜巨人紧紧包围，霜巨人已经无路可逃。电光石火之间，耶梦加得重新缠绕住了霜巨人，同时它的巨口几乎一下子就将霜巨人的上半身吞噬了进去。魔狼从地上爬起来，它撞碎了十几栋建筑，看到耶梦加得吞噬霜巨人的情景，魔狼愤怒地大吼一声冲上前去。但它低估了耶梦加得的速度，庞大的身躯丝毫没有影响它的敏捷，巨蛇闪电般地带着它的猎物返回了大海。

大海是耶梦加得的领域，芬里尔很清楚这一点，它在海边暴跳着，却不敢下海。在它身后，斯科讷城已经毁于一旦。空中传来巨大的轰鸣声，瑞典空军终于赶到了，出现在他们眼前的是一片地狱般的场景。

有几个飞行员远远地望见了耶梦加得翻滚回大海的身影，"耶稣啊，"一个飞行员情不自禁用左手在胸前画了一个十字，"魔鬼撒旦。"

但是紧接着飞行员们都看到了在海边的芬里尔，这次他们没有认错，"是魔狼芬里尔……"一个飞行员无力地说，"上帝啊。"

魔狼芬里尔没有给他们攻击的机会，它站在海边咆哮了几声，转头向夜空看了两眼，就转身向内陆跑去。

然后所有的飞行员都看到了更不可思议的一幕：空间中突然出现了一个黑漆漆的洞口，魔狼纵身一跃就消失了。

凯 恩

纽约长岛，SIB 总部，局长办公室。

瑞典发生的灾难震惊了世界。看到新闻的凯恩紧急召见了斯诺和沃顿，此时，三人坐在电视机前，看着屏幕上晃动的画面——一头巨狼、一个灰色的巨人与一条巨蛇在斯科讷港口搏斗。那是在一架瑞典空军战机上拍摄的。当魔狼跃入黑洞消失之后，凯恩拿起遥控器暂停了画面。他们都看得出来，这座城市已经被毁了。

"这是什么？最新的好莱坞大片？"沃顿感到一头雾水。

"这是昨天夜里在瑞典斯科讷拍摄到的画面，属于绝密，但隐瞒不了多久，你们都看到了，斯科讷已经基本被毁了。根据目击者的报告，出现了三只怪兽，一条来自海中的巨蛇，它掀起了海啸，几乎摧毁了半个斯科讷；一个灰色的冰冻巨人和一头五米高的巨狼似乎要阻止它，它们的搏斗摧毁了另外半个斯科讷。巨蛇带着灰巨人回到了深海，而巨狼则消失在一个黑洞里，就像守护者议会的大门。"凯恩在"守护者议会的大门"几个字上加重了语气，他把遥控器重重地扔在办公桌上，发出巨大的声响，他看向斯诺，"斯诺先生，你见过这些怪物吗？"

"那是魔狼芬里尔和霜巨人……"斯诺瞠目结舌地看着屏幕，"那条蛇，如果我没有猜错的话，那是……耶梦加得。"

"等等，"沃顿打断他，一脸震惊，"你是说，这些超自然生物是真实存在的？"

"没有什么超自然，只有超认知，"凯恩说，"他们已经再三强调过了。"

斯诺点点头，"但我记得我们在众神之战中杀死了耶梦加得，芬里尔和霜巨人逃走了，不知所终。"

"我一直以为众神之战只是一个传说，"沃顿摇摇头，"你是说众神之战就是北欧的诸神黄昏？"

"人类的神话传说中有很多关于那场战争的记载：撒旦的堕落之战，中国的封神之战，印度的《摩诃婆罗多》中记载的战争，古埃及诸神的灭亡之战，当然还有北欧的诸神黄昏，"斯诺说，"人类记载的都是同一场战争，那是一场波及全球的战争。"

"那么，既然耶梦加得已经被你们杀死了，它怎么会出现在瑞典？"凯恩指指屏幕。

斯诺面色苍白，"只有一种可能，有人复活了耶梦加得。"

"谁？"凯恩和沃顿同时问道。

"一定是莫特，我们很早就怀疑他在这么做，卡兰迪的地狱之门能帮助他召唤更多死去的神灵，"斯诺喃喃地说，"原来是真的。"

凯恩和沃顿对视了一眼，凯恩问道："你是说，恶魔正在爆发一场内战？"

斯诺点点头，"不是所有的恶魔都追随莫特。众神之战后，恶魔之间又爆发了一场内战，巴比伦战争是恶魔之间的决战，旧的帝王死去了，莫特是新的胜利者，但巴比伦之战也葬送了大量恶魔。"

"这一点，倒是和人类非常相似，火烧眉毛还不忘互相拆台，"凯恩冷冷地说，"我早就听说过这个故事了，但我从来没有真正相信过它。"

"那个地狱之门，"沃顿凝重地说，"如果这些死去的怪物真的是从那里面出来的，这个名字倒的确名副其实。"

"如果它们真的是从地狱之门里出来的，为什么我们的军队没有发现它们？"凯恩问道。

斯诺看着凯恩，"局长先生，你还不知道吧，所有靠近地狱之门的军队都失踪了，还有我派出的三个守护者也都失去了联系。"

凯恩一拳砸在桌子上，"那就派出更多的军队，告诉他们和那个该死的地狱之门保持距离，时刻监视地狱之门周围的一举一动。"

"我会向军方传达你的建议的，"沃顿点头，"不过我想军队早就这么做了，他们不会对那个该死的地狱之门坐视不理的。"

"还有一件事情，"斯诺硬着头皮说，"你们可能已经知道了，全美已经接到了数以千计的人员异常失踪的报案。"

"非投射体。"凯恩和沃顿交换了一下眼神。

"什么？"斯诺惊奇地问，"什么非投射体？"

凯恩摆摆手，"没什么……斯诺，这种情况还会继续的，你很快就会习以为常了，还有什么？"

"那两架失踪的航班，一架坠毁在开罗市中心，伤亡惨重，还有一架坠毁在中国西部的戈壁滩，没有造成地面人员伤亡，飞机上没有人……下一次，我们就没这么幸运了。"斯诺回答。

"如果这是一种常态的话，还会有飞机失踪的，我建议马上实行航空管制。"沃顿说。

"但愿还来得及，从昨天夜里到现在，又有十二架航班失踪了。"凯恩指指桌上的一份紧急文件。

沃顿摇摇头，"最严重的可能不是这个，而是接下来可能出现的全球性恐慌。"

"这种迹象已经出现了，一些城市发生了骚乱，趁火打劫现象层出不穷，如果不加以控制，未来会发生全球性的骚乱。"斯诺说。

沉默了一会儿，凯恩对沃顿说道："沃顿先生，我需要你亲自去一趟华盛顿，找一个叫温斯顿的人，把他带来。"

"他是谁？"

"他也许不能帮助我们解决问题，但他也许知道问题出在哪里。"凯恩说，"不要坐飞机了，开车去吧。"

"如果有必要，我可以骑马，这段路不算长。"

凯恩点点头，他转向斯诺，"那么，斯诺先生，让我们谈谈那个中国人吧，他为什么从不露面，他在害怕什么？"

"议长无所畏惧。"

"他是一个中国人，他不相信美国政府，我们一直不知道他的背后是不是中国政府。"

"不要如此狭隘，"斯诺直率地说，"在守护者眼里，只有人类，没有国籍。"

"这些话，你可以去跟华盛顿的那些政客说，"凯恩冷冷地回应，"我的问题是，为什么是他将守护者组织起来？"

"你想说什么？"

"你们的议长大人，他真的是守护者吗？"凯恩步步紧逼。

斯诺大吃一惊，他紧紧地盯着凯恩，发现凯恩不是在开玩笑时，他说："我不知道你为什么会有这种想法。"

"我们有证据，"凯恩敲敲桌子，毫不退让，"斯诺，我们一直没有停止过对你们的研究。我们根据你们的行为方式和思考模式对你们守护者进行了全面分析和记录，虽然你们的肉体和我们没有什么不同，但是你们的内在依然和人类有着重要的区别。我想你已经意识到了，你们缺乏自我思考的能力，你们没有创新的意识，你们缺乏正常人类应该拥有的情感，你们就像设定好的程序一样绝对执行和猎杀恶魔有关的指令，但对超出猎杀恶魔指令的部分却拒绝执行。你们就像一群只盯着血腥味的鲨鱼，眼睛里只有猎杀恶魔这一个目标。我们分析了数千个守护者的行为方式，绝大多数守护者都能遵循我们建立的模型，除了一个人。"

斯诺的面色瞬间变得苍白，"谁？"

"你们的议长大人，"凯恩冷冷地说，"他不是守护者。"

"我不相信，你们一定弄错了。"斯诺死死地盯着凯恩。

"我们并没有说他是恶魔，斯诺，"凯恩冷冷地说，"不必如此大惊小怪，但他有很大的嫌疑。"

斯诺却冷静下来，"我也是中国人，你们要逮捕我吗？"

"不，你符合一个守护者最基本的特征，斯诺先生。"凯恩冷笑，"你还不知道吧，沈晓琪擅自放走了肖恩，我不知道这个指令是否来自那位议长大人，但这一次，他的手伸得太长了。"

斯诺目瞪口呆，"肖恩醒了？"

"不管肖恩有没有想起关于莫特的任何事情，沈晓琪都没有权力放走他，你不觉得这很奇怪吗？"凯恩问。

"我会向议长说明此事，给你一个合理的解释。"斯诺咬着牙说。

"很好，那你要抓紧时间了。"凯恩冷冷地说。

斯诺一言不发地转身离去，走到门口，他停住了，最后说道："凯恩先生，我想我有必要提醒你，人类在几百万年前就出现在这个地球上了，但是文字的出现只有几千年，也就是说，人类已知的可信的历史只有几千年，文字出现之前的一万年、十万年、一百万年，那时候人类是怎么生存的，我们一无所知。我可以告诉你的是，恶魔对人类绝对不会心存善意，而且，更重要的是，恶魔彻底战败以后，人类才拥有了文字和自己的城邦，真正的文明才开始出现。"

说完之后，斯诺就走了出去。

"他在警告我们不要试图联系恶魔，"沃顿评论道，"他不知道我们早就试图这么做了，人类怎么会听信一面之词。"

凯恩没有说话，反而如释重负地松了一口气。

沃顿渐渐明白过来了，他扬起眉毛，"你根本没必要这么做，对吗？即使你真的怀疑议长的身份，你何必在斯诺面前揭穿他？"

"斯诺会找他对质的。"头发花白的局长疲倦地说，"那位议长如果真的是恶魔，他会明白这意味着什么的。"

"你在威胁他？如果我们向所有的守护者公布这个消息，那么不管他是不是真的守护者，他都必须走到台前。"

凯恩点点头，"如果他们议长再不露面，我们就要关门大吉了。"

"你不会真的怀疑议长是恶魔吧？"沃顿倒吸了一口冷气。

"你对守护者了解多少？"凯恩没有回答，转而问道。

"他们……似乎缺乏幽默感，而且他们对我们的话都深信不疑，很少提出质疑。"沃顿说，他看了一眼摆在角落的摆钟，"我喜欢和这种人合作。"

凯恩却面色冷峻，"但他们不是人类，不是吗？我们都知道在他们人类的外表之下是什么，"凯恩停顿了一会儿，补充道，"他们没有创造性思维，但记忆力非常好，而且执行力很强。"

"不，"沃顿说，"他们的短期记忆力很好，但是对于历史的记忆，他们却经常出错，比如沈晓琪记得曾经看到汉帝国打败了罗马帝国，她甚至记得印加帝国曾跨海侵略伊比利亚半岛，但在入侵法国的途中被击败了。所以我们无法根据他们的记忆去核实我们的历史记载，他们对历史的记忆非常混乱，互相矛盾，而且与我们对历史的认知完全不同。"

"会不会是我们的历史记载有问题？"凯恩问道。

"不可能，"沃顿肯定地说，"我们的历史记载肯定有失实的地方，但主体的历史脉络是不会出现大的差错的，至少不会出现印加帝国攻陷马德里这种错误，也许沈晓琪把摩尔人误认成印加人，但依然无法解释她所说的中国汉帝国攻陷罗马城。"

凯恩表示同意，"也许这就是永生的代价，虚假的记忆逐渐积累，最终形成了他们奇特的历史观。除了这些，他们还有什么奇怪的记忆？"

"都是一些毫无价值的奇谈怪论罢了，沈晓琪曾经说过，她记得中国明朝的郑和绕过了好望角抵达了欧洲，并且将欧洲联军击败，与欧洲签订了不平等条约，割让了北爱尔兰。而郑和的舰队接受了'地球是圆的'这个思想，继续向西前行，希望能回到中国，但他们却发现了美洲大陆，并且在新大陆上建立了王朝——守护者声称是中国人第一次完成了环球旅行。"沃顿鄙夷地说。

凯恩摇摇头，发表了自己的评论："我从来都不知道沈晓琪是一个科幻小说爱好者。"

沃顿不以为意地说："沈晓琪声称自己曾是郑和舰队上的一员，我想，也许她把哥伦布和郑和弄混了。"

"第一个完成环球旅行的是麦哲伦，沃顿先生。"

"没错，"沃顿耸耸肩，"但你要注意一点，只有沈晓琪的记忆和历史的主线相冲突，其他守护者的记忆虽然有偏差，但几乎没有和历史主线冲突的地方。我们要知道，一个人的视角是有限的，即使让他描述他身处的时代，也很少有人能描述清楚，尤其在远古那种信息传播极度缓慢的时代。打个比方，你让同时代的一个身处北欧冰原的猎人和一个身处古埃及的祭司分别描述他一生中所见的世界，我想你几乎找不到共同点，他们描述的世界几乎是两个世界。"

"我明白你的意思，你是对的。"凯恩若有所思地点点头，"即使是一个身处重要时刻的普通人，也很难意识到正在发生的事情，没有人拥有上帝视角。"

"是的，局长先生，所以不必太在意他们关于历史的记忆，更让我感兴趣的是，他们声称自己不会伤害人类，就我个人而言，这很难做到。想想吧，他们声称每一个守护者都是自然死亡，但是如何在古代的乱世中做到不杀人能活下去？我是说，如果他们中的一个遇到一群杀人的匪徒——考虑到漫长的时间和守护者的数量，这个概率不小了。"沃顿说。

"你想说什么？"凯恩认真地看着沃顿，"你们从未提交过任何关于守护者的威胁报告，五角大楼和白宫得到的报告几乎全部都是声称守护者对人类毫无威胁，是可信任的。"

"但不代表他们不会撒谎，也不代表他们永远是毫无威胁的，局长先生。"沃顿的语气也严肃起来，"我们都知道白宫里那群人在想什么，他们真的会相信守护者们所说的我们的祖先曾经被恶魔奴役的说法吗？不会的，局长，我们都知道没人相信他们的鬼话，包括你。"

凯恩缓慢地点了点头，示意他继续往下说。

"我们不能放松警惕，不管守护者声称自己是什么，对于超出我们想象力的东西，我们必须保持警惕，"沃顿说出了重点，"也许他们是一群来自宇宙的外星幽灵，占据了人类的躯壳。"

"上一次你还说他们是系统的安全程序，"凯恩摇摇头，"瞧瞧，我们根本没有完全信任守护者，也没有完全信任恶魔，所以，那位议长是守护者还是恶魔，又有什么区别呢？"

沃顿陷入了沉思，凯恩摆摆手，吩咐道："去吧，沃顿，去找到温斯顿，他会帮助我们的，不要让别人知道这件事情。"

沃顿无声地点点头，转身离去。

沃顿离开后，凯恩关上所有的灯，拉上厚厚的窗帘，让整个房间都沉浸在一片黑暗之中，现在似乎只有黑暗才能给予他一点点安全感。

凯恩在黑暗中毫无阻碍地打开抽屉，从里面摸出一个铝制雪茄盒，然后从盒子里拿出一支哈瓦那雪茄点上，抽了起来。凯恩把自己沉在厚重的靠背椅上，凝视着眼前这个被烟头上的小小火光照亮的世界。

小小的烟头发出幽红的光，仿佛悬浮在黑暗中，随时都可能被黑暗所吞噬。当凯恩猛吸一口雪茄的时候，烟头的红光亮度猛然跳动一下，然后马上就暗淡下去。凯恩突然有一个奇怪的想法，人类的文明正如这小小的烟头，在无边的黑暗中发出幽暗的光。这片黑暗不仅仅是地球身处的这个巨大、广袤得难以想象的宇宙，也是人类理性和对这个世界的真正认知所未曾抵达，或者永远无法抵达的黑域。

人类就像在海边玩耍的孩童，偶尔捡拾到一个被潮水冲到沙滩上的美丽贝壳，就兴奋地大喊大叫，自以为已经掌控了大海的秘密，却永远也不知道幽暗的深海中存在着什么。人类远未洞悉这个世界的秘密，却有很多人自大到以为人定胜天，就像一只刚刚爬到青草顶端的蚂蚁挥舞着触角号称征服了整个世界，殊不知一场再平常不过的暴风雨正在蚂蚁头顶的云层酝酿，而这场暴风雨可以轻易摧毁这只蚂蚁的巢穴。

而现在，凯恩望向虚空，也许在人类永远也感知不到的地方，暴风雨正在酝酿。

他已经在这个办公室工作了接近三十年，他熟悉这里的一切，他自认即使闭着眼睛也不会撞到任何东西，但他现在突然想做个实验。凯恩把雪茄按灭在几乎从未使用过的烟灰缸里，房间里最后一丝光亮也消失了。他站起身，绕过办公桌，按照记忆中的房间布局走了两步就失败了，他撞在一个摆放在桌子前面的软皮圆凳上。

需要请超人了，凯恩在黑暗中想。

沃 顿 的 担 忧

沃顿走出大楼，他已经记不清自己上次回家是什么时候了，该回家了。他拦了一辆出租车，在路上，沃顿给妻子打了一个电话，告诉她自己将要到家的消息，十二岁的詹姆斯显得异常兴奋，他已经足足半个月没有见过爸爸了。沃顿故作欢欣地和詹姆斯还有艾利说了一会儿话，保证很快就到家。然后他心情沉重地挂了电话，靠在椅背上。这些天，他感觉自己好像潜入了以前从未到达的深海，幽暗窒息，充满了一个又一个未解之谜，每一个都似乎在动摇科学的根基。来自远古的幽灵在他眼前晃来晃去，自发性意识传输——灵魂转世，群星熄灭……沃顿从未见过这么多疯狂的事情都挤在一起。

他太累了，外面下着雨，空气湿漉漉的，前面大概出了车祸，车流很慢，汽车车灯形成一条光的河流，不时有不耐烦的喇叭声传来。

沃顿靠在椅背上，渐渐滑入了梦乡。

他睁开眼睛，第一眼看到的不是出租车驾驶座的后背和司机的后脑勺，而是一个装束奇异的武士正焦躁地用一支长矛戳着地面。沃顿环顾四周，才发现自己正站在一个装束奇怪的人群组成的队列里，恍惚了一会儿，他才意识到这里不是华盛顿，不是那辆正在车流中缓慢前行的出租车后座，他脚下也不是那个肮脏的汽车脚垫，而是松软的黄沙。

这真是一个奇怪的梦，沃顿想，也许是因为最近他的大脑里被塞进了太多匪夷所思的东西，才会做这种梦，而且在梦里，他竟然知道自己是在做梦。沃顿低下头看了看自己，不出所料，他的装束和其他人别无二致，赤裸着上身，仅有一片皮甲从右肩斜披到左腰，脚上是一双芦苇草编织的凉鞋。

这是一支军队，正在等待命令的军队。目光所及之处，都是漫漫黄沙，但沃顿看到某些熟悉的东西矗立在地平线上。正当他努力辨认的时候，一个传令兵跑了过来，对队列前的武士说了几句话，然后又掉头跑开了。

"至高无上的法老的战士们！该死的努比亚人已经逼近了底比斯！以至高无上的拉神的名义！以阿努比斯的名义！以奥西里斯的名义！以太阳王法老的名义！拿起你们的武器，杀光那些该死的努比亚人吧！"

战士们纷纷将手中的武器在地上猛戳着，大声呼喝起来："杀光他们！杀光努比亚人！"

沃顿目瞪口呆地看着这一切，他已经看清楚地平线上的东西是什么了，那是三座高耸的金字塔。

"西里亚特，你怎么了？早上没吃饭吗？"身边的同伴碰了碰沃顿的胳膊。

沃顿没有理会同伴的调侃，他的大脑飞速地运转着，努比亚人的确入侵了埃及，也的确攻入了底比斯，但他怎么会有这种奇怪的梦境？

沃顿，不，是西里亚特，随着大军迎战努比亚军队，来自南方高原的努比亚军队趁着埃及内乱沿着尼罗河北上，意图推翻法老的统治。

梦境中的时光既短暂又漫长，西里亚特跟随法老的军队四处征战，在漫长的战争中，他的同伴们纷纷死去，西里亚特也负伤累累，他们仿佛永远都看不到战争的结束。

…………

"先生，您已经到了。"一个声音响起。

沃顿猛地睁开眼睛，他回到了现实，重新置身于出租车后座上，车已经停了，司机正扭头看着他，"先生，您还好吗？"

"什么？是的，我还好，谢谢。"沃顿付了车费，打开车门走了下去，夜空中还飘着蒙蒙细雨，一切都显得那么不真实，他在门口站了好一会儿，等待那个离奇而逼真的梦境重新变得遥远而模糊，等自己的大脑冷静下来，才按响了门铃。

妻子准备了丰盛的晚餐，有炭烤小牛排、炸洋葱圈和墨西哥玉米卷。詹姆斯一直缠着父亲问东问西，但是沃顿不知道如何向妻子和孩子们描述他知道的一切，难道要告诉孩子们，这个世界其实存在恶魔和猎杀恶魔的守护者？他在心里苦笑，好像对于孩子们，这也没什么大不了的。

但是沃顿知道，眼前的世界之海下面隐藏着无数的秘密。他亲眼见到了灵魂转世的人，自发性意识传输是确实存在于这个世界上的。他这顿饭吃得心不在焉，他看着眼前的妻子和活泼的孩子们，心里却忍不住在想，如果每个人死后都能转世，如果他上辈子见过詹姆斯或者艾利，如果在肉体死去的瞬间，意识体就完成自发性传输，那么按照年龄计算，詹姆斯和艾利的前世年龄至少可以做沃顿的父亲或者母亲了。他立刻强迫自己停止这个疯狂而愚蠢的想法。

　　沃顿最感兴趣的依然是守护者和他们声称的恶魔也具有的自发性意识传输——作为一个科学工作者，沃顿试着用科学化的词语来替代这些充满宗教学和神秘学的词语。沃顿是一个科幻小说迷，他的儿子也是，他就是看着《星球大战》，读着阿西莫夫的《基地》长大的，但他最爱的还是阿瑟·克拉克。阿瑟·克拉克在他的作品中，用瑰丽的想象呈现出人类的无数种可能，在《2001太空漫游》的结尾，宇航员就变成了纯能量体的生命，或者说灵魂脱离了肉体而存在。而且在所有的科幻作品中，意识传输仿佛不是什么大不了的事情，人们可以轻易地接受未来的机器可以产生自我意识，也可以轻松接受意识传输的概念——而大部分人并不认为意识传输会比登上火星更难。甚至在《光明王》中，掌握高科技的人类更是赋予了意识传输控制普通人灵魂转世的意义，重建了印度教那一套错综复杂的神系体系。

　　讽刺的是，如果你走到街上告诉一名记者，你已经研制出了意识传输的方法，相信记者一定会挥笔写就一篇科技报道并且盛赞你的创举，但如果你换一种说法，说你已经知道了灵魂是如何转世的，一定会被斥为骗子和伪科学，没准还会被送进精神病院。沃顿不禁想起一个笑话：一个女大学生白天上课，晚上去红灯区出卖身体，人们会鄙视她；如果换一种说法，一个妓女晚上在红灯区接客，白天去大学里坚持听课，却会赢得赞美。人类的思维本身就是建立在对这个世界的认知过程中的，很多时候，也许我们对这个世界的认知并不是准确的认知，仅仅是最实用的认知，那么，在现有的思维框架下，我们是否能揭开这个世界的真相？沃顿表示怀疑，正如一个人无法抓着自己的头发把自己提离地面，也许人类永远无法得知这个世界的真相。

　　想到这里，沃顿的心情更加沉重了。

　　妻子看出了沃顿的忧心忡忡，用完晚餐之后，妻子打发孩子们去客厅里玩，然后她站起身走到沃顿身后，右手轻轻地搭在沃顿的肩膀上，轻声问道："克里斯，亲爱的，你有心事？"

"没什么，不，是的，"妻子对沃顿的感觉总是那么敏锐，"我做了一个奇怪的梦。"

"一个梦就让你心神不宁，这可不像你，克里斯，"妻子莞尔一笑，"你可是一个科学家。"

是的，我是一个科学家，可是如果你知道我在研究什么，想必也会动摇你对科学的信心吧，沃顿苦笑着想。"我梦见我变成了一个古埃及的士兵，和黑皮肤的人作战。"他耸耸肩，觉得有些难为情，他突然觉得自己的确有些神经过敏，不过他还是决定把梦里的内容讲出来，"在梦里他们叫我西里亚特，我感觉在梦里度过了很长的时间，后来我死了，战死了，一个黑人用剑杀死了我。"沃顿停住了，梦境中的死亡是如此逼真，他甚至又感受到死亡的冰冷，"我想一定是因为我太喜欢《木乃伊》这个系列电影了。"他开了个玩笑，"而且黑人从未入侵过古埃及，不是吗？"

妻子的表情有些奇怪，沉默了几秒，确定沃顿不是在开玩笑，她才轻轻地说道："可是，亲爱的，古埃及的确被黑人侵略过，那是来自苏丹的努比亚人，在公元前七世纪，二十五王朝时期，努比亚人不仅侵略了古埃及，还征服了它，甚至统治了古埃及大约一百年，出现过若干个黑人法老，你的梦并不完全是假的，你确定你从来都不知道这段历史？"

沃顿张大了嘴巴，"我发誓，我在此之前真的不知道黑人曾经入侵过埃及。"

妻子笑着说："克里斯，这可不像你，不过我喜欢你的玩笑。"

"不，亲爱的，这不是一个玩笑，我说的是真的，我的确梦见了……"沃顿慢慢地说。

妻子的笑声消失了，不过紧接着她宽慰道："这一定是巧合，克里斯，你想太多了，没什么大不了的，你以前在某个地方看到过类似的记载，但是并没有放在心上，时间长了就忘记了，但是这段记忆却深藏在你的潜意识里，所以才会在梦里浮现出来，一定是这样的。"

尽管仍有疑虑，沃顿还是决定接受妻子的说法，他笑着说："哦，我忘记了，你可是弗洛伊德的信徒。"

妻子却没有搭话，她捏了捏丈夫的肩膀，才说道："亲爱的，我知道你的工作很忙，我不该过问你的工作，但是你以前从未离家这么久过，我希望你能照顾好自己，我能感觉到你压力很大。"

妻子的话语让沃顿的心头涌出一股暖流，他伸出手轻轻拍了拍妻子的手，"谢谢你，我会的。"

"说到梦，你真该和詹姆斯聊聊。"妻子突然语气轻快地说，"他今天早上告诉我他昨晚做了一个奇怪的梦，他告诉我他梦见自己变成了一个日本忍者，天哪，整个早上他都喋喋不休地讲着他那个梦，我们真应该让他少看些动画片。"

沃顿心里一惊，他问道："詹姆斯什么时候看过日本动画片了？"

妻子不以为意地说："天知道，克里斯，你有些神经过敏了，忍者可不是什么冷知识，任何一个男孩都知道日本忍者。"

沃顿却沉默了，他总觉得，自己和詹姆斯的梦并不完全是巧合。

"克里斯，到底发生什么事情了？我感觉到你非常……"妻子敏感地察觉到沃顿的情绪比去白宫之前的更加低落，"非常不对劲。"

沃顿勉强挤出笑容，"亲爱的，没什么，只是工作上的事情。"他的伪装并不成功，实际上在回来的路上，他已经看到了一些迹象，大街上出现了一些荷枪实弹的军人，一些路口甚至堆起了沙袋构建的人工掩体，一辆 M1 坦克的炮管在掩体后面若隐若现。沃顿知道，这一切都是必要的，恐慌会如野火般蔓延，在恐惧的支配下，被文明掩盖的暴力能轻易地摧毁人类花费数千年建立起来的信用和秩序，还有文明成果。对这场灾变的来袭，人类还毫无办法应对，甚至连灾变的机制都无法理解，但人类可能在灾变毁灭人类之前就重新回到野蛮状态。

妻子仍然担心地看着他，她突然问道："克里斯，是不是和新闻里报道的三架航班连续失踪的事情有关？"

"什么？不，"沃顿把思绪拉了回来，"那只是意外。"

"你是一个拙劣的说谎者，克里斯，"妻子轻易就揭穿了他，"告诉我发生什么了，如果需要保密，我会的，也许我可以帮你分担一些。"

妻子说得对，沃顿想，这场灾变和每个人都息息相关，他们有权利知道真相。这场灾变如果一直持续下去，没有人能逃掉。不管是宇宙中的恒星全部熄灭还是地球上的人全部失踪，人们有权利知道正在发生什么，隐瞒只会让人们更加胡思乱想，放大他们的恐慌，加快文明的崩溃，他们有权利选择如何度过最后的日子。

"我只是不想让你担心，亲爱的，"沃顿叹息了一声，"是的，和航班的失踪有关，而且这可能只是开始。"

"是恐怖组织干的？"妻子睁大了眼睛。

"不是。"沃顿苦笑着摇摇头，如果真的是恐怖组织干的，也未必比现在更糟，他想，至少那样他们知道敌人是谁。他不知道怎么跟妻子描述他所知道的一切，守护者、恶魔、持续数千年的战争、恶魔领域、灵魂转世，还有当前出现的大规模异常失踪事件，他沉思了一会儿，决定用一种妻子可以接受的方式来说："你之前看过新闻，有一些星星消失了，对吗？这是真的，这些肉眼看不到的星星和星系已经失踪了，至少，人类所有的望远镜都看不到它们了，全球的天体物理学家和宇宙学家都不知道发生了什么。"

"天哪，"妻子是纽约大学的历史学教授，她当然知道沃顿这段话的分量，"你是说，这种情况还在继续？"

沃顿点点头，"联合国已经成立了由各国专家组成的危机处理小组，据我了解，消失的星系再未重新出现，还有肉眼看不到的星系正在消失，没有任何规律。"

"肉眼能看到的呢？"妻子敏锐地问。

"好像没有再消失了，但谁也说不准。"沃顿说，"如果所有的恒星都熄灭了，人类就完了。"

他决定不给妻子讲更多离奇的事情，也许妻子很快就可以从新闻上看到了。毕竟，一想到宇宙中的恒星正在熄灭，就让人不寒而栗。

沃顿的电话突然响了，他接起电话，是凯恩打来的，"沃顿，总统刚签发了航空管制令。"

"意料之中，"沃顿努力平复自己的呼吸，"是有这个必要了。"

"我需要你尽快把温斯顿带回来。"凯恩说。

梳 理 记 忆

当海拉再次走上街头的时候，世界还是同一个世界，但在他眼里，这个世界已经不是以前那个他熟知的世界了。

作为远古的海拉和现代的肖恩，两种记忆的混合给海拉提供了一个奇异的视角。他看着大街上行走的人们，忙忙碌碌的男男女女，穿着笔挺的西装和得体的职业套裙，有着精致的妆容和自信的面孔。这些精英无疑非常在乎自己的形象，他们在健身房里挥汗如雨，在佛罗里达的阳光沙滩上把自己晒成古铜色，在高雅肃穆的音乐厅里欣赏着复古歌剧，在电话里轻声讨论着天气和当天的道琼斯指数。

曾经的肖恩非常羡慕这种生活，他做梦也想跻身华尔街，成为驰骋商场众人艳羡的中产阶级精英。在幻境中，肖恩的确做到了。他按照自己的意愿亲手设计了自己的一生。但是现在，在海拉的眼里，一切都显得不同了。他们忙碌一生，为了金钱和欲望而忙碌，他们精心保养自己的肉体，满足肉体生出的各种欲望，屈服于各种化学激素发出的指令。而面对肉体都会死亡的事实，大部分人都选择视而不见，偶尔想起这个事实，大多数人也是将希望寄托于教堂，在路过路边的乞丐时丢下一两个硬币，幻想着依靠这些善举在死后能直升天堂。曾经是肖恩的时候，他也偶尔有过这种担忧。肖恩的父母并不经常去教堂，肖恩出生的时候也接受过洗礼，但是他并不认为自己是一个虔诚的教徒，随着年岁的增长和知识面的扩大，他越来越倾向于成为一个不可知论者或者神秘论者，他相信有一种超越人类认知的力量在操纵着这个世界，但另一个自己又告诉他这么想是亵渎上帝。珍妮和安去世后，肖恩更倾向于相信上帝不存在。

海拉望着喧闹的人群和川流不息的车流，思绪飘向遥远的洪荒时代。

那场战争依然记忆犹新，在北欧的传说里，那场战争被称为诸神的黄昏；在印度的传说里，湿婆跳起了灭世之舞；而在中国的传说里，那场战争被称为封神之战。看起来只有中国人对那场战争的记载最为贴切，是的，封神之战，魔鬼击败了神灵，成为新的神灵——尽管他们从未自称神灵。

而阎摩就死于东方的那场战争中。作为始祖之一，阎摩前往大陆的最东方，他在那里建立了自己的神国，不幸的是，魔鬼也首先出现在东方大陆上，在一场激烈而短促的王朝更替战争的掩盖下，魔鬼轻易地摧毁了阎摩的神国，东方的神灵被击败，只留下只言片语的传说。但是阎摩在最后关头派人将消息带回了万神殿，可惜的是并没有引起重视。

魔鬼摧毁了华夏诸神，但并没有引起神灵的警惕。尽管海拉已经发出了召集令，但响应者寥寥，他们甚至嘲笑华夏神灵的孱弱。

但海拉知道阎摩的真实力量，在五大神系尚未正式建立之时，阎摩就打出了死神的名号，五大神系建立之后，每一个神系都尊阎摩为死神。阎摩在很早以前就前往了东方，西方和南方的神灵已经忘记了阎摩的可怕，但海拉却知晓阎摩统治的华夏诸神绝不弱于任何一个神系。

魔鬼摧毁了南方最强大的埃及诸神后，神灵们才想起海拉的告诫，但是已经太晚了，五大神系已经被摧毁了两个。没有等到海拉再次发出召集令，来自北欧和印度的神灵已经齐聚于斯堪的纳维亚半岛。

魔鬼从幽冥地狱中召唤了恶龙，后世的人类甚至给它起了一个名字——黑龙尼德霍格。

战争从斯堪的纳维亚半岛开启，战场一直向南扩展，穿过了现在的欧洲大陆，来到了终结之地。神灵无法战胜魔鬼，他们战败了，无数神灵战死在那片土地上，甚至魔狼芬里尔也没能幸免。海拉感到惋惜的是，在后世的传说里，芬里尔被人类描绘成众神的敌人。

脱离众神的统治之后，属于人类自己的王朝如星星之火在大陆的角落里建立起来，在血与火的历史中一路前行。初生的人类文明征服了蛮荒之地，如野火般在各个大陆上燃烧、碰撞、融合，旧的帝国被毁灭，新的帝国重新崛起，无数的民族消逝在"人类"这本书中，甚至没有被记下名字。这本叫作"人类"的书一直写到今天，书页是黄金所铸造，文字是用鲜血和泪水写成的。

海拉已经不知道对于人类来说，这是幸运还是不幸。

但是他做到了，父神的意志已经行于大地，父神期待的神国已经降临人间。

但这不应该是终点，现代人肖恩的记忆让他知道，人类脱离蒙昧和野蛮不过几百年。在西方，经过漫长的中世纪的黑暗，科学的曙光终于萌芽。当伽利略用自制的透镜第一次看到了围绕着木星运转的卫星之时，人类第一次意识到地球并不是太阳系的中心，太阳也不是宇宙的中心；牛顿第一次让人类可以计算潮汐和天体的运行轨迹；蒸汽机和电磁感应的发现迅速开启了人类的工业时代；相对论和量子力学的出现更是将人类对这个世界的认知拓展到前所未有的领域……

人类在二十世纪就登上了其他天体，人类的飞行器已经快要飞出太阳系，计算机的发展更是日新月异，埋藏在欧洲大陆下面的正负离子对撞机正在试图了解物质更深层的结构，巨大的射电望远镜拔地而起，太空中的眼睛正盯着宇宙边缘传来的古老星光，试图揭示宇宙最深层的秘密……这是一个科学至上的时代，每一个接受过系统化教育的人都对人类的未来充满信心，很多人都相信人类很快就能借助科技的力量解决粮食、能源和贫困问题，以及有效地应对气候变化。乐观的人们相信人类很快就可以重返月球，登陆火星将不再是科幻小说中的事情，人类将在火星上建立定居点，并以此为跳板，前往星辰大海。

数千年来，海拉一直沉睡着，他的灵魂在每一段人生结束之后重新开始新的旅程。海拉的足迹曾经遍布全球，他曾经是非洲维多利亚湖上的渔夫，二十几岁就暴病而亡；他曾经是印第安人，染上了白人带来的天花，和所有的家人一起死去；他曾经是拿破仑麾下的士兵，冻死在从莫斯科撤回法国的路上；他曾经是中国古代的一个农夫，遇到战乱和饥荒，全家一起死在逃难途中；他曾经是一名比丘，在孤独园中聆听释迦牟尼讲法；他曾经是一名苏军士兵，被狙击手击中死在了芬兰严寒的冬季；他曾经是一个女王，也曾经是一个奴隶；他曾经锦衣玉食，也曾穷困潦倒；他曾征战沙场，也曾死于小卒之手。

危险正在逼近，海拉知道莫特一直在准备他的阴谋，尽管海拉还不知道他在干什么，但是现在发生的这些异常现象似乎都和莫特有关。

一定有人唤醒了他，这一切都不是巧合。海拉逐渐将发生的一切都联系起来了。15 号公路上从莫特手中将他救走的那个人，必定就是唤醒他的人。难道是那位议长？可是议长是魔鬼的首领，但是在 15 号公路上出现的那两个特工却不是魔鬼，海拉记得他们的气息，他们是神灵。

那么这位议长既能驱使神灵，又统御着魔鬼，他是怎么做到的？他为什么要唤醒海拉？他真正目的又是什么？他的真实身份又是什么？

海拉陷入了沉思，看起来，在他沉睡的这些年里，真的发生了很多事情。

始祖一共有六个，海拉、莫特、阎摩、维克多、安德鲁还有泰坦。海拉首先排除了莫特和维克多，他知道维克多一直是莫特坚定的盟友和追随者。然后是安德鲁，不，海拉摇摇头，安德鲁是一个异类，即使作为始祖之一，他也从未建立过自己的神国，他习惯独来独往，更像是一个孤独的修行者。而阎摩是第一个死去的始祖，远在众神之战之前，他就死在了东方，连同他在东方建立的神国一起被魔鬼摧毁。那么只剩下泰坦了，但那个巨人从来都不是一个领导者。

至于其他神灵，谁还有能抗衡莫特的力量？海拉百思不得其解，他想到了那座高塔上的女人。从他的记忆来看，不管她是谁，她似乎也死在了巴比伦战争之中。

海拉继续向前走，他感到有些饿了，于是走进街边的一家餐厅，坐在靠窗的位置上。他点了猪肉玉米卷和莴苣沙拉，慢慢地吃着。天色暗了下来，街边的路灯和大楼上的广告牌亮了起来。

海拉慢条斯理地享用着他的晚餐，他突然觉得，自己没有必要再纠结于是谁唤醒了他，因为那个人会来找他的。

海拉端起酒杯，向这个世界致敬，然后仰起头一饮而尽。

与此同时，在一个遥远的地方，一个须发皆白的老者端起手中的茶杯，热气腾腾，碧绿的茶水中有几片茶叶漂浮着，他的眼睛里有一丝笑意闪过，敬你和这个世界，我的老朋友，然后将滚烫的茶水一饮而尽。

形势仍然在恶化，根据各大天文台、太空望远镜等观测中心汇集上来的报告可以看出，群星的熄灭仍在继续。以前，哈勃望远镜曾经将镜头对准一块一平方厘米的黑暗区域进行持续观测并拍摄了数以千计的照片，令人惊奇的是，尽管用肉眼看上去是一片虚无的黑暗，但是在哈勃望远镜的"眼睛"里，那一小片区域就隐藏了数以万计甚至更多的星系。古老的星光穿越百亿光年的距离在哈勃望远镜上投下光斑，让人类意识到宇宙的浩瀚和广袤。但是现在，从太空望远镜的视野里看去，宇宙中开始出现大片绝对黑暗的区域，再也不复以前的璀璨。

呼 唤

海拉吃完了晚餐，他掏出肖恩的钱包，钱包里有一百多美元的现金和一张万事达信用卡，海拉用现金结了账，然后走出餐厅。

走出温暖的餐厅，一阵寒风吹来，海拉不禁裹紧了衣服，他突然想到，要是现在能下点雪就好了。他已经很久很久没有见过雪了。其实在他以肖恩的身份跟随艾米丽来到纽约的那天，纽约就下了一场大雪，斯诺从机场接他们前往长岛的路上，还因为大雪而塞车。尽管那只是几个月之前的事情，但对于海拉来说，仿佛已经有几个世纪那么久远了。肖恩在幻境中度过了整整五十年，而他却从未见过雪，可能肖恩不喜欢雪，海拉发现自己对肖恩的记忆越来越模糊。

海拉抬起头望向夜空，夜空早已淹没在城市的灿烂灯光中，普通人只能看到一片昏黄的灯光，但海拉不是普通人，他看到了被灯光照亮的云彩，天上的云层很薄，从云层的缝隙里可以看到星星在闪烁。仿佛听到了海拉的召唤，四面八方的云正聚集到纽约的上空，很快，星星被遮蔽了，云彩已经连成一片，并且在继续变厚。

他继续沿着第五大道向前走，散发着淡黄色光晕的人群从他身边经过，夹杂着一些不发出光晕的杂点，仿佛一条昏黄的河流穿行在这个城市的大街小巷。

这个世界的巨大变化让海拉感到陌生，但是当他回忆起在洪荒时代的幻境中见到的神国的景象时，眼前这个世界又变得熟悉起来。来自远古幻境的影像和眼前的影像交织重叠在一起。

天空仿佛回应了他的召唤，一片晶莹的雪花落在他的额头上，一丝凉意传来，雪花很快就化成了冰凉的水渍。在他的头顶，更多的雪花正在飘落。

"海拉——"

这时，海拉听到了一声呼唤，声音遥远而空灵，他停住脚步，环顾四周，人群依然在风雪中跋涉，有人小跑，但是没有人看他，也没有人对他说话，也许是错觉……

"海拉——"

但是呼唤声再次传来，海拉意识到这声呼唤不是来自现实世界，而是来自他的意识深处，来自心灵之海的波动，呼唤声带着一个陌生而又熟悉的气息，有人闯进了他的心灵。

终于来了，那个一手安排了 15 号公路上的猎杀的神秘人，那个借助特别调查局之手将他唤醒的操盘手，那个和海拉的沉睡有着千丝万缕关联的神秘人。

"你是谁？"

"我有许多名字，但人类更喜欢叫我阎摩。"

"阎摩，是你？我亲眼见到你死在了东方。"

"我们不会真正死去，我们只会陷入沉睡。"

"是莫特复活了你？"

"不，莫特绝不会这么做，如果有可能，他希望我能得到真正的死亡。"

"那么，你是敌人还是朋友？"

"我是你的意志的践行者。"

"我想莫特一定给你制造了不少麻烦。"

"的确如此，一开始他不足为虑，但他得到了一些本不该属于他的力量，蛊惑了许多神灵追随他，在巴比伦的战争中，他战胜了你。"

"我不感到意外，莫特非常怀念高高在上身为神灵的时代。"

"他正在召唤死去的神灵为他作战，我即将输掉这场战争。"

海拉经过一家礼品店，玻璃橱窗里的圣诞树装饰着五颜六色的彩灯，一个圣诞老人正站在商店门口，手里拿着一大把造型各异的氢气球给路过的孩子们分发。

"瑞典发生的事情，和你有关？"

"霜巨人和芬里尔为我而战，但他们不敌从幽冥归来的耶梦加得。"

"是你唤醒了我？"

"是的。"

他走过一家儿童服装店，橱窗里的儿童塑料模特摆着僵硬的姿势，脸上是凝固的笑容和无神的眼睛。

"你一直在找我？"

"是的。"

"你是否知道莫特一直都知道我是谁？他一直在折磨我。"

"不，我不知道，我花费了漫长的时间寻找你，但是犹如在稻草堆中找一根针，我一直找不到你，直到我注意到莫特在接近你，才终于从亿万颗沙粒中找到了你。"

"我在 15 号公路上遇到的是你的人？"

"是的，我唤醒了你，用科学的力量。"

海拉停住了脚步，雪下得更大了，雪粒变成了雪花，纷纷扬扬从虚空中飘落，落在海拉的肩膀上、头发上，落在大地上。

"那么，守护者们为什么不阻止莫特？"

"守护者早就衰弱了，在莫特面前，他们已经不再拥有压倒性的优势，猎手正在成为猎物，猎物正在反噬猎手，埃克斯的死就是一个证明。"

"你为什么要唤醒我？"

"只有你才能阻止莫特。"

海拉停住了，他看向无垠的天鹅绒般的夜空，想象着一双超然的眼睛正俯视着芸芸众生。

"你需要我做什么？"

"来中国吧，我会告诉你一切。"

火 巨 人 归 来

卡兰迪郊外，距离地狱之门 10 千米处。

紧急赶来的美军封锁了卡兰迪小镇，每一条通向卡兰迪的道路都设下了关卡。士兵们紧张地警戒着，吸取了靠近地狱之门的国民警卫队的教训，新调集来的军队驻扎在远离地狱之门的地方。他们接到的命令是禁止任何人前往卡兰迪，同时从卡兰迪出来的任何人都要被扣留。如果出来的不是人，则格杀勿论。

一个临时机场被修建起来，运输机频繁起降，运来了一整个空降师、数百辆坦克和榴弹炮、火箭炮。士兵们不知道的是，远在千里之外的核弹发射井都进入了战备状态。正规军封锁了所有出入卡兰迪的交通要道，但没有足够的兵力封锁所有外围。于是，田纳西州国民警卫队再次被动员起来，在军队照顾不到的地方设置了封锁线。

拥有敏锐嗅觉的记者们像闻到了血腥味的鲨鱼一般从全国各地蜂拥而至，各种带着卫星天线的新闻车无可奈何地停在警戒线之外。他们不敢擅闯军事重地，只好来到国民警卫队把守的警戒线外围。无法通过警戒线的新闻工作者们做好了长期战斗的准备，他们纷纷搭起了五颜六色的帐篷，将警戒线之外的空地变成一片巨大的营地，而且还有人和车辆源源不断地涌来。

国民警卫队中尉威尔逊倚靠在岗亭上，手里端着一杯热气腾腾的咖啡，这个春天似乎比往常要更冷一些，收音机里正在播放着相关的新闻。收音机里到处都是关于卡兰迪的神秘事件的新闻和匆忙请来的各路专家进行的猜测和点评。从这里望去，卡兰迪方向的那个诡异的风暴只是一个盘踞在地平线上的黑点，就像一座突兀的山峰。不时有刺目的闪电出现在山峰里，提醒着人们那是一个还在不断扩大的风暴。

那个诡异的风暴已经持续了超过 48 小时，早已超过了一般风暴的正常生命周期。威尔逊听到了士兵们的窃窃私语，他们传言因为第一批抵达卡兰迪的警卫队都失踪了，所以他们才会在这么远的地方扎营，而倒霉的卡兰迪居民则无一幸存。还有人目击到一只巨大的三眼乌鸦从风暴中冲出。这些传言越传越离谱，甚至有人说看到了地狱三头恶犬在风暴里漫步，呼啸的风声也被说成是来自地狱受苦灵魂的哭号。

战机起降的巨大轰鸣声不时响起，更加重了紧张气氛。威尔逊仰头喝光了杯里的咖啡，转身朝营地走去。

营地骚动起来，威尔逊往营地的方向张望了几眼，他看到两辆涂抹着怪异涂鸦的灰狗巴士冲进了营地，车顶上架着大喇叭，音乐声震耳欲聋。巴士颤颤巍巍地停稳之后，从车上下来一群穿着奇装异服的家伙，开始到处分发花花绿绿的传单，牌子也举了起来，威尔逊眯着眼，看见一块牌子上写着：恭迎梵天大神降临人间！另外一块牌子上写着：恭迎海神波塞冬、冥王哈迪斯重回世间！甚至还有一块牌子上写着：欢迎撒旦大神！

他手下的国民警卫队士兵更是目瞪口呆地看着这喧嚣的场景，这些疯子简直要把这里变成一场嘉年华。该死的奥姆真理教都没这么嚣张，该死的，他们都是些什么教徒？威尔逊焦躁地抓起电话，他要向上级请示加派人手，如果这些疯子强行闯关的话，他未必拦得住。

正当他抓起电话时，一声惊呼声从营地里传来，紧接着喧闹声消失了，只剩下震耳欲聋的摇滚声，但马上就有人关掉了音箱，营地里一片死寂。威尔逊看到营地里所有人都目瞪口呆地望向他的身后——卡兰迪小镇的方向。记者们甚至都忘了举起手中的镜头，威尔逊疑惑地转身望去，接着他看到了只有在儿时的梦境中才会出现的场景——在他的余生里，这个场景曾无数次闯入他的梦境——一个足有三层楼高的巨人从灰雾中大踏步冲出，他赤身裸体，但是身上却燃烧着金色的火焰。那不是存在于凡间的生物，威尔逊手里抓着的电话掉落在桌子上，他浑然不觉地紧紧盯着那个怪物，那个仿佛从远古的神话传说中走出来的生物。

火巨人……威尔逊听见有人喃喃地说，是北欧神话里的火巨人……

火巨人从"风暴之墙"里冲出来之后，似乎还不适应这个世界，他跑了两步就停住了，似乎在打量着这个世界。威尔逊拿起一副望远镜，望向那个巨人，他看到巨人的眼睛和人类的眼睛没有什么不同，但他从巨人的眼睛里看到的是疑惑。

随后，火巨人似乎接到了什么指令，马上就跑动起来，方向是——该死！威尔逊转过身去对着人群大喊："走开！走开！"

人群哗然，没错，火巨人正在朝他们的方向奔来，沿着马路，该死的，威尔逊紧张地思索着命令，命令是不管从小镇里出来什么人都要立即逮捕，可这个火巨人能算人吗？

"长官，我们该怎么办？！"国民警卫队的士兵紧张地大喊，威尔逊往营地方向看了一眼，人群尖叫着四散，有几辆汽车撞在了一起，有人在流血，欢迎招牌散落一地，威尔逊想，他们一定后悔忘记给这位火巨人准备欢迎招牌，所以火巨人才会这么生气。

"喊话警告！"威尔逊命令道。

一名士兵用大喇叭喊道："这里是美利坚合众国田纳西州国民警卫队，请立即停止行动！警告！请立即站住！否则我们要开火了！"

不知道火巨人能否听懂英语，该死的，如果他真的是北欧传说中的那个火巨人，他们应该说什么语言？古北欧语？威尔逊胡思乱想着，火巨人果然对警告充耳不闻，沿着公路继续大踏步前进。

"自由开火！"威尔逊大吼道。

士兵们正要开枪，却听到身后传来了另外一连串沉重的巨响，威尔逊回头望去，只见一只浑身漆黑的足有五米高的巨狼正向他们冲过来。

"该死，是那条瑞典黑狗！"一个士兵大喊。

他们都知道在瑞典发生了什么事情，人们给那只巨狼起了一个外号——黑狗，似乎只有用这种轻蔑的称呼才能消除他们心中的恐惧。但是在新闻里看到是一码事，在现实中看到又是一码事，威尔逊还没来得及下命令，魔狼纵身一跃，从他们上空越过，威尔逊甚至能清晰地看到魔狼肚皮上的毛发。

"黑狗的目标是火巨人，不要开火！重复，不要开火！"威尔逊明智地收回了开火的命令。

魔狼没有攻击他们，但并不代表它是朋友，要知道，魔狼可是毁掉了半个斯科讷。芬里尔旋风般地冲向火巨人，火巨人看到魔狼之后就停住了脚步，似乎在思索着什么。魔狼在距离火巨人大约五十米的地方也停下了，它脊背上的毛发如针刺一般耸立着，戒备地盯着火巨人。

"芬里尔，你这个懦夫！"火巨人隆隆的声音响彻天地，但是在威尔逊和其他人的耳朵里，那只是一连串没有任何意义的雷鸣声。

魔狼的耳朵动了动，它吸了吸鼻子，"苏尔特，我也战斗到了最后一刻！"

完全不需掩饰的敌意在它们之间蔓延，即使是远处观战的人类都能感受到它们之间剑拔弩张的气氛。

"让开，不要阻挡我的道路。"苏尔特吼道。

"众神的时代已经结束了，苏尔特，"芬里尔发出震耳欲聋的咆哮，"即使你从地狱归来，也无法改变这一切。"

"滚开！"苏尔特充耳不闻，他身上的火焰更加高涨，"你果然背叛了众神，投靠了魔鬼，你这只该死的狗崽子！"

魔狼被激怒了，浑身的黑毛都乍了起来，显然这只魔狼不善言辞，它发出一声愤怒的号叫，纵身一跃，发起了进攻。火巨人毫不胆怯地迎了上来，巨大的拳头带着火焰猛地击向魔狼张大的嘴巴，但芬里尔在空中一扭身子避开了拳头，一口咬住了火巨人的手腕，紧接着它的两只爪子猛地抓向火巨人的脸。火巨人大吼一声，猛甩被芬里尔咬住的胳膊，试图从魔狼的嘴里挣脱，同时巨大的左手伸出，试图抓住魔狼的脊背。但在苏尔特抓住魔狼之前，魔狼的爪子已经在他的脸上抓出了几道深深的伤痕。

苏尔特痛叫一声，他的眼睛差点被一爪子抓瞎，他忍痛用左手继续抓去——没有抓住魔狼的脊背，但是抓住了魔狼的右前爪——猛地一拽，将魔狼从手腕上拽脱，恢复自由的右拳开始猛击。

魔狼被抓住右前爪，却疯狂地继续进攻，它凌空猛扑，咬向火巨人的咽喉，它的脑袋狠狠地挨了几拳，但似乎毫发无损，丝毫没有迟滞它的进攻。火巨人猛地把它往地上一摔，然后后跳了一步，躲开了魔狼的攻击。

"疯狗！"尽管火巨人从未与魔狼芬里尔交过手，但他深知这魔狼的可怕之处。魔狼在战斗的时候，会失去神智和痛觉，和对手不死不休，但不知道为什么它在众神之战中幸存了下来。而它现在效忠于魔鬼……也许这就是它能够苟活的原因。

魔狼在地上打了一个滚，再次发起进攻。

远处的威尔逊胆战心惊地从望远镜里看着这场突如其来的战斗，他的部下依然坚守着自己的岗位，而他们身后的营地里只剩下一些不要命的记者还在现场直播。也许这些记者都没想到能现场直播到如此……无法用语言形容的画面，得益于他们的敬业，现在全美国的观众都坐在电视机前欣赏这场大战。

此时此刻，远在纽约的凯恩正打开电视机，他面色阴沉地看着画面上播出的内容，拿起一个红色电话，电话很快就接通了，"总统先生，我是凯恩，我建议让这些家伙见识一下人类真正的力量。"

电话那头，总统放下电话，椭圆形的办公室里站满了西装革履的安全顾问和将军们。一个巨大的电视屏幕上，浑身烈火的巨人正在和魔狼战斗。

"总统先生，包裹已经准备好了，随时可以投递。"国防部部长说。

在众人的目光中，总统思虑片刻，却始终没有下达那个命令，他疲倦地说："再等等。"

"总统先生，俄国人和中国人都在卫星上看到了卡兰迪的风暴，俄国人威胁如果我们不动手，他们就替我们动手。"国防部部长皱起眉头。

"虚张声势罢了，俄国人没这个胆子。"总统挥挥手，"中国人怎么说？"

"北京表达了对卡兰迪灾区的强烈关切和慰问，对遇难者表示深切同情，希望美国政府尽快安置灾民，如果美国政府有需要，中国政府会在力所能及的范围内给予人道主义援助。"外交部发言人卡特说道。

沉默半晌，总统无力地点点头表示知道了，"先用常规武器吧，如果真的有更多的怪物从卡兰迪出来，至少先让卡兰迪周围的平民和军队撤离。"

战斗仍在继续，巨人和魔狼厮打在一起，四处翻滚，毫无战斗技巧可言，巨人的火焰看起来也是虚张声势，没有对魔狼造成什么麻烦，而魔狼的尖牙利爪似乎也对巨人厚实的皮肤无可奈何。美国军方严密监视着这场看起来有些可笑的战斗，但他们似乎不准备开火，这种情况下，还是旁观为妙。

威尔逊已经命令士兵们离开哨卡，避免被战斗波及，但他们不能撤退，有一些大胆的记者仍然拒绝离开，士兵们不得不生拉硬拽，把这些不要命的家伙从哨卡拉到更安全的地方。此时，他们躲在一个小山丘的后面远远地望着战场。这个不知名的小山丘位于公路旁边，哨卡在距离他们大约 1 千米的地方。

空中不时有轰鸣声掠过，军方的几架战机正在高空中远远地监视着这场人类完全无法理解的战斗，显然，飞行员们也接到了不准开火的命令，只是远远地盘旋着。

激烈的战斗激起了地上的沙尘，形成一片弥久不散的沙尘带，即使在望远镜里，威尔逊也越来越看不清楚战斗的场面。虽然相隔甚远，但威尔逊知道那场战斗的可怕，如果这场战斗发生在城市里，那么它们大概已经毁掉了大半个城市。尤其是那个火巨人，不知道他身上的火焰会不会引燃人类世界的可燃物。

战斗结束得很突兀也有点可笑，苏尔特最终抓住魔狼的尾巴猛地抡起了圈子，魔狼怒吼着在空中打转，然后被高高地抛进了卡兰迪风暴，再也没有出来——仿佛被灰雾吞噬了。

威尔逊一点都笑不出来，他看见火巨人马不停蹄地继续沿着公路向哨卡跑来，现在他看清楚了，火巨人的每一步都在柏油马路上留下巨大的焦黑的冒着烟的脚印。火巨人越来越近了，沉闷的脚步声清晰可闻，"不要开火，"威尔逊压低声音，他们没有接到开火的命令，而且就算想阻止这个大家伙，也许只有正规军可以做到。

一股热浪袭来，公路旁边的灌木丛以肉眼可见的速度发黄焦枯。火巨人已经逼近了，威尔逊看到他的身上遍布抓痕，甚至肩膀上还少了一块肉，魔狼芬里尔也给他造成了严重的伤害，但并未伤筋动骨。当火巨人奔跑到和小山丘平行的地方时，威尔逊的心脏几乎要停止跳动了，他们也许是第一批如此接近火巨人的人类。小山丘并不高，他们趴着的地方正好与火巨人的头颅平齐，威尔逊压抑着自己的恐惧和掉头就跑的冲动观察着火巨人，他没有头发也没有眉毛，头颅很长，一双眼睛倒是黑白分明，鼻梁高挺，眼窝深陷。如果他的身体缩小到正常人的比例，再去掉身上的那些火焰，也许和普通人没什么两样。

火巨人没有理会藏身小山丘的警卫队员和哆哆嗦嗦的记者们，径直向前跑去。

"该死，他要去哪里？"一个士兵发出疑问。

答案就在那儿，火巨人沿着公路继续前进，该死的，如果火巨人是敌人的话……威尔逊哆嗦着，他看起来不像是人类的朋友。

很显然军方也是这么想的，几架战机开火了，火巨人毫不理会继续奔跑，一排导弹直接冲向了他，火巨人挥了挥手，试图挡开导弹，但他对人类的现代武器似乎不太了解，导弹在接触到他的瞬间就爆炸了，巨大的爆炸声和火焰淹没了火巨人。

"目标已摧毁，重复，目标已摧毁，完毕。"发射导弹的飞行员从目视镜里看到火巨人已经消失了。

威尔逊和他的同伴们先是愣了一会儿，似乎不敢相信赢得如此轻松。片刻后，他们欢呼起来，这些该死的怪物原来在人类的现代化武器面前不堪一击。

但是在他们看不见的地方，更多的怪物正从风暴中走出，这次没有什么阻拦它们了，它们感受着这个世界的规则，化作一阵阵风飘散。它们在风暴中成形，在莫特的低语中重新认知这个世界，它们是远古时期真实存在的众神以及众神的仆从，它们在众神之战中战死，如今它们带着复仇的烈焰重新回来了。

选 择

两个月前，耶路撒冷。

一个旅行者来到了耶路撒冷老城，他没有在"哭墙"停留，也没有浏览岩石圆顶清真寺，他从圣殿山下走过，最后沿着"苦路"前行，穿越了犹太区、穆斯林区和基督区，最终来到了耶路撒冷郊外。

没有人注意到这个奇怪的旅行者，到耶路撒冷的游客都曾被告诫，在没有保护的情况下擅自离开耶路撒冷是不安全的，但这位旅行者似乎不怎么在乎，他继续前行，一直走到了耶路撒冷西南方的一片平原。正值中午，太阳明晃晃地挂在天空正中，将流火一般的阳光洒在这片黄沙和乱石堆积的平原上。旅行者大汗淋漓，但他没有停歇，一直坚持着行进。他偶尔会抬起头确认一下行进方向，整个世界都仿佛是金黄色的，沙子中的石英颗粒反射着太阳光，亮得耀眼。不久之后，一座小山出现在前方，旅行者暗暗松了一口气，至少他行进的方向并没有错。

三十分钟后，旅行者终于抵达目的地，这是一座由黄土和石块堆积成的小山，足足有二十四米高。远处停着两辆丰田越野车，几个游客正在不远处拍照，看来他们也是慕名而来。但这里并不是耶路撒冷最著名的景点，很少有游客会专门跑来这里，即使要来，也不会像他一样徒步过来。

这座小山是《圣经》中被大卫杀死的腓力士将军——巨人歌利亚的坟墓，传说歌利亚被牧童大卫用弹弓杀死以后，被埋葬在离战场一千米以外的地方，而牧童大卫也成为著名的大卫王。

但维克多知道这不是真相，那场战争也根本不曾发生过，而那位著名的大卫王也并非牧童出身。歌利亚真实的身份是以色列大卫王的将军，是他率军击退了腓力士人，但是大卫却听信了谗言，认为歌利亚是腓力士人的间谍，将歌利亚处死。歌利亚死了以后，大卫逐渐清醒了过来，承认自己犯了错，他命人将歌利亚的身体从加利利湖边挖出，然后从死海中将头颅找回，用金线缝在一起，安葬在歌利亚曾经战斗过的地方。但是历史依然被扭曲了，大卫王死后，以色列人不愿意让他们伟大的王名声受损，于是篡改了历史。

但这依然不是真正的真相。

维克多爬上小山丘，山丘的坡很缓，很容易攀登。很快，他就站在了山丘的顶端。放眼望去，黄色的沙漠和黑色的戈壁占据了整个视野，连远处的耶路撒冷都消失在漫漫的黄沙之中。

维克多不是来欣赏风景的，况且这里的风景也实在没什么好看的，他跺了跺脚，清了清嗓子，开口说道："此非待客之道，歌利亚。"

一个瓮声瓮气的声音从他脚底传来，"走开，维克多，不要打扰我的长眠。"

"长眠的是歌利亚，不是你，"维克多耸耸肩，也不管主人是否真的能看见，"也许我应该叫你真正的名字，泰坦。"

"你来这里要做什么？"隆隆的声音从维克多的脚底传来，震得他脚底发麻。

"莫特大人需要你，"维克多直截了当地说，"这么多年来，莫特大人遵守约定，一直没有打扰你，但是现在他需要你的帮助。"

"我还没睡够……"泰坦咕哝着，维克多甚至能想象出他在土堆里翻了一个身。

"你已经睡了四千年了，你早就知道我会来找你，就想了这么一个理由？"维克多哈哈大笑，"起来吧，泰坦，我们的时代要到来了。"

"我不相信阎摩，也不相信莫特，"泰坦懒散地说，"我不想参与他们之间的战争，我曾经的确拒绝过那个人，但不代表我不会拒绝莫特。"

"莫特大人向你表示衷心的感谢，因为你的拒绝，莫特大人取得了胜利，"维克多说，"但是在你拒绝帮助那个人的时候，你就已经选择了阵营，你应该庆幸莫特大人战胜了他。如果是那个人胜利了，他早就把你从这个坟堆里刨出来变成鼹鼠了，你不会忘记他都对我们做了什么吧？"

泰坦沉默了，好一会儿都没有再说话，维克多的耳边只有风呼啸着吹过，有那么一会儿，维克多戏谑地想，这家伙不会真的又睡着了吧？

"到底发生什么事情了？"终于，泰坦的声音再次从脚底传来。

"阎摩已经抛弃了神灵的身份，彻底倒向了魔鬼。而且他蛊惑了许多神灵，正在准备新的战争，而这一次，他的目的是毁灭所有的神灵。"

"莫特既然连那个人都可以杀死，阎摩又算得了什么呢？"

"杀死那个人的不是莫特，而是魔鬼，莫特大人只不过是借魔鬼之手杀死了他，但这次不同，魔鬼已经听命于阎摩，莫特大人已经无法借用魔鬼的力量了。如果阎摩获胜，那么所有不曾听命于他的神灵将被毁灭，也包括你，泰坦。"

"维克多，我了解阎摩，即使他获胜了，他也不会来打扰我；如果他失败了，那就更没有人会来打扰我了。"

"我想莫特大人会亲自来问候你的。"维克多威胁道。

"那个鸟嘴怪物先在这场战争中活下来再说吧。"泰坦冷冷地说，"你胆敢威胁我，维克多，没有人能威胁我，莫特不能，阎摩也不能，现在滚吧，趁我还能原谅你的冒犯。"

维克多沉默了一会儿，才说道："如果是那个人呢？"

"什么？"泰坦马上就回应了，"不要妄图欺骗我，那个人已经死了，我的耐性是有限度的。"

"神灵是不朽的，你明白这一点，泰坦，何况是那个人，"维克多轻声说，他望向远方，太阳正在地平线上悬着，但很快就会沉入那黑夜的深渊里，"莫特大人一直在找他的转世，他终于找到了，但莫特大人发现他的力量并没有消失，而是随着他的灵魂一起转世，莫特大人一直想彻底摧毁他，他用尽了一切办法，但……那个人总能顺利转世——带着他沉睡的力量。"

"那就让他一直沉睡下去。"泰坦说。

"如果你都能想到这一点，为什么莫特大人会想不到呢？"维克多说，"事情没有这么简单，他从来都没有真正死去，更可怕的是，他似乎天生有一种吸引力，每一世都有沉睡的神灵不断地被吸引到他的身边，即使这些神灵根本不知道他的身份。这些神灵以他的邻居、同学、同事的身份……出现在他身边。"

泰坦的叹息声从地底传来，"他是真正的王……"

"但他不是真正的威胁，数千年来，他已经转世上百次，从来没有苏醒的迹象，而且莫特大人也不断地剪除他身边的羽翼，"维克多说，"真正的威胁来自阎摩，阎摩已经与魔鬼为伍，他一直在试图找到那个人，我们不知道阎摩有什么伎俩能够唤醒他，现在阎摩已经得到他了，如果阎摩真的唤醒了他，那么，你认为你还能在这个土堆里藏多久？"

"既然如此，为什么不阻止阎摩得到那个人呢？"

"莫特大人已经阻止阎摩上百次了，但总会有失败的一次，不是吗？"

"如果仅仅是这样，多一个我又能起什么作用呢？我不可能战胜那个人，阎摩和莫特的力量也远远超过我。而且，即使是阎摩，也未必能唤醒他。"

"作为神灵的阎摩自然毫无希望，但作为魔鬼的阎摩就不一定了，你我都知道魔鬼对神灵的了解远远超越我们自身。"维克多冷冷地说。

"感谢你远道而来，维克多，但我不想再参与这些战争，我拒绝过那个人，我也会拒绝莫特。"

"你别无选择了，泰坦，我的兄弟，早在你拒绝那个人的那一刻，你就已经选择了阵营。这场战争将席卷所有的神灵和魔鬼，不会有中立者，每一个人都会有自己的阵营。让我告诉你一些好消息吧，希望能把你怯懦的灵魂从这个破土堆里拯救出来。莫特大人已经获得了父神的力量，所有冤死的神灵都会聚集到他身边复活，莫特大人必将获取最终的胜利，在他的领导下，归来的众神第一次杀死了魔鬼，众神的时代即将回归。泰坦，你可以在北方的冰雪中重建你的王国，这是莫特大人给你的承诺。"

又沉默了好一会儿，泰坦的声音才再次传来，"你们需要我做什么？"

"摧毁阎摩在人间的巢穴，阻止他唤醒海拉，莫特大人将赐予你不被魔鬼伤害的力量。"维克多第一次说出了那个人的名字，他的心脏颤抖了一下，"泰坦，被遗忘的巨人神族之王，是时候了。"

"阎摩的巢穴在哪里？"

"东方，太阳升起的地方。"维克多露出一丝微笑。

女神归来

沈晓琪穿过虚空之门，再次来到暗影议会，和她上一次到来的时候相比，这里已经发生了很大的变化，由简单标准的几何体组成的建筑不见了，取而代之的是一些扁平的方柱形成的圆环，一环套一环，从内向外，每一环的方柱都变得更高，形成一个庄严的圆环阵列。圆环正中是一个方形的平台，上面燃着一团烈火，没有任何燃料，烈火却猛烈地燃烧着，比沈晓琪见过的任何火焰都要狂暴。火焰像一个被困于无形的笼子的猛兽，左冲右突，沈晓琪真的觉得那团烈火是一个活物，她仿佛听到了火焰无声的尖叫。

方形平台的周围有一圈圆形的小平台，一共七个，而议长正坐在其中一个上面，出神地注视着那团烈火。

沈晓琪的到来打断了他的沉思，议长抬起头看向沈晓琪，他的脸在火焰的照耀下形成奇特的阴影。

"你来了，晓琪。"议长朝她点点头，"坐吧，今天有点冷。"

沈晓琪坐在了议长的对面，她好奇地打量四周，"这里是什么地方？"

她知道议长有时候会模仿一些地球上存在的建筑来建造暗影议会总部，他们曾在希腊万神殿中交谈，曾在金字塔的顶端密语，曾在空中花园里安坐，但沈晓琪从未见过如此粗制滥造的巨石阵——非常像英国的巨石阵遗址，但比起英国的巨石阵，这里的石阵要低矮一些。

"哥贝力克石阵，"议长说，"文明的起源之地。"

"起源之地？"沈晓琪皱起眉头，她听说过哥贝力克石阵，那是位于新月地带的一处古人类建筑遗址，据说是发现的最早的人类石制遗迹。

"一个我以前总和老朋友们聚会的地方，"议长轻描淡写地说，"历史学家认为这里只有一万两千年的历史，但这个地方的历史其实已经超过四万年了。"

"那是——"沈晓琪斟酌着语句，"人类文明的开端？"

"是的。"议长说。

"瑞典发生的事情，和莫特有关？"

"是的，"老人点头，他的声音有些嘶哑，"莫特真的复活了远古的神灵，我的确低估了他的力量。"

沈晓琪猛地抬起头，神灵？议长居然用神灵来称呼那些魔鬼？沈晓琪寒意顿生，她很清楚议长绝不会出现这种口误。

"你说什么？"

"今夜，我将告诉你一切，"议长说，"我不是守护者，你也不是。"

"不，你在说什么，你——"沈晓琪猛地站了起来，心脏怦怦直跳，"你是我们的议长，你是守护者的首领，你是……"

"不要自我欺骗了，沈晓琪，我知道你隐藏的秘密，你不是守护者，你没有一个生死纠缠的同伴，你和斯诺他们根本不一样。"

"不！"沈晓琪后退着，仿佛面前坐着的是一个恶魔，"我不是——"

"质疑和愤怒，"议长不疾不徐地说，"我能感受到你的愤怒，这是守护者身上感受不到的东西，守护者们都是些被指令左右的行尸走肉，他们没有自己的思想，他们甚至比不上普通人类。"

沈晓琪紧紧地咬着嘴唇，"那么，告诉我，你到底是什么人，我们是谁？"

"我们？"议长轻轻地伸出双手，仿佛就要触碰到火焰的边缘，他没有停下，火焰真的舔舐到议长的双手，沈晓琪看到那双手分明是一个老人的手，干瘦的皮肤上鼓起青色的静脉血管，布满了老人斑，就像老树皮一般粗糙。火焰似乎感觉到了这双手的抚摸，猛地翻卷上来，如活物一般缠绕着如枯枝般的手指，沈晓琪清晰地看到了那个看不见的囚笼，火焰的触角仿佛撞到了一道透明的墙壁，沿着墙壁形成一道笔直的火墙，再也无法前进。而议长却似乎丝毫感受不到疼痛，继续将手向火焰中伸去，很快，他的双手就被火焰吞没了。一股黑烟从议长的双手上翻腾而起，他的双手明明在燃烧，但是他的脸上却没有一丝痛苦的表情，反而露出一丝若有若无的微笑。沈晓琪震惊地看着这一幕，忘记了去阻止议长，正当她想阻止的时候，议长已经把手从火焰里收了回来。沈晓琪看到，那双老树皮似的手已经不见了，取而代之的是一双健康有力的年轻的手，手背上青筋毕现，白嫩光滑。而平台上的火焰也似乎没有刚才那么狂暴了，"这就是我们，沈晓琪，我们被守护者称为恶魔，被人类称为邪灵，但我们自称神灵。"年轻的议长满含深意地看着沈晓琪。

"这不是真的，这不是……"沈晓琪语无伦次地反驳着。

议长指了指已经不如刚才狂暴的火焰，"看看这是什么？"

沈晓琪不知道那是什么，但她知道，那绝不是普通的火焰，那似乎是一个火焰的生灵，燃烧了议长的双手，暂时地平静下来。

"你眼中看到的是火焰，它也的确具有火焰的一切性质，它能发热，发光，它就是火焰，"议长抬起头看着沈晓琪的眼睛，终于回答了她，"一个事物的本质是什么不取决于它的定义，而是它真正在做什么，晓琪，我们才是人类文明真正的守护者。"

沈晓琪感到浑身发冷，她知道这不是来自身体的冷，而是来自灵魂深处的寒意，她意识到议长正在向她揭示一个惊天的秘密。

"刚才发生了什么？为什么你的手……"

"恢复青春是一件很难的事情，我很少这么做，"议长叹了一口气，"但是已经来不及等下一次转世了，这个世界已经等不及了，和莫特的战斗耗尽了我的力量。"

"来不及了……"沈晓琪喃喃地说，"什么来不及了？"

"群星的熄灭，瑞典发生的事情，这个世界上发生的所有的异象，包括昨夜的震荡，还有卡兰迪的地狱之门，这一切都表明这个世界已经失去了平衡。莫特已经打开了地狱之门，他会召唤出更久远更强大的神灵，瑞典出现的耶梦加得就是他的手笔。"

"那么霜巨人和芬里尔为什么会和耶梦加得为敌？"

"霜巨人和芬里尔听命于我，但他们没能阻止耶梦加得，耶梦加得杀死了霜巨人，芬里尔也死在了火巨人手下。"

"你到底是什么人？"

"我是阎摩，也许你听过这个名字，我是万神殿七始祖之一。"

"万神殿？七始祖？"沈晓琪感到一阵眩晕，她艰难地吐出那个词，"你……你是……恶魔……"

"传说中，最早降临到这个世界的有七位神祇：海拉、莫特、维克多、安德鲁、泰坦，还有我。"

"还有一个是谁？"沈晓琪注意到阎摩只说了六个人。

阎摩没有回答她，他低下头望着那团跳动的火焰，那团火焰正在以肉眼可见的速度熄灭下去，"她快死了，她是艾米丽。"

"不——"沈晓琪震惊得浑身发抖，"是你杀了艾米丽……"

"当埃克斯死去的那一刻，艾米丽的命运就已经注定了，当一个守护者失去了同伴，她就会衰弱下去，直到灵魂消散于这个世界，"阎摩说，"我没有杀死任何守护者。"

"那么，根本就不存在沉睡的守护者，这是一个谎言……肖恩到底是什么人？"

"他是海拉，也是奥丁，也是宙斯，他有很多名字，同时他还被称为吉尔伽美什，那是他最后一个名字，但我们一直称他为万神之王。"

"不——"沈晓琪已经不记得自己今晚第几次说出这个字，她盯着那团灵魂能量，那团火焰，眼泪夺眶而出，她似乎真的听到那团火焰在无声地尖叫，左奔右突，在绝望中挣扎。艾米丽，她脑海里浮现出那个金色长发的女孩儿，那个带着肖恩来到纽约的女孩儿。

肖恩——肖恩是海拉，他欺骗了她。

议长也欺骗了她，不，眼前这个人是阎摩，他欺骗了所有的守护者，以恶魔之身，统御着所有的守护者。这就是他能够将守护者组织起来的原因——他拥有超凡的头脑和守护者不具备的特质——可是为什么，为什么……

如果肖恩的真实身份是海拉，那么同为始祖的莫特为什么会追杀他？沈晓琪的心里隐隐有了答案。

"让我告诉你这个世界的真相吧。传说是真实的，远在人类没有发明文字之前的那个时代，我们作为神灵统治着整个世界，也就是守护者传说中的那个黑暗血腥的时代。那个时代持续了数十万年之久，远远不是守护者口中的数百年或者数千年，那是希腊神话中的黄金时代，当然，也是神灵的黄金时代。七个最古老、最强大的神灵建了万神殿，统御着遍布大地的神灵。人类世世代代供养着神灵，大地上到处都流淌着牛奶和蜂蜜，而这远远不够，神灵指挥着人类组成的军队，进行着刺激的战争游戏。

"守护者降临这个世界之后，他们开始四处屠戮神灵。在众神之战中，他们摧枯拉朽般摧毁了神灵的军队，海拉意识到神灵是无法战胜守护者的，经过漫长的思考，他做出了一个决定，他决定停止奴役人类，相反，要做人类的守护者。但莫特不承认失败，他和他的爪牙背叛了海拉。而在此之前，海拉惩罚了他，把他变成乌鸦，但是他摆脱了诅咒，并且在巴比伦挑起了众神之间的内战。在内战中，他杀死了海拉。我曾听说过一个传言，莫特曾经得到来自天庭的女神的帮助，所以才解除了诅咒，并且获得杀死海拉的力量。女神帮助莫特杀死海拉后，她传达了来自神祇的意志。莫特成为新的众神之王，而女神则返回了天国，但是我更愿意相信，女神在帮助了莫特之后，被他杀死了，他窃取了女神的力量。"

"这个传说——你相信吗？"

"我宁愿相信后者。莫特杀死了女神，获得了不属于他的力量，所以他才有自信自称众神之王。而这位女神——"阎摩目光深邃地看着沈晓琪，"受到了莫特的蒙骗。但莫特是无法真正杀死神灵的，海拉和女神只是陷入了沉睡和无穷无尽的轮回中，他们的灵魂从一个肉体轮转到另外一个肉体，但女神渐渐苏醒了，她已经不记得被杀死之前的事情，只是意识到自己是一个异类，也许在黑暗的中世纪曾经被当作女巫遭到猎杀，所以她学会了小心翼翼地隐藏自己的踪迹，直到遇到了一个知道她真实身份的人。"

"你想说，我就是……"沈晓琪浑身颤抖着。

仿佛能看穿沈晓琪的心思，阎摩轻声说道："晓琪，重点不在于我们的身份，而在于我们的行为。你没有对凡人灵魂的渴望，你也不能使用恶魔领域，但是你不需要同伴，你能够从转世中自发苏醒，你不像其他守护者，用猎杀恶魔的本能来支撑自己永恒的生命，你孤独地走过了一世又一世，你不敢向任何人吐露你的秘密，你曾经试图从宗教中寻求慰藉，但很快就发现那对你没有任何帮助，没有一本经典能解开你的秘密；你曾以为自己遭受了神的惩罚，神让所有人在新的生命开始时都忘却前生的一切，但却让你背负着前世的记忆；你曾经有过爱情，但你很快就发现爱情是这个世界上最容易逝去的东西，直到你遇见了我。一开始你的确把自己当作守护者，你真的以为找到了同类，但后来你发现你不是真正的守护者，但你不想暴露自己的身份，所以你隐藏了自己。"

"你……你早就知道，"沈晓琪的心理防线几乎要崩溃了，议长的话语就像毒蛇一般钻进她的脑海，穿透她营造已久的坚固屏障，甚至直抵她自己都已经快要遗忘的最深处的秘密，"可是你……"

"是我找到了你，把你从迦梨的手中救了出来，但是那一世的事情已经被你遗忘了。"

迦梨……沈晓琪想起了昨夜的梦境，原来那是真的。那不是一场噩梦，那是深藏于她记忆之中的前世记忆，直到昨夜才浮现出来。

"你很特别，我想你早就发现了这一点，你的记忆虽然非常混乱，但是你有着众神之战以前的记忆，这说明你来自众神之战之前；你比所有的守护者都更早来到这个世界上，是的，你就是第七个始祖。"

"你没有证据……"沈晓琪无力地说，但是直觉告诉她，阎摩没有撒谎。

"莫特欺骗了你，他窃取了你的力量，利用你解开了海拉对他的诅咒，而且杀死了海拉和你。我不知道当时具体发生了什么，但这是最合理的推测。这就是肖恩在巴比伦塔上看到的景象，那个死去的女人就是你。"

"可是为什么我什么都不记得了？"

"肉体的不正常死亡也会给我们带来严重的损害，即使是海拉都很难重新恢复记忆。"

"可是，你为什么要告诉我这些？"

"这个世界正在走向毁灭，而且这个世界也绝非我们眼中的那么简单，"阎摩说，"我们并不是真正的神灵，只是一种和人类不一样的生命体，我们不知道自己从哪里来，也许只是这个世界的过客，但我们不能放任莫特继续下去，他会摧毁这个世界，只有你和海拉能够阻止他。

"莫特已经挑起了新的战争，而这一次，形势更加严峻，他的力量已经足以对抗守护者，他的手下在四处猎杀忠于我的神灵，我的军队在节节败退，我需要你和海拉的帮助。我早就预见会有这么一天，这么多年以来，我一直在寻找你和海拉的下落，我先找到了你，但是和海拉一样，那场战争也给你造成了严重的损害，我一直在试图恢复你的记忆和力量，但恐怕已经来不及了。"

"为什么你相信我能够阻止莫特？"

"因为莫特害怕你，他也一直在寻找你的下落，他既然窃取了你的力量，那么一定也害怕你收回他偷走的东西。海拉已经醒来，你必须和他联手阻止莫特。你要远离城市，瑞典发生的事情只是一个开始，这个世界将再次成为众神的战场。莫特已经打开了地狱之门，但他自己对地狱之门一无所知。地狱之门一旦打开，会加速这个世界的失衡，一切不可能的事情都将变成可能，所以我们必须关闭地狱之门。昨夜发生的震荡只是一个开始，我相信莫特也不知道打开地狱之门会造成什么后果，众神的时代不会来临，相反，他会摧毁这个世界上的一切，包括所有的神灵，整个世界都将为他的野心陪葬，而我们必须阻止这一切。"

"可是我们怎么才能关闭地狱之门？"

"只有杀死莫特，地狱之门才会被关闭。我召集了所有的守护者和忠于我的神灵阻止莫特的军队，也许我们无法阻止这个世界的毁灭，"阎摩说，"但我们会尽力阻止莫特，这个世界绝不能再回到众神时代，那绝不是黄金时代，即使对于我们来说，那也是一个愚昧黑暗的时代。"

"如果杀死了莫特依然关闭不了地狱之门呢？"

阎摩沉默了一会儿，才语气沉重地说："答案就在你的身上，沈晓琪。我相信只有你才能阻止这一切，你是我们中最特殊的一个，在众神之战之前，你就从万神殿消失了，没有人知道你去了哪里，直到巴比伦的内战中，你才重新出现，而且你对历史的记忆和所有人都不一样，不论是神灵还是守护者，从来没有人有过和历史主线完全不一致的历史记忆，只有你拥有一些完全背离真实历史的记忆。"

"这说明不了什么，"沈晓琪摇摇头，"我们曾经讨论过这个问题，一定是我被现代的艺术作品篡改了记忆，简单地说，是我记错了。"

"不，你那些所谓的虚假的记忆太过逼真，而且对细节描述得非常清楚，"阎摩摇摇头，"更重要的是，为什么其他守护者和神灵从未产生过这种记忆？其他的守护者和神灵也同样生活在现代社会，他们也会看小说和电影，他们也会阅读真实的历史书，但为什么只有你有这种以假乱真的记忆？"

沈晓琪沉默了，她不得不承认议长的话的确有一定道理，她也曾经查阅过其他守护者的资料，但从未发现有人和她一样有着和真实历史截然相反的记忆，她只能安慰自己一定是现代的科幻电影小说看多了，久而久之，她就真的相信了这个解释，所以对沃顿等人，她也没有丝毫保留，只是将这件事情当作一件趣闻谈起。但是现在看来，事情并非表面上的那么简单。

在沈晓琪身上，到底隐藏着什么秘密？真实的历史又是怎样的？

"你要指引海拉进入地狱之门。"阎摩严肃地说。

"什么？"沈晓琪以为自己听错了，"我们可能会死……"

"你们不会死，因为有人曾经进入过地狱之门。"阎摩说。

沈晓琪思索了一会儿，才惊恐地问道："是我？"

"是的，"阎摩说，"巴比伦战争之前，一个地狱之门曾出现在乌尔都城外的沙漠里，没有人敢接近它，但是一个女神从中走出来，我相信那就是你，我相信远古之时，地狱之门曾经打开过，你走了进去。"

"地狱之门……"沈晓琪喃喃地重复道，她突然感到一阵寒意。

阎摩看出了她的不安，安慰道："不要被文字表象所迷惑，如果你愿意，也可以叫它神国之门或者朝圣之路。"

"当朝圣者重新踏上征途……"沈晓琪默念道，"你是说，这句预言里的朝圣者就是我和海拉？"

"是的，"阎摩点点头，"女神将引领众神之王重返神国，阻止邪神莫特。"

"一个无知的女神罢了，"沈晓琪自嘲道，"如果你说的是真的，莫特窃取了我的力量，我很好奇他是怎么做到的。"

"你必须小心，我相信莫特还没有放过你，他一直在找你。"阎摩站起身，"我会说服海拉，接下来你要做的事情很简单，找一个安全的地方躲起来等待。"

"那些肆虐的神灵怎么办？也许守护者可以制止他们，尤其是洛坦，你知道地中海大灾变……"

"守护者已经无能为力了，现在的莫特和他召唤回来的神灵已经强大到超出你的想象，守护者的职责早在众神之战之后就已经结束了。"

"那你为什么还要成立暗影议会？这说不通。"沈晓琪质疑道。

"为了保护追随我的神灵，"阎摩说，"我不希望他们被守护者伤害，他们早已不再行恶事。"

"这倒是一个说得过去的理由，"沈晓琪点点头，"为什么是海拉，我是说，为什么他也是朝圣者？"

"你们都低估了海拉，我们说海拉是众神之王，并不仅仅是字面上的意思，他真的是我们的王，是最古老的神灵。他建立起万神殿，建立起五大神系，是所有神灵的核心，莫特一定看穿了这一点，才在每一世都打压他，阻止他觉醒。即使在海拉沉睡期间，有几世他也成为伟大的智者，菩提树和西奈山上都留下过他的足迹。所有的始祖都曾接受过他的点化，他对这个世界本质的理解远远超过我们所有人，海拉一定可以帮助你的。"

"可是我来之前和他谈过话，他并没有对我说起什么……"沈晓琪苦笑，"看起来他似乎对我有所隐瞒。"

"那是因为他以为你是一个守护者，沈晓琪，他不知道你真实的身份，"阎摩意味深长地说，"而且，时机未到，你们都还没做好准备。"

"可是，你是怎么知道他已经被唤醒了？"

"始祖之间都有心灵感应的能力，除非你拒绝打开你的心灵。他被唤醒的那一刻，我们之间的心灵连接就恢复了，"阎摩说，"去吧，晓琪，躲藏起来，不要被莫特和他的爪牙发现，他们会毫不犹豫杀死你。"

"你可以让海拉来这里，"沈晓琪提议道，"这里是安全的，而且可以跨越空间的阻隔。"

"你看到的并不是我的本体，议长从来都只是一个化身、一个幻象，这个空间本身是不存在的，这里所有的一切都只是一个虚幻的投影。"

沈晓琪瞪大了眼睛，她已经无数次来到这个暗影空间，可是她却从未发现这是一个虚假的世界，"可是所有的守护者都可以来这里……"

"他们看到的同样是幻象，"阎摩说，"从来没有守护者质疑这个空间的真实性，他们习惯了某种事物之后，就会认为一切都是天经地义，这是他们的优点，但同时也是他们的弱点，他们非常容易被欺骗。"

"就像某种设定好的程序……"

"也许他们就是程序，"阎摩轻轻打断她，"那么，沈晓琪，等待我的好消息吧。"

沈晓琪离开暗影空间时，第一次察觉到了这个空间的异样，她穿过那扇无数次穿过的门时，感觉到这扇门其实是不存在的，一切都是某种直接作用于她大脑的幻象。她仍然在自己家的客厅里，仿佛做了一场梦。

沈晓琪从沙发上站起身，走向窗边，模糊的玻璃提醒着她昨夜的震荡并不是幻觉。她看向远方，发现了更多异样，往常马路上的滚滚车流失去了踪影，仿佛一夜干涸的河流。她的目光投向远方，地平线上可以看到几团巨大的烟火将天上的云和大地连接在一起。

沈晓琪试着开了一下灯，果然断电了。

阎摩没有说谎，在他们谈话的同时，又发生了一次"震荡"，这次的"震荡"更加严重，持续了大概五分钟，而且影响更大，在此期间，所有飞行在空中的航班都像石头一样坠落。车辆突然失控导致的车祸更是遍及全球，但更严重的事件则是人类的核电站，已经有数十座核电站发生了泄漏，"震荡"破坏了那些精密的零部件。

"震荡"结束之后，大部分城市的灯光都熄灭了，阎摩说的对，如果这样的"震荡"再来几次的话，用不着众神战争，人类文明就将退回到农业时代。

沈晓琪出神地盯着眼前的景象，和阎摩的谈话似乎打开了她的记忆闸门，也许是因为昨夜的梦境，也许是因为"震荡"，她感觉到更多的记忆正在进入她的脑海。确切地说，是更多的记忆正在被唤醒，从记忆之海的深渊中被释放出来，进入她的脑海。

她想起了梦境中未完的部分，一个苦行僧从冰冷的祭坛上救了她，带她离开了那个令她心碎的村庄。那个苦行僧，是阎摩的化身，那是她和阎摩的初次相遇。但是她已经沉沦于轮回之中太久，即使是阎摩也无法唤醒她的力量，只能眼睁睁地看着她在肉体衰老之后重新进入轮回。但阎摩在她的每一世都会出现在她身边，直到她的力量重新恢复到不再遗忘前世，直到她将自己伪装成一个守护者，或者说，阎摩帮她伪装成一个守护者……

柔和的灯光重新亮了起来，打断了沈晓琪的沉思，她意识到电力恢复了。电视屏幕亮了起来，有线新闻台正在播放的紧急新闻吸引了她的注意。

"……目前海啸原因依然不明，地震监测网显示没有发生足以引发此等规模海啸的海底地震，也未检测到小行星撞击地球。大西洋海啸预警中心对此次海啸没有发出预警，有专家表示此次海啸的成因暂时无法解释，但有幸存者声称目击到巨大的多头海蛇在海啸中出现，专家们否认了这一说法，但考虑到瑞典发生的事情，有权威人士认为肆虐瑞典的怪兽转移到了地中海，但它是否是引发海啸的罪魁祸首还未得到证实……此次海啸规模巨大，超过了有史以来有记载的海啸规模，造成了严重的伤亡，各国暂未给出统计数字，但可以预料的是这次灾难中死亡的人数将超过有史以来任何一次海啸……"

突如其来的滔天巨浪席卷了沿岸的一切，从法国的蔚蓝海岸到阿尔及利亚的提帕萨，从意大利的佛罗伦萨到曾经矗立着世界七大奇迹之一的亚历山大港，几乎没有一座沿岸城市在这场突如其来的海啸中安然无恙。地中海上的岛屿更是遭受了灭顶之灾，科西嘉岛和西西里岛被海啸席卷一空，在短暂的时间内这两个大岛被海水淹没。

"这不是耶梦加得。"沈晓琪喃喃地说。她盯着电视屏幕，屏幕上是凄惨的航拍画面，犹如人间地狱。画面上已经很难看出这曾经是一座繁华的港口城市，海水已经退去，留下一片狼藉。巨兽般的海啸横扫了整个城市，带着无数的战利品退回了大海。在大自然的伟岸之力面前，人类花费几百年、数千年苦心经营的城市如沙雕般脆弱，沈晓琪想象着正在沙滩上悠闲地晒日光浴的比基尼女郎和正在玩着沙滩排球的人们被突如其来的海浪吞噬的情形。

这不是耶梦加得，沈晓琪知晓耶梦加得，它并没有传说中的那么巨大，而且不喜欢掀起海啸，它更喜欢的是蛰伏在海底深渊里，只有被激怒时，才会现身。

这是……沈晓琪在脑海中搜寻着，她被自己的想法吓呆了，只有一种怪物能掀起足以波及整个地中海的海啸，是洛坦，传说中的七头海蛇，也有人叫它拉哈珀，海神的宠物，地狱中的死亡天使，洪水和瘟疫之母，严寒的使者，即使是众神也要退避三舍的怪物，它还有一个更广为人知的名字——利维坦。

莫特已经疯了，它竟然召唤了洛坦。

不只是洛坦，这时沈晓琪突然想到星空熄灭的事实，她一直未曾意识到的事实，随着更多的记忆浮现，她终于意识到了那是什么。

那是众神都为之战栗的远古巨兽，世界的毁灭者，宇宙的吞噬者，那是古埃及神话中的终极毁灭之神阿波菲斯，是阿波菲斯吞噬了群星，但那只是一个开始，阿波菲斯最终将吞噬整个世界。

不管是谁召唤了阿波菲斯，他一定是疯了。

守护者们对阿波菲斯一无所知，人类也以为那只是虚无缥缈的神话传说，但随着远古记忆的浮现，沈晓琪逐渐想起来了。那么一切都好解释了，有人正在唤醒远古的恶魔，而且他成功地唤醒了终极恶魔阿波菲斯，人员的大量失踪和航班的失踪是因为阿波菲斯正在吞吃人类。包括现在发生的"震荡"，谁又能说与阿波菲斯无关？

而且莫特还未罢手，他还在召唤其他的恶魔，耶梦加得、洛坦……

如果他想击败阎摩和海拉，他根本不必如此，既然召唤了阿波菲斯，那么莫特的目的是彻底摧毁这个世界，所谓的众神时代的回归是一个谎言。

难道议长，不——阎摩没有意识到这一点吗？莫特要摧毁整个世界。

莫特要的不是众神的回归，而是摧毁这个世界。

可是，凯恩和沃顿会相信这些吗？人类会相信吗？不会，沈晓琪悲哀地意识到，他们不会相信的。

说　服

华盛顿 DC，雷斯顿区杜勒大街 177 号。

沃顿开着车沿着首都大道一路前行，导航带着他绕了好几个圈子才找到杜勒大街 177 号。和想象中的不太一样，凯恩介绍的温斯顿先生应该是一个科学家，但沃顿却从未听说过他的名字。而且沃顿停好车以后，更是怀疑自己是不是来错了地方。这里有一栋非常老旧的公寓楼，门口的台阶旁边还躺着一个流浪汉和一条狗。街的对面有一家干洗店和一个便利店，三三两两的行人脚步匆匆地从门口经过，公寓旁边的小巷子里还丢弃着几根用过的针管。有几个游手好闲的年轻人毫不在意地赤裸着自己满是文身的胳膊在远处游荡，他们有些好奇地望着沃顿的汽车。

如果不是亲眼所见，沃顿难以想象华盛顿还存在这种地方。沃顿在车上坐了一会儿，最终决定给凯恩打一个电话，他怀疑自己找错了地方。

"凯恩先生，我现在正在你说的地址，你确定那位温斯顿先生是住在这里？这里看起来像一个贫民窟。"

"地址没错，"凯恩确定地说，"沃顿，这个国家可不是到处都是别墅和泳池，那位温斯顿先生的地址我是好不容易才搞到的，他总是不停地搬家。"

"他到底是什么人，值得你这么看重？恕我直言，凯恩先生，我们不需要民间科学家。"

"他有斯坦福和哈佛的 12 个博士学位，曾是美国科学学会的副会长，并且出版过至少四本物理学和历史专著，他是一个天才，也是一个疯子，他曾经三次获得搞笑诺贝尔奖提名，相信我，他就是我们要找的人，更重要的是，"凯恩停顿了一下，"你一定要把他带回来。"

沃顿挂了电话，走下车，抬腿向公寓门口走去，门口坐着一个穿着脏兮兮皮大衣的人，正昏昏欲睡。他大概六十岁，头发花白蓬乱，像一团杂草，脚边还放着一瓶所剩无几的酒。门口那个人听到了沃顿的声音，睁开惺忪的眼睛看了他一眼，然后毫无兴趣地又闭上眼睛睡了。

沃顿走进公寓，一股阴冷陈旧的气息瞬间将他包围，一股发霉和腐烂的味道钻进他的鼻孔。沃顿皱着眉头走向电梯，电梯正好到了，沃顿拉开铁栅栏走进电梯，很久没有上润滑油打理的铁栅栏发出一阵让人牙酸的咯吱声。电梯里也好不到哪里去，木质的电梯墙上满是涂鸦，一个头上长着犄角的恶魔小丑正咧着嘴朝沃顿大笑，它的旁边是一行用鲜红的涂料写的大字：下地狱吧！

沃顿难以想象，一个拥有 12 个博士学位的科学家怎么会住在这种地方？

电梯开始上行，发出不祥的咯吱声，仿佛随时都可能坠入电梯井，就像现在的人类社会，表面上还在继续前行，但是有人正在抽掉科技文明的基础，人类社会随时都可能滑入不可知的深渊。沃顿暗自摇了摇头，把这个想法从脑子里赶出去。

电梯停了，沃顿拉开铁栅栏，走出电梯，他很快就找到了 177 号，在左手边的尽头。沃顿按响了门铃，等待了一会儿，没有人来开门，他又按了一次，还是没人。他侧耳倾听，房间里似乎没有任何动静。看起来温斯顿先生不在家，沃顿苦恼地站了一会儿，该死的，这位温斯顿先生似乎本身就是反技术的，居然连个电话都不装。

沃顿只能敲开邻居家的门，一个刚睡醒的女人穿着睡袍打开门，隔着铁栅栏，沃顿赶紧问道："您好，请问您见过 177 号住的温斯顿先生吗？他好像不在家。"

"哦，那个怪人，他是个酒鬼，你可能已经见过他了，他每天都会坐在楼下晒太阳。"女人不耐烦地说，然后"砰"的一声关上了房门。

沃顿愣了一会儿，才反应过来，这个女人说的是楼下那个人。天哪，难道他就是温斯顿先生？尽管沃顿已经做好了心理准备，但他还是很难将温斯顿和楼下那个守门人联系起来。

沃顿立刻乘电梯下了楼，那个守门人还在，不，他根本不是看门，他只是在晒太阳而已。

沃顿走到温斯顿面前，这次温斯顿没有睁开眼睛，他轻声问道："请问您是温斯顿博士吗？"

温斯顿打了个呼噜，嘴巴偶尔动一下，仿佛在咀嚼什么东西。

沃顿只能伸出手轻轻拍了拍温斯顿的肩膀，这次，温斯顿睁开了眼睛，并且为被打断了美梦感到恼火，"你找谁？"他不耐烦地说，同时他伸出右手去抓脚边的酒瓶。

"我找温斯顿博士。"沃顿强忍着转身离去的欲望，他几乎可以肯定自己找错人了，眼前这个粗鲁的酒鬼老头儿怎么也和凯恩嘴里的那位博士沾不上边。

老头儿咕哝道："我就是……"与此同时他抓起了酒瓶，仰头往嘴里灌，但是酒瓶是空的，他晃了晃酒瓶，丧气地把酒瓶丢了出去，然后才正眼瞧了瞧沃顿，喷出一股酒气，"你带酒了吗？"

"对不起，我没有。"沃顿说。

"能不能帮我买点？最便宜的那种就行，"温斯顿脸上露出讨好的笑容，"麦芽威士忌最好，伏特加也可以，实在不行来点朗姆酒也能凑合。"

沃顿再次见到温斯顿的时候，手里已经提了一个纸袋子，里面装着两瓶麦芽威士忌。温斯顿急切地打开纸袋子，眼前一亮，"您真是个好人，先生，怎么称呼您？"

"我是克里斯·沃顿，特别调查局科学部负责人，是凯恩局长让我来找您的，温斯顿博士。"总算有机会做自我介绍了，沃顿心想。

温斯顿摆摆手，"我哪儿都不去。"这更引起了沃顿的好奇心，这位温斯顿博士既没有表示出对特别调查局的好奇，也对凯恩的名字无动于衷。

"至少给我一个机会和您谈谈，好吗？"沃顿耐着性子说道。

"当然，看在这两瓶好酒的分上，说吧。"温斯顿打了一个酒嗝。

沃顿环顾四周，他感觉这不是一个谈话的好地方，这也是他第一次主动要去主人家里做客，"温斯顿博士，您看，我们能不能换个地方？"

"哦，当然，"温斯顿费力地站起身，"去我住的地方吧，如果你不嫌弃的话。"

温斯顿费力地打开房门，不出沃顿所料，屋子里乱糟糟的，一股酒气飘来，沃顿皱着眉头跟着温斯顿走进屋子。客厅兼会客室里有一张长条沙发，桌子上摆着一些书和酒瓶，地上也有。恐怕这位温斯顿博士很少接待客人，沃顿看着温斯顿把沙发上的东西一扫而空——统统扔到了地上，总算整理出一个能坐人的地方。

"请坐，沃顿先生，我给你找个杯子。"温斯顿忙活着找来一个印着百事可乐商标的塑料杯子，"抱歉，我只有这个，你想喝点什么？水还是威士忌？"

"谢谢，我什么都不想喝。"沃顿看着脏兮兮的杯子赶忙推托道。

"好，"温斯顿倒是毫不在意地打开威士忌倒满了一杯子，然后一屁股坐在地板上，"说吧，沃顿先生，你有什么事儿？"

"我对您更有兴趣，温斯顿博士，您为什么住在这种地方？您的家人呢？"沃顿好奇地问。

"我没结婚，"温斯顿打了个酒嗝，"麻烦的女人，唠唠叨叨的女人，要不是为了性，男人更愿意和男人在一起，不是吗？而这个社会，性是很容易得到的东西，我不需要和其他雄性打个你死我活，也不需要漂亮的石头装饰我的窝，只要有金钱，你很轻易就能得到性，"他打了一个酒嗝，"而通过婚姻获取性是最愚蠢的选择。"

沃顿在心里暗自摇了摇头，当然，他见过很多怪异的人，他年轻时甚至和地平论者彻夜争执，相比而言，这位温斯顿博士也许更好打交道。他决定尽快谈谈自己来的目的，"是凯恩先生让我来找您的，他说您可以帮助我们。"

"凯恩？那个该死的混蛋，"温斯顿咕哝着，"我还以为他早就已经死了。"

"您认识他？"

"当然，"温斯顿从地板上捡起一本书丢了过去，"我曾经在特别调查局工作……"他抬起头想了想，"你说你是科学部的负责人？"他似笑非笑地看着沃顿，沃顿被他怪异的眼神盯得心里直发毛。

"是的。"

"一个毫无用处的地方，"温斯顿断然说道，"我是科学部的第一任负责人，我一手组建起了科学部，这是我这辈子做过的最后悔的事情，浪费了十年的大好时光。"

沃顿怔住了，他忐忑地问："您为什么离开科学部？"

"理念不合，"温斯顿的醉意仿佛消失了，他毫不客气地打量着沃顿，"你来干什么？"

"是凯恩局长让我来请您的，我想您已经听说了在瑞典和卡兰迪发生的事情。"

温斯顿点点头，然后又挥挥手，"你走吧，我不会回那个该死的地方，在那个该死的地方什么都做不了。"

"可是在这里，您能做什么？"沃顿环顾四周，到处都堆满了杂物和破旧的书籍，他的目光被一本书的封面吸引了，沃顿走过去，从一堆杂物中拿出那本书，书上还沾着一些陈年番茄酱，书名是《上帝之手》。他打开书，大概翻阅了一下，书中充满了对历史上重要事件的考证和推理，他直接翻到结尾部分，看到了此书的结论："有人设计了这种机制，上帝在人类的文明进程中起到了关键性的作用，在影响人类历史的重大事件中都有上帝老人家的影子，没有他的点拨，我们现在大概还住在山洞里。"沃顿又翻了翻目录，目录里充斥着各种惊人的地摊级别的言论，他甚至看到书中确定地认为，耶稣基督、佛陀、老子、牛顿和爱因斯坦等天才一定是上帝派到人间教化愚昧的人类的。

"定价五美元，再加五美元，我可以帮你签个名，写什么都行。"温斯顿无所谓地说。

沃顿看了看作者名，他并不感到意外，作者就是眼前的这位温斯顿先生。

"因为这本书，他们开除了我，"温斯顿毫不在意地说，"凯恩说我作为科学部的负责人不应该宣扬这种异端邪说，我早就看出来了。他们想要的不是帮助守护者打败恶魔，而是想从守护者那里得到不属于他们的力量。"

"我同意你的看法，但是现在情况不同了，"沃顿说，"看看瑞典发生的事情，还有卡兰迪的事情，说实话，我不知道为什么凯恩先生要你回去，但他必定有自己的理由。"

"我有电视，我也在读报纸，"温斯顿指指电视机，"我知道发生了什么。"

"您好像并不感到意外，温斯顿先生。"

"这个世界上什么都可能发生，沃顿先生，"温斯顿打了一个酒嗝，"你对恶魔了解多少？"

"恶魔要毁灭这个世界，"沃顿耸耸肩，"我以为是无稽之谈，但现在看来……"

"这就是他们没开除你的原因，你也不相信守护者的话，对吗？"温斯顿笑了笑，"所以，你现在开始相信了？"

"我不知道，"沃顿有些气馁地说，"不管怎么样，温斯顿先生，我们需要您。"

"只有一个条件。"温斯顿竖起一根手指。

"什么？"

"要有免费的酒。"

"当然，"沃顿愕然，"一切都好说。"

在返回纽约的路上，沃顿一直在想，凯恩局长身上到底还有多少秘密，一个科学家是怎么当上特别调查局局长的。也许正因为凯恩对灵魂的研究让他最终爬到了这个位置，真有趣，沃顿突然觉得以前一直把凯恩局长当作一介武夫的确有失偏颇。

见 面

　　阎摩给的地址很难找，海拉先从纽约搭乘飞机前往北京，当他准备下一段飞行时，第二次"震荡"发生了，许多正在飞行的航班不幸坠落。所有的航班都停止了运行，海拉只能乘坐其他交通工具前往杭州。

　　到了杭州以后，海拉从新闻上得知了地中海沿岸发生的事情。他马上就知道了，那不是耶梦加得，而是洛坦，他想，莫特胆敢召唤洛坦，他已经彻底丧失理智了。

　　但远在万里之外的灾难似乎并没有给这片土地上的人造成什么影响，除了人们脸上凝重的表情，几乎每个人都低头看着手机上的新闻。

　　海拉再次确认了一下阎摩给他的地址，那是一个叫作良渚遗址的地方。出于好奇，海拉搜索了一下良渚遗址的相关资料，网络上关于良渚遗址的内容并不少，他打开一篇关于良渚遗址的论文，看完之后意识到，这里很可能是中华文明最早的起点之一，甚至比胡夫金字塔还要古老。他大概意识到为什么阎摩会安排在这个地方和他见面了，也许这里就是阎摩曾经在东方建立的神国，魔鬼首先摧毁的东方的神国，也就是这里。

　　但是岁月早已摧毁了璀璨的文明，只留下深埋在黄土之下的残垣断壁。

　　前往余杭的大巴车依然运行着，一切都显得那么平常和自然。在去良渚的车上，海拉浏览了更多的资料。中国人认为夏朝是他们的第一个王朝，但国外学界一般认为中国的文明是从商朝开始的，在河南省安阳发现了殷墟，出土了大量的甲骨文。商人将他们的文字刻在龟壳上，他们能铸造巨大的青铜器，他们有人殉的风俗，留下了文字，所以商朝历史是有实证可查的。至于传说中的夏朝，是由一个名叫启的人建立的，启的父亲是古中国传说中的英雄，他治服了大洪水……大洪水，海拉沉思着，世界各地的古代很多民族都有大洪水的传说，也许中国人记忆中的大洪水和《圣经》中的大洪水是同一场灾难，但是和西方人不同，中国人没有屈服于洪水去建造方舟，而是和洪水抗争，而最终他们胜利了。胜利者的儿子建立起中国第一个王朝——夏朝。

他脑海里一直在搜索着关于大洪水的记忆，但他只记得众神之战结束时的那场滔天洪水，也许东方也曾发生过类似的洪水。

这时大巴已经驶上了一条水泥路，路面不太平整，巴士有一些颠簸，从窗户向外望去，是高低起伏的山岭和土丘。

远古的记忆和现实的景象发生了重叠，在海拉的眼里，起伏的山岭和土丘仿佛笼罩上了一层虚影，他看到破败的土丘上是巍峨壮丽的祭台，一段残存的山岭变成了高达五米的城墙，城墙由黄土夯成，向四周绵延开去，形成一座巨大的圆角古城。

古老建筑的虚影出现在城中，在莫角山土台上，是一些高大华丽的木制宫殿建筑，而围绕着土台的则是一些低矮的土屋，那是平民们居住的地方。更远一些，城墙之外则散布着更多的、更简陋的土屋，屋顶覆盖着茅草，几条大路从城门延伸至远方。海拉知道，中国人显然还是低估了这座古城的地位，良渚古城曾经是一个王国的象征，这个王国统治着一片广阔的土地和大量的人口，王国的影响甚至远至寒冷的北方，这个王国通过武力打通了南方的贸易路线，每天都有新的贸易队伍前来这里。

他闭上眼睛，能感觉到记忆的洪水正冲出壁垒，海拉知道阎摩为什么要让他来这里了。在这个曾经熟悉的地方，他的记忆正在苏醒。他想起来了，他曾经在洪荒时代来过这里。他游历到东方时，惊奇地发现东方已经存在一个颇具规模的王国。这个王国有贵族，有祭司，有军队，收服了周边的一些部落，蒸蒸日上。但是海拉到来的时候，这个王国正陷入一场战争，来自北方的蛮族正在向王国发动攻击。到处是人心惶惶、往南方逃难的人群，每天都有败兵从北方逃回，国王命令祭司们进行隆重的祭祀活动，他们杀死了所有的战俘和奴隶，以取悦鬼神。虽然来自北方的敌人很强大，但是良渚人依然有足够的信心，因为他们的王是神明在世间的化身，伟大的神王亲手建立起了强大的神国，他教会人们使用工具，改良他们的工艺，将反抗者变为奴隶，将服从者封为贵胄，建立军队，四处征战，建立起辉煌的宫殿，修筑起这个伟大的城市，而他也必定会带领他们走向胜利。

海拉游历到这里的时候，他心中已经明白，这个神国敬奉的神灵必然是他们中的一员，他也毫不怀疑来自北方的野蛮人会如跌落的水流在石头上摔得粉碎。

但是变故发生了，神王遇刺了。在一个满月的晚上，有神秘的刺客闯入了神王的宫殿，守卫们发现不对劲的时候已经晚了。宫殿燃起了冲天的大火，整个城市都被惊动了，所有人都惊慌地望着神王的宫殿，他们亲眼看到一个黑影将利剑刺进了神王的胸口。人们惊恐地看着神王倒在了火焰中，曾经不朽的身躯在烈火中熊熊燃烧。那个弑神的黑影身上也燃着火焰，他扫视了一眼人群——海拉发誓那个黑影的目光曾经在他身上短暂地停留——然后便倒在了熊熊的火焰中。

天亮之后，人们在废墟中发现了一具焦尸，很显然是属于神王的，令人胆寒的是，弑神的刺客却失踪了，连烧焦的骨头都没留下。

那是海拉第一次目睹神灵的陨落，也是第一次见到守护者。他惊骇莫名，认为没有凡人能够伤害神灵，至少在那日之前，而且虽然那个黑影倒下了，但是海拉能感觉到那个黑影给他带来的巨大压力，那是不可抵抗的、压制性的恐惧，"神罚！"这是出现在海拉脑海里的第一个念头，那一定是神明亲自降下的神罚！

而且神罚还未消失，海拉能感觉到和刺客一样的气息正在朝这边汇聚，生平第一次，他感受到了死亡的恐惧。

他花费了很大的力气才逃回了西方，带着对魔鬼的恐惧和直观的认知。

他看见的是阎摩的死亡。

这时，海拉看到了一个老农正站在山岭下向这边眺望着。是他，海拉的目光和老农的目光隔着千米的距离对撞，海拉的目光冷峻，老农的目光却充满慈祥和安宁，"海拉，你来了。"阎摩的声音在海拉脑海里响起。

"是我，阎摩。"海拉回应，他向阎摩走去。

穿越了五千年的时光，海拉和阎摩终于再次见到了彼此。曾经的神王，这个王国的统治者，被刺客刺穿了胸膛倒在了熊熊烈火中的死神，他如今的名字叫作阎摩，他从未真正死去。

泰坦

和瑞典、地中海发生的事情相比，几乎没有人注意到在耶路撒冷郊外的这座小土山发生的事情。

在维克多离开之后的几个月里，这座小山依然沉寂着，沙漠里吹来的灼热和寒冷的风围绕着土山，卷起一阵阵沙尘。

又一个夜幕很快就降临了，但是今夜不同，在一阵隆隆的巨响声中，土山向上拱起，巨石和尘土四散滚落，尘埃散去之后，两只巨大的脚印出现在土山之前的沙漠里。

泰坦已经很多年没有看过这个世界了，他望向耶路撒冷，那里似乎和他沉睡之前有了很大的不同，他从未见过那么多灯光。

东方，泰坦望向太阳即将升起的地方，他感觉到两个熟悉的气息在遥远的东方，但那两个气息是微弱的，就像狂风中的火苗一样微弱。

如果这时有人盯着沙漠的话，他会看到两排巨大的足以装下一辆汽车的脚印凭空出现，向东方延伸。但没有人看见，这些脚印很快就湮没在风沙之中。

向东方前进。

向着太阳升起的地方前进。

他将摧毁烈日。

莫特在黑暗中睁开了眼睛，他的四周是浓重的雾气和巨大的风声，偶尔出现的闪电照亮了他的身形。一只巨大的乌鸦在雷电中穿行，维克多的牺牲是值得的，更多的远古神灵正在苏醒，借助地狱之门，莫特已经触及了众神之战，但还不够远，他需要走得更远……

维克多不愧是一个得力干将，他说服了泰坦。那个家伙终于选择了阵营。莫特欣慰地望着云层下面苍茫的大地，大地上散发出星星点点的光芒，那是人类的城市，乱糟糟地铺展在大地上，污水流入清澈的河流，垃圾堆积如山，草原沙化，森林被砍伐一空。人类是这个美丽世界中的毒瘤。

他的战士们正在苏醒，阎摩的神灵节节败退，谁还能阻止他呢？莫特得意地穿过一片雷雨云，闪电在他身上环绕，他如传说中的雷鸟般光芒万丈。

神灵们数千年的等待终于得到了回报，莫特看到拉斐尔将复仇的剑刺进了加百列的胸膛，惊慌失措的米迦勒被迦梨女神的四只手撕成碎片，血肉被吞噬。

他看到新生的神灵们冲进被洛坦破坏的城市，大肆攫取着人类的灵魂，这是从未有过的盛宴和狂欢，压抑的欲望在这一刻得到了完全的释放。这是莫特许诺给他们的狂欢，而这一次，不会再有守护者来阻止他们了。

莫特很想知道阎摩现在是什么表情，他会突然发现他控制的魔鬼们早就不堪一击了吗？但这不是全部，等他走得更远，他就可以开始执行最终的计划了。

无人能阻挡他的脚步。

利　用

海拉走到了阎摩面前，他看到一个普普通通的中国老农，脸上是刀削般的皱纹，一看就是经历过生活的风霜和磨难，但尚未被生活所击倒。他头发灰白，身穿一件藏青色外套，外面还有一件军黄色的马甲，一条黑布裤子和一双手工制作的棉鞋。即使在街头遇到他，他也是那种最容易被忽视的老头儿，其貌不扬，打扮平庸，但海拉知道这具躯壳下面是一个叫作阎摩的灵魂，一个古老的难以想象的神灵。因为海拉看到阎摩身上散发出黑色的光芒，和普通人的淡黄色不同，和守护者的蓝色也不同。

老农朝他笑了笑，"欢迎你来到中国，海拉。到我家去吧，此地非待客之所。"老农说的是带有浓重腔调的汉语，但海拉依然听懂了。

海拉点点头，然后跟着老农沿着山岭的小径走上去，刚下过一场雨，山路很泥泞，海拉的皮鞋很快就沾满了泥块，步履维艰。

他们走了大约十分钟，一路无话，只有风吹动路边的草木沙沙作响，偶尔有几只金丝雀从林中飞起，发出几声尖锐的鸟鸣，掠向远方。

"马上就到了。"老农停下脚步，指着一个半隐在山腰的中国式凉亭对海拉说。

海拉点点头，跟着老农继续往前走，他们沿着山脊两侧水流冲刷出来的痕迹攀缘而上。老农的步伐矫健，完全不输于一个年轻人，而且海拉注意到，一路走来，他甚至没有听到老农的喘息声。

终于，他们来到了凉亭。凉亭建在一块凸出的巨石上，四角高高翘起，顶上铺着琉璃瓦，四根红色的柱子撑起了亭子，亭子中央是一个石质的圆桌，桌面上刻着一个复杂的棋盘，旁边摆着一个植物纤维编制的罐子。桌子旁边有两张古朴的石凳，还有一个火炉，火炉上放着一只金属水壶。

"请坐。"老农向海拉行了一个礼。

海拉走到老农示意的石凳前坐下。老农拿出一个漆盒，轻轻打开，里面是一整套瓷制茶具。他取出两只茶碗，摆放在自己和海拉面前，茶碗看上去很古朴，表面是黑釉色，令人惊叹的是，茶碗内壁呈现出青蓝色，点缀着一个个白色的光斑，就像夜空里的星星，但是茶碗做工实在称不上精细，反而有一种来自远古的气息。然后他又取出一只茶壶放在桌子上，茶壶也是古朴的黑釉色。

"茶很好，谢谢。"海拉放下茶碗，茶碗里已经空了，老农又给他重新添上了茶水。

"海拉，我想你已经知道发生了什么事情，我们必须阻止莫特。"老人终于说道。

海拉点点头，"告诉我，他都做了些什么？"

"维克多和泰坦效忠于他，他杀死了不肯效忠的安德鲁，打开了地狱之门，妄图召唤远古死去的神灵，他想取代你成为新的众神之王。"

"我对那些名号不是很感兴趣，"海拉端起茶水喝了一口，"我也从未以众神之王自居，我好奇的是，在巴比伦发生了什么，我为什么会被莫特杀死，那段记忆似乎不存在于我的脑海。"

"以下是我的推断：莫特利用沈晓琪解开封印，他窃取了沈晓琪的力量，并且设下一个圈套引来了大量守护者，然后杀死了你和沈晓琪。"

"沈晓琪？"海拉惊奇地扬起眉毛，"你说的那位沈晓琪……"

"没错，就是你认识的那个沈晓琪，如果我没有记错，她是七始祖之一。"

"可是我记得第七始祖很久之前就消失了……"

"是的，在众神之战很久很久之前就失踪的那位女神，我们都以为她回到了父神的怀抱。那场战争发生时，她重新出现了，但是莫特找到了她，欺骗了她，利用了她，然后杀死了她。"

"沈晓琪……"海拉默念着这个名字，原来高塔上的那个女人就是她，现在海拉终于知道自己为什么面对沈晓琪时会有那种奇异的感觉了，她的行为举止的确不像是一个守护者，"她是否知道此事？"

"她已知晓，"阎摩说，"当我失去肉身，经历了上百次转世之后，我的记忆和力量才开始慢慢恢复。我苏醒以后，你和沈晓琪都已经陷入了沉睡，我四处打探，从其他幸存的神灵口中得知了发生的一切。"

"你是被谁唤醒的？"

"没有人唤醒我，"阎摩说，"我的记忆和力量是自己慢慢恢复的，所以我一直以为你和沈晓琪也会自己醒来。"

"所以这就是莫特一直折磨我的原因？他一直在压制我的自我觉醒，不仅仅是因为仇恨而对我进行折磨。"海拉明白了，"他害怕我醒来。"

"没错，沈晓琪要比你幸运，我很早之前就找到了她，我一直保护她免受莫特的威胁，所以她的记忆和力量的确在慢慢恢复，她知道自己不是守护者，但我从未揭穿她。"

“而你到这一世才终于找到了我，15号公路上的事情是你安排的？”

“是的，我一直效忠于你，很抱歉这么晚才找到你，莫特曾经要求我臣服，但被我拒绝了，我相信你是对的。不只是莫特仇恨你，所有被你封印的神都恨你。当他们是神的时候，他们的肉体可以免受寒冷、炎热、饥饿和衰老之苦，但是当他们成为凡人的时候，他们已经无法忍受这种苦痛，而且他们也无法忍受五感变得与凡人一样。”

“那么，莫特究竟要做什么？”

“他想要的很简单，消灭所有的守护者和不忠于他的神灵，摧毁人类文明，重建众神时代，”阎摩重新给海拉添上茶水，他的脸在热气氤氲中朦胧不定，“他想取回被你剥夺的一切。”

尽管肖恩的记忆已经退去，但是那一瞬间，海拉还是感受到了肖恩曾经感受到的恐惧和愤怒，他的嘴唇因为愤怒紧紧地抿在一起，过了一会儿，他的怒火消退，说道：“能否告诉我，这些年你都做了些什么？”

“我一直在捍卫你的意志，莫特和他的爪牙忌惮守护者的存在，他们不敢公然奴役和屠杀人类，但是他们利用人类的野心和欲望挑起了无数次战争，他们利用蛮族毁灭了无数文明的城邦，古希腊、古印度、古巴比伦、古罗马……文明在倒退，莫特不希望人类获得理性和文明。人类的文明越强大，莫特就越难达成他的目的，更不必说还有守护者在守护着人类。”

“我曾经在德国的山谷教会了人类使用轮子，这个技术很快就传遍了亚欧大陆，我也曾经点拨中国人发明火药和印刷术，我曾会见伽利略，暗示他透镜的原理，我也曾阻止希特勒获得原子弹的秘密。”阎摩说，缓慢而又坚定地揭示了一个惊天秘密，“海拉，你曾经给我们讲述过神国中的知识，我们牢记在心，并且向人类进行了传播，是我们引导了人类文明。”

"可是我不记得向你们讲述过什么知识，我在幻境中看到的神国景象是一些破碎的、转瞬即逝的画面……"

"那些信息已经足够了，你曾讲述过有轮子的汽车，讲述过能看到远方的神奇长管，讲述过能摧毁一座城市的爆炸，讲述过能在海底和空中航行的铁鱼和铁鸟……你讲述这些景象的时候，恐怕你自己都未曾意识到其中包含的信息。不管这些景象是来自神明的启示还是你的预言，这些景象中，包含了一些对文明的进程有着关键作用的信息，比如轮子。"

"轮子？"

"我复生之后，一直在思索你讲述过的那些景象和事物，我徘徊许久，但从未发现人类发明轮子，所以我渐渐意识到，也许你是对的，我们的使命是引导人类，而不是奴役人类。所以我向德国谷地的人们传授了轮子的技术，而在后来的几千年里，这项技术就传遍了亚欧大陆。根据现在的科学研究，轮子很可能只被发明过一次。因为大海阻隔，美洲大陆上的玛雅文明、印加文明、阿兹特克文明……都从未发明过轮子。"

"还有什么？"

"透镜，你曾经描述过那种坚硬透明拥有光滑球形表面的物体，就像凝固的冰，但不怕光和热，我在漫长的时光里总结出透镜原理，我把这个秘密告诉了一个年轻人。"

"伽利略？"

阎摩点点头，"还有印刷术、火药、金属冶炼等知识，这些知识都对人类文明的进程起了关键性作用，但是人类的创造力让我感到惊讶，我似乎只是在几个关键点上推动了一下，文明就开始自己前进，人类靠自己的力量进入了科技时代。"

"我明白了，"海拉点点头，"你成功了。"

"不，还远未成功，莫特正在威胁这个世界，如果不除去莫特，他会摧毁整个文明。我恢复了神力之后，开始四处联系未曾听命于莫特的神灵，建立了我自己的组织——烈火。遵从你的教诲，我和忠于我的神灵走遍了大地，向人类撒播文明的种子，我希望你的意志能够如同烈火般生生不息，同时我也听说了巴比伦发生的事情，所以我一直在寻找你和沈晓琪。"

"那么你为什么亲手把我送到了守护者的老巢？据我所知，守护者对我的评价可不算太高。"

"只有那里才有可能唤醒你，不要小看人类的科学，事实上我们成功了，不是吗？"

"那位议长……"

"是我，我也是暗影议会的议长，"阎摩说，"我们以前对守护者的了解甚少，但你了解他们之后就会发现，想伪装成一名守护者并不是很难做到的事情。"

"既然你已经拥有了守护者的力量，你就不需要担心莫特，为什么不摧毁他？"海拉并不感到特别意外，他早就想到，阎摩和议长一定存在着某种联系，但他确实没想到议长就是阎摩。

"守护者的力量在衰退，他们早就不像众神之战时那么强大了，"阎摩摇摇头，"我们必须靠自己来阻止莫特，"他直视着海拉的眼睛，"准确来说，是你和沈晓琪，只有你们才能阻止莫特。"

"我如何能阻止他，这几千年里，莫特可没闲着，我不可能战胜他的。"海拉的确没有这个自信，他不觉得刚刚苏醒的自己能够战胜莫特，即使加上沈晓琪也不能。

"当朝圣者重新踏上征途……"阎摩轻轻念道，"通向神国的道路已经打开，真正的王将重新踏上朝圣之路，得到父神的宠爱和荣光。"

"通向神国的道路？"

"我相信莫特打开的地狱之门，就是通向神国的道路。"

"可是你如何知晓此事？"

"因为通向神国的道路并非第一次打开，"阎摩认真地说，"在巴比伦那场战争中，通往神国的道路曾经打开过，沈晓琪就是从那条道路回到这个世界的。"

"也许那是一条通向另外一个宇宙的通道，就像平行世界，我们的故乡……"海拉慢慢说，"也许我们根本不是什么神灵，而是一种纯能量体生命，我们来到这个世界之后，只是借用了人类的躯壳作为载体……"

"一个监狱。"阎摩突然说道，一丝火焰在他眼睛里一闪而过，但海拉敏锐地捕捉到了他的表情。

"你说什么？"海拉有些意外地看着阎摩的失态。

"没什么，"阎摩摆摆手，"所以我们不能忽视那句古老的预言，你和沈晓琪要前往神国，揭开这个世界的真相。"

"当群星熄灭，亡者归来，"海拉说，"这两句已经应验了，我以前一直不明白'亡者归来'的意思，但现在看起来是莫特做到了，他召唤了远古的亡灵，但你是否知晓群星为何熄灭？"

"是莫特搞的鬼，虽然我不知道他是怎么做到的，但我们距离真相越来越近了。当朝圣者重新踏上征途，毁灭的尽头就是重生。海拉，真相就在那扇门的后面。"

"你想让我进入地狱之门？"海拉问道。

"还有沈晓琪，她是你的引路人。每个人都有自己的使命，你是我们的王，是最古老的一个，只有你才能洞悉这个世界的真相，这不是巧合。你在幻境中看到的一切都是父神的启示，那扇门不仅能够召唤过去的神灵，还是通向真相的入口。"

一直到茶水变冷，海拉都没有再说一句话，他一直在思索着阎摩所说的一切。

"只凭借我的力量，已经无法阻止莫特了，自从他打开地狱之门，我就彻底失去了击败他的希望。我不知道他已经召唤了多少死去的神灵，但看看耶梦加得和洛坦，如果再等下去，这个世界就要被他们摧毁了。忠于我的神灵在他们面前节节败退，尤弥尔和芬里尔都已经阵亡，七位始祖中，维克多一直追随他，泰坦也倒向了他，安德鲁拒绝做出选择，已经被杀。你和沈晓琪是我们唯一的希望了。"

"三对三，如果沈晓琪站在我们这边的话。"海拉说。

"但是你和沈晓琪都没有恢复全盛时期的力量，已经没有时间了。"阎摩阴郁地说，"做出你的选择吧，海拉。父神的国度已经降临世间，你的意志经烈火之手行于大地，不要让莫特毁了这一切。"

话音刚落，一片阴影掠过了他们，海拉抬头望去，他看到一只巨鸟从天空掠过。那是一只浑身泛着金色的巨鸟，翅展足有十千米，它昂首飞翔在云层之间，仿佛天空的王者。巨鸟盘旋了两周，发出一声清脆的啸声，然后收拢翅膀俯冲下来，轻巧地降落在亭子之外。

阎摩张开双臂，"这是迦楼罗，有人叫它大鹏金翅鸟，它将是你忠诚的坐骑，你将骑着它跨越高山和大海，海拉大人。"

海拉打量着这个传说中的生灵，此时迦楼罗也歪着脑袋望着海拉，眼神里充满了警惕和戒备。

海拉走上前，伸出手抚摸着大鸟的脖子，迦楼罗犹豫了一下，它感到了一丝熟悉的气息，所以没有躲开。

"来自南方的朋友，我认识你的主人毗湿奴，他是一个伟大的战士。"

听到主人的名字，迦楼罗的眼神变得柔和起来，它低下头，顺从地让海拉梳理着它的毛发。

眼前的情景不禁让海拉产生了一种时空错乱的感觉，更多远古的记忆在复苏。他仿佛又回到了那个遥远湿热的夏天。万神殿仿佛被一块铺天盖地的湿热抹布盖住了，连空气都仿佛能拧出水，装着葡萄酒的陶罐上挂满了水滴，甚至众神也不愿意走在雪花石铺就的大路上，他们宁愿待在巨石建造的神殿中，躲在石柱的阴影下。大河的子孙对海拉的召集令置若罔闻，只有荷鲁斯一人前来，当荷鲁斯明白了这一切不是海拉的玩笑之后，他发出了自己的召集令，甚至亲自写了信笺让信使带回去，但最后也没人理他。直到战争结束之后，海拉才知道这事儿不能怪荷鲁斯，大河的神灵子孙们早就被魔鬼屠戮殆尽。值得欣慰的是，虽然姗姗来迟，但来自南方大陆的神灵总归到了，而且几乎是倾巢而出。由湿婆、毗湿奴和梵天三位大神亲自领军，浩浩荡荡的神军在城外扎营，三大神昂首阔步通过巨大的拱门走进万神殿，侍从们身穿金色铠甲——装饰意义更大于实用意义，轻敌的种子在那一刻就已种下——如一条涌动的金色河流般穿城而入。海拉甚至在人群中瞥见了迦梨的身影——那位著名的女凶神。美中不足的是，湿婆的坐骑，那只巨大的蜥蜴——现在的海拉认为那可能是一只巨大的科莫多龙——庞大的身躯太过沉重，爪子也太尖利了一点，以至于所到之处，雪花石板纷纷破碎。

一片阴影笼罩了破碎的石板和威武的队伍，海拉抬起头，第一次看到了迦楼罗展开巨翅从他们上空飞过，当然，还有骑在它背上的主人，威风凛凛宛若另外一个太阳的毗湿奴。

海拉轻抚着迦楼罗，它每一根金色羽毛都像尖刀般锋利，"这些年，你都藏在哪里？"他喃喃地说，但他知道迦楼罗听不懂他的话，不管在多少传说中，迦楼罗都被誉为一只神鸟，但它终究是一只鸟。

"这个世界上有很多人迹罕至之处，"阎摩的声音在他身后响起，"偶尔的目击很容易被解释为编造的故事或者幻觉，人类是一个善于欺骗自己的种族。"

海拉转身看着阎摩，"还有多少神灵存在世间？"

"很多，比你想象的还要多，"阎摩微笑着说，"但不是所有的神灵都效忠于我——我们。"

海拉点点头，他有一种预感，在他们阻止莫特之前，众神的战争可能已经摧毁了大半个世界了。

"我们都在等你，去吧，海拉，沈晓琪正在等你，祝你好运。"

阎摩最后说道。

海拉纵身跃上迦楼罗宽阔的背，迦楼罗鸣叫一声，扇动翅膀冲天而起。它几乎是垂直着地面起飞的，每扇动一次翅膀，他们就上升几十米，很快，大地就变成了一片绿色的海洋，湮没在云层之下。

海拉离开后，阎摩重新回到石桌前坐下，石桌安然无恙，但茶碗和茶壶都已跌落在地。一个年轻人顺着台阶跑了上来，他从手中的盒子里取出新的茶碗摆放在阎摩面前。紧接着他熟练地重新烧上水，垂着双手站在一旁静静地等待着，水开了以后，他很快帮阎摩重新沏好了茶。

等阎摩喝了一口茶之后，年轻人才打破沉默："大人，恐怕我要给你带来几个坏消息。"

"说吧。"阎摩冷静地说。

"耶梦加得逃走了，雷电之神托尔和它的大战几乎摧毁了整个挪威沿岸，神话没有重演，托尔没有杀死耶梦加得，但却受了重伤，恐怕命不久矣；而耶梦加得逃回了深海，潜藏在北极的深渊里，除非它自己回来，否则我们几乎不可能找到它。"

"请继续。"年轻人的话似乎没有在阎摩心里掀起任何波澜，他轻轻地呷了一口滚烫的茶水。

"加百列死了，凶手是拉斐尔，但是有迦梨在帮助他，米迦勒失踪了，我怀疑他也遭了毒手，伊斯坦布尔几乎被他们的战斗摧毁，"年轻人平静地讲述着，"至于芬里尔的事情，我想你已经听说了。"

阎摩点点头。

"另外，洛坦已经离开了地中海，顺便摧毁了直布罗陀和丹吉尔，它现在应该在大西洋的某处。人类的监测手段在洛坦面前失灵了，甚至没有人真正目击到洛坦，地中海大灾难中的目击已经被证实是错觉。"

"这不奇怪，洛坦没有实在的躯体，"阎摩说，"用人类科学化的语言来描述的话，它只是一团能量场，能聚集海水塑造自己的躯体。在人类的眼里，它也许只是一条普通的海流，一个庞大的漩涡。如果洛坦离开海洋，它会聚集空气塑造自己的躯体，但是在人类眼里，它也许只是一个足以摧毁纽约的超级飓风。"

"你是说，洛坦的下一个目标是纽约？"年轻人紧张地问。

"它可能出现在任何一座城市，以我们想不到的方式。"阎摩不置可否，但他看上去并没有特别焦虑。

"那么，谁能阻止它？"

"我们做不到，守护者也做不到，而且我们为什么要阻止它？"阎摩放下茶碗，年轻人被他的这句话惊呆了，甚至忘了给他续添茶水，"射人先射马，擒贼先擒王，我们只要杀死莫特就够了，我们杀不死洛坦，杀不死耶梦加得，更杀不死其他那些来自远古的神灵。如果我们杀死莫特，那么他们就不得不臣服于海拉。而海拉会制止他们继续破坏这个世界。"

"可是……"

"一个人类和众神并存的时代，"阎摩笑了笑，"至少可以让人类不再那么自大了吧。"

温 斯 顿

温斯顿和沃顿两人一路驱车抵达了纽约，他们没有乘坐飞机，因为所有的航班都禁飞了，人类社会一夜之间丧失了飞翔的能力。

沃顿发誓，一路上他看到了不止一辆汽车静静地停在路边，有的冲出了公路在荒野中熄火，在经过这些汽车的时候，他注意到汽车里没有人。

该死的，这个宇宙真的在蒸发吗？还是审判日真的到来了？沃顿心想，这个世界已经快疯了。他突然想起一个笑话，曾经有人问罗素，到底应不应该信基督教？罗素回答，这是一个简单的逻辑问题，如果上帝存在，你不相信上帝，那么你将坠入地狱；如果上帝不存在，你不相信上帝，也不会损失什么，所以从收益比来看，还是信上帝更划算一些。沃顿不知道现在来不来得及，他自嘲地想，不知道上帝有没有设定一条规则，审判日降临的时候临时皈依不算数。

公路上汽车很少，和以往的车水马龙截然不同，人们似乎已经恐惧乘坐任何交通工具出门，车载广播里，一个播音员用镇定的语气告诫民众尽量不要独处。

一路上，沃顿给温斯顿讲了自己关于投射体和观察度的猜想，温斯顿饶有兴致地问了几个问题，就陷入了沉默。

"我知道这个设想很荒唐，"沃顿一边开车，一边自嘲地笑笑，"但我没有更好的推测了。现在发生的一切都超出了目前科学理论的框架。"

"还不够。"温斯顿仰头喝完最后一点酒，顺手把酒瓶扔出窗外。

"你说什么？"沃顿没有听清。

"还不够，"温斯顿喷出一股酒气，醉醺醺地倒在座椅上，"还不够荒唐。"

沃顿苦笑着摇摇头，"这么说，你觉得我是对的？"

没有回答，沃顿扭头看去，温斯顿已经呼呼大睡了。

真见鬼，沃顿想，他觉得此时自己应该待在家中和妻子儿女们在一起，如果世界末日真的来临了，他可不愿意和一个疯子死在一起。沃顿直接把车开到了长岛蒙淘克空军基地，下车的时候，温斯顿一言不发，拔腿就走。

沃顿急忙赶上去，他可不知道保安是否认识这位前负责人。但他似乎想多了，门口的保安已经不见了。

他们走进大厅时，沃顿惊奇地发现往常喧闹的大厅此时空空荡荡，所有的内勤特工都消失了。他们来到研究室时，凯恩一个人坐在沙发上沉思着，他面前的屏幕上，皮埃尔还在那座大殿中冥想。凯恩听见了脚步声，他站起身，看到沃顿身后的温斯顿时，黯淡的眼神露出一丝亮光。

"谢谢你，沃顿先生。"凯恩向沃顿点点头，然后他快步走向温斯顿，同时伸出右手，"温斯顿博士，很高兴见到你。"

温斯顿没有握住凯恩伸出的手，他自顾自地走到凯恩起身的沙发然后坐了下去，扫视了一眼空荡荡的四周，才开口说道："凯恩，二十年了，你们都干了些什么？"

凯恩张了张嘴，最终也没说出什么。沃顿看着老局长花白的头发，第一次意识到这位铁血局长已经老了。

"我早就警告过你，还有你们，"温斯顿不客气地说，"可是你们不相信我，还把我扫地出门。"

"你很清楚这不是我的错，温斯顿，"凯恩摇摇头，"如果当时你在我这个位置，你也会做出这种决定的。"

"这不是你的决定，我很清楚这一点，都是那群愚蠢短视的政客。"温斯顿摆摆手，他从脏兮兮的口袋里掏出一盒皱巴巴的万宝路，抽出一支点燃，凯恩和沃顿都没有阻止他，尽管从未有人在这栋大楼里吸过烟。温斯顿吐出一团浓烟之后，才继续说道："可是至少你应该认真对待我的话，守护者给不了你们想要的，你们用了二十年才证明了这一点。"

"你是对的，"凯恩不得不承认，"我们的确没有从守护者身上得到什么，事实上我们对恶魔的了解并没有多少进步……"

"恶魔？"温斯顿大笑，"你们还在用这个称呼？"

"看看现在发生的一切，群星熄灭，航班坠落，人员大量失踪，瑞典的城市被巨兽抹平，还有地中海的海啸，莫名其妙的震荡……"凯恩顿了一下，"温斯顿，这个世界已经乱套了，局势快失控了，我们需要你的帮助。"

"局势已经失控了，"温斯顿纠正他，"这儿的守护者呢？"

"没有人了，只有一个沈晓琪，我们不知道她去了哪里。"沃顿说。

"把沈晓琪叫来，答案也许就在她身上，"很明显，温斯顿认识威廉姆和沈晓琪，"另外，我要的酒呢？"

"当然，都给你准备好了，"凯恩点点头，他走向墙边，打开一个酒柜——沃顿发誓那里从来都没有一个酒柜，基地里是不准饮酒的——取出一瓶伏特加，他摇摇酒瓶，"上好的伏特加。"

"打开，"温斯顿打了一个响指，然后他提出一个要求，"先生们，告诉我这些年发生的一切。"

"我们会的，"凯恩说，"我建议你先休息一下。"

"他是谁？"温斯顿没有理会凯恩的建议，而是指着皮埃尔问道。

"介绍一下你自己，皮埃尔。"凯恩对皮埃尔说。

"你好，温斯顿博士，我是皮埃尔，我是这个基地的人工智能，很高兴为你服务。"皮埃尔磁性的声音从扩音器里传出来。

"你有自我意识吗？"温斯顿尖锐地问道。

"我没有自我意识，博士，我只是一个程序。"皮埃尔回答。

"不，你只是无法向我们证明你是否有自我意识罢了，"温斯顿摇头，他看向凯恩和沃顿，意味深长地说，"我们也一样。"

"你听到了，温斯顿博士，皮埃尔是人工智能，他当然不可能有自我意识。"沃顿有些无法忍受温斯顿的故弄玄虚了。

"没错，你当然可以知道构成皮埃尔的每一条代码，你甚至可以计算出构成皮埃尔的 1 和 0 的数量，但这依然不代表你真正了解它，"温斯顿不以为然地摇摇头，"当病毒入侵一个细胞时，病毒会释放出 RNA 入侵细胞核，利用细胞核的复制能力复制自己，那么问题在于，分子级别的 RNA 是如何有意识地在细胞质中游动并且精确地穿过核孔进入细胞核，从而完成自己的使命的？难道这 RNA 具备某种微意识？"

沃顿默然不语，温斯顿继续说下去："精子在通向卵子的旅途中险象环生，它们要选择正确的路线，要躲避白细胞，要短暂地休眠以等待卵子，甚至有些物种的精子会有复杂的社交行为，它们会组成精子列车以便提高前往卵子的概率，它们的活动复杂度绝不亚于普通的细菌或者病毒，那么，精子是否具备某种微意识？精子本身是否就是一种生物？

"科学家们可以用分子从无到有去堆砌一个最简单的病毒，但他们还无法解释为什么当最后一组分子组装完成之后，这个病毒就突然具备了生命……那么，请告诉我，为什么我们对组成它们的每一个分子甚至每一个原子都知晓，却解释不了它们为什么存在生命？生命和非生命的界限到底在哪里？先生们，我认为，这已经超出了物质世界的领域，进入到未知的领域，也许涉及物质本身更深层的秘密，甚至是精神与物质的交互作用。当最后一个分子安装到位的一瞬间，生命仿佛被注入了本来只是一堆大分子组成的结构中，微意识出现了，完成了从非生命到生命的伟大跨越，可惜的是，我们至今对这种机制了解其少，也许这就是意识如何产生，以及如何和物质进行交互的终极秘密。"

说完这段话，温斯顿重新点燃了一支烟，深深地吸了一口，香烟竟短了半截，然后他才缓缓地将烟雾吐出，"你有自我意识吗，沃顿先生？"没有等待沃顿回答，他就站起身，来回踱步，"不不不，你可以对着上帝或者撒旦发誓你有自我意识，但你永远无法向我们证明这一点，你所有的行为都可以被认为是某种复杂的程序模拟出来的，也许你根本就不存在，就如皮埃尔一样。"

"不仅如此，"温斯顿停住脚步，"我们任何一个人都无法向其他人证明自己真的有自我意识，沃顿先生，也许这个世界是专门为你而设计的，整个世界只有你一个人拥有真正的自我意识，而我们，你眼前所有的人，全世界所有的人都是被模拟出来的人工智能，而你永远无法分辨出什么是真实，这是一个更大的'楚门的世界'，但你却永远无法航行到世界的边缘。"

"这正是我想到的，"沃顿的眼前一亮，"温斯顿先生，难道你也认为人类生活在一个母体里？"

"先说说到底发生了什么吧，"温斯顿毫不客气地指指凯恩，"你来说。"

在听完了凯恩的讲述以后，温斯顿提了一个问题，"也就是说，恶魔一直没有理睬你们，对吗？"

凯恩有些丧气地摇摇头，"他们根本不屑和我们对话。"

"那是因为你们没有仔细听，"温斯顿打断他，"现在发生的每一件事情都传递了大量的信息，只是你们捂住了眼睛和耳朵。"

"那么，请教教我们怎么做，温斯顿博士。"沃顿没好气地说。

"快把沈晓琪找来，另外，我需要沈晓琪的档案，不管多么离奇和不合情理，我都需要。"

"好的，温斯顿博士，你会看到那些档案的。"沃顿说。他知道守护者的档案在哪里。一开始和守护者合作之时，为了验证守护者声称的转世现象，调查局要求他们提供大量转世记录，并且耗费了大量人力和时间去进行验证。最终这些档案都被严密封存了，久而久之，已经没有多少人对它们感兴趣了。

"现在，你们都出去，让我单独和皮埃尔待一会儿。"温斯顿不耐烦地说。

沃顿和凯恩离开之后，温斯顿翻阅着沃顿取来的档案，陷入了沉思。

"尽快联系一下沈晓琪，"在黑暗的走廊里，凯恩对沃顿说，"让她来这里。"

"温斯顿到底是什么人，你为什么那么信任他？"沃顿问道。

"他是以前的科学部负责人，"凯恩看着沃顿，"我想你已经知道了。"

"凯恩先生，"沃顿笑了笑，"这位温斯顿先生可不仅仅是以前的科学部负责人那么简单吧，我在这个职位上已经十三年了，我知道你们需要的人是什么样子的，但遗憾的是，我不认为我是一个合格的人选，我是一个科学家，但美国不缺少比我更优秀的科学家。但是像温斯顿这样的科学家却非常少，我看了他写的那本书，那本书足以断送一个科学家的职业生涯，但我们这个调查局本身就是不科学的。现在能否告诉我，他到底是什么人？为什么你那么笃定他能解决现在的问题？最关键的是，你这么信任他，当初为什么要把他赶走？"

凯恩站住了，他看着沃顿，"温斯顿是我的朋友，我们从小就认识彼此，但我依然把他扫地出门，你知道为什么吗？"

"为什么？"

"为了保护他，"凯恩说，"因为他就是一个我们口中的恶魔。"

沃顿如遭雷击，"你说什么？"

"沃顿先生，我想你是对的，这种情况之下我们必须开诚布公，温斯顿是一个恶魔，但他从未做过任何伤害人类的事情。相反，他比一般人要更聪明，他总是容易抓住问题的本质，"凯恩满意地欣赏着沃顿脸上的表情，"但我不能让别人发现这一点，在守护者的渲染下，我们印象中的恶魔都是一群从地狱里来的长着犄角和尾巴的怪物，但事实并非全然如此。"

"既然你知道温斯顿是恶魔，那么为什么不好好研究他……为什么还要去抓恶魔？"

"这就是问题的关键了，沃顿先生，你根本不了解恶魔，正如人分好坏，恶魔也分好坏，"凯恩说，"守护者的那些故事给恶魔蒙上了太多的神秘感，也许所谓的恶魔本身就是人类的一部分，温斯顿先生只是一个普通人，抛弃掉你脑子里那些关于恶魔的定义吧，很多所谓的恶魔只是能回忆起前世的普通人，也许他们才是更完整的人类。"

"可是沈晓琪是守护者，如果她知道了温斯顿先生是恶魔的话……"沃顿顾虑地说，"会不会……"

"这还重要吗？"凯恩摆摆手，"别忘了，沈晓琪到底是不是守护者都值得怀疑。叫她来吧，对了，就说是温斯顿先生请她来的，她不会拒绝的。"

试 探

沈晓琪接到沃顿的电话时，并未感到非常意外，但是当沃顿提起那个名字时，她才意识到发生了什么。

"你是说温斯顿博士？"沈晓琪问道。

"对，他点名需要你的帮助，不管发生了什么，来吧，晓琪。"沃顿的语气有些不同寻常。

沈晓琪答应了，她放下电话，发了一会儿愣。她在记忆之海中搜寻着那个名叫温斯顿的面孔，但那个面孔已经模糊了，时间太过久远，沈晓琪已经不记得他的样子，但对他有点印象，那个奇怪的老上司。

她还记得温斯顿总用一种奇怪的目光凝视她，尽管沈晓琪已经不记得他的样子，但她依然记得他那奇怪的眼神让自己浑身发毛。有那么几个瞬间，她甚至以为被他看穿了，但她知道那是不可能的。

不管怎么样，温斯顿被扫地出门时，沈晓琪还是暗自松了一口气。

但现在他又回来了，在这个时候，在沈晓琪都认为守护者和人类的合作已经全面失败的时候。

沈晓琪走出公寓大楼时，发现大街上空无一人，整个世界都空荡荡的。她发动汽车前往调查局总部，一路上看到了不少东倒西歪的车辆，还有一些车辆有燃烧过的痕迹，但她没有看到一个人。自从瑞典和地中海的事情发生以后，恐慌已经在全世界蔓延开来，人们害怕莫名其妙的失踪，害怕神秘的"震荡"，他们不知道究竟发生了什么。

这是一场人类无法应对的战争，人类注定是这场战争的配角，甚至绝大部分人类都没有意识到战争双方的存在。

沈晓琪走进研究室的时候，一眼就看见了温斯顿和他手中正在翻阅的档案。根据沃顿的要求，沈晓琪曾经认真整理过自己的记忆档案，尽管她自己都觉得那些自相矛盾的记忆毫无价值。

看到沈晓琪，温斯顿把手中的档案放下，向她打招呼，"许多年没见了，沈晓琪小姐，你还是那么年轻漂亮。"

沈晓琪握住温斯顿的手，这位老上司已经老了，皱纹已经爬上了他的脸庞，连鼻子都没有放过，花白的头发一看就缺乏打理，看得出这位先生这些年过得似乎并不如意。

"你好，温斯顿博士，很高兴见到你。"沈晓琪尽可能礼貌地说。

"伊什塔尔之父安努杀死了吉尔伽美什还是恩奇都？"温斯顿突兀地问。

"吉尔伽美什，"沈晓琪脱口而出，但她马上就摇了摇头，"不，是我记错了，死的是恩奇都。"

"你知道恩奇都是谁吗？"

"这只是一个传说，恩奇都是……"沈晓琪犹豫着，最终还是没说出自己的猜测，她不明白温斯顿为什么要问如此奇怪的问题，这种叙旧的方式还真特别。

"但是吉尔伽美什却是真实存在的，不是吗？"温斯顿目光炯炯地看着沈晓琪，那种感觉又来了，时隔多年，沈晓琪再次感受到那种似乎能看穿一切的目光。

"是海拉……"沈晓琪不知道温斯顿究竟知道些什么，但她记得她以前似乎给温斯顿讲过那场恶魔之间的内战。

"所以在你的记忆里，海拉并没有死，死的是恩奇都，吉尔伽美什愤怒于好友的死亡，所以四处寻找能够永生的方法，他翻山越海，抵达了神域，从神灵那里得知了永生的方法，于是吉尔伽美什潜入最深的海底得到了仙草，但是在他归来的途中，仙草被一条蛇偷吃……"

沈晓琪打断他，"我知道这个神话，温斯顿博士。"

"不，所有人都知道这个史诗，但只有你记得死去的是吉尔伽美什，沈晓琪。"

"我的记忆出错了，温斯顿博士，我不明白你在说什么。"

温斯顿笑了笑，"我仔细看了你的记忆档案，发现一些有趣的事情，你关于不同时代的记忆是自洽的，你知道这意味着什么吗？你如果去写架空历史小说，一定是一个非常优秀的作者。在你的记忆里，那场恶魔内战中，死去的不是海拉，而是他的对手莫特，但事实上我们都知道，莫特赢了。"

"你知道海拉和莫特的事情，看起来沃顿先生已经给你介绍过不少情况了。"

"最后一块拼图，我缺少的是最后一块拼图，来证实我的猜想。"温斯顿重新点燃了一支万宝路，开始喷云吐雾，这时沃顿和凯恩走了进来。

沃顿仔细打量着沈晓琪和温斯顿的表情，凯恩说："温斯顿博士，看来你已经有了猜想，那么什么才是你想要的最后一块拼图？"

"我需要所有的守护者档案，"温斯顿吐了个标准的正圆形烟圈，"别急着否认，"他看了沈晓琪一眼，"我知道你们有几乎所有的守护者档案，所有的转世记录，包括每一世的名字，都猎杀过哪些恶魔，统统给我拿来。”

“我们做不到，”沈晓琪说，“那些档案大约有几吨重，如果你需要，可以去档案室自己查阅，我想凯恩局长不会拒绝你的要求。”

“当然，”凯恩点点头，“温斯顿博士，在这里，我们对你有求必应。”

“那么，就把猎杀过古埃及众神的守护者档案拿给我吧。”温斯顿想了想之后说道。

沃顿说：“不过，我想知道，我们能否阻止这场灾难？”

“我们会尽力的，沃顿先生，”温斯顿看着沃顿和凯恩，“不过，出于私人建议，我希望你们多陪陪自己的家人。”

“当然，感谢你的建议，温斯顿博士，我希望我们能够尽快知道发生了什么，还有我们能够做什么。”凯恩严肃地说。

“凯恩局长，”沈晓琪咬着嘴唇，还是决定给凯恩提个醒，尽管她不认为人类能制止洛坦，“我想你已经听说地中海发生的事情了，也许我知道是什么造成的。”

凯恩一脸凝重地看着她，沃顿也紧张地盯着她，温斯顿还是一脸平静，沈晓琪犹豫了一下，才说道：“洛坦，它还有一个名字叫作利维坦。”

凯恩的反应没有出乎沈晓琪的意料，他失望地叹了一口气，“利维坦？你说利维坦，这就是你们守护者的解释？那么瑞典出现的怪物呢？”他丝毫没有掩饰对暗影议会的不满。

“那是耶梦加得和芬里尔。”沈晓琪说。

“斯诺也是这么说的，”沃顿摊开双手，“还有那个浑身着火的家伙，是火巨人苏尔特。”

“可是这没有任何帮助，如果传说是真的，那么守护者能否告诉我们，这些该死的怪物为什么会出现？更重要的是，我们怎么能制止他们？还有那些‘震荡’又是怎么回事？”凯恩严肃地说。

"我们会搞清楚的。"温斯顿耸耸肩，沈晓琪则沉默着没有回应，她彻底打消了提起阿波菲斯的念头。

"但愿如此，"凯恩叹了一口气，一切都乱套了。如果说之前的航班坠落和人员失踪已经让凯恩焦头烂额，那么和现在相比，那简直是一个令人无比怀念的时刻。瑞典发生的事情震惊了世界，人们惊恐地从电视上看着那三个怪物摧毁斯科讷，紧接着又是地中海大灾变，还有时不时的"震荡事件"，一切都乱套了，以致于凯恩早就不去关心星空发生的事情了，地球上发生的事情已经快让所有人发疯了。

而这一切，都是从那个地狱之门出现后发生的。

"你，沈晓琪，你最近有没有出现过记忆错乱的事情？"温斯顿突然问道，"就像关于吉尔伽美什和西安之行的记忆。"

沈晓琪想否认，但温斯顿犀利的目光正看着她，她无法撒谎。

"威廉姆，"沈晓琪终于说道，"你们都不记得威廉姆了。"

"谁是威廉姆？"沃顿惊奇地看着沈晓琪，他脸上的惊奇不像是假装的……沈晓琪看向凯恩，凯恩也摇摇头，"威廉姆是谁？"

"威廉姆，驻SIB总部的守护者，行动部负责人，你们……"沈晓琪痛苦地看着他们，"威廉姆在特别调查局工作了至少十年……"

"可是，行动部负责人一直都是斯诺，"沃顿脸上的惊奇不是假装出来的，"沈晓琪，你还好吗？"

"又一个记忆偏差，"温斯顿点点头，满意地看着沈晓琪，"你的记忆也许没有问题，我想我很快就能给你一个解释了。"

"你都知道些什么？"凯恩盯着他。

"还不到时候，要有耐心，我的局长，去取我要的档案吧。"

卡兰迪——异象之二

　　阴沉的云层再也没有散去，天气越来越冷，明明是夏天，卡兰迪周围却下起了雪，变成了一个寒冰世界。荷枪实弹的士兵已经包围了卡兰迪，替换了驻扎在这里的国民警卫队。太空里数十颗监控卫星时刻监控着卡兰迪上空这个巨大的风暴。

　　自从火巨人从风暴中出现之后，军方意识到很可能会有更多传说中的怪物从风暴中出现，紧急集结士兵将这个小镇围了个水泄不通。卡兰迪自从有人类居住以来，从来没有集结过如此庞大的武装力量。成功地消灭了火巨人这件事情给军队带来了巨大的信心，他们深信掌握着这个星球上最强大的武装力量，即使是传说中的怪物也不足为惧。

　　据说白宫里的那位先生已经授权给军方，如果出现常规武器无法对付的怪物，美国军方可以动用战术核武器将卡兰迪夷为平地，让那些怪物尝尝人类最强大的武器。

　　但是事情并未向人们想象的方向发展，士兵们再也没有看到有怪物从风暴中冲出，只是天气越来越冷了。坏消息是风暴的规模越来越大，风暴的边缘正在稳步推进。士兵们给那个看起来根本就不像风暴的东西起了个新名字：地狱之门。

　　军官们不喜欢这个叫法，尽管他们知道士兵们私下里都在流传这个说法，那不是风暴——看起来的确不像一个风暴——那是一个入口，通向地狱的入口，所有传说中的神魔都将从那个入口来到人间，摧毁一切。

　　但传说中的事情并未发生，没有魔鬼或者怪物从风暴中冲出。

久而久之，士兵们开始感到厌倦。天气越来越冷，尽管后勤部门及时给他们配发了冬季的衣物，但气温下降的速度似乎已经超过了后勤部那些官员的估计。士兵们开始做噩梦，有的士兵梦见自己是一名跟随拿破仑大军入侵俄罗斯的士兵，冻死在撤退的途中；还有的士兵梦见自己是入侵芬兰的苏联军人，同样被冻死在冰天雪地里。这些梦境是如此逼真，以致于士兵们开始胡思乱想这预示着他们的结局。

一天清晨，威尔逊在寒风中醒来，他扫了一眼壁挂温度计，更冷了。他在心里诅咒着这该死的任务，又找到了当年在坎大哈执行路巡任务的感觉。每天早上，轮到巡逻任务的小伙子们互相开着不合时宜的玩笑，每个人都希望所有人都能安全归来。那些任务看起来很危险，的确也非常危险，路边的炸弹可以伪装成任何模样，他们也不知道路边的行人哪些是伪装的恐怖分子，但他们的敌人至少是人类。

谁也不知道早上一起出发的同伴们有谁会躺着回来。

中尉走出营房的门，走向他负责的监视点，那里应该有两名士兵在罩着沙漠色伪装网后面的监视点用望远镜监视着风暴。当然，肉眼是靠不住的，红外线监控器和高灵敏移动监测器无时无刻不在盯着卡兰迪的方向，如果出现异常，系统会自动报警，这时才需要士兵们睁开他们的双眼。

但是威尔逊什么都没看到，岗哨里空空如也，他很清楚他的士兵们不会做逃兵，但这种情况下——不，不是空空如也，威尔逊看到两堆衣物杂乱地摊在地上。他走过去，小心地掀开覆盖在上面的外衣，下面是委顿在地的裤子和其他穿在里面的衣服，他的士兵们消失了，就像外面发生的事情一样。

威尔逊紧急将此事向上级报告，但指挥部里已经是一片忙乱，威尔逊的报告很快就淹没在其他类似的报告之中。昨天夜里，大约有三十名士兵人间蒸发了，但是监视器里没有拍到任何异常现象，消失的人员也都在监视器的死角。

虽然指挥部也知道目前在外界发生了大规模人员失踪事件，但是从未发生过两个人同时消失的事件，每一个失踪事件都是一个人在没有目击者的情况下失踪的。为了避免这种情况，军营里已经严格禁止一个人独处，不管干什么都必须有人陪伴。但是本次的失踪事件似乎打破了这一规律。

指挥部下发了紧急命令，每一个监控点都必须安装监视器，同时执勤的士兵增加到三名。

第二天夜里，更诡异的事情发生了。在监视器范围下的监视点里的士兵安然无恙，但是有三十多名在营房里睡觉的士兵失踪了。恐慌开始大规模蔓延，士兵们不怕死，但不愿意稀里糊涂地死。不管是什么东西干的，它聪明地避开了所有的监视器和目击者，如果说一开始它只向落单的人下手，那么现在，它的胃口似乎越来越大了。

更有传言说，消失的士兵都被地狱之门吞噬了。军方高层焦头烂额，如果这种态势继续下去，军队将不战自溃。有形的敌人不可怕，可怕的是无形的敌人。

一份紧急报告被送到了凯恩手里，军方要求特别调查局给出应对的方法。

"让士兵们不要分开了，一个营的士兵分成两组，一组休息，一组执行任务，不执行任务的士兵就盯着那些睡觉的人。另外，让所有的士兵每时每刻都在监控器的监视范围之内。"思索了很久，温斯顿才发出命令。

温斯顿的命令被不折不扣地执行了，而且似乎很有效果，再也没有士兵失踪。

莫 特

泰坦死去的瞬间，一阵剧烈的心灵波动惊醒了熟睡中的莫特。莫特睁开了眼睛，他感受到了泰坦的愤怒、绝望和不甘。

过了好一会儿，莫特终于意识到发生了什么，是海拉。

他意识到自己犯了一个严重的错误，阎摩竟然和海拉在一起，而且是海拉杀死了泰坦。这条该死的毒蛇，他不禁恼怒于自己的疏忽，阎摩居然唤醒了海拉。

该死的，阎摩怎么能唤醒海拉？那个废物，他是怎么做到的？！

莫特一直暗自嘲笑阎摩低估了他，但他也低估了阎摩，那个该死的叛徒，他居然能唤醒海拉！

阎摩是始祖中最弱的一个，他的战斗力甚至不如安德鲁，他绝非泰坦的对手，但却是最狡猾、最阴险的一个。这条狡诈的毒蛇，他利用海拉做他的盾牌，怪不得他在知晓泰坦朝他而去的时候没有躲藏。而泰坦，那个脑子里都是肌肉的家伙，即使看到了海拉也会直接扑上去。

莫特想起了维克多的告诫，不禁恼怒异常。他早就该想到，阎摩连魔鬼都能收服，还有什么是他做不到的。

他所有的努力都可能毁于一旦，海拉既然能够杀死泰坦，证明他的力量也已经恢复了大半。

"不！"莫特发出一声怒吼，这个该死的疏忽，该死的海拉，他必定对莫特恨之入骨。酒精，他需要酒精，莫特跌跌撞撞地跑到酒柜前拉开玻璃门，随手抓了一瓶酒，拧开盖子仰头就往喉咙里灌。

酒精很快就让他镇定了下来，冷静了一会儿，莫特不禁为自己的失态感到一丝羞耻。

阎摩唤醒了海拉，而且莫特对他们已经组成同盟这件事确信无疑，那么他们下一步将会做什么？忠于他们的神灵已经寥寥无几，而地狱之门已经打开，忠于莫特的神灵还在源源不断地回归，海拉即使回来了，也无法对抗所有的神灵。他们连洛坦都无法阻止，而洛坦正在酝酿着更大的清洗行动。

两个孤单的始祖又做得了什么呢？莫特渐渐地镇定下来，计划已经进行到了最后一步，命运之轮已经开始转动，即使是海拉也无法阻止了。

那么接下来，最重要的是，他要加快计划的执行，海拉的复活对计划已经造不成太大的影响了。如果他是海拉或者阎摩，他会怎么做？莫特微微闭上眼睛，倚靠在沙发上，他想象着如果自己是阎摩，现在一定非常惊慌失措，曾经死去的无数神灵正在猎杀追随他的神灵，而守护者却毫无作为。他一定会想办法关闭地狱之门，但他们并不知晓如何关闭地狱之门，那么，他们一定会……莫特睁开眼睛，阎摩和海拉下一步的目标已经显而易见了，他们要杀死莫特。

莫特站起身，走出卧室，来到书房，拿起了电话。

"大人，是我。"电话里一个清晰的声音传来。

"让幽灵们继续追杀阎摩手下的那些神灵，从今天开始，停止追杀守护者，除非得到我的命令。"莫特命令道。

"如您所愿，大人。"

"另外，让荷鲁斯来见我，立刻。"

挂了电话之后，莫特又给自己倒了一杯酒，在沙发上坐下。他打开电视机，新闻频道正在播放着地中海灾区的新闻，莫特渐渐放松下来。

另外一条新闻引起了莫特的注意，气象卫星在北太平洋西部侦测到一个正在形成的热带气旋，但并未引起多大注意，这个季节虽然产生台风的概率比较小，但并非罕见。可是仅仅 12 个小时后，这个热带气旋就增强为一个强热带风暴，又过了 24 个小时，它已经一跃变成超强台风。这时它才引起了更多气象部门的注意，因为这个超强台风的强度已经是有史以来圣诞节期间最强的了，但它还在继续加强。目前测得的最大风速已经超过了 60 米 / 秒，中心气压已经低于 900 百帕。有气象学家担心，按照这种态势发展下去，这个台风的强度极有可能会超过 1979 年的"狄普"台风，成为有史以来人类见过的最强的超强台风。但是 1979 年的人类是幸运的，巅峰强度的"狄普"台风还未来得及登陆就渐渐减弱了，在横扫日本的途中已经迅速减弱为温带气旋，后逐渐消散了。

但是更让莫特感兴趣的是人类给这个台风起的名字，这个巧合不禁让他抚掌大笑，人类永远也想不到他们无意中给这个台风赋予了最合适的名字，那就是"洛坦"。

新闻节目的主持人一脸凝重，想必她也知道，这个超强台风也许将成为人类有史以来最强的台风，而且一旦登陆将造成巨大的破坏。很好，莫特心想，洛坦在清洁屋子这件事情上越来越得心应手了，地中海灾变想必只是洛坦醒来时伸的一个懒腰，现在它开始准备干活了。

有人敲门，莫特站起身走到门廊把门打开，站在门外的正是荷鲁斯。

"大人，您找我？"荷鲁斯恭敬地问。

"坐，"莫特亲自给荷鲁斯倒了一杯酒，"海拉复活了。"

荷鲁斯差点没拿住手里的杯子，"您说什么？"

"海拉复活了，阎摩唤醒了他，而且他杀死了泰坦，"莫特重复道，"我本以为泰坦对付阎摩很简单，但没想到阎摩利用了海拉。"

荷鲁斯镇定了一会儿，才说道："流浪的野狗终于找到主人了。"

"他们的下一个目标一定是我，"莫特喝了一口酒，"不能等了，我们要加快行动。"

"您是说……"荷鲁斯压抑着心里的激动。

"阿努比斯怎么样了？"莫特突然问道。

"他很好，"荷鲁斯回答，"但是他对我们的计划似乎心存疑虑。"

"这样可不行，"莫特说，"你们两个是古埃及神系幸存至今的神灵，你们必须相信彼此，必须相信我。"

"该当如此，如若当初埃及众神听从了您的召集，我们必定不会失败。"荷鲁斯犹豫了一下，小心翼翼地问道，"您刚才提到的行动……"

莫特拉开一个抽屉，拿出一个平淡无奇的牛皮纸袋，丢给荷鲁斯，"这里是当时猎杀埃及众神的魔鬼的名单，包括他们现在的名字和住址，去吧，去埃及，去底比斯和孟菲斯，沉睡的埃及众神正在等待你们的召唤。记住，唤醒他们只是第一步，拿着这份名单，让受害者去完成复仇。"

荷鲁斯用双手接过纸袋，神情庄重，就像从拉神手中接过统御天地诸神的权杖，虽然这并不是权杖，但荷鲁斯明白这些文件的意义，这是埃及诸神重生的希望，是千万年里荷鲁斯和阿努比斯追随莫特的理由。他永远也忘不了他和阿努比斯在波塞多尼亚得知魔鬼已经屠戮了整个埃及诸神这个噩耗之后的愤怒和悲伤。如若不是阿努比斯回应了他的号召，阿努比斯必定也死于魔鬼之手。但是其他神灵就没那么幸运了，奥西里斯、伊西斯、安穆凯、猫神贝斯特，还有荷鲁斯的四个儿子艾姆谢特、哈碧、杜阿穆特夫和凯布山纳夫，他们统统死于魔鬼之手。他们拒绝了海拉的召集令，浪费了第一次机会，又对荷鲁斯的信笺嗤之以鼻，丧失了最后的逃生机会。如若他们能率领埃及神军参加众神之战，战争的结局也许会有所不同。

"自从众神之战后，我就追随您。大人，希望我们这次一定能成功。"荷鲁斯说。

"我们会的，荷鲁斯，"莫特拍拍荷鲁斯的肩膀，"你的忠诚毋庸置疑，我们的一切努力都会得到回报，"他指指那个纸袋，补充道，"记住，一定要让受害者亲自复仇，旁人不可代劳，这一点非常重要，否则受害者不会真正复生。"

"是的，大人。"荷鲁斯点点头。

"最重要的是，永远不要质疑我。"

"是的，大人。"荷鲁斯重复道。

"那么，去吧，让阿努比斯与你同去，"莫特下了逐客令，"时间已到，不可错失良机。"

荷鲁斯告退了，莫特又给自己倒了一杯酒。这场游戏越来越有趣了，他想，不禁对自己刚才的失态感到有些羞耻。他不愿意承认自己害怕海拉，但不管怎么样，海拉一定不会轻易放过他，已经不存在任何和解的可能。

只是不知道海拉是否还记得在巴比伦发生的事情，莫特陷入了沉思，不知为什么，莫特对巴比伦的那段记忆有些模糊不清，他无法清晰地记起那场战争的细节，所有的一切似乎都笼罩在一团影影绰绰的迷雾之中。但这并不重要，重要的是他打败了海拉，开启了他的计划。如今，他的计划已经进行到了最后关头，他不容许任何人阻挡在他的道路上，即使是海拉也不行。

比起荷鲁斯，维克多追随他的时间更久，但他毫不犹豫地牺牲了维克多。

没有人能够阻挡他，莫特的眼神透出阴冷的光，整个房间的温度降了下来，空气中凭空出现了细小的雪花，杯子里的葡萄酒也冻成了坚硬的冰块。

混 乱

沈晓琪感觉一切都乱套了。

天色渐晚，路上的路灯却没有亮起来，不只是沈晓琪的记忆乱套了，整个世界都乱套了。地中海大灾变造成的死亡人数已经上升至千万级——很可能更多。看看人们围绕着地中海建立起的巨大城市吧，从罗马帝国时代开始，不，比罗马时代更久远的时代，人们就环绕着地中海建立起各大城市和殖民地。而现在，地中海大灾变几乎摧毁了所有的沿海城市，沈晓琪不相信幸存者能跑得比有史以来最强烈的海啸还要快。恐慌已经蔓延至全世界，现在是信息时代，地球上任何一个角落上发生的事情都能在八分之一秒内传到最遥远的地方。

沿海的许多城市都出现了向内陆大规模迁徙的现象，但不幸的是，人类最大的城市群几乎都聚集在沿海，全球有至少 40 亿人居住在离海岸线 200 千米的范围内，这也让这一场迁徙变成了一场人为的灾难。曾经让人仰望的海景房变成了一堆无人问津的垃圾，沿海的许多区域彻底变成了无人区。虽然各国政府呼吁人们保持镇定，听从政府的命令和指挥，但依然无法阻挡人们从沿海奔向陆地的热潮，天知道下一次大西洋灾变或者太平洋灾变会在什么时候发生。

最无助的是那些孤悬大海的岛国——大陆国家至少还有高原和广袤的内陆可以躲避——它们可无路可逃。按照推演，如果地中海规模的海啸发生在日本沿岸，那么海啸足以扫荡日本列岛还余威不减。有能力外逃的人纷纷逃往蒙古以及巴西等愿意接纳他们的内陆高原，而没有能力外逃的人民只能日夜祈祷神灵显灵，但人们都忽视了一点，危险并不仅仅来自大海。已经发生了三次的震荡一次比一次严重，最后一次已经导致了许多精密仪器损毁，甚至造成了一些核电站发生核泄漏。神学家们四处在经书中寻找解释，末日说再次甚嚣尘上，而大量新生的邪教也暗中兴起，并轻易俘获了大量信徒。沈晓琪担心的并不是这些，人类是一个顽强的种族，只要根基还在，文明就有复兴的可能，她担心的是莫特。

毫无疑问，莫特已经丧失了理智，他居然召唤了洛坦，也有人叫它利维坦，那条传说中的七头海蛇，但没有人真正见过它。在《圣经·旧约》中，人们就记载了这个怪物，上帝在创世的第六天创造了利维坦和贝希摩斯。伊诺克的预言书上说："两个怪物将在那一天被分开，雌的被称为利维坦，它居住在喷泉的深渊之中；雄的被称为贝希摩斯，它占据了整个丹代恩沙漠。"在更久远的迦南传说里，利维坦被邪神巴力所杀，但沈晓琪知道，从来没有人杀死过利维坦，它真实的名字无人知晓，也许它根本就没有名字，它甚至从来都不属于众神的阵营，在众神之战中它也未曾参战。即使是神灵，也有很多人怀疑它根本就不存在，但现实击碎了一切，它归来了，它比耶梦加得更可怕，破坏力也更强，耶梦加得还有被杀死的可能，但利维坦……也许只有父神亲临才能杀死它。无论是从沈晓琪对人类科学的了解来看，还是从科学对生命的定义上来看，都无法确认利维坦到底算不算是一种生命，会不会有被杀死的概念。

但这不是沈晓琪最担心的，这几天一直有一个更大的阴影笼罩在沈晓琪的脑海里，只有一种怪物能够吞噬星辰，那就是古埃及神话中的阿波菲斯。传说中的阿波菲斯是破坏、混沌与黑暗的象征，是毁灭的代名词，它的目的是让世界沉沦于永久的黑暗深渊，并且取代它的兄弟拉神，成为至高无上的主宰。

不管这个传说有多少真实性，但有一个事实是显而易见的，某种东西正在吞掉天上的星星，而且……

沈晓琪走到窗边，太阳已经完全沉下去了，月亮还未升起，极目尽头，最后一丝余晖正在熄灭。在此之间是一片黑暗寂寥，影影绰绰间，无数的黑影如嶙峋怪石，如上古从未被人类踏足过的荒原野地。

天上没有星星了，沈晓琪终于知道是什么让她感到不安了，璀璨的星空彻底消失了。

阿波菲斯已经吞吃了所有的星辰。

而在余晖消失的极目之处，远离大陆的太平洋中心，距离夏威夷东南大约 100 千米的一片海上，虽然没有风，但海水却如山岳般起伏，而水下却空无一物。海面的上方，一个风暴正在成形。

沈晓琪放弃了努力，她站起身向档案室走去。

守护者的档案本来就属于绝密，美国政府不希望这些足以颠覆人类认知的档案流传出去。自从埃克斯的事情发生以后，守护者的档案就更不能泄露出去了，一旦被魔鬼们得到，那么他们就可以挨个猎杀毫无防备的守护者了。

威廉姆……沈晓琪又想起了威廉姆，为什么每个人都还记得埃克斯和艾米丽，却没人记得威廉姆。在去档案室的路上，沈晓琪仔细梳理了自己关于威廉姆的记忆。据她所知，和其他守护者一样，威廉姆真实的年龄可能已经超过一万岁了，所有的守护者几乎都是同时出现在这个世界上的。而威廉姆和埃克斯都是其中非常出色的恶魔杀手，在远古时代就赫赫有名，据说威廉姆曾经成功猎杀过阿努比斯，而埃克斯则猎杀过德古拉、美杜莎等赫赫有名的恶魔。众神之战之后的日子里，威廉姆和其他守护者一样，在大地上以各种身份四处游荡，剿灭胆敢作恶的恶魔。当暗影议会开始与特别调查局合作之后，威廉姆就开始担任特别调查局的行动部负责人。他能够成熟地运用他捕捉物品信息的能力，追踪到隐藏起来的恶魔，死在他手下的恶魔不计其数。

沈晓琪对威廉姆最后的记忆是他去了卡兰迪，去调查那个地狱之门。他必定死在了那里，沈晓琪不知道恶魔是如何做到的，恶魔不仅仅是杀死了他，而且抹杀了他存在的一切痕迹。可是为什么只有沈晓琪记得他，难道真的如阎摩所说，她曾经进入过地狱之门？

地狱之门的后面到底是什么？

沈晓琪感觉头又开始疼了起来，她已经来到了档案室门口，索性不再去想。档案室建在地下，安保措施足以媲美曼哈顿中央银行的地下金库，过了几道虹膜、指纹、唇纹、声纹、面部识别等安全检测之后，沈晓琪陆续通过了三道安全门，最后终于进入了档案室。

这里是一座守护者的圣殿，是神灵的坟墓。

档案室是一个狭长的房间，布局和银行的保险库非常相似，也许在建造的时候本来就借鉴了银行的金库。但沈晓琪知道，这里的守护者档案是比黄金更有价值的东西。每一个铁抽屉里面，都存放着一个守护者的回忆录，每一份回忆录里都记录着这些守护者记忆中曾经猎杀过的恶魔，但大部分恶魔都和传说中的神灵对不上号。这是可以理解的，毕竟只有少数恶魔才能将名字以神话的形式流传下来。

越古老的记忆越不可靠，但并不完全是这样，越强大的恶魔越难以被忘记，所以有许多传说中赫赫有名的神灵的猎杀记录被保存了下来，其中就包括众神之战前被猎杀的古埃及众神。

威廉姆曾经猎杀过阿努比斯，沈晓琪清晰地记得这件事情，她找到了威廉姆的档案抽屉。沈晓琪的心顿时怦怦直跳，至少威廉姆是真实存在的。她颤抖着双手拉开铁抽屉，看到里面的档案之后，她的心猛地一沉，太少了，太少了，威廉姆是有名的恶魔猎手，数千年里，死在他手里的恶魔数以千计，档案应该堆满整个抽屉才对，但那是活在沈晓琪记忆中的威廉姆。那么真实的威廉姆，仅仅就是这一张简单的纸片吗？

沈晓琪百味杂陈地拿起抽屉里唯一一个信封，这个信封里面装着关于威廉姆的一切，但绝不是沈晓琪记忆中的那个威廉姆。她打开了信封，里面只有一张纸，沈晓琪拿起那张纸，当她看清楚上面的字之后，顿时如遭雷击。

这些信息不是威廉姆留下来的，而是记得威廉姆的其他守护者写下的，即使这样，他们依然为威廉姆制作了档案。现在沈晓琪终于知道为什么威廉姆的档案只有一张纸了，事实上，上面只有一句话：据信，威廉姆在战争之前前往了埃及底比斯，但死于阿努比斯之手。

沈晓琪不明白这是怎么了，威廉姆早就死了，甚至死于众神之战之前。但是她记忆中的威廉姆又是那么鲜活，甚至一周前他们还讨论过肖恩的事情。第一次，沈晓琪感觉自己一定是疯了，也许真实的她正躺在一个病床上沉睡，也许这一切都是一个无法醒来的噩梦。

沈晓琪把纸放回了信封，然后把信封放回了铁抽屉，当她关闭抽屉的时候，她觉得自己亲手埋葬了威廉姆。

既然威廉姆没有杀死阿努比斯，那么是谁杀死了阿努比斯呢？不是所有传说中的神灵都真实存在，但既然威廉姆的档案中提到了他被阿努比斯杀死，至少说明阿努比斯是真实存在的。沈晓琪开始用古埃及神灵的名字进行检索，但她没有找到阿努比斯的标签，阿努比斯没有死，他没有被威廉姆杀死，也没有死于后来的众神之战，他一直活到了今天。

沈晓琪继续找其他的埃及神灵档案，她以前看过这些档案，被记载的古埃及神灵众多，基本都是死于众神之战之前。守护者们在恶魔们集结起来之前就摧毁了埃及诸神，其中留下档案记录的有冥界之神奥西里斯，掌控生命和死亡之神伊西斯，水神安穆凯，猫神贝斯特，还有荷鲁斯之子艾姆谢特。

她成功找到了埃及众神的标签，但是当她翻阅相关的档案时，才发现所有关于埃及众神的猎杀记录都不见了。既然标签存在，说明埃及众神的确存在而且被守护者们猎杀了，但是所有关于猎杀的档案都不见了，也就是说，现在没有人知道是哪些守护者杀死了那些神灵。

沈晓琪不明白温斯顿为什么要这些档案，但她知道此事必须立即上报，有人偷走了那些档案，不管是谁干的，他一定不怀好意。

沈晓琪不知道这里有多少档案被偷走了，但温斯顿点名要的档案都不见了，这是一个巧合吗？沈晓琪忧心忡忡地离开档案室。当她回到研究室，温斯顿看到她两手空空时，笑着说道："看来我们的小姑娘空手而归了。"

"怎么回事？"凯恩问道。

"所有关于埃及诸神的档案都失踪了。"沈晓琪说，她看着温斯顿，温斯顿脸上的笑容消失了，"我的意思是，标签都还在，但是档案都不见了。"

"有内鬼。"凯恩的脸色很难看，但他马上就把这个问题搁置在脑后，他看着温斯顿，"为什么你需要这些档案？这不是巧合吧？"

沈晓琪也看着温斯顿，温斯顿把烟头丢进了一个空酒瓶，站起身来回走动着，嘴里念念有词，沈晓琪还是第一次看到温斯顿这么焦躁，"一定有人偷走了这些档案，其他的档案都没有丢失，如果你们不相信可以去核实，他们只偷走了埃及诸神的档案。该死的，我们有大麻烦了。"

正在此时，沃顿回来了，他看到三个人可怕的脸色，"发生了什么？"他问。

"所有关于埃及诸神的档案都丢失了，有人拿走了它们。"沈晓琪说。

"有内鬼。"沃顿的第一反应和凯恩一样，但他马上也敏锐地察觉到了问题所在，"温斯顿博士，为什么你'恰好'需要埃及诸神的档案？"

温斯顿站住了，他的脸上露出了一丝苍白的微笑，"这说明我猜想的方向很有可能是正确的。"

停顿了一会儿，他好像想起来什么，对沈晓琪说："你找到威廉姆的档案了？"

凯恩和沃顿也好奇地看着沈晓琪，沈晓琪点点头，并没有觉得难为情，"是的，我找到了。"

"威廉姆真的存在？"沃顿惊讶地说。

"他当然存在，"温斯顿意味深长地看了沃顿一眼，"说说看，你都发现什么了？"

"是其他守护者留下的记录，威廉姆在众神之战之前，死于阿努比斯之手，地点是底比斯。"

"阿努比斯，是那个狼头人身的古埃及死神？"沃顿不确定地问。

温斯顿脸上的表情很精彩，"当然，阿努比斯是最著名的古埃及神祇，他是灵魂的引路人，也是审判者，他负责审判之秤的称量，他在秤的一边放置真理之羽，另一边放置死者的心脏，如果心脏比羽毛轻，那么这个人就可以升上天堂，与众神永生；如果心脏比羽毛重，这个人将会被打入地狱，心脏就会被阿米特吃掉。但事实并非如此，也许阿努比斯是一个非常残暴的神祇，人们恐惧他，所以才把他看作死神的化身。"

"又是古埃及，这更不是巧合了。"凯恩冷冷地说。

"给我讲讲，你记忆中的威廉姆是什么样子的？"温斯顿对沈晓琪说，"这很重要。"

"我认识他十六年了，他在特别调查局刚成立的时候就担任了行动部的负责人，我很了解他，他有一种特有的能从物品表面抓取信息的能力，这让他成为效率最高的恶魔猎手。他曾经告诉我，他在众神之战前去了古埃及，杀死了阿努比斯。"

"但事实是，阿努比斯杀死了他，而不是他杀死了阿努比斯，你的记忆恰好是相反的。"温斯顿说，"我看了你的记忆记录，有很多和现实不符的情况，但是和这件事情类似的还有巴比伦发生的事情，你记得吉尔伽美什死了，但事实上死去的是恩奇都，你知道这意味着什么吗？"

"我不知道……"

"我们都知道，如果我们认为这个神话描述了巴比伦发生的那场恶魔之间的内战的话，那么在你的记忆里，死去的是吉尔伽美什，而且是安努杀死了他，但是在真实的神话记载里面，死去的是恩奇都，吉尔伽美什去为他寻找长生草。但是我们都知道神话本身是不可靠的，你们是否还记得这个神话的前半部分？恩奇都一开始并不是吉尔伽美什的朋友。"

"他们是敌人……"沈晓琪仿佛明白了温斯顿想说什么。

"半人半神的吉尔伽美什是乌鲁克的君主，他暴虐无度，嗜杀成性。他凭借权势抢男霸女，强迫城中平民为他构筑城垣，修建神庙，害得民不聊生，因而激起了贵族和平民们的愤怒。他的人民只能求助于诸神。创造女神阿鲁鲁便创造了恩奇都来阻止吉尔伽美什。但他们的大战不分胜负，反而惺惺相惜成了好友。"温斯顿复述着《吉尔伽美什史诗》中的段落，"也许这部史诗只有这一段是真实的反映，吉尔伽美什和恩奇都从来都不曾成为好友，杀死吉尔伽美什或者恩奇都的也不是安努，而是对方，那么吉尔伽美什是海拉，恩奇都是谁？"

"是莫特。"沈晓琪倒吸了一口凉气。

"没错，莫特杀死了海拉，推倒了巴比伦塔，也许这才是真实发生过的事情，这个假设也完全符合现在发生的事实。"温斯顿意味深长地看着沈晓琪，"那么你的记忆中，海拉杀死了莫特，就像事实中的阿努比斯杀死了威廉姆，而不是威廉姆杀死了阿努比斯，这是巧合吗？"

"也许只是我的记忆出现了差错。"沈晓琪无力地说。

"太久远的记忆出现差错是有可能的，你上次和威廉姆的谈话是什么时候？"温斯顿咄咄逼人。

"一周前，"沈晓琪扶着额头，"他去卡兰迪之前。"

"给我们讲讲最近一个星期里威廉姆都做了什么——不，一个月吧，"他思索了一下，对凯恩和沃顿说，"你们要认真听，寻找逻辑上的漏洞，如果这些真的是沈晓琪的大脑编造出来的，那必然有漏洞，相信你们会马上发现它。"

"有这个必要吗？"凯恩质疑道，"我们在浪费时间，沈晓琪都已经承认……"

"那是因为她不想被你们当成一个疯子！"温斯顿粗暴地打断凯恩，严厉地说，"而且这很重要！"

沈晓琪用眼神询问凯恩，凯恩铁青着脸点了点头。

得到了凯恩的允许之后，沈晓琪开始讲述近一个月以来威廉姆的所作所为，她讲述了威廉姆去机场接回了艾米丽和肖恩，讲述了威廉姆告诉她星空熄灭的事情，讲述了威廉姆前往卡兰迪带回了约翰·亚当斯，讲述了威廉姆处理埃克斯的死亡以及约旦航班坠落的事情。在她讲述期间，凯恩和沃顿眉头紧锁，但一直没有人打断她。

"足够了，谢谢你，沈晓琪。"温斯顿温和地说。接着，他对凯恩和沃顿说："先生们，你们是否发现了逻辑上的不合理之处？"

"这是一个精彩的故事，但只有一个问题，"沃顿小心地问，"约翰·亚当斯是谁？"

"斯诺是去过卡兰迪，但没有带回什么约翰·亚当斯。"凯恩点点头，"但是这恰恰证明了这个故事不是沈晓琪随意编造的，如果约翰·亚当斯是一个漏洞的话，这个漏洞也太明显了。"

"很好，看来我们已经达成共识了，那么，我们要认真对待一下沈晓琪的记忆了。"温斯顿说。他重新点燃了一支烟，仿佛在捋清自己的思绪，然后他继续说道："但在此之前，我们需要开诚布公。"他转过身盯着沈晓琪的眼睛，突然揭穿了沈晓琪的身份，"你不是守护者，对吗？"

温斯顿的突然袭击让沈晓琪如遭雷击，她张了张嘴，"我不是……"

"用不着这么紧张，"温斯顿轻飘飘地吐出一口烟，"不如我先来吧，我不是守护者，但我也不是普通的人类，我就是你们口中的恶魔，或者你们更喜欢邪灵这个称呼？"他戏谑地看着凯恩，"凯恩局长早就知道我的身份了吧。"

沈晓琪看向凯恩和沃顿，发现他们脸上完全没有惊奇的神色。

"你瞧，凯恩局长和沃顿先生没有那么死脑筋，所谓的恶魔或者邪灵只是对心怀恶意的我们的称呼，但人总分好坏，不是吗？"温斯顿说，"所以，沈晓琪，不会有人知道你不是守护者就来把你抓走切片研究的，放心好了。"

"我的确不是守护者，但我也不是恶魔……"沈晓琪慢慢地说。

"当然，也许你是能拯救我们的天使，"温斯顿转向凯恩和沃顿，"我想二位也必定不会感到意外吧。"

凯恩点点头，"我们的确有所怀疑。"

"我很抱歉，凯恩先生，但我绝对没有伤害人类的心思，我保证。"沈晓琪脱口而出。

"你不必道歉，沈晓琪，温斯顿说的没错，恶魔或者邪灵只是一个称呼，我早就不以一个称呼来干扰我对一个人的判断了。"凯恩说，"如果你有恶意，你早就不可能站在这里了，相信我，守护者是不可能胜任科学部的负责人的。"

"他们就像程序，"沃顿补充道，"缺乏创造力和想象力，他们是出色的猎手，但不会是出色的科学家。"

"皮埃尔早就窥探过你的思想了，沈晓琪，你没有恶意，也充满了好奇心，但是你对恶魔也一无所知。我们想抓一个知道恶魔在做什么的家伙，而不是你，"凯恩瞄了一眼温斯顿，"也不是温斯顿博士。"

"他们想要的是恶魔中的恶魔，而不是恶魔中的天使。"温斯顿耸耸肩。

"那也好过天使中的恶魔，"沃顿摇头，"温斯顿博士，你是哪一类？"

"我是天使中的大使。"温斯顿吐出了一个完美的环形烟圈。

洛 坦

北太平洋西部海域。

近地轨道上还在正常运作的气象卫星不约而同都将"眼睛"对准了这片广阔的海域，自从强热带风暴一跃变成超强台风之后，"洛坦"继续增强着它的力量，仅仅 12 个小时，它的中心气压就已经降到了 860 百帕，最大风速超过了 90 米／秒，它已经超过了人类记载过的 1979 年的最强台风"狄普"，成为人类有史以来观测到的最强台风，但它依然没有停止它的脚步。此时，"洛坦"的暴风半径也已经超过了"狄普"的 1100 千米，达到了 1200 千米。

全世界的目光都聚焦到这片海域，气象学家们面对这个有史以来最强的庞然大物目瞪口呆，他们无法解释"洛坦"是如何获取到如此巨大的能量。这个名为"洛坦"的怪物的确名副其实，就像传说中的洛坦那样，即将摧毁一切。

虽然"洛坦"还没有移动，但它的暴风边缘已经触及了菲律宾的东部海岸，一如它的前辈"狄普"曾经做过的那样，但它造成的破坏却远非"狄普"能比。而它增长的速度是如此之快，以至于人们根本无法及时撤离。菲律宾东部海岸已经掀起了惊涛骇浪，路边的大树如野草般被轻松拔起卷到空中，房屋如玩具一样被推倒，路上的汽车被汹涌而来的海水卷进大海。已经无法统计伤亡人数了，沿海的许多城市经历了大撤离，实际上已经处于无政府状态。

但这不是结束，"洛坦"还在继续成长，它的暴风半径很快就突破了1500千米，即使还未移动，它的边缘已经横扫了整个菲律宾吕宋岛，并且开始威胁中国广东和台湾地区。香港天文台再一次对还在千里之外的台风发布了预警，上一次（也是第一次）对千里之外的台风发出预警还是因为"狄普"。但这次的"洛坦"却比"狄普"还要强大。

2个小时后，人们得知了两个消息：好消息是，"洛坦"终于停止了增长；坏消息是，这头前所未有的巨兽开始移动了。"洛坦"移动的方向是西北方向，因而中国香港和内地逃过一劫，但由于"洛坦"的半径太大，它的边缘还是擦过了台湾岛东海岸，损毁了大片森林。但琉球群岛和日本则被彻底横扫，"洛坦"过后，琉球群岛几乎被抹平，损失最惨重的日本也一片狼藉，出现了大片的无人区。

但这远远没有满足"洛坦"的胃口，它又开始转向，以一种难以置信的路径转了一个弯，从原本的西北方向向西南方向奔去。气象学家们再一次在它诡异的路径面前目瞪口呆，这个台风不仅是最强的，似乎还是有"意识"地选择了自己的路径。

"洛坦"扫荡完日本列岛以后，开始向中国进军，整个中国沿海几乎同时接触了"洛坦"。计算机模拟出来的结果显示，如果按照"洛坦"当前的路径，它将横扫整个东亚，然后在大陆腹地消耗完能量。当"洛坦"的中心登陆中国时，它的身影将笼罩整个东南沿海地区。

过 去 与 现 在

迦楼罗的飞行速度很快，起飞后不久，海拉就远远地望见了海岸线。迦楼罗飞行得非常平稳，他们的飞行高度已经接近了同温层。气温很低，海拉却没有感到寒冷，自从觉醒之后，他感觉自己的肉体越来越强健，而迦楼罗则似乎更能适应这种飞行。

迦楼罗是一个技巧娴熟的飞翔者，他们绕过了"洛坦"的势力范围，很快就来到了大海之上。他们径直北上，掠过对马海峡，向东北方向穿越日本海，从库页岛上空飞过，然后进入鄂霍次克海。他们接着往东北方向飞去，从堪察加半岛上空掠过，从高空向下看，堪察加半岛上仿佛是一幅以白色幕布为画板，以黑色、墨绿色和黄色为颜料随意涂画的油画。现在正是冬季，圣诞节快要到了，这也许是有史以来最悲伤的一个圣诞节。地中海大灾变造成的伤害还远未消退——也许永远无法消退，夜空中的群星也都消失了，世界末日说从未如此有过市场，人们知道科学无法解释目前人类面临的困境，所以纷纷涌入宗教的圣殿寻求慰藉。而"震荡"也未曾远去，人员失踪事件也在继续，而且随着"震荡"的次数愈演愈烈。

发生的这些事情，即使只有一件发生，也会造成全球性的混乱，然而，这些事情蜂拥而至，瞬间击垮了整个人类世界，造成的混乱也更加剧烈。已经有许多国家处于无政府状态，全球性的大混乱正露出端倪，失去了政府的系统化组织，"洛坦"将造成更大的破坏。

海拉不得不承认，今日的莫特已经远非昔比，如果再不阻止他，即使众神时代不会回归，人类文明也要完了。而且，海拉望向空荡荡的夜空，亿万年来亘古不变的群星已经消失。佛陀悟道目睹的明星、指引三智者前往耶路撒冷朝圣的伯利恒之星、指引波利尼西亚人乘坐简陋的独木舟向未知的大洋远航的群星，都消失了。莫特是如何做到这一切的？海拉不知道自己是否能够阻止莫特，即使阻止了莫特，消失的群星是否能重新回来，一切都是未知。

现在的人类在地球上能看见的自然天体只剩下太阳和月亮，连最明亮的金星都已经消失在人类的视野，科学家提出的所有设想都沦为笑柄。

他们很快就越过了堪察加半岛，进入了白令海，越过阿留申群岛，北美大陆已经遥遥在望。海拉总觉得眼前笼罩着一层迷雾，事实的确如此。海拉不喜欢这种感觉，他不喜欢被人牵着鼻子走。他必须搞清楚现在的状况，是的，他要去找沈晓琪，也许从沈晓琪那里可以知道在他身上都发生了什么。在搞清楚状况之前，海拉绝不会贸然行动。

谁知道阎摩有没有在撒谎，这么多年过去了，海拉不知道这个阎摩和他记忆中的那个阎摩还是不是同一个人。时间能改变一切，就像莫特和维克多。

海拉已经记不清第一次见到莫特是多久之前了，一万年前？不，也许更久远，众神时代到底延续了多久，无人知晓。因为人类文明尚未萌芽，众神也以为自己将永远生活在那个所谓的黄金时代，一切都是永恒的，太阳永远会从东方升起，从西方落下，众神的统治将如永恒的天地一样坚若磐石。不管是渺小卑微的人类还是高高在上的众神，没有人认为有计算时间的必要，所以无人能说清众神的时代究竟延续了多久。也许是几万年，十几万年，甚至上百万年。但一切都有结束的时候，当魔鬼出现在大地上之后，海拉终于意识到了这一点：没有什么是永恒和不朽的，包括父神的眷顾。众神之战之后，海拉第一次将目光投向了在众神眼中如蝼蚁一般的人类，尽管他们和众神有着同样的躯壳，但众神从未视他们为平等的造物。在众神的眼里，人类是脆弱的、寿命短暂的、怕热又怕冷的可怜虫，但他们并不是一无是处。他们唯一的优点是拥有智力，而且易于驱使。

只要给他们一点点施舍，他们就会不遗余力地为众神建造巨大的神殿和住所；只要给他们一点点怜悯，他们就会跪地感恩。不知道从何时起，众神发现了人类的另外一种用处，他们划分了自己的地盘，驱使自己神国内的人类组成军队，互相攻击对方的神国。但经过几次这样的较量，新的规则被制定出来并且得到了各大神灵的认可：神灵只能是旗手，不能亲自上阵厮杀。原因显而易见，即使是最弱小的神灵，也能轻易杀死数千个全副武装的人类士兵。

很快，这个新奇的游戏就流传开来，神灵乐此不疲，四处建立自己的神国，命令自己的人类士兵攻击对方。随着时间的推移，这个游戏发展出了更多变种。神灵发现他们似乎低估了人类的智力，当人类组成一个大的自治群落之后，他们便可不必亲自指挥每一场战斗，而是下达任务给群落即可。群落中人类的首领会不折不扣地去执行神灵下达的任务，而且他们的手段也越来越高超，甚至让神灵都为之惊叹。人类居然能想出那么多战争技巧，他们的狡诈和谋略让神灵大开眼界。也许从那个时候起，神灵就应该认识到人类并不是他们认知中的野蛮的动物，而是一个极具潜力的种族。但无人意识到这一点，相反，人类的表现更是激发了神灵的兴趣，战争游戏在大地上到处上演。唯一的苦恼是，棋子总是消耗太快。当一个神灵输了一场游戏，他很难马上开始下一场游戏，因为适合作战的棋子都消耗完了，他不得不等新一代棋子成长起来。不过，和这种游戏带来的乐趣相比，这又算得了什么呢？神灵最不缺的就是时间。

众神的时代和众神之战给人类留下了深刻的记忆，这种深刻的记忆最终转化成各种神话传说。几乎所有古老的神话里都有神灵的身影，其中埃及神话最接近众神时代的描述，埃及神话认为曾经存在一个永恒的众神时代，后来众神时代结束了，才进入了人类的时代。希腊人则将人类的时代分为了四个时代，他们认为第一个时代是最美好的黄金时代，人类一直在堕落，无疑，持这种观点的人类对众神最忠心耿耿。玛雅人则对众神表现出的神力记忆深刻，他们的神话和希腊人的神话有异曲同工之处，玛雅人用太阳纪为这个世界划分了时代，他们认为这个世界上已经经历了五个太阳纪，现在的世界正处于第五个太阳纪，而前四个太阳纪的结束则分别伴随着洪水、飓风、火雨、核战争而落下悲剧的帷幕。

这一切都是我们造成的，海拉醒来以后，开始慢慢回想这一切。自从众神之战结束之后，人类终于从众神的奴役中解脱出来，没有了众神的枷锁，他们飞速地布满了大地，并且在仅仅几千年里就发展出今天高度发达的文明，甚至登上了月球。但是脱离了众神的奴役之后，人类的所作所为也充分表现出他们暴虐好战的本性。众神时代的战争游戏将征服和战争的欲望种进了这个种族的心灵，他们的暴虐好战、残忍，都是众神亲手栽下的毒果，直至今日还在毒害着人类文明。

他们浪费了数百万年的时间，才终于建立起今日的文明。所谓的魔鬼，自称守护者的魔鬼，才是人类真正的拯救者。海拉没有做错什么，他唯一的错误就是醒悟太晚，而莫特还想毁灭这一切。

必须阻止莫特。

莫特是最后一个加入万神殿的始祖，维克多是他的领路人。海拉第一次见到莫特时，莫特还是一个怯生生的家伙，对这个世界一无所知。从维克多那里，海拉知道了莫特的经历，他降临的地点是一个很大的岛屿，所以他对其他神灵一无所知。

莫特身上有一种很特别的气质，他敏感多疑，充满戒心，但非常聪明，在神灵的战争游戏开始后，他的技巧非常娴熟，是一个非常难对付的对手。

但是海拉没想到莫特会走那么远，没想到他那么执着于众神时代。海拉了解莫特，他毁灭和暴虐的气质让他胆敢反抗自己的决定。不管莫特在巴比伦都做了些什么，海拉都不会再让他得逞了。

他们已经飞越了阿留申群岛，沿着加拿大海岸线向东南方向转向，接下来他们还要穿越整个美国，才能到达他们的目的地。

海拉的记忆还在慢慢恢复，他逐渐回忆起来，阎摩没有撒谎，万神殿的确有七位始祖，其中一位很早之前就失踪了，海拉早就忘记了她的名字。

如果按照阎摩的说法，那位失踪的神灵就是沈晓琪，而沈晓琪在众神之战之后从地狱之门回归了这个世界，莫特欺骗了她，窃取了她的力量来杀死海拉——这倒并非绝无可能，至少这个推测在逻辑上是说得通的。海拉的脑海里勾勒出那个女人的形象，她的一颦一笑和沉稳的气质，原来她不是守护者，而是守护者口中的恶魔，这可真够讽刺的。不过考虑到守护者的首领就是阎摩，这件事情也并非不可能。

海拉突然发现自己一直在下意识地寻找阎摩话语中的漏洞，这让他意识到一个事实：他不信任阎摩，至少不完全相信他，但似乎一切看起来都无懈可击，没有明显的逻辑漏洞。莫特确实在摧毁这个世界，也的确是自己的敌人，一想起莫特在他作为普通人类的无数次生命中对他进行的那些恶毒的折磨，海拉就怒火中烧。

他现在只能信任阎摩，也许还有沈晓琪，如果沈晓琪真的是他的领路人，他必须信任他们，至少在搞清楚所有的事情之前，海拉别无选择。

迦楼罗已经飞进了美国的领空，这只闪着金光的大鸟发出一声高亢的鸣叫，海拉上次听到这个叫声还是在众神之战的战场上。他们全速向纽约的方向冲去。

当"洛坦"横扫中国东南沿海地区的时候，卡兰迪的地狱之门已经停止了扩大，但气温仍然在降低。地狱之门附近的地面上结了一层厚厚的冰，时不时还有雪花飘落。

士兵们——已经没有士兵了，所有的营地都空荡荡的，正如历史上一些神秘失踪的传说中所描述的那样，炉子上的咖啡还在冒着热气，桌子上的晚餐或者中餐只吃了一半，餐具凌乱地摆在桌子上，但一个人都没有。

所有的士兵都失踪了，仿佛被地狱之门所吞噬。

空中的侦察机从地狱之门上空掠过，映入飞行员眼帘的是一片空荡荡的营房，没有一个活人，准确地说，是没有一个人。

底 比 斯

四千年前，在今日开罗以南 700 千米的尼罗河东岸有一座无与伦比的世界雄城，它广厦连亘，神庙高耸，遥远的利比亚、努比亚、叙利亚甚至远至小亚细亚的商队都络绎不绝来到这座伟大的城市，它威名远播，古希腊大诗人荷马曾将这座城市称为"百门之城"。这座伟大的城市是当时世界上最大的都城，它的名字叫作底比斯。

荷鲁斯已经不是第一次来这个城市了，数千年来，他曾多次到访，他见证过这座城市的建造，也见证过亚述人焚毁它。只有在这里，他才能感受到埃及众神时代的余晖，荷鲁斯亲眼见到古埃及人建起巨大的神庙，竖起直刺苍穹的方尖碑。他们为每一个神祇都建造了恢宏的神庙，但几乎没有一个神祇降临，这些可怜的崇拜者不知道诸神早已陨落。荷鲁斯曾以凡人的身份走进过埃及人为自己建造的神庙，可笑的是他被祭司唤来的护卫逐出了神殿，差点被以玷污荷鲁斯大神的罪名处死。

但荷鲁斯不敢表明自己的身份，魔鬼还在锲而不舍地追踪幸存的神灵。荷鲁斯只能带着哀伤从供奉自己的神殿里被逐出。

上一次荷鲁斯来到这座已经被更名为卢克索的城市时，卡尔纳克神庙已经彻底衰败，建造这些神殿的古埃及人也都消亡了，他们崇敬的埃及诸神没有保护他们。站在卡尔纳克神庙的废墟里，荷鲁斯感到一阵哀伤，埃及众神时代的余晖也熄灭了。

大概五百年前，荷鲁斯在威尼斯找到了阿努比斯，当时的阿努比斯是一个留着大胡子的粗鲁不堪的水手，每次上岸都会将辛苦钱撒在妓女的肚皮上和朗姆酒上。荷鲁斯是在一家人声鼎沸的酒馆里找到他的，当时阿努比斯正兴致勃勃地大开赌局，他已经喝得半醉，大腿上还坐着一个丰乳肥臀的妓女。

荷鲁斯静静地看了他一会儿，这位冥界之主似乎早就忘记了自己的身份，于是荷鲁斯也坐下来参与了赌局，趁阿努比斯对妓女上下其手的漫不经心间，很快就掏光了他的钱袋，毕竟，能从冥界之主手里赢钱的机会可是千载难逢。

后来的五百年里，荷鲁斯再也没有见过阿努比斯，直到莫特开始召唤他们。莫特许诺这两位幸存的埃及神灵，将帮助他们复活古埃及神祇，重建古埃及诸神时代。

"神灵从未真正离去，他们只是迷失了，"莫特如是说，"他们的灵魂从未离开过故土，他们就在那里，但他们已经不记得自己的身份，而我们也对他们视而不见。"

"那我们怎样才能唤醒他们？"阿努比斯瓮声瓮气地说，此时的阿努比斯是一个利欲熏心的商人，拥有一支往返于巴格达和开罗的商队，在荷鲁斯看来，他过得比这个时代的大多数人都要好，要不是莫特的始祖身份，恐怕无人能说动阿努比斯，"莫特大人，我无意质疑你的能力，我知道你干掉了海拉，但召唤亡灵又是另一回事儿。"他对那个人的名字直言不讳，这让莫特大为欣慰，不是每一个神灵都敢直接说出那个人的名字，好像生怕那个人听到似的。

"阿努比斯，作为冥界之主，想必你也知晓从冥界返回人间的路途不是那么顺畅，"莫特微笑着说，"正如我现在所做的，我得先把你从地狱里拉出来。"

"我喜欢这个地狱，大人，尤其是作为一个商人，我第一次学会了使用天平。"阿努比斯淡淡地说，"但我从未见过比心脏重的羽毛。"

"你会的，"莫特笑了笑，"我知道你们不相信我，但你们别无选择，阿努比斯，你是一个商人，你可以把这场谈话看作一场交易。如果你们追随我，我会给你们丰厚的回报，你们可以重新建立埃及神国；如果我失败了，你们也不会损失什么。但如果你们拒绝了这场交易，那我就不得不寻找其他人合作了。除非——"他顿了顿，黑色的眼眸如黑潭般深邃，"有其他人给出了更高的筹码？"

阿努比斯不置可否，"你需要我做什么？"

"加上我，"荷鲁斯说，"我和阿努比斯站在一起。"

"不会有人给出比我更高的筹码了，"莫特肯定地说，"我的要求很简单，如果有其他人找到你们，要求你们效忠，拒绝他，当战争来临之时，听从我的召唤，作为回报，战争胜利之日，我会将众神时代还给你们。"

"听起来倒还算公平，"阿努比斯打了个哈欠，"但这个世界上并不存在免费的午餐，当一个交易一开始就不需要讨价还价的时候，那对方一定隐瞒了什么。"

"你是一个精明的商人，阿努比斯，看起来你在这个地狱的确过得如鱼得水，不愧是冥界之神，"莫特哈哈大笑，"但是你不会效忠海拉的，你只是怀疑我的承诺，作为商人，有时把信誉看得比利益更重要。"

"利益对我来说就是一切，但信誉是利益的基础。"

"那么我就告诉你，我的信誉在哪里。"莫特收起了笑容，严肃地说，"海拉发出召集令，除了荷鲁斯，所有的埃及神灵都拒绝了海拉的召唤，只有荷鲁斯一人前往了波塞多尼亚；荷鲁斯意识到海拉没有撒谎之后，他发出了第二封召集令，但遗憾的是，只有你相信了荷鲁斯，来到了波塞多尼亚。你离开底比斯之后，魔鬼入侵了那座城市，屠戮了所有没有离开的神，无论是高贵的，还是普通的，但他们却未伤人类分毫。虽然我们输掉了那场战争，但你和荷鲁斯却活了下来，成为埃及神国最后的两名幸存者，那么请告诉我，为什么你拒绝了海拉的召唤，却听从了荷鲁斯的召唤？"

阿努比斯愤怒地盯着莫特，那是他永远不想触及的伤疤，但莫特无情地揭开了它，鲜血淋漓，无数个酩酊大醉的夜晚，阿努比斯不止一次质疑自己当时的决定，为什么没有带走贝斯特，或者，为什么自己没有留下来。

"仔细想想吧，阿努比斯，"莫特将一杯爱尔兰之雾一饮而尽，站起身走出酒吧，留下最后一句话，"那一天不会太远了。"

荷鲁斯不知道莫特究竟跟阿努比斯说了些什么，但阿努比斯显然被说服了，所以他们的底比斯之行才会如此顺利。

此时，两位来自远古的神灵站在底比斯城郊区的机场广场上——他们还是不习惯这座城市现在的名字——看起来就像两个来自西欧的普通的旅行者。一群本地导游和司机像饿狼看到了羊羔一样蜂拥而至，手里拿着五颜六色的画册用蹩脚的英语大声招揽着生意。

荷鲁斯和阿努比斯挤开人群，上了一辆绿色的出租车，荷鲁斯简单地用英语吩咐道："去城里。"然后他用已经无人能够听懂的古埃及语对阿努比斯说："我一直没想明白，莫特大人用什么说服了你。"

阿努比斯戴着一副硕大的墨镜，穿着一件夏威夷风格的花衬衫和一条花里胡哨的沙滩裤，他的装束很奇怪，毕竟距离卢克索最近的红海也有几百千米。听见了荷鲁斯的话之后，阿努比斯同样用古埃及语回答道："我当时不可能离开贝斯特，你知道的，荷鲁斯，我们……"他停顿了一下，"而且你认为我会听从你的命令吗？

过了一会儿，荷鲁斯才反应过来，他惊奇地瞪圆了眼睛，"你是说……"

"就是你想的那样，荷鲁斯，"阿努比斯似乎不喜欢谈论这个话题，他问道，"现在我们已经回到底比斯了，接下来我们需要怎么做？"

"莫特大人已经利用地狱之门打开了通向亡灵之海的道路，亡灵与尘世断开的连接已经被恢复，我们要做的很简单，激活这些连接，让众神降临人间，"荷鲁斯不愿再触及阿努比斯的伤心之处，"但这只是第一步，要想真正将亡灵召唤回到尘世，他们必须亲手完成复仇，如此才能真正回到这个世界。"

"很好，"阿努比斯终于摘下了墨镜，将视线转向窗外，"你是说，他们都在这座城市里？"

"即使是魔鬼，也没有权力审判众神的灵魂，他们只能摧毁肉体，迷失心智，但众神的灵魂还在，冥冥之中的牵绊会让他们聚集在一起，徘徊在生前最迷恋的地方，"荷鲁斯说，"就是这里，底比斯，莫特大人已经给我指引了方向，他用神之眼洞察了一切，不是所有的神灵都在这里，但这里是神灵最多的地方。"

阿努比斯沉思了一会儿："可是我们怎么辨别神灵的转世？"

"将一块磁铁投入被磁化的磁石当中，磁石会自己来到磁铁面前，"荷鲁斯露出一丝微笑，"而我们现在有两块磁铁。"

"先生们，"出租车司机突然开口打断了他们的谈话，让阿努比斯惊奇的是，他说的不是阿拉伯语，也不是英语，而是古埃及语，"我不知道你们在说什么，但我好像能听懂你们的语言，但我从来都没学过这种语言……"他似乎突然意识到自己正在用这种语言说话，顿时被吓得说不出话。

"第一块磁石。"荷鲁斯轻轻地说。

真 实 身 份

"他来了。"迦楼罗刚刚进入美国领空时，沈晓琪就察觉到了海拉的气息。

"谁？"凯恩问道。

"肖恩，不——是海拉。"

凯恩猛地站了起来，"什么？你说肖恩是海拉？"

"你们说过的那个被莫特杀死的海拉？"沃顿大吃一惊，"肖恩也是恶魔？"紧接着沃顿意识到自己的失言，"抱歉，我只是……"

温斯顿倒是浑然不在意，"不必道歉，沃顿先生，只是一个称呼罢了，比起邪灵，我更喜欢恶魔这个称呼，"他对沈晓琪说，"看起来沈晓琪小姐还有些事情没有告诉我们。"

沈晓琪这才意识到在场的人都还不知道肖恩的真实身份，"我很抱歉，我不是有意的……我不知道……"

"你必须完全地信任我们，"温斯顿耸耸肩，"我们已经谈过了，不是吗？要想解决眼前这堆烂摊子，我们必须开诚布公，这里不允许有秘密。"

"我会的，"沈晓琪说，"首先，海拉应该不是我们的敌人。"

"应该？"沃顿一脸严肃，"如果他真的是那位被莫特杀死的海拉，那位传说中真正的恶魔之王，我们最好祈祷他真的不是敌人。该死的，我们都做了什么，我们居然试图唤醒恶魔之王。"

"这一切都是议长安排的，"沈晓琪再次抛出一个重磅炸弹，"议长不是守护者，他是恶魔，他的名字叫阎摩。"

"我知道他，"温斯顿点点头，"如果我没有记错的话，阎摩只是他其中一个名字，他还有很多名字，死神埃列什基伽勒，冥王哈迪斯，地狱君主阎罗……不过我的确没想到他还有守护者首领这个名号。"

"你的猜想没错，"沃顿对凯恩说，"局长先生，你早就发现议长不是守护者了？"

"继续说下去，阎摩是什么人？"凯恩说。

"我知道你们并不相信守护者关于人类在迈入文明时代之前曾经被恶魔统治了数万年甚至更长时间的说法，但我和温斯顿都可以告诉你们，这是真实的。"沈晓琪给他们讲述了自己所知的众神时代的历史，然后讲述了突然出现的魔鬼和随后的那场摧毁了众神时代的战争，以及海拉的转变和莫特的背叛。但是沈晓琪对那场发生在巴比伦战争的讲述却模糊不清，"没有人知道真实发生了什么，一切都是推测，也许只有莫特知道答案，"沈晓琪说，她没有隐瞒阎摩的推测，"阎摩认为我是一个来自地狱之门的女神，被莫特欺骗，并被窃取了力量，他利用我的力量杀死了我和海拉。沃顿先生，我想这也许已经得到了部分印证，还记得肖恩第一次被催眠时看到的那个高塔吗？那就是传说中的巴比伦塔，而肖恩看到的那个死去的女人就是我。"

"我们不知道阎摩为什么能够自己复活，事实上阎摩自己也不知道。他复活以后，开始执行海拉的意志。他引导人类发明了车轮，教他们建造房屋和城墙，甚至教授他们透镜的原理……按照他的说法，他不仅执行了海拉不再奴役人类的意志，而且更进一步给人类传授了文明。"

"可是我不明白，阎摩为什么会懂得这些？"沃顿困惑地摇摇头，"这说不通……"

"不要打断她，"凯恩说，"让她继续说下去。"

"莫特战胜了海拉以后，收拢了许多不赞同海拉的神灵为他所用，而阎摩同样招揽了效忠海拉的神灵，他们一直处于战争之中。

阎摩相信，人类历史上的很多暴君其实都是莫特的爪牙，莫特的目的非常简单，那就是消灭阎摩和守护者，重新回到众神时代，而阎摩则要守护人类文明。自从人类发明了核武器之后，阎摩意识到莫特摧毁人类文明的目标不再是一句空话，一场失控的核危机就可以摧毁人类文明。"

沈晓琪停了下来，看着凯恩和沃顿，"据我所知，冷战期间出现过多次核危机，但是都被侥幸化解了，我们不知道莫特在其中做了什么，但如果他真的干了什么，阎摩也一定没有袖手旁观。"

"但是莫特的敌人不仅仅是人类文明，他的敌人还有阎摩和守护者。如果不消灭阎摩和他的爪牙，莫特就无法阻止人类文明继续前进。如果不清除守护者，众神时代永远不可能回归。所以莫特一直在寻找方法。而阎摩也没闲着，他发现了一些守护者的秘密，这让他可以把自己伪装成一名守护者，于是他成为守护者们的首领，严格来说，我不认为这是一种欺骗，因为阎摩和守护者的目的是一样的，他们都有一个共同的敌人。

"我们不知道莫特究竟做了什么，但是有迹象表明，他正在唤醒远古时代被杀死的神灵，我们不知道他是怎么做到的。在瑞典出现的那条海蛇就是传说中的耶梦加得，而魔狼芬里尔和霜巨人一直效忠于阎摩，它们没能阻止耶梦加得，霜巨人反而送了命。"

"卡兰迪出现的那位，应该就是北欧神话中的火巨人苏尔特了，"凯恩若有所思，"芬里尔也没能阻止他，但是他死于几颗空对地导弹，看起来这些神灵并没有传说中的那么强大。"

"不，是你低估了人类的力量，"沈晓琪打断他，"即使是神灵也难以抵挡人类的现代战争武器。但是在远古，神灵真的是高高在上的。但莫特的力量是有限的，所以他开启了卡兰迪的地狱之门。我想卡兰迪一定是一个特殊的地方，你们不记得约翰·亚当斯，但我还记得他，那是一个从过去来到现在的时光旅行者，不管怎么说，也许这就是莫特选择在卡兰迪开启地狱之门的原因，借助地狱之门，他可以召唤更多的神灵。"

"不错，卡兰迪很可能是这个世界的一个漏洞，而莫特利用了这一点。"温斯顿说。

"如果守护者能轻易摧毁全盛时期的众神，还有什么好担心的？"沃顿问道，"斯诺曾经跟我说过，很少有守护者被杀死。"

"而在我的记忆中，从来没有守护者被杀死过，"沈晓琪担忧地说，"我不知道谁篡改了我的记忆，但这不重要，我是说，守护者早就不像他们刚刚来到这个世界上的时候那么强大了，他们的力量一直在衰退，如果守护者能够一直保持众神之战时的力量，莫特根本不会有半点机会。"

"那么你呢，说说你自己吧，沈晓琪。"在沈晓琪的讲述过程中，温斯顿一直没有说话，而是安静地听着，但此时，他突然打断了沈晓琪，"我是说，如果你真的是那个女神，那么是谁复活了你？我们都知道，阎摩早就知道肖恩就是海拉，他利用你们来唤醒海拉。"

"按照阎摩的推测，我和海拉一起死于巴比伦的那场战争，不知道转世到了哪个角落。他一直在找我们，他相信我和海拉是战胜莫特的关键。他先找到了我，但是他发现我对那场战争的记忆几乎都消失了，而且我也不记得更久之前的事情。他找到我的时候，把我从迦梨的手里救了出来，在我以后的每一次转世中都保护着我，直到我重新恢复了能记起转世经历的能力，但我能追溯的记忆没有超过那场巴比伦之战的前世，这也许也印证了我的确和那场战争有着联系。我不知道自己为什么会记得自己的转世，我和周围的人都不一样，所以我非常恐惧，遇到阎摩之后，我顺理成章地把自己当作一个守护者，阎摩从未揭穿我，而是刻意地保护着我的身份，哪怕我已经意识到自己并非一个守护者，他也没有揭穿我。一个星期前，他才告诉我这一切。他希望我和海拉一起走进地狱之门，再次获得能够杀死莫特的力量。"

"我刚刚得到一个消息，驻扎在卡兰迪的军队已经全军覆没了，"凯恩看着众人，"我不认为走进那个风暴是一件安全的事情，我们派遣了训练有素的军人、特工、探险家、身强力壮的志愿者，但是没有一个人从地狱之门里走出来，死的活的都没有。地狱之门——我不知道是谁起了这个名字，但的确名副其实。那些军人，他们没有死在战场上，就那么消失了，被那个地狱之门吞噬了。"

"如果阎摩所言非虚，那么地狱之门对沈晓琪来说至少是安全的，"温斯顿说，"你相信他的话吗，沈晓琪？"温斯顿目光灼灼地看着沈晓琪。

沈晓琪摇摇头，"我不知道，但也许他是对的，这件事情没有谁有百分之百的把握。"

"让我们看看积极的一面吧，至少我们现在不用逃跑了，如果海拉不是我们的敌人的话。"沃顿说，"我担心的是，如果你们真的杀死了莫特，就能阻止这一切吗？能让群星重新出现？还有那个洛坦、耶梦加得……"

"这正是我担心的，"沈晓琪摊开双手，"但我们似乎没有更好的办法。"

"海拉现在在哪里？"凯恩突然问道。

沈晓琪闭上眼睛，过了一小会儿，沈晓琪睁开眼睛，她的瞳孔中闪烁着奇异的光芒，"他已经到了。"

重　逢

迦楼罗在特别调查局大楼前的空地上降落时，天空已经完全暗了下来，月亮已经从地平线上探出了头。"洛坦"正在向中国西南挺进，在它身后，是一片狼藉。一般来说，登陆的台风都会在与地面的摩擦中损失大量能量，逐渐减弱成普通台风，然后是强热带风暴，最终变成气旋。但"洛坦"可不是普通的台风，它打破了所有台风的规律，它进入中南半岛时，一点都没有减弱的迹象，而是坚定地向中南半岛内陆继续挺进。

相比中国沿海，中南半岛上的国家抵御风险的能力更弱，很多沿海的居民甚至居住在铁皮搭建的房子里，而且信息的滞后也让很多人低估了"洛坦"的威力，这让他们损失惨重，造成了大量的人员伤亡。

海拉从迦楼罗身上轻盈地跳下来，落在大理石铺设的地面上，几乎没有发出什么声响。这些天来，海拉找回了以前作为神灵时的一些感觉，他的身体比以前更耐寒，也更强壮，视觉和听觉也变得更加敏锐，觉醒的灵魂似乎正在改造这个躯体。

不难想象，当他完全觉醒成为真正的神灵之后会有什么体验。难怪莫特这么强烈地追求众神时代的回归，从这一点来看，的确非常有诱惑力。海拉已经回忆起来，他们身为神灵的时候，他们的肉体也会死去，但却拥有比普通人更长久的寿命。

《圣经》中曾经记载，亚当活了九百三十岁，诺亚活了九百五十岁，以挪士活了九百零五岁，而寿命最长的玛土撒拉活了九百六十九岁。在其他民族的古籍中也记载过上古时期的人类拥有更长久的寿命，也许这也是众神时代留给人类的一些记忆碎片。

海拉摸了摸迦楼罗的脖子，金色巨鸟似乎已经熟悉了他，它低下脑袋，用尖锐的喙亲昵地碰了碰海拉的手。

"我的朋友，在这里等我，"海拉轻声说，"如果有人来了，你可以躲起来，不要让别人看见你。"已经够乱了海拉不想再多事，虽然他们没有看到警卫，但大楼里也许还有坚守职责的人。

海拉朝大楼走去，他才离开这里不到一个星期，却感觉已经恍如隔世。

远远地，海拉看到大楼门口站着一个人，大厅里昏暗的灯光从那个人的背后照过来，形成一个模糊的剪影。

　　海拉的头微微作痛，虽然距离还很远，但他已经认出了那个身影，他很奇怪为什么之前看到她时没有这种感觉，也许是更多的记忆在复苏……

　　更多的记忆碎片涌入他的脑海，他看到无数的工人和奴隶在烈日下劳作，成片的砖窑日夜冒着黑烟和火光，河岸的森林被砍伐一空，为了取得烧砖的泥土而挖空的大坑变成了小湖……众神时代的消失虽然解除了人类身上的枷锁，但人类在心理上还未获得独立，至少居住在两条大河中间的这些居民对众神时代尤其向往。人类是一个奇怪的种族，有时候他们非常健忘，但有时候他们的记忆力又出奇地好。苏美尔人——海拉作为肖恩时，曾经读过关于两河流域的书，才知道现代人类将他们称为苏美尔人——他们忘却了众神时代遭受的奴役，却记得众神在灾害之年给他们带来的庇护。在诗人的笔下，众神时代成为人人向往的黄金时代，苏美尔人认为是人类的罪孽导致了众神不悦，所以众神抛弃了人类返回天庭。为了获取众神的原谅，苏美尔人开始修建通天塔，妄图以凡人之躯觐见神灵。

　　海拉经过这座通天塔时，也被那座高塔深深地震撼了，即使是众神时代，人类也未曾修建过如此高大的塔庙。虽然还远未触及天庭，但已经非常惊人。也许是苏美尔人的虔诚打动了海拉，也许是这里的喧闹繁华打动了海拉，他在巴比伦住了下来，以凡人的身份。时间过得越久，海拉越觉得自己的决定正确，他看到各种新奇的玩意儿纷纷出现，没有神灵的压迫，人类并没有退化成野兽，反而迸发出更活跃的生命力。

　　从开罗来的商队穿过沙漠来到巴比伦，从巴比伦出发的商队又前往了大马士革甚至更遥远的北方。海拉化身一个制绳工匠，在城西的一个角落开了一家制绳铺。但城里不只有他一个神灵，更多的神灵也聚集而来，有些是因为海拉，有些则是恰巧路过，还有一些已经开始习惯以凡人的身份生活。海拉甚至看到一个神灵成为商人，他来海拉的店里购买绳子，他们互相认出了彼此，但也没有揭穿对方。

海拉搓绳的技巧越来越熟练，他成了巴比伦最有名的制绳匠。但人们也对他一直不娶妻感到好奇，当朋友们挑起这个话题时，海拉总是微微一笑并不应答，时间久了，人们也习惯了。

一个寻常的下午，海拉如往常一样坐在柜台后面打盹，最近几天没有新的商队到来，客人也比较少。这时，一个身影出现在门口，挡住了阳光，海拉抬起头，看到了那个身影。

记忆和现实的画面交叠在一起，海拉缓缓地走上前去，五千年的时光之河在他脚下缓缓流过。在巴比伦塔上的那种感觉又来了，他看着那个濒死的女人，无尽的悲伤，但又有所不同。这一次，海拉感受到了更多肖恩没感受到的东西，还有愤怒，被彻底背叛的愤怒。

但此刻，一切都留在以后再说吧，海拉走到那个身影面前，沈晓琪微笑地看着他，就像巴比伦那个遥远的尘土飞扬的下午。

"你好，海拉。"沈晓琪说。

尽管他们才分别不到一个星期，但海拉感觉他们刚刚跨越了五千年的时光才重逢，不管他们之间发生了什么，那一定是某种刻骨铭心的难以磨灭的记忆。

"你好，沈晓琪。"海拉说。

阴 谋

坏消息接踵而至，追随阎摩的神灵已经所剩无几，莫特召唤的神灵在四处猎杀烈火的成员。无名的神灵纷纷死去，著名的神灵也伤亡惨重。加百列和米迦勒，这两个从最开始就追随阎摩的神灵死于拉斐尔之手，而湿婆和毗湿奴，这两位来自印度的神灵似乎也凶多吉少，他们的敌人迦梨虽未被列入印度三大主神，但却是民间传说中最阴狠的神祇之一，更别说她可能还得到了梵天的帮助。即使梵天不参与此事，也有其他人参与。霜巨人和魔狼的死亡也让阎摩倍感神伤，这么多年来他们只能生活在人迹罕至的地方，躲避着守护者的追杀，终于有了用武之地却要面对如此可怕的敌人。

但是和这些相比，阎摩发愁的是，他以后大概再也找不到这样的好地方品茶了。洛坦已经转移到中南半岛，离开了中国大陆，在此之前，它摧毁了沿途的一切，包括阎摩的凉亭，连片瓦都没剩下。

大手笔啊，阎摩在心里暗叹，莫特，你居然真的召唤了洛坦。当阎摩从新闻里看到地中海大灾变时，还一度对"洛坦"的说法表示怀疑，但是当它在他头顶横冲直撞时，阎摩感受到了它特有的毁灭气息和意志。

阎摩甚至能感受到莫特的喜悦，他筹划了数千年，终于在最合适的时候给出了致命一击。即使人类文明能够从这场前所未有的灾难中幸存下来，也必然元气大伤。也许莫特正在嘲笑阎摩的愚蠢，阎摩所做的一切都在莫特的绝对武力面前不堪一击，任何阴谋诡计都无所遁形。莫特一定已经知晓他唤醒了海拉，但是太晚了，即使是海拉也无法战胜现在的莫特，更无法阻止洛坦。

更不用提阿波菲斯了。

阎摩颤颤巍巍地在一名身穿绿色迷彩服的中国士兵帮助下登上了一艘冲锋舟，另一个几乎还是个孩子的年轻士兵递给他一件橘红色的救生衣，但他马上改变了主意，亲自过来帮助这位白发白须的老人家穿上救生衣。

想必此时海拉和沈晓琪已经见面了，阎摩坐在冲锋舟的角落里，浑身都是泥水，看起来很狼狈，给他穿救生衣的年轻士兵又递给他一罐八宝粥。

海拉、沈晓琪，朝圣之门已经打开，走上你们的朝圣之路吧。

纽 约 长 岛 实 验 室

海拉和沈晓琪一同走进实验室的时候，所有人都在等着他们。

"想必你们都知道现在发生了什么，我们必须阻止莫特，不管我们之前有多少分歧，但我们现在有共同的敌人。"海拉开门见山，他看着眼前的这三个人，他认识凯恩和沃顿，但没有见过温斯顿，"你是谁？"他近乎无礼地问。

"海拉大人，我是温斯顿，一个无名小卒，愿为您效劳。"温斯顿认真地向海拉行了一个古老的礼。

"你不是守护者，你是一个神灵。"海拉仔细打量着他，马上就点破了温斯顿的身份，不管众神更换过多少次躯壳，灵魂的气息却从来不会发生变化。

"当然，没有什么能逃过众神之王的目光。"温斯顿回答。

"肖恩，"沃顿说，"我们知道温斯顿先生的身份，还有沈晓琪和你，也许我们应该叫你海拉？"

"很好，"海拉坦率地点点头，"感谢你们唤醒了我，尤其是你，沃顿博士，我一直很喜欢皮埃尔，现在也是。"

"海拉先生，"凯恩不知道这个称呼是否准确，但他顾不得那么多了，"我不知道你对现在发生的事情了解多少，但我需要你把你知道的一切都说出来，我们也会这么做，也许我们能找到答案。"

"答案就在那里，莫特正在毁灭这个世界，毁灭人类文明，再不做点什么就晚了。"

"没那么简单，海拉大人，"温斯顿谦逊地说，"我们还不知道在巴比伦到底发生了什么，让我直率一点吧，你们不能轻易相信任何人，包括阎摩。"

海拉看向沈晓琪，"你也这么想？"

沈晓琪有些喘不上气，她第一次感受到了从海拉身上传来的压迫性的气息，上位者的神灵的气息，来自众神之王的气息。

"威廉姆。"沈晓琪吐出一个名字。

海拉脸上露出困惑的表情，"威廉姆是谁？"

"不出所料，"凯恩拍了拍桌子，"只有沈晓琪一个人记得那个人，告诉他，沈晓琪。"

等沈晓琪讲述完毕以后，海拉沉思了一会儿，才开口说道："你们是说，沈晓琪的记忆是真实的？那么是谁篡改了我们的记忆？"

"我们可以做一个小小的测试，"沃顿眨眨眼睛，"海拉，你参加过众神之战，埃及神灵有多少人参战，又有多少人幸存了？"

"荷鲁斯和阿努比斯参战，他们都没死。"

"而在沈晓琪的记忆中，威廉姆明确说过他杀死了阿努比斯，埃及神系只有荷鲁斯幸存，但是现实是阿努比斯杀死了威廉姆，然后听从了荷鲁斯的召唤去了战场，并得以幸免，所以埃及诸神幸存下来的是两位，荷鲁斯和阿努比斯。"沃顿说。

海拉和沈晓琪都点点头，沃顿继续说道："那么，我们是不是可以认为，威廉姆死去的那一刻，这个世界的时间线被改变了？你们是否听说过多世界诠释？"

"略有耳闻，量子力学的诠释之一。"海拉说。

"很好，多世界诠释是 1957 年由普林斯顿大学的埃弗雷特提出的一种针对量子力学的诠释，他假设所有孤立系统的演化都遵循薛定谔方程，波函数不会坍缩，而量子的测量却只能得到一种结果，也就是说，量子处于叠加态。埃弗雷特认为测量仪器与被测系统的状态之间有某种关联，称之为相对态。多世界诠释认为，测量带来的不是坍缩，而是分裂。宇宙诞生以来，已经进行过无数次这样的分裂。他说宇宙像一只阿米巴变形虫，当电子通过双缝后，这只虫子自我裂变，繁殖成为两只几乎一模一样的变形虫。唯一的不同是，一只虫子只记得电子从左而过，另一只虫子只记得电子从右而过。"沃顿说，"如果这个理论是正确的，那么我们可以认为，沈晓琪是一个特殊的观察者，她所有混乱的记忆都来自无数次分裂之前的宇宙，威廉姆的死亡导致了宇宙的分裂，沈晓琪就来到了一个威廉姆早就死于古埃及时代的世界，换句话说，我们都没错，只是沈晓琪来到了我们生存的宇宙，替换了本来存在于这个宇宙的沈晓琪。"

众人陷入了沉思，海拉打破了沉默，"所以这就是莫特的计划？他在不断地寻找一个守护者从未出现过的宇宙？一个众神时代延续到今天的宇宙？"

"不得不说，逻辑上听起来似乎很合理，但莫特是怎么做到这一点的？我们都知道，多世界诠释并没有被证实，而且我不认为一个来自远古的神灵会比波尔和爱因斯坦更聪明。"凯恩反对。

海拉并没有感觉到被冒犯，事实上他同意凯恩的说法，"我不相信这是真的，一定有其他的解释，现在发生的一切都在我们眼中，我们没有必要因为沈晓琪的记忆就把一切都复杂化。"

"当然，这只是我的一个推论，不必当真，"沃顿耸耸肩，"只是一种可能性。"

"即使这种可能性是真的，对我们也没有任何帮助，"凯恩断言，"如果莫特真的掌握了寻找平行宇宙的能力，那么，不管我们怎么做，他都能找到一个众神时代延续到今天的世界。"

"如果这是真的，除非莫特自己也是一个观察者，他所做的一切才有意义，不然即使他找到了他想要的世界，那个世界里的莫特也不是最初的那个莫特，而最初的那个莫特，还依然生活在这一切发生之前的世界。"海拉发现了一个漏洞，"那么莫特其实什么都没有改变，因为不管他做了什么，按照多世界理论，他想要的宇宙一定是存在的，他根本不必大费周章去做任何努力，即使他现在突然决定追随我或者突然自杀，他想要的那个宇宙还是存在的，对吗？沃顿先生。"

沃顿不禁惊叹于这位众神之王敏锐的判断力，"你说的很对，除非莫特也和沈晓琪一样，能够穿梭到想要的宇宙去，他所做的一切都才有意义。"

"我不喜欢这个假设，"凯恩说，"这个假设本身就充满了各种假设，而这一切都是因为沈晓琪混乱的记忆。"

"如无必要，勿增实体。"沃顿点点头，"我同意凯恩的意见，多世界的可能性太小了。"然后他转向温斯顿，"博士，你一直没有发言，我想听听你的看法。"

"我同意凯恩的意见，如果你的猜测是真的，那我们还在这里做什么？"温斯顿摊开双手，"只能自认倒霉生活在一个马上就要世界末日的宇宙里好了，而莫特和沈晓琪只是这个世界的过客而已。"

"所以问题的关键是，你们要不要听从阎摩的建议，走进那个地狱之门。"凯恩说，"如果阎摩是错的，那么你们会白白浪费掉你们的生命，也许用你们的生命去直接对抗莫特可能还更有价值。"

温斯顿打了一个响指，他似乎逐渐从对海拉的敬畏中走了出来，"完全正确！如果阎摩没有十足的把握，他必定不会这么做，但不管是对海拉还是对沈晓琪，阎摩对巴比伦发生的事情也模棱两可，而且阎摩对自己如何复活也语焉不详，这不得不让人产生怀疑，所以海拉和沈晓琪不能轻易走进那个地狱之门，除非我们有充足的理由。"

"你们忘了一点，群星的熄灭，"沈晓琪指指头顶上方，听了凯恩和温斯顿的分析，此时她也疑虑重重，"用神灵的语言来说，只有一种怪物能吞噬星空，这个怪物比洛坦更强大，它是黑暗和毁灭的化身——阿波菲斯。它是埃及神话中的魔鬼，它还有一个名字叫作阿佩普，它具有吞噬天地的力量，驻守在太阳船经过的第三王国，每当拉神驾驭着太阳船经过时，阿佩普都会向拉神发起挑战，如果拉神失败了，阿佩普将吞噬整个宇宙，太阳永远不会再升起，整个世界将沉沦进黑暗的深渊。如果莫特唤醒了阿波菲斯，我不认为他有能力让阿波菲斯缴械投降。"

"莫特想要的是让众神时代回归，一个沉沦进黑暗深渊的世界对莫特也没有什么好处，"海拉说，沈晓琪的暗示让他也感到不寒而栗，"你是说，唤醒阿波菲斯的不是莫特？"

"我不知道，不管是谁唤醒了阿波菲斯，如果我们不能制止他，那么我们的所作所为都毫无意义了。"沈晓琪有些颤抖。

"也许我们需要的不是魔鬼中的天使，而是天使中的魔鬼，"凯恩满含深意地看着海拉，"海拉先生，任何人都有自己的位置，我们可以做到的。"

温斯顿敲敲桌子，"先生们，我想我已经快找到最后一块拼图了，我有个问题需要请教海拉大人，埃及神系和万神殿的关系是不是不太友好？"

海拉点点头，"如果你们不介意，我可以给你们详细描述一下众神时代的状况，我想凯恩先生和沃顿先生对那段历史一定非常感兴趣。"

"我想所有人都会非常感兴趣，如果你们对众神时代的描述是真的，那将重塑人类的历史。"

"人类的历史远远比你们想象的要复杂，我还记得我第一次'醒来'时的情景，那可能是几十万年之前，"海拉说，"我的第一具躯壳丧命狮口，但当我苏醒之后，我受到的致命伤已经好了。我意识到这是一个新的世界，但我不知道自己为什么会有这种感觉，我清晰地知道自己是降临到这个世界上的，但我不知道我是从哪里来的，后来我遇到的其他神灵也是如此。我死而复生之后，那具躯壳大概伴随了我数千年才死去，但我很快就开始新的生命历程，我拥有不死之躯，受到致命伤害也不会死，除非是直接丢掉脑袋或者被一击致命，但我从未受到那种伤害。随着时间的推移，我的神力越来越强，凡人膜拜我，把我当作神和守护者来崇拜，后来我真的把自己当成了神灵。我想其他的神灵大概也有过类似的经历。又过了很久，也许是几千年或者几万年，我遇到了其他和我一样的人，泰坦、阎摩、维克多、安德鲁、沈晓琪，最后是莫特，但没有人比我降临得更早。我将神灵们组织了起来，建立了万神殿，开始只有我们七个人，后来更多的神灵出现在这个世界上，但只有我们七个被称为始祖。降临时间越早，力量就越强大。但是后来，女神失踪了，没人知道她去了哪里，当然，我们也不太关心此事。

"后面发生的事情你们大概已经知道了，我们高高在上，奴役人类，各自建立自己的神国，利用人类进行战争游戏。我们漠视生命，在我们眼里，人类和野地里的动物并无太大区别。对于他们来说，我们真的是神灵。随着时间的推移，有一些神灵到达了北方的斯堪的纳维亚半岛，建立起了北欧神国，还有的神灵走到了大陆东方的尽头，在东方建立起华夏神系和印度神系，当然还有一些出色的神灵去了南方大陆，他们在尼罗河沿岸建立起了埃及神系。但是每一个神系都有一些神灵高高在上，拥有自己的神国，也有普通的神灵效忠于高位神。我是每一个神系名义上的最高统治者，所以我有很多名字，在北欧我被称为奥丁；在希腊，他们叫我宙斯；在罗马，我的名字是朱比特；在埃及，我是太阳神拉。

"但是就像人类历史上曾经发生过的事一样，强大的封建领主开始挑战国王的权威，也有人试图打倒我，但他们都失败了。其中埃及神系是最强大的神系，也是反叛之心最重的神系。魔鬼降临之后，先摧毁了华夏神系，我亲眼目睹了阎摩被魔鬼杀死，我知道魔鬼还会继续前进，连强大的华夏神系都无法抵挡魔鬼的侵袭，那么就没有单独的神系能抵挡魔鬼，所以我发出了召集令，要求所有的神系都聚集到波塞多尼亚，我们将在波塞多尼亚和魔鬼们决战。"

凯恩举起一只手打断他，"抱歉打断你，我想知道波塞多尼亚在什么地方？"

"在地中海里，距离克里特岛大约 200 千米的水面以下，也就是传说中的亚特兰蒂斯所在地。"沈晓琪补充道，"波塞冬是这个神国的主人，后来众神之战唤醒了洛坦，它引发了强烈的地震，导致海水从直布罗陀倒灌，淹没了一切。"

海拉赞许地点点头，接着说下去："收到了我的召集令以后，印度神系、北欧神系和希腊神系听从了我的召唤，他们都派出了主力部队，包括高阶神灵和他们麾下的低阶神灵、神军，当然还有人类的军队。但埃及神系拒绝了我的召唤，只有荷鲁斯和阿努比斯两人前来助战。战火从北欧燃起，决战之日来临之际，战斗非常激烈，山崩地裂，波塞多尼亚几乎被夷为平地，天空落下炙热的火雨，大地开裂，魔鬼们甚至召唤了地狱中的恶龙，我想人类一定目睹了这番景象，将这场战争写进了他们的神话传说中，比如北欧神话中的诸神黄昏，那头恶龙被叫作尼德霍格。

"战斗双方打得难解难分，尼德霍格的出现搅动了战斗的平衡，神灵战败了，无数的神灵和人类都死去了，如果埃及神系参战的话，恐怕众神之战不会是这种结果。后来我才得知，埃及神系在开战前就被魔鬼屠戮一空，当然，如果他们接到我或者荷鲁斯的召集令就赶来参战，他们也不会死。我们的战斗唤醒了沉睡的洛坦，它摧毁了一切，包括战场的所有痕迹。

"始祖都没有死，还有很多神灵都幸存了下来，但已经没有人敢公开露面，魔鬼通过我们施展神力来定位追杀我们，只要我们不施展神力，他们就无法识别我们。后来的事情，我想你们都已经知道了，但是在巴比伦发生的那场反叛，我已经不记得了，那部分记忆似乎缺失了，但我记得曾在那里见到过沈晓琪。

"其实众神时代给人类留下了很多印记，人类的好战和征服欲，恐怕就是神灵战争游戏的残留，还有各个古老民族对众神时代终结的传说，不管是埃及人、北欧人、中国人还是玛雅人，这些古老的民族都以不同的方式记载了那场战争和大洪水。《圣经》中长寿的诺亚和他的后裔们也是人类对众神时代的神灵悠长生命的残留记忆，而伊甸园很可能就是万神殿所在之处。柏拉图的《对话录》中对亚特兰蒂斯的描述来源于更远古的传说，他描述的就是众神之战的战场。"

"那场战争，究竟发生在什么时候？"沃顿紧紧地皱着眉头，"据我所知，关于地中海的形成如果真的像你们描述的那样，那么它的形成时间对不上。"

"没错，这正是困扰我的地方，"海拉坦率地说，"我查阅过资料，即使按照运动形成说，地中海的形成也是数百万年之前，但众神之战绝非那么久远。"

"大约四万年前，"温斯顿突然打断他们，"人类学家将四万年前称为人类文明的大跃进时期，也有人将那个时期称为旧石器时代晚期革命。根据考古发现，四万年前，人类突然学会了在岩壁上创作壁画，发明工具，戴上项链和手镯……艺术、宗教等几乎是在一夜之间出现的。在此之前，人类只是一种浑浑噩噩的生物，许多科学家都怀疑四万年前发生过一件足以改变人类命运的事情，现在看来，也许就是众神时代的结束。"

"非常有可能，"海拉敬佩地看着温斯顿，"在那之后，我和忠于我的神灵开始向人类传播文明。如果众神之战中众神战胜了守护者，那么很可能现在的人类文明根本不会出现，这是人类的幸运。"

"但是在我的记忆中，众神之战没有你所描述的那样势均力敌，"沈晓琪对海拉说，"阎摩曾亲口告诉我，神灵在那场战役中几乎没有还手之力，哪怕埃及众神参战了也不会对结果有丝毫改变。"

"又一个记忆偏差点，"温斯顿提醒道，"这些信息都是有用的，莫特正在召唤远古死去的神灵，也许他的目的比我们想象的还要复杂。"

"我们不能再拖延了，如果进入地狱之门是唯一的方法，那我们必须要动身了。"海拉说，他看着沈晓琪，"沈晓琪，我知道阎摩已经和你谈过。"

"再给我一晚上时间，"温斯顿扫视着众人，"明天我会给出最合理的建议，我现在需要认真思考一下，我感觉我已经快接近真相了。"

"我同意，"凯恩说，"在没有完全搞清楚真相之前，我对你们进入地狱之门的行为持异议。"

"但是我们的时间不多了，"沈晓琪轻轻摇头，"洛坦已经肆虐了中国和中南半岛，它的强度没有减弱，已经开始朝印度次大陆移动了，我如果没有猜错，它已经进入了孟加拉。"

"它到底是什么怪物？"凯恩问，"我是说，我之前并不相信你所说的，但现在它看起来好像是有意识的，那看起来确实不像是一个普通的台风，而你们刚才说是它制造出了地中海？"

"洛坦既不是众神的一员，也不是魔鬼，"海拉回答了凯恩，"传说父神创造了这个世界，让神灵代替他进行统治和管理，但和所有的传说一样，父神也有敌人。洛坦是大地上的毁灭者，正如阿波菲斯是天空的毁灭者。洛坦没有神智，无法沟通，幸运的是它和它的兄弟阿波菲斯很少会出现在这个世界上，它们陷入了长久的沉睡。

众神之战发生时，激烈的战斗惊醒了洛坦，而这次，我不知道莫特是怎么唤醒了它和阿波菲斯。"

"那么，上一次洛坦是怎么被制止的？"沃顿问。

"没有人能制止它，它只有在得到了丰厚的祭品之后才会满意地重新沉睡。"海拉说。

"什么祭品？"沃顿追问。

"人类的灵魂，"沈晓琪说，"当获得足够的灵魂之后，它才会离开。"

众人都沉默了，他们清楚地知道"洛坦"经过的路径是地球上人口最稠密的区域，尽管现代文明抵御台风的能力已经大大增强，但还是有很多人会在这场前所未有的超级台风中丧生。

"那么阿波菲斯呢？"凯恩打破了沉默。

"它从未被唤醒过，"海拉给出一个不好的回答，"传说中，阿波菲斯被唤醒时，就是世界毁灭的开始。"

"我想，如果把这个世界看成一个母体的话，就很好解释了。洛坦可能是比守护者更高级的病毒清除程序，甚至可能就是一个超级病毒本身，"沃顿有些绝望地说，"而阿波菲斯是系统格式化程序，我们的世界将被格式化。"

"毁灭的尽头，即是重生。"沈晓琪默念道，海拉看了她一眼，"预言的最后一句。"

"就这样吧，"温斯顿结束了这场漫长的谈话，"再给我一个晚上的时间，明天我会给你们一个答案。也许我们还有其他的办法。"

"对了，"大家准备离开时，温斯顿给了一个建议，"我建议你们尽量和家人在一起。"

"当然，我们会的。"沃顿说。

"不，我的意思是，不要让任何一个人独处，不要离开别人的视线，不管任何时候，"温斯顿严肃地说，"也包括你们，海拉、沈晓琪。"

索 贝 克

"你叫什么名字？"荷鲁斯用古埃及语温和地问。

"穆罕默德·莫内姆。"司机用阿拉伯语回答，但他马上就改用古埃及语说，"这是怎么回事？你们是什么人？"这两个游客一上车，莫内姆就有一种奇异的感觉，他似乎在哪里见过这两个人，但自己从未出过埃及，也没有遇到过第二次来卢克索的游客。这种地方，你知道的，一辈子来一次就够了。

"索贝克，"荷鲁斯终于认出了这个畏畏缩缩的司机是谁，他不禁大笑，"阿努比斯，此事应当刻在方尖碑上被世人铭记，索贝克曾为荷鲁斯和阿努比斯亲自驾车！"

"索贝克……我是索贝克……"莫内姆喃喃地重复着，他剧烈地喘息着，把车停在路边，"我是谁？我是穆罕默德·莫内姆，我有两个哥哥和三个妹妹，我是莫内姆，我……"

"你瞧，"荷鲁斯轻声对阿努比斯说，"连接已经恢复，不然我们即使擦肩而过也不会认得出对方，不管索贝克转世成什么人，我们的到来给他造成了巨大的影响，我们正在激活他的记忆。"

阿努比斯冷眼看着快要疯狂的司机，"我觉得他要疯了。"

荷鲁斯耸耸肩，"索贝克从来都不太正常，你是不是忘记了，他是鳄鱼之神。"

"据说我是冥界的审判监督者，"阿努比斯露出一丝微笑，"这不公平，我以为我才是冥界之神。"

说话间，莫内姆已经拉开车门跑了出去，他疯疯癫癫地向远方奔跑，两只手抱着头，好像下一刻他的头就要裂开了一样。

荷鲁斯和阿努比斯也下了车，两个人悠闲地站在路边望着跑进农田的莫内姆——他惊慌失措地冲进农田，然后掉进了灌溉用的沟渠。

"你又可以记下一笔了，索贝克被冥界之神阿努比斯吓得掉进了水渠。"荷鲁斯哈哈大笑。

"这不好笑，"阿努比斯显然没有领情，"看来你的激活计划不太顺利，我突然想起来，索贝克好像是……"他故意皱起眉头，"鳄鱼之神？"

荷鲁斯哈哈大笑，"浑身泥浆的鳄鱼之神，我突然想起来我似乎有四个儿子，他们好像也都在底比斯，至于索贝克——"荷鲁斯向远处望去，莫内姆已经爬出了水渠，水渠里显然没有多少水，他浑身都沾满了泥浆，狼狈地爬上岸然后继续向前奔去，很快就消失在一小片椰枣树后面，"他会回来的，用不了多久。"

阿努比斯耸耸肩，魔术般地从怀里拿出一小瓶威士忌，小口喝了起来。

"我们面临一场真正的战争，我的兄弟。"荷鲁斯突然说，他已经很久没有说"兄弟"这个词儿了。

"真正的战争，不再是那些小把戏。"阿努比斯表示赞同。

"他们要还债，偿还他们欠我的债，他们如果都像你一样认真对待我的召集令，就不会受到今天这种惩罚。"

"搞清楚一件事情，荷鲁斯，我的兄弟，我从来没有认真对待你的召集令，只是我杀死了那个名字叫威廉姆的魔鬼以后，我觉察到他们的确有伤害我们的可能，所以我才去了波塞多尼亚，"阿努比斯说，然后又喝了一口酒，"我不应该和贝斯特分开。"

"不管怎么说，你还有机会拯救她。"荷鲁斯宽慰道。

"但愿如此，"阿努比斯朝莫内姆远去的方向望了望，"我们都收到了来自海拉的召集令，不过无人理睬他，埃及诸神从来都不喜欢海拉，你知道的。"

"海拉，"荷鲁斯伸了一个懒腰，轻蔑地说，"他已经完了。"

他们在沉默中又等了一会儿，直到莫内姆重新出现在他们的视线。他身上的泥浆已经干裂脱落了，留下土黄色的印迹，但莫内姆的眼神已经变了，尽管已经过去了数千年，但荷鲁斯和阿努比斯仍然对那眼神记忆犹新。

"他回来了。"荷鲁斯轻声说，语气中是掩藏不住的喜悦。

"父神在上，"阿努比斯情不自禁地喃喃道，"他回来了。"

"阿努比斯、荷鲁斯，"索贝克显然也认出了他们，"是你们吗？"

"我是荷鲁斯，"荷鲁斯说，"向您致敬，大人。"

"我是阿努比斯，"阿努比斯把酒瓶扔到一旁，"很高兴见到您，索贝克大人。"

索贝克扫视着他们，"谁能告诉我，到底发生了什么事？我为什么变成了一个该死的凡人？"

"我们输掉了那场战争，"荷鲁斯说，"您和其他人都被魔鬼所杀，陷入了永恒的轮回，是莫特大人将您重新拉回世间。"

"莫特？为什么不是海拉？"索贝克冷冷地说，"海拉在哪里？"

"这是一个很长的故事，大人，那么，能否先告诉我们，是谁杀死了您？"荷鲁斯问道。

索贝克满脸都是冰霜，显然荷鲁斯的这个问题对他来说是一种羞辱，但索贝克还是强压下自己心中的不快，"我不知道他的名字，一个无名鼠辈。"

荷鲁斯从怀中掏出一张纸，"让我看看这个无名鼠辈是谁。唔，索贝克大人，您的运气不错，他就在开罗。"

"谁？"

"杀死您的魔鬼，他现在是一名医生，有一家私人诊所，在开罗，他现在的名字是艾哈迈德·赛义夫。"荷鲁斯把纸片丢给索贝克，"您现在只有一只脚踏入人间，如果您想从冥界彻底回到人间，那么您必须亲自完成您的复仇。"

"很好，我很乐意这么做。"索贝克接过纸片，阴沉着脸说。

"如果您需要我或者阿努比斯的帮助，我们会……"

"不需要，"索贝克粗暴地打断了他，"我会完成复仇的，一个人。"

"可是如果您失败了，您会陷入更深的冥界之中，"荷鲁斯坚持说，这的确是索贝克，他们没有认错人，他心想，高傲的索贝克，带着耻辱从冥界归来，他不需要任何人的帮助，"到时候，我们很难再把您从冥界拽回来。"

索贝克眼睛里冒着火，他猛地逼近荷鲁斯，"你听见我说什么了，荷鲁斯，我不会再重复一遍。"

荷鲁斯立即投降，举起双手，"如您所愿，大人，那么，欢迎来到二十一世纪。"

出租车在他们面前绝尘而去，荷鲁斯被呛得咳嗽了两声，阿努比斯却气定神闲，"索贝克向来独来独往，"阿努比斯评价道，"你差点惹怒他了。"

"该死的，这个家伙永远都那么不知好歹，他就不能把我们载到城里吗？"荷鲁斯愤愤地说。

"很显然，索贝克不愿意再为荷鲁斯和阿努比斯亲自驾车，你最好不要再提起此事。"阿努比斯耸耸肩。

于是他们不得不徒步向城里进发，去寻找下一块磁石。

恐　慌

沃顿疲惫地回到家中，妻子已经做好了晚饭。

电视里正播放着"洛坦"的最新消息，正如沈晓琪所料，"洛坦"

果然已经开始进入印度，在它的身后，孟加拉国遭受了严重的人员财产损失。即使没有"洛坦"，孟加拉国几乎在每年夏季都会遭遇大规模的洪涝灾害，今年的"洛坦"更是让这个水灾之国雪上加霜。

气氛很沉闷，孩子们看出了父亲的心情不佳，沉默地吃着自己的晚餐。孩子们已经停学了，学校被暂时关闭了，三次神秘的"震荡"摧毁了许多电子设备，有些地区的电力至今还没有恢复。发生在地中海的大灾变和"洛坦"造成的破坏更是让人们人心惶惶，更别提夜空中消失的星星了。

政府已经发布了宵禁令，他们也只能做到这一点了，到现在为止，没有一个政府能给民众一个合理的解释。发言人只是不停地在电视和收音机里告诉民众尽量待在家中，如无特殊情况尽量避免外出，请保持电视机或者收音机处于打开状态，以便接收官方发布的最新消息。

他们永远也给不了真相，沃顿阴郁地想，他无法想象电视发言人在屏幕里大谈神灵和魔鬼之间的战争，大谈洛坦、阿波菲斯和世界末日的画面。就像他无法想象自己现在竟然与三个恶魔在一起，其中还有两个始祖，更别提两个始祖中还有一个是众神之王。

"你听说在卡兰迪发生的事情了吗？"妻子打破了沉默。

沃顿正在对付一块小牛排，听见妻子的话，他点点头，"听说过一些。"其实并非如此，沃顿对卡兰迪发生了什么一清二楚，被军队摧毁的火巨人，还有所有军队的消失，以及那个地狱之门。

"我听说卡兰迪的人都……太可怕了。"妻子注意到自己的用词，她本来想说他们都死了，但孩子们还在，她不想吓到他们。

"今天晚上我们睡在一起，"沃顿突然说，"从现在开始，我们四个都不准分开。"

"为什么？爸爸。"詹姆斯不满地说，他已经长大了，早就不习惯和父母在一个房间里待着了，更别提还要一起睡觉，而女儿艾利则欢呼起来。

为什么？沃顿无法回答儿子的问题，事实上他也不知道为什么，但直觉告诉他，他相信温斯顿。妻子明白了他的顾虑，事实上人人都听说了有很多人莫名失踪的事情。

沃顿忽略了儿子的抱怨，他说："从来没有人目击另外一个人失踪。"

"就这样，詹姆斯，"妻子斩钉截铁地下了决定，"听你爸爸的。"

沃顿差不多睁着眼睛到了天亮，他不知道温斯顿能不能告诉他们真相。

怀　疑

"你似乎不太信任阎摩？"走出大楼之后，海拉问道。

这是他们互相知晓对方真正身份后的第一次谈话，是始祖与始祖之间的谈话，不再是肖恩和沈晓琪之间的谈话。

沈晓琪站在台阶上，望着远处布鲁克林区稀疏的灯光，这个景象似曾相识，曾经灯火通明、无比喧闹的城市已经变成黑暗的荒原，点缀着些许篝火。他们仿佛回到了上古的荒原，茹毛饮血的人类走出了洞穴，在平原上点亮篝火，照亮那小小的一方光明。他们一定想不到，他们的后代已经拥有了近乎神的力量。海拉看不见她的表情，一种微妙的气氛在他们之间蔓延。他们都知道在他们之间一定发生过什么，但谁都不记得了。

沈晓琪不知道自己是否信任阎摩，毕竟阎摩曾经救了她，沉默了一会儿，沈晓琪才简单地说："他曾从迦梨手中救了我，但我……"

"他也在 15 号公路上救了我，"海拉耸耸肩，事情只过去了几个月，但海拉感觉那仿佛是上个世纪发生的事情了。

"冥王的烈焰将焚烧一切，不管是正义还是邪恶。"沈晓琪轻声吟诵着"烈火"的信条，她的目光落在海拉身上，然后又移向黑暗的夜空，"海拉，我们别无选择，我们明天就去卡兰迪。"她终于下定了决心，不管那是通往地狱还是通往天国的入口，他们似乎已经别无选择了。

"我很想知道在巴比伦到底发生了什么，但是似乎没人告诉我。"

"在我的记忆里，你战胜了莫特，所有后来的这一切都不应该发生，你没有陷入沉睡，所有的神灵都臣服于你，守护者和神灵之间的战争也早结束了，他们一起守护着人类的文明，但我不知道怎么回事，我的记忆被篡改了，也许那是我想要看到的景象。"沈晓琪转过头来看着海拉，不久之前，他还是肖恩，对这个世界的真相和自己是谁一无所知，痛失妻女，好不容易才从颓废和痛苦的泥沼中爬出，但是现在他已经找回了自己。沈晓琪曾经无比希望肖恩能够被唤醒，但是她知道，他们一起杀死了肖恩。海拉不是肖恩，他曾经是大地的统御者，是众神之王。

"另一个记忆偏差？如果我赢得了那场战争，那么又是谁杀死了我？"海拉质疑道。

"也许只是记忆偏差罢了。"沈晓琪简单地说。

"巴比伦塔上的那个女人，也许是你，我曾经目睹了你的死亡。"海拉看着沈晓琪，这个女人有一双漆黑如深潭的眼睛，"但这不是重点，重点是我从那个女人那里得到的预言，也许那才是这个预言的真正来源。如果你真的是从神国降临的，那么这个预言可能来自父神。"

"也许吧。"沈晓琪移开自己的视线，她不想与海拉对视，她还没有适应这些人身份的转变。议长变成了阎摩，肖恩变成了海拉，威廉姆变成了斯诺，而自己……她连自己都无法相信了，她不知道自己还能真正地相信谁。

"你还记得你当初是怎么走进地狱之门的吗？我是说，你突然就那么消失了。事实上我们并不太在意这件事情，毕竟总有人喜欢隐居，就像安德鲁一样，很快我们就把你忘了，我们只知道少了一个神灵。我不了解你，沈晓琪。"

"我不知道，"沈晓琪重复道，"我甚至不知道我是不是你们所说的那个消失的始祖，简直是一团糟。我真的以为自己是一个守护者，肩负着消灭恶魔的重任，而现在，我正在和传说中最古老的恶魔对话，而自己也变成了一个恶魔。"

"世事难料，"海拉表示同意，"但我们不是恶魔，莫特才是。"

"那么你们是怎么称呼守护者的？我知道你们将守护者称为魔鬼，到底谁才是这个世界上的魔鬼？"沈晓琪冷冷地说。

"我喜欢埃克斯和艾米丽，我不太喜欢斯诺，他太颐指气使，"海拉说，"但他是个好人，他只是在尽自己的责任。"

"我不认识斯诺，我只认识威廉姆，他是我的朋友，也许是我唯一信任的朋友。"沈晓琪冷冰冰地说。

海拉感觉到了沈晓琪的不快，他尴尬地沉默了一会儿，才说道："我很抱歉。"

"这不是你的错，"沈晓琪轻轻说，"可是他们都死了，他们至死都不知道他们尊敬的议长，他们的领袖，是一个恶魔。"沈晓琪感到一阵忧伤，但是马上她又觉得自己没有资格对这件事评判什么，她不是也隐瞒了自己的身份吗？

"至少阎摩在那个职位上做得的确不错，那么，我们去哪里？"海拉尽量让自己的语气轻松起来，同时，海拉的大脑一直在运转，他一直在尝试回忆起在巴比伦发生了什么，那段时间之前和之后的记忆都已经慢慢浮现，尽管有一些还很模糊，但总归是回来了，只有在巴比伦发生的事情竟然是一片空白。

"明天见，肖恩。"沈晓琪步伐轻快地走下楼梯，很快就被黑暗淹没了。

海拉看着沈晓琪离去，不知道为什么，他突然有了一种想仔细看看纽约的冲动。迦楼罗从天而降落在他面前，海拉跳上迦楼罗宽厚的脊背，迦楼罗马上就腾空而起，载着他飞进夜空。他们从曼哈顿上空飞过，俯视着身下的"钢铁丛林"，月光倾泻下来，给这片"钢铁丛林"染上了一片朦胧的银色，这座地球上最发达的城市现在已经毫无生机。紧接着迦楼罗从高空俯冲下来，狂风呼啸，他们围着自由女神像转了两圈。自由女神戴着桂冠，右手高高举起火炬，左手拿着一本厚厚的书，她脸上的表情一如既往的坚毅，她的眼睛无神地注视着这个即将陷入黑暗的世界。

海拉在黑暗中看着这一切，他从未在这个角度看过纽约，曼哈顿的高楼大厦如加州的红杉一般矗立在海边，海浪拍打着沙滩，发出哗哗的声音。

没人知道莫特这个该死的家伙躲在这个世界的哪个角落。也许他就在这片"钢铁丛林"的某个房间里窃笑，看着阿波菲斯和洛坦摧毁人类文明，看着他召唤的远古神灵摧毁守护者和忠于阎摩的神灵。

今夜，很多人都无法安然入睡。

复仇

与此同时，在大西洋的彼岸，莫内姆已经抵达了开罗，从他苏醒的那一刻起，他就被熊熊的复仇烈火所淹没。当荷鲁斯说出那个名字，索贝克就迫不及待驾车北上，急行了700千米抵达开罗。

他以前来过开罗，这座拥挤的、喧闹的、永远充满了灰尘的巨型城市。索贝克开车从死人城穿过，建在山坡上的萨拉丁城堡宏伟的圆顶在阳光下闪闪发光，四个高耸的宣礼塔像沉默的武士拱卫着这座千年古堡。更远处的西南方，位于吉萨高地的胡夫金字塔群湮没在灰尘和雾霾之中。

莫内姆幼时来到开罗是跟随父亲一起拜访他的叔父一家，他对开罗的印象几乎一成不变，说不上好也说不上坏。但是这次，他已经不是莫内姆，他是索贝克，他能感觉到杀死他的魔鬼就在这座城市里，也许他们以前还曾在茫茫人海中擦肩而过，互相致以礼貌的微笑，但这次，索贝克将给他带来死亡。

这次，他不会失手，不管荷鲁斯和阿努比斯是怎么做到的，索贝克绝不会让上次的悲剧再次发生。

时 之 间

第二天，海拉准时来到研究室，他推开门进去的时候，看到其他人都已经到了。温斯顿的眼睛里布满了血丝，烟灰缸里的烟头已经堆积如山，他显然一夜未睡，但精神非常亢奋。其他人也好不到哪里去，凯恩坐在一张椅子上，面色冷峻，一言不发，而沃顿和沈晓琪则轻声交谈着什么。

看见海拉走进来，沃顿和沈晓琪停止了交谈，温斯顿向他点点头，说道："海拉先生，我想你们要慎重考虑阎摩的建议了。"

众人的目光都聚集到了温斯顿身上，海拉扬起眉毛，"你发现了什么？"

"想必你们已经知道了沃顿先生的想法，"温斯顿说，"我们可能生活在一个母体中，神灵则是拥有了超出自身权限的真实投射体，而守护者是系统的安全程序。"

"这是目前最合理的解释，"凯恩说，"当守护者无能为力时，系统就启动了更强有力的清除程序——利维坦和阿波菲斯。"

"如果是这样，众神之战其实是一场必败的战争，现在看来，将守护者称为神罚似乎也没错，"海拉说，"我们这些神灵本就不该出现在这个世界上。"

"没错，所以众神之战之后，这个世界上已经没有那么多病毒，安全程序也随之调低了安全等级，不然会造成系统资源的浪费，这也就是为什么守护者的力量远远没有众神之战时的那么强大，安全程序的力量是和病毒的力量相匹配的。而现在发生的这些'震荡'具有时效一致性，如果你们接受我之前的说法，那么也很好理解了。这种'震荡'是从高维世界直接投射到低维世界的，无法避免，而每一次'震荡'都让我们的世界更不稳定，观察度变得更低，每一次'震荡'都让我们的世界走向崩溃，所以现在出现了两片相同的树叶，因为系统的资源已经开始不够用了。最终这个世界也许会重新回归混沌，所有的一切都化为波函数概率云，直到……"

"所以，我们这个世界最初在没有观察者的时候，本身就处于一种混沌的状态？"沃顿问道。

"没错，可以这么理解。"温斯顿回答。

"那么，怎么解释考古发现的化石和测定的地球年龄？"

"你的理解有误，沃顿先生，如果第一个观察者出现在十万年前，那么我们可以认为我们的世界实体化的历史是十万年，但前面四十六亿年，不，宇宙一百三十八亿年的历史也在瞬间坍缩了，这些上百亿年的历史的可能性都已经以波函数的形式存在着，它们本身就是波函数坍缩后的结果。"

"我明白你的意思了，"海拉点点头，"我和皮埃尔也讨论过这个话题，时间本身是不存在的，时间是测量的产物，作为虚拟世界的最高神祇，皮埃尔能随意计算虚拟空间的时空。"

"高维世界和低维世界的差别可能远大于计算机虚拟世界和低维世界的差别，很可能已经超出了我们想象力的极限。"温斯顿点点头，"所以对高维世界的猜测都是毫无意义的。"

海拉仔细回忆着在虚拟世界中的经历，突然，他想到了什么，轻轻说了一个词："时间。"

"你说什么？"温斯顿没听清，其他人也竖起耳朵。

"我是说时间。"海拉说，他讲述了肖恩在皮埃尔的世界里经历的一生——而皮埃尔可以随意选择任何一个时间点进入肖恩的人生——以及他们后来关于时间的对话。

> "也就是说，对你来说，我经历的半个世纪的生活只是一排摆放在书架上的书，你可以随意翻开其中任何一本，对吗？"
>
> "很恰当的比喻，但是每本书都是由无数的0和1写成。"
>
> "第一本书和最后一本书并不是同时写成的，只有当最后一本书写完摆上书架，这个书架才完整。但是已经写完的书是已经发生的过去，而过去的历史已经不可更改，所以你只能翻阅，但不能修改它们。而你进入了我和珍妮前往安的毕业典礼的时间点，你从那里把我拉出来，所以从因果律上讲，后面的一切都不会再发生，但我的记忆里却不是这样。"
>
> "后面的一切都发生了，肖恩，我说过，我不能衡量时间，所以我理解不了你的问题。但我可以告诉你的是，任何一本书的改变所产生的扰动都会向所有的书传递。而且，这并不是真实世界，不要以真实世界为蓝本来衡量这个世界。"

听完海拉的讲述以后，温斯顿点点头，"可是我们的世界也未必是真实的，甚至高维世界也未必是真实的，但是有一些规则是每一个世界都相通的。"

沉默了一会儿，沃顿第一个明白了温斯顿的暗示，"你是说，历史是可以改变的？"

"对于像我们这些信仰物理学的人而言，过去、现在和未来的区别只不过是一种顽固持续的幻象。"温斯顿说，"这句话来自阿尔伯特·爱因斯坦，这位天才的科学巨人可能已经触摸到了这个世界的某些本质。我一直在想，人类历史上出现的这些科学天才和思想巨人是否都获得了来自高维世界的某些启示，在机缘巧合下实现了与高维世界的连接，从而窥视到了这个世界的真相。让我们回到那个双缝干涉实验吧，在爱因斯坦诞辰一百周年的纪念大会上，他曾经的助手惠勒提出了一个双缝干涉实验的改进实验，如果我们用涂着半镀银的反射镜来代替双缝，那么一个光子有一半可能会通过反射镜，还有一半的可能被反射。如果我们把反射镜转动一下，让它和光子入射途径呈 45 度角，那么它一半可能直飞，另一半可能被反射呈 90 度角。让我们再加一块全反射镜，让这两条分开的岔路再交会到一起。在终点观察光子飞来的方向，那么，我们就可以确定它究竟是沿着哪一条道路飞来的。当然，我们也可以在终点处再插入一块呈 45 度角的半镀银反射镜，这又会造成光子的自我干涉。如果我们仔细安排位相，我们完全可以使在一个方向上的光子呈反相而相互抵消，而在一个确定的方向输出。这样的话我们每次都能得到一个确定的结果，此时光子必定同时沿着两条途径而来。这就是著名的延迟实验，你们不必完全弄懂这个实验的原理，你们只需要知道，这个实验推理出一个事实：我们可以在事情发生后再来决定它应该怎样发生，换句话说，"温斯顿停顿了一下，"我们的观测行为本身参与了宇宙的创造过程，而我们所见的现实并不是唯一的解。"

"如果这个实验是真的，"海拉说，"是不是说明一切已经发生的事情，都可以被改变，通过某种特定的观察方式？"

"这个实验已经被证实了，惠勒提出这个设想的五年后，马里兰大学的卡洛尔·阿雷和他的同事们真的做了一个延迟实验，同时慕尼黑大学的一个科学小组也完成了这个实验。"

"但是这只是微观条件下的情景，未必在宏观环境下适用，就像牛顿三大力学定律只适用于宏观的物体，而微观世界是量子力学的领域。"沃顿质疑道。

"把微观世界和宏观世界割裂开是一种愚蠢的行为，"温斯顿不客气地说，"宏观世界的基石是微观世界，宏观世界的所有物理学定律都根植于微观世界，而且，更重要的是，延迟实验在宏观世界也被证实了。70年代末，瓦尔希等人用光学望远镜发现了一对类星体。它们的亮度差不多，而且在光谱中有相同的发射谱系，它们曾被认为是两个不同的类星体。然而现已证明，二者实际上是一个类星体由于引力透镜原理所成的两个像。而这个双像是在地球上进行宇宙尺度的延迟实验的天然光源。科学家将望远镜分别对准两个类星体像，利用光导纤维调整光程差，并将光子引入实验装置，完成了星际规模的延迟实验。实验结果进一步表明，我们是否插入第二块半镀银反射镜B，决定了上亿年前就已发出的光的路线，物理世界的定域性在此被彻底推翻。"

"所以，莫特正在改变历史，重塑现实。"沈晓琪喃喃地说，温斯顿的话让他们陷入了一种极度困惑的状态。

"没错，"温斯顿点点头，然后他看着沈晓琪，"现在我们可以解释一下沈晓琪的记忆偏差了。如果阎摩所言不虚，那么我们可以认为所谓的地狱之门是通向高维世界的入口，沈晓琪曾经回到过高维世界，所以当她重新回到低维世界之后，她成为一个超然的观察者。每一次历史的改变，都会直接影响到我们，而我们绝对不会意识到历史被改变了。但是沈晓琪不同，所有被改变过的历史都是曾经发生过的历史，被沈晓琪这个超然的旁观者记录了下来。沈晓琪曾经记得吉尔伽美什没有死，那么很可能说明真实的历史中，在巴比伦之战中，海拉战胜了莫特。"

"还有我所有混乱的记忆，都是曾经真实发生过的历史？"沈晓琪捂住自己的胸口，感到有些喘不过气。

"没错，我相信莫特一直在这么做，让我们再想想威廉姆和阿努比斯的事情。沈晓琪记忆中的威廉姆最后一次行动是去了地狱之门进行调查，我们可以推测他死在了那里，从他死去的那一刻，历史被改变了。在沈晓琪的记忆中，威廉姆在众神之战之前杀死了阿努比斯，而在我们的记忆里，阿努比斯活到了现在。如果我没有猜错的话，莫特召唤远古神灵，一定是通过某种我们无法理解的方式改变了历史。"

"上帝啊，他是怎么做到的？"沃顿惊叹道。

"不管怎么说，他已经成功地扭转了巴比伦之战的结局，他现在正在做的是扭转众神之战的结局。"温斯顿冷静地说，"而这一切都发生不久，我想也许是越久远的历史越难以被扭转，莫特一开始召唤的神灵都是众神之战之后死去的神灵，这些神灵无法扭转主线历史，但是也可以对历史产生微小的扰动，慢慢改变神灵和守护者之间的力量平衡。当神灵的力量增强到一定程度时，莫特就拥有了开启地狱之门的力量，只有通过地狱之门，他才能越过众神之战那个重要时间点，触碰到众神之战之前死去的神灵。莫特的终极目的是复活众神之战前就死亡的埃及诸神。在沈晓琪的记忆中，神灵在众神之战中表现得不堪一击，但是现在我们的记忆里，众神之战中的力量对比已经没有那么悬殊，如果埃及诸神参战，众神还有胜利的希望，所以历史正在被慢慢改写。在沈晓琪的记忆中，阿努比斯并未参战，但威廉姆死去以后，历史已经被改变，阿努比斯参加了那场战争，而且和荷鲁斯一起幸存了下来。如果我的推断是正确的，那么莫特现在正在复活更多的埃及神灵，每一个复活的埃及神灵都会改变一次历史，直到众神之战的平衡被打破，那么结局将会被改写，历史会重新坍缩成众神战胜守护者的历史，那么众神时代将一直延续到今日。而你，海拉，你依然是众神之王，你将永远不知道历史还会有今日这个走向。沈晓琪将记得这一切，但是没有人会相信她的话，所有人都会认为她是个记忆混乱的疯子，也许在另外一个时空，她的一生将在精神病院中度过，正如我们之前认为的那样。"

"天哪……"沈晓琪捂住自己的嘴巴，"太可怕了。"

"你们可以回忆一下莫特唤醒的神灵的顺序，都是从近到远，唤醒越古老的神灵要求的条件一定也越高，我们的历史其实已经被改变许多次了，如果没有沈晓琪，我们永远也意识不到这一点。莫特现在做的任何一次搅动，都会向过去和未来传递，我们现在知道阿努比斯和荷鲁斯幸存了，但是可能明天我们就只记得阿努比斯、荷鲁斯还有其他埃及神灵幸存下来了，而沈晓琪则会告诉我们又出现了新的记忆偏差。"温斯顿接着说，"至于莫特为什么能获得这种能力，我们就不得而知了。也许他真的窃取了沈晓琪从高维世界获得的力量，也许正是莫特对历史的搅动，导致了世界越来越不稳定。"

"如果真的是这样，莫特为什么不自己走进地狱之门，那样不是能够获取到更多的力量吗？"海拉质疑道。

"也许他不想做一个超然的观察者，"温斯顿耸耸肩，"也许那真的是一个地狱之门，谁知道呢？"

他们沉默了一会儿，凯恩问道："如果我们把你刚才所说的话进行录音，那么如果历史改变，我们从录音里是否能发现？"

"不能，"沃顿摇摇头，"很可惜，局长先生，不管是录音还是纸质文件，都已经成为历史的一部分，所有的一切都会被改写，就像我们没有办法抓着自己的头发使自己离开地面。"

"完全正确，"温斯顿打了个响指，"幸运的是，我们有一个沈晓琪。不管河水如何流动，我们都有一个礁石作为参照点。"

"可是，我们该怎么阻止莫特？"凯恩提出自己的疑问。

"很简单，"温斯顿冷冷地说，"莫特现在正在通过唤醒死去的埃及神灵来改变历史，要想阻止他继续改变历史，我们就必须阻止他继续唤醒埃及众神。"

凯恩似乎意识到了什么，他问沈晓琪："晓琪，众神之战幸存的埃及神祇有几位？"

"荷鲁斯和阿努比斯，这是在威廉姆死后发生的改变，在改变之前，我记忆中只有荷鲁斯独自幸存。"沈晓琪马上就明白了凯恩的意思，然后她看到凯恩的脸色一下子就变了。

"他们刚刚唤醒了索贝克，我们都知道有三个埃及神祇幸存了，荷鲁斯、阿努比斯和索贝克。"海拉面色阴沉，"该死的，温斯顿，你的猜测是对的，莫特真的在改变历史。"

"还有一个阻止莫特的方法，那就是摧毁地狱之门，但我们不知道应该如何才能做到，相比之下，我认为阻止他们唤醒埃及众神更为可行。"温斯顿说，"除非我们真正洞悉了地狱之门的秘密，知道如何能摧毁它。"

"可是，我们应该如何阻止莫特复活埃及神灵？我们根本不知道他是怎么做到的。"海拉苦恼地说。

"耶梦加得第一次出现在哪里？"温斯顿提醒道。

"瑞典……"沈晓琪思索着温斯顿的话，"斯堪的纳维亚半岛，北欧……"

"这不是巧合，"温斯顿意味深长地说，"死去的众神有很大概率会在原地附近重生，他们的灵魂会在死亡之地徘徊，古埃及那些死去的神灵很可能依然在埃及。而且，要改变历史并没有那么简单，唤醒亡者是第一步，亡者完成复仇，才能真正让他们想要的波函数坍缩成为确定的历史。所以，当威廉姆死去的那一刻，历史才被真正改变。"

"即使我们杀死莫特也于事无补，"海拉说，"复活埃及神灵的命令已经下达，当众神之战结局被改变的那一刻，我们的历史将立即被扭转到众神依然统治这个世界的时代，这才是莫特想要的。他知道自己无法同时对抗阎摩和我，他召唤的其他神灵都是为了掩饰他真正的目的——开启地狱之门，召唤埃及古神。"

"等等，有一个问题，既然他已经开始召唤埃及古神了，"沃顿有些困惑，"我们刚刚进行的谈话也已经成为历史，如果时间线正在被改变，也许在刚才我们谈话的时候，他们复活了索贝克，改变了历史，那么我们为什么还能记得刚才的谈话？我的意思是，如果谈话的内容有了变化，沈晓琪一定会发现。"

"主时间线被彻底改变是一件很难的事情，微小的搅动将在众神之战之前的埃及发生，如果我的推理没有错的话，每一个被复活的埃及神灵都需要重新与杀死他们的守护者战斗，如果他们战胜了守护者，这个搅动才会影响到后来发生的众神之战的力量对比。而在众神之战的结局没有改变之前，众神之战这个事件就好像时间之河中的一道水坝，会把大部分搅动都阻拦在这个时间点之前，所以对我们的影响并不大。但是众神之战的结局一旦被改写，就是水坝溃堤之时，汹涌的洪水会顺流而下，所有积累的搅动都会传递到今天，彻底改变这个世界。"温斯顿说。

"按照众神时代的规模，这个世界上的人类也许只有几百万，几千万？那么多出来的几十亿人和人类创造的文明会被直接从这个时间线抹除，可能包括我和沃顿这些普通人，而这个世界还会在众神时代继续沉沦。"凯恩浑身都是冷汗，"没有人会记得时间还会有这个走向。"

"这正是莫特想要的，不是吗？"温斯顿冷冷地说。

"你说的对，众神之战失败之后只有一种结果，那就是众神会躲藏起来，后面发生的事情都还会按照大致的走向继续前进，我依然会选择封印神灵，而巴比伦之战也同样会发生，"海拉说，"我们不知道什么时候才会溃堤，但我们只能在溃堤之前尽快阻止这个进程，而且在接下来的时间里，历史会被不停地改变，而我们不会有丝毫察觉，如果回到了众神时代，我们依然会是高高在上的神灵，如果有人跟我说起时间会有另外一个走向，我会笑他痴人说梦。"

"我们不知道下一次搅动会有多么强烈，"沃顿突然意识到了什么，他急促地说，"也许下一次搅动发生之后，我们就已经忘了这一切，必须立即阻止他们复活下一个神灵，阻止下一次搅动的发生。"

"所以，我们必须前往埃及，阻止埃及众神复活，"温斯顿对凯恩说，"让你的小伙子们行动起来吧，他们有两个任务：第一，杀死已经复活的神灵；第二，保护杀死过埃及神灵的守护者。"

"我会将情况通报给阎摩，让他召集所有忠于我们的神灵前往埃及。"海拉说。

"还有所有的守护者，"沈晓琪说，"都将前往埃及。我相信所有忠于莫特的神灵都去了埃及。"

"很好，"温斯顿点头，"但还有一个问题，我们有可能来不及阻止埃及众神复活，别忘了，每复活一个神灵，这个神灵就从众神之战一直存活到了今天，天平是在加速倒向莫特一边。我们不知道什么时候溃堤，也许就在明天，甚至下一刻。我们所有人可能都会被直接从这个时间线上抹除，没有人会记得人类文明的一切，所有人都只知道众神时代一直存在，也将永远存在下去。"

温斯顿描绘的景象让众人不寒而栗。

"我们该怎么办？"沈晓琪问。

"朝圣者再次踏上征途。"温斯顿庄重地念出了预言中的一句，"海拉、沈晓琪，认真考虑一下阎摩的建议吧，你们要踏上征途。别忘了，地狱之门连接的是过去和现在，莫特可以利用地狱之门，你们两位始祖没有理由做不到。"

"你是说，我们要去地狱之门？"海拉和沈晓琪对视了一眼。

"是的，你们要去扭转巴比伦战争的结局。"温斯顿说，"你们要去将正确的历史方向扭转回来，吉尔伽美什要战胜恩奇都。"

"斯诺在哪里？"凯恩问道。

沃顿和沈晓琪都摇摇头，沃顿："我已经很久没有见到他了。"

"他一定去找阎摩对质了，"凯恩的目光落在沈晓琪身上，"希望你们的议长能说服他，合作的基础在于开诚布公，不是吗？"

斯 诺

暗影议会空间。

斯诺来到这里时，发现议长正一个人枯坐在一片巨石环绕的火堆旁，眼睛微闭，仿佛一座矗立的雕像。此时，议长的装束和平时截然不同，他没有穿任何现代衣物，而是仅仅在身上披着一件看不出原本颜色的兽皮，身边还放着一根拐杖。

听见斯诺的脚步声，老人抬起头，温和地朝他打了个招呼："你来了，斯诺。"

斯诺走到议长面前，隔着火堆凝视着这个老人。他已经很久没有在现实世界里见到议长了，自从他十五年前从中国来到美国，就再未曾回去。而他也很少进入这个空间，和这种玄乎的东西相比，斯诺更愿意信任现代的通信网。

但现在，所有的通信网都已中断了，轨道上的民用通信卫星失去了踪影，洛坦摧毁了地面通信设施和连接各大洲的海缆，人类社会已经回到了马可尼之前的时代。但这不是斯诺来到暗影议会空间的唯一理由。

"坐吧，"老人朝他摆摆手，"斯诺，你最近一定很忙吧？喝茶吗？"他从火堆上拿下一个冒着热气的铁壶，从身后拿出两只精致古朴的青花瓷碗，"很久没有喝到我亲手沏的茶了吧？"

"议长，你的同伴是谁？"斯诺阴沉着脸问道。

老人没有回答，而是慢条斯理地给两只碗倒上滚烫的茶水，端起一只碗，隔着火堆递给斯诺。斯诺接过碗，端起来一饮而尽，一股奇异的茶香在他唇齿间荡漾开来。他盘腿坐下，把碗放在身边，老人将铁壶重新放在火堆上。

"你一直信任我，斯诺，"老人微笑地看着他，"正如你毫不怀疑我没有在这碗茶里放砒霜，你应该一直信任我。"

隔着火堆，斯诺看着老人，火苗如活动的灵物般舔舐着铁壶，热气和黑烟升腾，老人布满皱纹的脸在阴影中若隐若现，"是的，我信任你，晓琪也信任你，所有的守护者都信任你。那么，为什么不告诉我你的同伴是谁？"

"我没有同伴，你大概已经猜到了，"老人语气平静地说，就像在诉说一件再平常不过的日常小事，"但我们不是敌人。"

尽管已经有了心理准备，斯诺还是感到浑身的血液都涌上了脸，他几乎是从牙缝里挤出了那几个字，"你真的是恶魔？"然后他垂下头，就像一只瘪了的气球，"我都做了什么。"

"我是恶魔，也是神灵；但我并不是恶魔，也不是神灵；我只是被不同的角色称为恶魔和神灵，"老人说，"斯诺，你是个聪明人，不要被这些虚无的名字迷惑了你的认知和思想，你看到了，我所做的一切都是为了猎杀莫特和他的爪牙，我一直在履行守护者的职责。"

"你是怎么做到的？"斯诺抬起头，咬着牙说，"为什么你能伪装成一个守护者？从来没有一个恶魔能做到。"

"我是阎摩，想必你听说过这个名字，"老人说，"我曾经是万神殿的七始祖之一，我是所有神话传说中的死神，我洞悉世间每一个人的内心，任何伪装在我面前都如窗户纸般脆弱。我用他们的眼睛去看，用他们的耳朵去听，用他们的鼻子去闻，用他们的舌头去尝，用他们的心去想，用他们的意识去感受这个世界，我可以成为任何人。"

"死神成为守护者的首领，"斯诺面色严峻，"美国人早就怀疑你了，所以我们才遭受了如此多的质询和刁难，原来美国人一直都不信任我们。"

"他们不信任我们，不是因为他们怀疑我的身份，他们只是不信任不在他们掌控中的力量，"议长平静地说，"如你所见，斯诺，这些年来，我做过任何一件有悖于守护者信条的事情吗？没有。自从我建立暗影议会，和各国政府建立秘密合作之后，守护者猎杀恶魔的效率大大提高了。千万年来，守护者们早就习惯了单打独斗，你们或许可以对付落单的恶魔，但你们都没有意识到，莫特正在重建神军。想想埃克斯的命运吧，如果守护者再不联合起来，他们会被一一清除。"

"这么说，我错怪你了？"斯诺冷冷地说，"你为什么要帮助守护者？这说不通，恶魔和守护者是天生的敌人。"

"真的是这样吗？"老人笑笑，"守护者的信条并不是消灭恶魔，也非守护人类，而是守护这个世界。在这一点上，我们并无不同。"

"这太可笑了，"斯诺摇头，"恶魔也会守护这个世界？"

"斯诺，没有什么是绝对的，有很多事情是你不知道的，"老人笑了笑，"我可以把一切都告诉你。等你听完了，再做决定吧。那时如果你想猎杀我，我不会反抗的。"

"那就请吧。"斯诺没有放下防备。

于是，老人开始了他的讲述。他讲述了众神之战前的时代，讲述了众神之战后海拉对众神进行的封印，以及莫特的反叛。他讲述了众神之间无休止的战争，讲述了巴比伦之战，讲述了莫特的野心和对海拉的折磨，还讲述了忠于海拉的众神在他的率领下如何开启了人类文明的曙光。

斯诺的表情依然冰冷，他警惕地看着老人，"你是说，是恶魔造就了人类文明？"

"造就人类文明的是人类自己。"老人摇头，"早在众神之战前，众神就应该意识到，人类是一个非常独特的物种。他们充满了创造力和想象力，他们在战争游戏中表现出高超的智谋和权术，他们本身就是一个奇迹。而我们只是在几个关键的节点上轻轻一推就够了，他们自己创造了辉煌的文明。我们的使命都是一样的，众神负责教导人类，而守护者则守护这个世界的安全。你们也是真正的上帝之鞭，是众神的监督者。当众神偏离自己的使命时，你们才会出现。"

"你刚才说了，我们其实是一种安全程序，"斯诺强压住心头的震惊，"你是说，我们没有自由意志？"

"谁又能百分之百保证自己有自由意志呢？"老人轻轻说，"这个问题并不重要，重要的是我们如何去完成我们的使命。你看到这个世界发生的一切了，莫特一直都没有罢手，他正在试图摧毁这个世界，他召唤了这个世界最强大的恶魔阿波菲斯，而阿波菲斯正在吞噬一切。当然，你也可以把阿波菲斯理解成一个格式化程序，他想格式化这个世界。同时，莫特正在复活远古死去的神灵，扭转时间线，让整个世界重回到众神之战发生之前的黑暗时代，这些都不是我们想看到的。"

"那么，如何才能阻止莫特？"

"第一，阻止他继续复活埃及众神，每一个埃及古神的复活，都将会在堤坝上掘开一个缺口，如果堤坝彻底崩溃，这条时间线将被彻底改变，我们将回到守护者从未出现过的时代；第二，海拉和沈晓琪必须走进地狱之门，那是一个连接现在和过去的通道，他们要回到巴比伦，去阻止莫特赢得那场战争，将时间线扭转到正确的轨道上。否则，今天这个世界经历的一切都会继续发生。"

"看来你们已经达成共识了，"沉默了一会儿，斯诺才说，他的脸上露出一丝痛苦的神色，"只是我没想到，原来晓琪也是……"

"她是众神的一员，但她从来没有伤害过任何人，"老人说，"斯诺，你认为她也是一个无恶不作的恶魔吗？"

"并没有，"斯诺说，"她是我见过最善良的女孩儿，但她隐瞒了她没有同伴的事实，还有你。"

"你误会晓琪了，她真的一直以为她是一个守护者，直到不久前，我才告诉晓琪她真正的身份，"老人说，"她是万神殿的始祖之一，我相信在巴比伦之战中，她起了关键性的作用。但她受到了严重的伤害，我一直在寻找她和海拉，只有他们两个才有机会扭转巴比伦之战的结局。"

斯诺沉默不语。

"欺骗了你，我很抱歉，"议长推心置腹地说，"但我不得不这么做，如果忠于我的神灵和莫特公然开战，我们会受到来自守护者的围剿，而莫特则会坐收渔翁之利。守护者和忠于我的神灵必须联合起来，我只能用谎言来达到这个目的，我想你一定能够理解。"

"我们该怎么做？"斯诺抬起头，目光穿过熊熊的烈焰落在老人身上。

"你去召集所有的守护者，我去召集所有忠于我的神灵，新的众神之战即将来临，这一次，我们将并肩作战，一起对抗恶魔。"议长庄严地说。

"我会尽到守护者的责任，死神，"斯诺说，"但你记住，这一切都不是因为你，我也不会给你任何承诺，等一切都了结以后，我会来找你，你最好逃得远远的。"

"很好，我们都尽自己的责任。"阎摩微笑着点点头。

卡 兰 迪

即使在太空中，也已经能够看到田纳西州卡兰迪的位置出现的那个巨大风暴。三天前，风暴停止了扩张，但却没有丝毫减弱的迹象。距离风暴 100 千米的居民已经全部撤离，城市和农场被废弃，一夜之间，以卡兰迪为中心的大片区域成为无人区。

凯恩向总统发出警告，地狱之门中很可能会出现更多怪物。总统签署了紧急命令，驻扎在全国各地的美军都在向卡兰迪汇聚，这是一场规模较大的调动。"五角大楼"甚至想将驻扎在海外军事基地的美军悉数撤回，但这些基地大多数都已经失去了和本土的联系，他们在"洛坦"的肆虐下损失惨重。此时，"洛坦"已经横扫了南亚次大陆，留下一片人间地狱。人口稠密的孟加拉和印度南部损失最为惨重，保守估计伤亡人数已经超过千万。但"洛坦"并没有停歇，人们希望它继续前行，向南前往印度洋南方的无人区域。但"洛坦"再一次显示出了诡异的性质，它沿着一条精确的能制造出最大人类伤亡的路径经阿拉伯半岛直奔红海。已经可以预计，"洛坦"将摧毁海湾最富庶的区域，还未完工的世界岛将再也没有机会完工了。

但这并不是结束，科学家根据"洛坦"的初始模型计算，推测它应该在中国南方山区就耗尽能量，转化为热带风暴，进而在中南半岛上彻底消散。但"洛坦"违背了所有的数学模型，它有着人类尚未探明的能量来源。

天上也好不到哪里去，夜空中已经看不到星星了，甚至连太阳系其他行星也已经消失了。这也更坚定了沃顿和温斯顿对自己提出的虚拟世界理论的信心。联合国召开了紧急会议，与会各国经过讨论，很快达成了共识，不管这个世界的真相到底是什么，我们的世界都处于极大的危险之中。亚洲大陆在"洛坦"的肆虐下损失惨重，欧洲大陆则在地中海灾变中遭受致命一击，美洲大陆则出现了地狱之门。世界各国都表示将全力配合守护者和烈火的行动，阻止莫特，如果有必要，他们将向美国本土派遣军队，协助美军防御可能来自地狱之门的恶魔袭击。美国总统毫不犹豫地拒绝了这个提议。

"我们可能都犯了一个错误，"在临时成立的联合作战指挥所里，得知消息的温斯顿评论道，"火巨人从地狱之门里走出来可能只是一个巧合，按照我的推论，火巨人可能出现在地球上的任何一个地方。那些幸灾乐祸地想只看美国人拼命的家伙可能要失望了。"

"这就奇怪了，"一名来自五角大楼的高级军事参谋怀疑地看着温斯顿，"我记得这位先生曾经提到过，恶魔都是从地狱之门走出来的。"

温斯顿不屑地看了一眼那名参谋，完全无视身后的禁烟标识，朝他喷出一股浓重的烟，"你是谁？"

"我是军方派驻 SIB 联合指挥部的罗恩中校，负责协调 SIB 和军方之间的联合行动，"中校参谋涨红了脸，"你又是谁？"

"看来你们还是没有意识到事情的严重性，"温斯顿没有理会愤怒的中校，他转向凯恩。这里是位于马里兰州和宾夕法尼亚州交界处雷文·洛克山中的美国国家预备联合通信中心，有"地下五角大楼"之称。在他们头顶的是 300 米厚的花岗岩岩层，四通八达的坑道构成了一座宏伟的地下城，生活设施齐全，五角大楼和白宫在核战中一旦被摧毁，这里将成为军事指挥中心，最多可容纳 3000 人，"现在发生的事情比核战可怕一万倍。"

凯恩疲倦地看着温斯顿，"博士，按理说我们连这里都进不来，总统才是这里的主人。白宫下令启用联合通信中心，已经说明问题了。"

"至少应该派个将军来吧。"温斯顿把烟头扔进面前的水杯里。

"现在你们知道我当初为什么把这个人扫地出门了吧？"凯恩对沃顿和斯诺说，然后他又转向温斯顿，"博士，我没听懂你的意思，你是说，其他地方还有地狱之门？"

"不是，"温斯顿又点燃一支雪茄，"地狱之门的出现意味着这个世界整体都开始变得不稳定，就像这个世界最开始形成时那样，就像一块要破裂的玻璃，所谓的地狱之门只是一个破裂中心，但这块玻璃本身已经满是裂纹，怪物很可能会在任何一个地方出现。"

"那么，这里安全吗？"沃顿下意识地看了一眼上方，"我们的家人呢？他们安全吗？"

温斯顿吐出一口烟雾，"不知道，但这里至少比地表安全，那些想看美国笑话的国家可不一定笑得出来了。"

"如果不是火巨人从地狱之门里出来，我真不敢相信这一切，"沃顿摇摇头，"博士说的对，耶梦加得和洛坦可都不是从地狱之门出来的。"

"但地狱之门是最容易进入这个世界的地方，"温斯顿说，"要派更多的军队把地狱之门包围起来。"

中校皱起眉头，"我们没有那么多军队，包围圈太大了。"

"那就缩小包围圈，"温斯顿干脆地说，"绝不能让一只怪物溜掉。"

"你知道之前的军队都发生了什么吗？他们甚至连敌人都没有见到就人间蒸发了，"中校冷冷地说，"我不能让我的小伙子们白白送死。"

温斯顿回应了一个冰冷的微笑，"我没想到一个军人也会这么想，新罗马帝国已经这么快就丧失了尚武精神吗？"

"够了，"凯恩敲敲桌子，他看着温斯顿，面色严峻，"博士，你的意思是，那些怪物可能出现在任何一个地方？如果是这样，我们必须把这个信息通知其他国家。"

"那你们可要尽快了，远古存在许多非常强大的恶魔，每一个民族传说中的恶魔都可能会出现。"温斯顿在水杯里弹弹烟灰，"要是莫特胜利了，海拉和沈晓琪也就哪儿都不用去了，乖乖等着继续做万神殿的始祖就行了。"

凯恩没有吭声，他知道温斯顿的意思，如果他们没能阻止莫特扭转众神之战的时间线，海拉和沈晓琪的巴比伦之行也会毫无意义。在时间的流向里，巴比伦之战位于众神之战的下游。海拉和沈晓琪成功的基础在于他们能够捍卫住上游的堤坝。

"你们到底在说什么？"中校疑惑地问，"什么万神殿？什么始祖？"

"你们不需要知道这些，军方只需要把任何一只不属于这个世界的怪物送回地狱就好了，"斯诺说，"但不要掉以轻心，不是每只怪物都像火巨人一样好对付，在军队杀死火巨人之前，魔狼芬里尔已经重伤了火巨人。"

"他是谁？"中校把矛头对准斯诺。

斯诺冷冷地看了中校一眼，"做好你的工作吧，中校先生，我有贵国总统的亲自授权。"

"你要搞清楚一点，中校，我们现在面临的是整个世界的存亡问题，人类是一个命运共同体，如果有必要，我会亲自游说总统邀请中国军队进驻美国一起作战，"凯恩冷冷地说，"现在，让我们看看最新战况吧。"

一名参谋打开了投影机，白色的墙壁上投射出清晰的画面。画面是一架位于城市上空的无人机拍摄的。乍一看，画面上就像灾难片里的场景，高楼大厦的玻璃都粉碎了，有一些大厦被凭空撕裂成了两半，完好的一半摇摇欲坠。到处都是残垣废墟，还没有退却的海水翻滚着混浊的浪花，偶尔还能看到一两艘豪华游艇的残骸在浪花中若隐若现。这座海湾的沙漠明珠已经成了最不缺水的城市。

"这是迪拜，'洛坦'刚离去三个小时，"参谋用激光笔指点着，画面定格在迪拜塔上，迪拜塔被拦腰折断了，折断之处还架在下半部分上，形成一个长长的斜桥，就像一幅超现实主义的画卷，"还没有受害者的精确统计数字，但是看起来这座城市已经没救了。"

"'洛坦'前进的方向是哪里？"凯恩问。

"非洲沿岸，预计四十八小时后抵达红海，"参谋切换了画面，画面上出现了以阿拉伯半岛为中心的地图，一条刺目的红线一直延伸到红海，"按照路径预测，'洛坦'很可能直接冲进非洲大陆。"

"不会的，"温斯顿摆摆手，"你们注意到没有，'洛坦'经过的地方都是人口最稠密的核心区域，它会北上的，如果我没有猜错，它的下一个目标是开罗。开罗有两千多万人口，上次的地中海灾变摧毁了埃及的亚历山大和苏伊士，但开罗距离地中海较远，基本没受到波及。如果我是它，肯定不会放过开罗这块大肥肉。"

"等等，你是说这个风暴是有意识的？"中校用看疯子的眼神看着温斯顿。

"当然，它真的是洛坦，大地吞噬者，"这一次，温斯顿回答了中校，"它不得到足够的灵魂是不会回去的。"

"这太荒唐了，"中校摇头，"有没有国家试着攻击它？"

"当然，中国人和印度人都发射了冷却弹试图扰乱'洛坦'的路径，但导弹的能量马上就转化成了它的一部分，"凯恩说，"聪明的话，就不要去试着攻击它。"

"我关心的是，如果它摧毁了开罗，最伤脑筋的应该是莫特吧？别忘了，埃及众神可大部分都生活在埃及。"沃顿说。

"那你们可要抓紧时间了，莫特一定会在开罗被摧毁之前唤醒所有的埃及神灵，到那时，一切都晚了。"温斯顿慢条斯理地把烟头丢进水杯，发出"嗤"的一声响。

变故突然发生了，灯光全部熄灭，黑暗中，沃顿感到一阵恍惚，一瞬间，他似乎感觉不到自己的肉体了，仿佛又回到了和皮埃尔连接后陷入的虚空噩梦，他的意识飘浮在无穷无尽的虚空里，沃顿感到一阵恐惧，正当他要被恐惧淹没时，红色的应急灯亮了起来，他回到了现实，重新感受到了自己的肉体，他发现自己已经被汗水浸透了。沃顿低头看了看手表，黑暗的时间只过去了几秒钟。

"又一次'震荡'，"温斯顿的声音响起，"每一次'震荡'都会加强宏观物质的量子效应，集成电路很快就会因为量子效应而不可用，要不了多久，人类文明就会告别信息时代了。"

"我感觉我的灵魂差点离体，"凯恩紧紧地抓着座椅扶手，"我知道这种说法很奇怪，但我真的以为我回不来了。"

"的确有人没回来，"温斯顿指指他对面空荡荡的椅子，那里原本坐着中校，"看来我们真的需要一位将军了。"

操作投影机的参谋目瞪口呆地看着空椅子，"罗恩中校去哪里了？"

"观察度在继续降低，我们几个人的观察度已经无法维持非投射体的存在了，"沃顿凝重地说，"再来几次这样的'震荡'，我们将不战自溃。"他这时才意识到他们犯了一个大错误，"我们必须将幸存的人聚集起来，如果他们都待在家里，非投射体都会消失的。"

"已经这么做了，每个城市都建立了一个避难中心，"参谋冷静下来，明智地不再继续追问，"所有幸存者都在朝避难中心汇集。"

"这一次不一样，"斯诺面色冷峻，"我能感觉到，有东西来了。"

"什么？"凯恩定了定神，"什么来了？"

"一些不属于这个世界的东西，"斯诺站起身，"阎摩没有说谎，恶魔正在回归。我要走了，我要去召集所有守护者，战争开始了。"走到门口，斯诺停下，转头说道："希望那位死神没有欺骗我们。"

凯恩说："我们别无选择，但我们会留下我们的眼睛的。"

温斯顿笑笑，"如果阎摩真的有什么阴谋，留多少双眼睛都没用。你们应该庆幸没有与阎摩为敌，他是万神殿七始祖中最狡猾的一个。不过，现在我们的共同敌人是莫特，先把这个该死的世界拯救了再说吧。"

斯诺点点头，阴沉着脸走了出去。

"我们的敌人都有哪些？"凯恩的目光落在温斯顿身上，"你那些关于远古恶魔的故事可以跟其他人说。但我们都知道，传说是一码事，事实又是一码事，很多传说都是人类自己编造出来的，他们对众神之战也根本不可能有明确的记忆。记住了，这一次和那些恶魔作战的可不仅仅是守护者，还有人类军队，他们必须知道他们将面对什么。"

"我真不知道，"温斯顿叹了口气，"你们还没有真正理解观察度意味着什么。"

"你是说，可能出现并不存在过的东西？"沃顿倒吸了一口凉气。

"所有最不可思议的噩梦都会成真，"温斯顿幽幽地说，"每一个民族神话传说中的恶魔都可能出现，即使它们从未真正存在过。"

"为什么会这样？"凯恩面色严峻地问。

"这可能涉及上层世界的本质，"温斯顿慢条斯理地说，"这些天，我一直在想，为什么我们的意识可以突破时间的枷锁，虽然我们已经知道了莫特正在做什么，但我们却不知道这一切为什么会发生。"

"那个延迟实验不是已经说明了吗？"凯恩问。

"不错，延迟实验只是说明这个现象是存在的，但是并没有揭开这个现象的本质，"温斯顿说，"现在我们只知道，时间是不存在的。"

"时间不存在？"

"物理学家都知道，对于光子来说，时间是不存在的，光子诞生的那一刻既是宇宙大爆炸的开始，同时又是宇宙的结局，"温斯顿说，"我们不是光子，但我们也不是我们曾经认为的那样，我们不知道是不是真的存在一个上层世界，我们只是一些被投射到这个巨大的虚拟游戏里的投射体，或者说一切都是我们的臆想，因为这一切都没有得到证实……"

"我对这些不感兴趣，"凯恩打断温斯顿，"博士，不要再抛出什么无用的臆想和观点了，至少目前发生的一切都符合你们之前的推论。"他看了一眼沃顿，"我们现在只能继续往前走，没有其他的路，不会有神来拯救我们的。"

"没错，"沃顿疲惫地说，"我现在只想知道，你的意思是，像路西法这种从未真正存在过的恶魔也会出现？"

"凡所有相，皆是虚妄。"温斯顿突然念诵出了一句佛经，"那么实相是否也会在虚妄中出现呢？如果这个世界真是一场幻梦，既然是梦，就会有美梦，也会有噩梦。所有根植于人们心中的梦魇都会在黑暗中觉醒，每一个民族传说中的恶魔都可能会化形而生，甚至更大胆地设想一下——一些流行文化里的怪物都可能会出现，好莱坞的那些编剧大概功不可没。"

"这太荒唐了，"凯恩不相信地摇摇头，"温斯顿，这么多年你一直没变，你太异想天开了。"

温斯顿毫不在意地点燃一支香烟，同时指指挂在房间里的大屏幕，"那我们就拭目以待吧。"

全　面　入　侵

一片浓雾从天而降，落在新德里的郊外，人们纷纷好奇地张望着，不久之后，他们听见浓雾里传来了一声绵长的号角声，紧接着，大地震颤起来，一个浑身绿色的怪物挥舞着一把巨斧从浓雾中显出身形，它有血红的双眼、朝天的鼻子，两颗獠牙从嘴唇两侧上翻。绿色怪物只在腰间胡乱围着一件兽皮，脖子上挂着头骨项链。它的肌肉隆起，身后是一群骑着足有一人高的巨狼的骑士和绿色战士。它们挥舞着巨斧巨锤和奇形怪状的、粗犷的武器，如绿色的潮水般向新德里扑来。

两个闻讯赶来的印度警察面面相觑，其中一个颤抖着问他的同伴："我说，你玩过《魔兽世界》吗？"

一场前所未见的陨石雨袭击了圣彼得堡，无数建筑物在撞击中化为齑粉。整个圣彼得堡都陷入了一片火海，浓烟散去之后，救援人员才发现那不是普通的陨石雨。一些巨大的三脚机械从火海和浓烟中走出。它们每一个都有五层楼那么高，三条长腿上方是一个圆形的驾驶舱，驾驶舱的下方还挥舞着几只机械触手。它们发射出红色的激光，被激光射中的人顷刻间就变成一副四散的骨架。尖叫声和爆炸声此起彼伏，闻讯赶到的消防员们目瞪口呆地看着数以千计的钢铁巨兽瞬间就摧毁了整个圣彼得堡。

"这么说可能有点奇怪，"一名躲在地下室的救援人员向莫斯科发出警报，"你看过威尔斯的《星际战争》吗？"

同一时间，德国柏林发生了一场 4 级地震，没有建筑物倒塌，只有一些还在街道上巡逻的警车撞在了路边的障碍物上。惊魂未定的人们很快就发现不对，地震虽然停止了，但是大地依然在微微震颤，紧接着，地面上隆起一个个包，就像煮沸的浓汤表面出现的气泡。气泡逐渐胀大，破裂开来，尘土散去，一些奇怪的节肢类昆虫从地底钻了出来。这些奇怪的生灵一看就不是地球的产物，它们有着昆虫般的躯体，拥有六条粗壮的腿，伏地而行，身上是黑红色带着黄色斑点的甲壳，两只前肢挥舞着，前端是利刃般的爪子。它们源源不断地涌出地面，很快就形成了一片虫子的海洋，它们的甲壳上有尖利的骨刺，它们骚动着，嘶鸣着，乱糟糟地打斗着。但是没过多久，它们仿佛接到了一个无声的指令，停止了打斗和嘶鸣，向柏林市中心猛扑过去。

斯堪的纳维亚半岛最北端，这里在北极圈内，常年覆盖冰雪，罕有人迹。这里是传说中冰雪巨人的国度，传说冰雪巨人依然生存在人迹罕至的群山深处。如果这里有一个观察者，他会惊恐地发现这一片亘古不变的冰雪群山如波浪一般涌动起来，山峰崩塌，冰川碎裂，地动山摇，巨大的冰帽撞碎在山谷，雪崩如洪水般肆虐。当一切都尘埃落定之后，一群冰雪巨人出现在冰原上。它们每一个都足有三层楼房那么高，它们的每一双眼睛里都燃烧着复仇的烈焰。

"海拉杀死了始祖，"一个巨人高举起一只手臂，呼喊道，"泰坦的勇士们，为始祖复仇！"

巨人们同时呼喊起来，声浪震天。

…………

"震荡"过后，世界各地的人们都惊恐地发现噩梦成真了，天空中飞翔着种种传说中的巨龙和怪鸟，大地上则凭空出现了各种各样奇异的怪物。有《星际战争》中的火星机器，有来自《魔兽世界》的兽人军团，还有来自《星船伞兵》中的虫族，甚至在某些地区出现了生化危机中的丧尸围城。

在起初的慌乱之后，早就接到怪物袭击警告的各大国的正规军发起了反击。印度军队花了三天时间消灭了入侵的兽人军队，那些绿皮兽人在现代化武器的攻击下几乎毫无反抗之力。它们的巨斧和巨锤在坦克面前束手无策，它们无法砍破坦克的外壳，只能留下几道白印，而它们的绿色皮肤更是鲜明的靶子。人类军队伤亡极少，仅有的几例伤亡报告还是来自印度空军误将陆军当成了绿皮兽人投下的炸弹——幸亏很多炸弹都投歪了，不然伤亡报告肯定要厚上不少。

摧毁了圣彼得堡的火星机械军团志得意满地向莫斯科挺进，当机器人大军行至乌拉尔山脉西侧时，一颗搭载了 20 万吨级的核弹头的"白杨"击中了机器人大军。炫目的闪光过后，一朵蘑菇云冉冉升起，冲击波激起的烟尘散去之后，一切都荡然无存，机器人大军在核弹爆炸的瞬间就蒸发了，大地上只剩下一个深深的弹坑。

柏林的虫族们倒是坚持了挺长一段时间，因为欧洲城市的下水道修建得的确太过宽敞，以至于军队不得不冒险深入地下用火焰喷射器和爆裂弹来清剿残余的虫子。地面上的虫子大部分都被坦克和装甲车撞击碾压成了碎片，因为是在市区作战，坦克投鼠忌器，基本没有动用重火力。在这场奇怪的战斗中，坦克的作用甚至不如重型卡车。虫族们的爪子连最单薄的装甲都撕不开，唯一让坦克手们感到困扰的就是虫族的爪子在金属外壳上抓擦的尖厉声实在难以忍受。

比起柏林的同僚们，伦敦的士兵们就舒服了不少。他们轻轻松松地开着坦克配合着机枪扫射就把不知道从哪里突然冒出来挤满伦敦城的丧尸潮碾成了肉酱，而且没有一只丧尸逃到地底下去。这些蠢笨的丧尸连基本的逃跑都不会。这一切只花了不到两天时间，以至于后来参与清剿的士兵们发现，丧尸们跑了一天一夜早就瘫软在地，他们需要做的只是开车碾过去。这让士兵们不禁疑惑，为什么电影里的丧尸每一个都像不知疲倦的永动机？至于袭击其他欧洲城市的丧尸潮则没有引起多少恐慌，受到伦敦战役的启发，遭遇丧尸袭击的其他欧洲城市纷纷放弃城市的防御，将丧尸潮引进城市，居民们则躲藏在家中或者避难所里。当丧尸徒劳无功地倒在钢筋水泥之外时，军队轻松地开着装甲车和军用卡车就将丧尸们一扫而空。

和这些出现在城里的怪物相比，北欧的冰雪巨人们就没那么好运了。在瑞典、挪威、芬兰三国的联合空军的轰炸下，冰雪巨人们连敌人来自哪里都没有看到就被轰成了碎渣。

这些场景几乎同时在全球各地上演，几乎每一个国家都遭受了严重的袭击，但在训练有素的现代化军队面前，怪物们似乎都不堪一击。只有非洲和一些落后区域的国家遭受了比较惨重的伤亡，但联合国已经名存实亡，各大国早已无暇派出维和部队去帮助其他国家了。

美国国家预备联合通信中心，大屏幕上的画面定格在俄罗斯制造的蘑菇云上。

"总统先生，你都看到了，全世界几乎每个国家都遭到了袭击，而袭击方式也千奇百怪，甚至出现了只在好莱坞电影里才出现过的怪物。"一名军事联络官向总统陈述。

总统死死地盯着已经定格的屏幕画面，他是昨天夜里秘密到达这里的，和其他国家比起来，美国是不幸的，纽约遭到了来自深海怪兽的袭击，每一只怪兽都高达 50 米，电影里的怪兽终于出现了，但美国却没有电影里的载人机甲。

但美国也是幸运的，美国空军的小伙子们在怪兽们登陆前就将它们彻底消灭在大海里。那些怪兽的厚皮根本无法抵挡足以洞穿十层钢板的穿甲爆破弹，但在此之前，它们掀起的海啸就横扫了整个东部海岸，损失惨重。

但这并不是结束，监测发现，有更多的怪兽正凭空出现在近海。于是，每隔一个小时，美国东部的人们就会看到一片飞弹飞过上空，向大西洋飞去。每一颗飞弹都携带着致命的炸药，足以将怪兽们全部消灭在海洋里。美国还算幸运的，总统刚得知消息，有一个身高200米的哥斯拉刚刚在东京湾登陆，日本首相向驻日美军紧急求援。消失已久的耶梦加得居然在中国上海登陆，但这次它面对的可不是毫无防备的瑞典海岸警备队，而是严阵以待的中国岸防部队，它一冒头，就被中国军队的飞弹打成了碎片。

"这到底是怎么回事？"总统严肃地扫视着他的高级幕僚们，"谁能告诉我，为什么这些好莱坞电影里的怪物会来到现实世界？"

西装笔挺的幕僚们面面相觑，将军们也难堪地沉默了。

"我早就说过了，"一个声音响起，众人循声望去，只见温斯顿正仰躺在一张舒服的靠椅上，嘴里还叼着一根雪茄，"先生们，整个世界就是一场幻梦，大厦正在倾覆，维系这个世界存在的基础正在崩塌，所有你们想象过的东西都可能会闯进我们的世界。幸好好莱坞的导演们对现代军队的水平严重低估了，不然……"

总统阴沉着脸，"这一切都是那个黑暗君主造成的？是他制造出这些怪物？我想知道，什么时候才会结束。"

"不，这些怪物和莫特无关，"温斯顿摇头，"这些都是人类自己造成的，是人类最阴暗最可怕的心境折射，最可怕的梦魇都将成真。先生们，真正的战争还没有开始呢，这些只是餐前甜点。"

"你说——真正的战争？"国防部部长一脸严肃。

"莫特的恶魔军团正在聚集，真正的众神之战，再一次的诸神黄昏，"凯恩说，他转向总统，"总统先生，博士说的没错，守护者也正在聚集大军，真正的众神之战快要来临了。"

"那么，在这场战争中，我们能做些什么？"国防部部长问。

"应该是希望我们真的能做点什么，"温斯顿说，"总统先生，你看过我提交给你的报告了吗？"

"当然，"总统点头，"浅显易懂，计划分两步，第一，阻止莫特改变众神之战的结局；第二，让海拉和那个中国女孩回到巴比伦时代，扭转巴比伦战争的结局，在那个时代杀死莫特，我的理解没错吧？"

"当然，但是，如果第一步计划失败了，那么巴比伦战争将不复存在，海拉和沈晓琪将前往一个根本没有存在过巴比伦战争的时代，我们不知道会发生什么。"温斯顿说，"也许他们会死在时空乱流里，也许他们依然会是万神殿的始祖，但永远不会记得发生过的一切，他们会认为万神殿一直统治着大地。忠于阎摩的神灵已经悉数前往开罗，他们正在试图阻止埃及古神的复活。斯诺正在召集守护者大军，准备与莫特的恶魔军团决一死战。这是一场决定这个世界命运的战争，如果我们输掉这场战争或者没能阻止埃及古神复活，我们都会失败。只不过，一个结局是这个世界彻底毁灭，一个结局是世界重返黑暗时代。目前看来，对人类来说，哪一个结局都不太好。"

"那么，海拉和沈晓琪是否已经进入了地狱之门？"总统问。

"现在还不行，"温斯顿晃晃手指，"地狱之门还未真正开启，只有当有确实死于远古的神灵从地狱之门走出来，才能说明通向远古的通道已经打开。"

"但是，莫特不是已经开始复活埃及古神了吗？他是怎么做到的？"凯恩投去一个怀疑的眼神。

"我不知道，"温斯顿干脆地说，"没人知道莫特是怎么做到的，他肯定掌握了连接远古通道的开启方法，但要想大规模复活远古神灵，必须借助地狱之门。"

"我记得你说过，"沃顿突然想到了什么，"埃及古神是众神之战前就被杀死的，所以他们没有参加众神之战，莫特复活他们是为了让他们参加众神之战，那么地狱之门一旦真正开启，如果他复活了更多众神之战前死去的神灵，那么我们阻止埃及众神复活还有什么意义？"

"当然有意义，埃及众神是诸神系中除了华夏诸神之外最强大的。他们也是最不服万神殿权威的神系，埃及九柱神认为自己才是万神殿的主宰，"温斯顿说，"如若不是守护者突然出现，埃及九柱神早晚会向万神殿发动战争。"

"如果是这样，莫特为什么不选择复活华夏诸神呢？"总统提出疑问。

"很简单，因为那些东方的神灵早就和万神殿若即若离，他们根本没有参战的意愿。当然，最重要的原因是守护者一开始就出现在东方，他们首先摧毁了华夏神系，华夏神系根本没有参战的机会。但埃及神系不同，他们接到了海拉的命令，荷鲁斯和阿努比斯都率先参战了，其他埃及神灵如果未被暗杀，他们一定会追随阿努比斯和荷鲁斯。"温斯顿顿了顿，才继续说道，"不过，如果莫特真的复活了众神之战中被守护者杀死的神灵，他们要想真正复活，也必须先完成复仇，这可不是一个小工程，没人知道到底有多少守护者隐藏在世间，也许恶魔需要将全人类都杀死才能做到这一点。"

"这不是他们正在做的吗？"一个五星上将冷冷地说。

"那么，温斯顿博士，我们的胜算有多少？"总统问道。

"莫特为了这场战争已经准备了数千年，而这些年里，唯一可能战胜他的海拉一直在沉睡，"温斯顿说，"而守护者的力量也一直在衰退，即使守护者大军和忠于阎摩的神灵大军联合起来，也很难是莫特的对手。"

"博士，现在不是卖关子的时候，"凯恩说，"说重点吧。"

温斯顿点点头，"但是，莫特有一个致命的缺点，他一直瞧不起人类这个种族，他也一直是万神殿里对待人类最残暴的一个。莫特认为人类是低等动物，是没有灵智的奴隶，尽管他也享用着人类发明的文明成果，他出门也会坐汽车和飞机，也会用最新的 iPhone，但他认为这一切都是父神借人类之手赐予他的。而我们可以利用这一点。我们的第二步计划也一定在他的意料之中，莫特一定会设法阻止海拉和沈晓琪走进地狱之门，所以我们必须打通前往地狱之门的道路。"

"可是现在没有人能靠近卡兰迪，"一个参谋皱起眉头，"所有靠近卡兰迪 100 千米以内的人都会人间蒸发。"

"那是因为你们派出的军队还不够多，消失的都是非投射体，投射体是不会消失的，"温斯顿似笑非笑地看着总统，"总统先生，咱们不是有很多核弹吗，你看看俄国人……"

"如无必要，我绝不会下令在美国本土引爆核弹，"总统阴沉着脸，"这是对美国人民极不负责的行为。"

"那可太可惜了，"温斯顿遗憾地说，"再来几次'震荡'，你想不负责可都没有机会了。"

"这个人说得对，总统先生，"国防部部长看了温斯顿一眼，"我们 80% 的核弹发射井已经失灵，剩下的 20% 还是奋力抢修的结果，这种'震荡'会破坏我们的电子设备。技术人员拆开了电路板分析，一些电路在很微小的尺度上发生了相互融合的现象，再来几次'震荡'，恐怕我们就要退回工业时代了。"

"量子效应正在向宏观世界蔓延，"沃顿严肃地说，"在提交给白宫的报告里，我们已经做了充分的说明。"

这时，一个参谋敲门走了进来，神色紧张地说："总统先生，卡兰迪有动静了，高空预警机拍到了清晰的图像。"

很快，他们就在大屏幕上看到了由 MQ-1 捕食者和坎大哈野兽拍摄的高清图像，只见地狱之门犹如一个顶天立地的巨柱矗立在卡兰迪小镇的中心，其范围已经覆盖了整个小镇。灰色的巨柱上不时缠绕着刺目的闪电。和往常的照片不同的是，巨柱周围的地面已经变成黑色，镜头拉近，黑色分解成一片片方阵，镜头再拉近，人们看清楚了，方阵是由一个个奇形怪状的生物组成的。

"还能更清楚一些吗？"温斯顿打破沉默。

"当然可以。"技术人员说，他操作了几下，屏幕上出现了一幅幅更清晰的照片，屏幕上出现的东西让房间里的所有人都倒吸了一口凉气。

"我认识这个，"一个参谋结结巴巴地指着画面说，"我在柬埔寨吴哥窟里看到过这样的浮雕……"

"传说中的阿修罗族，暴力之神，来自阿修罗界，代表了傲慢、自负、妄想、狂怒、严肃及无知，"温斯顿评价道，"有人经常会把他们和夜叉弄混，但阿修罗族是印度诸神最强有力的军队，他们在众神之战中被守护者彻底摧毁。看来莫特已经可以复活在众神之战中死去的神灵了。"

下一幅画面，是一群更奇怪的生物，它们形象丑陋，似乎是人兽杂交后的产物，其中一个三头怪物引起了温斯顿的注意。那个怪物有八条蜘蛛腿，但没有身体，蜘蛛腿上方就是三个脑袋，其中左边是猫头，右边是蟾蜍头，中间则是戴着王冠的人头。

"那是巴力，"温斯顿的面色严肃起来，他指出，"地狱七十二魔神，你们人类在《所罗门的小钥匙》中曾经记载过它们，它们也被称作所罗门七十二柱魔神，是除了地狱七大君主以外最强大的地狱王公。巴力是君王之一，还有二十一公爵和三十七侯爵，它们每一个都统领着数十甚至数百个地狱军团，没想到莫特居然能召唤它们。"

"这些鬼东西真的存在过？"凯恩难以置信地问，他下意识地环视四周，发现其他人的脸上也都是难以置信的神色。

"不，只有部分存在过，只有二十几个魔神是真的存在过的。而且它们也只是万神殿的普通侍卫而已，但人类在传说中夸大了它们的数量和统御的军团，莫特一定是借助了地狱之门将虚幻变成真实。"温斯顿缓缓地说，他顿时恼怒起来，"你们人类的想象力也太丰富了点，没事干吗要杜撰出这么多恶魔？"

"还不止这些吧，我记得日本有八百万魔神，中国的古籍里记载的邪神也不少，几乎每一个民族的典籍里都有数不清的恶魔，"凯恩冷冷地说，"如果它们都能重现人间，谁能阻止它们？"

"自信一点，"一身戎装的国防部部长说，"它们并不是真正的地狱魔神，看看吧，它们只是一些畸形的怪物罢了，而且它们肯定没有见过二十一世纪的人类军队。"

"还愣着干什么？"总统敲敲桌子，对他的将军们说道，"都动起来吧，不管从那个该死的风暴里出来什么，统统把它们送回地狱。"

将军们闻言纷纷立正，国防部部长说："总统先生，请允许我提醒你，美国是《禁止生物武器公约》《禁止化学武器公约》和《特定常规武器公约》的缔约国。"

总统挥挥手，"那些公约是适用于人类军队的，我的将军，这些东西——"他指指屏幕，"它们可不是人类。"

"没错，"温斯顿插嘴道，"能用的都用上吧，大概用不了多久，没准你们就得穿上盔甲，骑着印第安战马作战了。"

开 罗

尽管失去了现代的通信手段，但"洛坦"即将到来的消息还是奇迹般地传遍了全城。整个开罗城都陷入了巨大的恐慌。人们都已经知道"洛坦"造成的灾难，也知道它的下一个目标是哪里。

政府已经丧失了对整个国家的掌控力，有车的人们纷纷驾车出逃，出开罗的几条主要道路都出现了罕见的堵车长龙。出逃无望的穷人们在极端势力的鼓动下四处杀人放火，打砸抢烧，开罗城里四处都是混乱的人群。

"奇怪，我一直以为一个良好的开端意味着成功了一半。"荷鲁斯有些气馁地说。此时，他和索贝克两人正坐在一家临街的咖啡馆里，窗外的街道上有几辆被点燃的汽车正冒着浓烟，不时有一群暴徒呼喊着口号经过。街道上几乎所有的店铺都遭到洗劫和攻击，到处都是破碎的玻璃，浓烟四起，但奇怪的是，所有的暴徒都对这家咖啡馆视而不见，仿佛这家咖啡馆根本不在他们的视线里。

荷鲁斯和索贝克按照莫特的指示找遍了整个卢克索，但他们只找到了赛特，那个被称为沙漠和风暴之神的家伙。不幸的是，资料显示，杀死赛特的守护者几千年前就伪装成犹太人追随摩西离开了埃及。现在，那个守护者是一名居住在中国武汉的通信工程师。苏醒的赛特正千方百计向中国赶去，只是所有的航班都已经停止了，不知道这位风暴之神要怎么才能穿过整个亚洲大陆，闹不好，他可能得骑马。

"我们两个的能力不够，"索贝克悠然地吸了一口阿拉伯水烟，"我知道你一直觊觎阿努比斯的位置，但你必须承认，阿努比斯才是真正的九柱神之首，而九柱神之首和其他神灵的连接更紧密，如果他在这里，他能更轻易地找到其他人。"

"闭嘴吧，索贝克大人，"荷鲁斯毫不留情地讥讽，"觊觎那个王位的人可不是我，我知道你是奥西里斯的人，但是奥西里斯似乎背叛了九柱神，所以你转换阵营了？"

"这话你留着给伊西斯说去吧，"索贝克毫不气恼地摆摆手，"不过我很怀疑，如果我们真的找到了伊西斯，她会不会立刻跑到奥西里斯的床上去？"

"她不会的，"荷鲁斯冷冷地说，"如果她背叛了莫特大人，我们就再把她送回地狱就是了。"

两个神灵沉默了一会儿，窗外传来此起彼伏的爆炸声，荷鲁斯不禁有些心烦意乱。他和索贝克找遍了卢克索，都没有再发现其他神灵。于是他们北上来到了开罗，但是开罗有两千多万人口，这个可怕的数字在众神时代是不可思议的，当时全世界的人口可能都没有这么多。要想在两千多万人里凭"感觉"找到已经迷失数千年的神灵，对荷鲁斯和索贝克来说的确太难了。

索贝克打破沉默："阿努比斯为什么不来？如果阿努比斯跟我们一起来，大概也不止于此……"

"阿努比斯得知奥西里斯追随了阎摩之后，他就一直在找奥西里斯，他认为那是最重要的事情，"荷鲁斯笑了笑，"所以他拒绝了莫特的调遣，条件是莫特帮助他杀死奥西里斯，他就会率领九柱神彻底臣服于莫特。"

"这太可笑了，"索贝克放下了烟嘴，"他难道不知道莫特大人的计划吗？现在还有什么事情比这件事更重要？"

"这就是阿努比斯，"荷鲁斯耸耸肩，"你不应该感到意外才对。"

索贝克重新把烟嘴塞进嘴里，猛吸一口，然后吐出一团足以把他淹没的浓烟。浓烟散去，索贝克说："那么，我们的下一步计划是什么？开罗马上就完了。要是在洛坦摧毁开罗之前我们还找不到他们，天知道还能去哪里找他们。"

"我们不是已经找到了赛特吗？"荷鲁斯说，他露出一丝狡黠的笑，"索贝克大人，想想看吧，现在活着的九柱神有几位？"

听了荷鲁斯的话，索贝克陷入了沉思，众所周知，众神之战爆发之前，荷鲁斯从万神殿发出召集令召集埃及众神参战，阿努比斯和奥西里斯都拒绝了他的要求，奥西里斯甚至咒骂荷鲁斯是海拉的走狗，他认为这是一个圈套，根本不存在什么魔鬼。万神殿早就对埃及九柱神的强大心生忌惮，所谓的战争一定是个圈套。万神殿召集了北欧众神、印度众神、奥林匹斯诸神和其他他们能召集到的神灵，绝不是为了对付什么魔鬼，他们真正的目标是埃及九柱神。而荷鲁斯，奥西里斯阴险地暗示，荷鲁斯得到了海拉的承诺，一旦埃及九柱神被摧毁，那么荷鲁斯将成为新的埃及诸神之首……

阿努比斯愤怒地制止了奥西里斯的指控，尽管他也不相信海拉，但阿努比斯更厌恶奥西里斯挑拨离间的行为。但他也拒绝了荷鲁斯的提议，阿努比斯不相信这个世界上会存在什么魔鬼。最终，九柱神中，只有索贝克相信了荷鲁斯，跟随荷鲁斯前往了北方。他们离开后不久，阿努比斯就遭到了一个魔鬼的猎杀，但阿努比斯成功地杀死了魔鬼，这也让奥西里斯的指控彻底破产。阿努比斯重新召集了九柱神，讨论前往北方参战的事情，但各怀鬼胎的众神却始终没有达成一致。而奥西里斯那个狡猾的家伙已经嗅到了危险，他竟然在一个深夜不辞而别离开了埃及。不久之后，魔鬼就出现在底比斯，在阿努比斯的带领下，埃及众神和来袭的魔鬼浴血奋战。一交手，阿努比斯就意识到荷鲁斯和海拉带来的消息是真的，魔鬼真的拥有克制神灵神力的能力。在魔鬼面前，他们几乎和常人无异，神灵的神力仿佛被封印了。阿努比斯注意到魔鬼中并不是所有的战士都是魔鬼，那些黄皮肤黑头发的士兵明显是来自东方的人类军队。但是在魔鬼面前，神灵丧失了神力，无数神灵被东方人类军团屠戮一空。

　　一想到这里，索贝克的脸色就阴沉下来，在此之前，从未有神灵被凡人杀死。耻辱，难以置信的耻辱，如果魔鬼真的是来自父神的神罚，死于魔鬼之手也是可以容忍的，但死于蝼蚁般的凡人之手是难以想象的耻辱。

　　一夜之间，埃及九柱神连同他们大大小小的神殿、神军、人类仆从军都被悉数摧毁。魔鬼毫不留情地摧毁了底比斯，阿努比斯已经和魔鬼交过手，他虽然身负重伤，但却奇迹般地逃走了。其他的九柱神就没那么幸运了，他们纷纷死于这场战争。

　　所以，答案显而易见，现在还活着的九柱神有五位：阿努比斯、奥西里斯、荷鲁斯、索贝克和赛特。

　　"你在暗示什么？"索贝克瓮声瓮气地说。

　　"我们可能已经成功唤醒了几位神灵，而他们也成功完成了复仇，"荷鲁斯意味深长地看着索贝克，"如果魔鬼真的突然袭击了埃及，你不觉得活下来的九柱神太多了吗？"

索贝克紧紧地皱起眉头，"你是说，我们已经改变了历史？"

荷鲁斯点点头，"所以，索贝克大人，有点信心吧。虽然我们已经改变了历史，但还不够，我们需要回到众神之战胜利的时间线。"

"我们要去哪里找其他神灵？"

"他们就在这里，"荷鲁斯说，"我们还有时间，不过我们得换种方式。虽然阿努比斯没来，但我和他私下谈过了，阿努比斯告诉了我应该怎么做。"

"什么？"索贝克探询地看着荷鲁斯。

"看看外面吧，"荷鲁斯看向窗外，一伙暴徒正手持棍棒猛击对面一家商店的卷闸门，他们的眼神里透出的狂热和凶残全然不似人类，"无序、混乱、黑暗、暴力、恐惧……你想到了什么？"

"众神时代的人类，"索贝克轻蔑地说，"其实人类一直没变，一群野蛮残暴的生物。"

荷鲁斯低声笑了起来，"现在整个世界都在发生同样的事情，这就是众神时代即将回归的迹象，我们的隐忍和努力没有白费。"

"别卖关子了，荷鲁斯，"索贝克收回目光，"阿努比斯跟你说什么了？我们怎么才能找到剩下的九柱神？"

"如果我们在大海里找不到一根细针，我们为什么不找一块磁铁，"荷鲁斯说，"时机已到，我将召唤冥界军团。"

"冥界军团？"索贝克瞪圆了眼睛，"可是地狱之门不在这里。"

"美国那玩意儿根本不是什么地狱之门，真正的地狱之门无处不在，"荷鲁斯严肃地说，"我能感觉到通向地狱的通道正变得越来越容易打开，我们是九柱神，我们的血肉和灵魂都和圣河紧紧相连，祭祀我们的神庙和雕像掩埋在风沙之中，但它们依然在这里。索贝克，鳄鱼之神，没人能将我们驱逐出我们的土地。万神殿不能，魔鬼不能，莫特也不能。"

鳄鱼之神挺直了身躯，"我们是伟大的埃及九柱神，荣耀归于九柱神。"

荷鲁斯站起身，不知不觉间，黑色的阴影在他身躯上缠绕，汹涌的神力从他身躯上涌出，咖啡馆变得愈加昏暗，一阵沉闷的碎裂声响起，黑色的藤蔓顶破了大理石地板，沿着桌椅腿和墙壁攀缘而上。

荷鲁斯走出了咖啡馆，不知道从何时起，天空布满了阴云。黑色的藤蔓如活蛇般从地底涌出，如黑色的洪水逐渐淹没了整条大街。建筑的原貌很快就看不到了，只看到蠕动的藤蔓在继续生长。

索贝克跟在荷鲁斯身后，两人在黑色的大街上缓步而行。黑色的藤蔓像洪水一般涌动，逐渐向其他街区蔓延开来。随着他们的前行，街道两侧的建筑如蜡烛般融化了，在黑色的水流中扭曲变形，逐渐化为一个个高达10米的人形雕像。雕像的面目模糊不清，双腿并拢，两手紧握一根权杖，矗立在胸前。

荷鲁斯吟唱着《埃及亡灵书》中的段落：

> 缓慢上升，恬静的心灵，
> 啊，恬静的心灵，你的躯体完美无瑕。
> 伊西斯在尼罗河的芦苇中
> 在那纸草的黝黑的沼泽中为你悲恸，
> 庇护着荷鲁斯为你的命运复仇。
> 他从隐秘的住所出来，
> 他勇猛地与你的敌人争斗，
> 他现在正航行于旭日的舟中。
> 出来，恬静的心灵，我已经为你复仇。

雕像的面容逐渐变得清晰，高耸的帽子下面，是微闭双眼的众神的脸。

荷鲁斯继续吟唱：

在那巨大的屋子里，在那火的居室，
在那计算全部年数的黑夜，
在那细数岁月的黑夜，
请将我的名字归还于我。
当东方的天阶上的守望者
让我安静地坐在他的身边，
当众神一一报出自己的身份，
让我也记起我昔日的名字！

荷鲁斯停下脚步，数百个雕像沉默地看着他和索贝克。索贝克定神望去，他看到了伊西斯和泰芙努特，看到了舒和努特，看到了大地之神盖布和猫神贝斯特，看到了荷鲁斯四子，看到了阿努比斯。九柱神和所有的埃及神祇庄严地注视着他们。

允许我的精神在地上坚守，在永恒中凯旋。
允许我顺风航过你的国土。
允许我插翅腾飞，像那凤凰。
允许我在众神的塔门中得到宽宏的迎迓。

荷鲁斯念诵完最后一个音节之后，众神雕像轰然倒塌。大地震动起来，一个个灰黄色的石柱从地底升起，无数巨石凌空浮起，一座座宏伟的神殿在众神碎裂的躯体上重生。没过多久，在以荷鲁斯和索贝克为中心的方圆十千米的区域里，开罗城的痕迹被彻底抹去，取而代之的是一个从未被发掘出来的远古之城。

崛起吧，来自冥界的居民们。

你们已经太久未曾见过光辉夺目的太阳船。

我知晓你们的哀恸和愤怒。

十二个伟大的守卫者，从沉睡中归来吧。

以众神的名义，荷鲁斯允许你们穿越冥界和尘世的界限。

归来吧，迷失的灵魂需要你们。

　　黑色的潮水开始涌动，一个个黑色的影子从潮水中升起，在混沌中逐渐成形，化为一个个兽首人身的怪物。它们睁开眼睛，迷茫地看着这个世界，阴云中露出一条缝隙，一线天光倾泻下来，洒在它们身上。

　　"荷鲁斯，"索贝克沉重地喘息着，"你是怎么做到的？你真的能召唤冥界军团。"

　　荷鲁斯不置可否地笑了笑，"觉醒吧！远古沉睡的诸神！去吧！"他高声喊道，"欢迎来到尘世，尽情地享受吧，你们的一切罪行都将被赦免，所有的血肉和灵魂都任由你们取用。"

　　黑影们骚动起来，它们纷纷发出怪叫声，以人类绝不可能拥有的姿态向四面八方冲去。

　　"该死的，荷鲁斯，你会招来魔鬼的！"索贝克愤怒地喊道，"你到底要干什么？！"

　　"不，在魔鬼到来之前，我们就能够找到其他的九柱神了，"荷鲁斯毫不在意地说，"而且，魔鬼现在正忙着对付更难缠的敌人呢。"

　　在荷鲁斯的大笑中，来自冥界的生灵们咆哮着冲向每一条大街小巷，开罗彻底沦为人间地狱。

　　与此同时，一个黑洞突兀地出现在塞加拉阶梯金字塔旁边，伴随着一声怒吼，一只浑身漆黑的巨狼从黑洞中一跃而出。它的身后，是缠着一条白腰带的奥西里斯，他头戴一顶高耸的圆冠，手持一柄巨剑，骑在一匹黑马上。在他身边的是跨坐在一匹白色牝马上的阿瑞斯。阿瑞斯拥有一头金发和一双天蓝色眼睛，这位希腊战神的身边是印度雷电之神因陀罗，他的坐骑是一头身披铁甲片的黑色犀牛，细微的电光在他漆黑的身躯上缠绕。在他们身后，源源不断的神灵正从不断扩大的黑洞中涌出。

"我们来晚了，"奥西里斯阴沉地看着远方开罗的方向，一团不自然的黑色直冲天际，远方的开罗笼罩在一阵凄风惨雾之中，"荷鲁斯打开了冥界和尘世的通道。"

"我以为只有阿努比斯能做到这件事，"因陀罗向前一步，同时握紧了手中的金刚杵，在他身后是暴风神军团——风神伐由和暴风雨神楼陀罗的儿子们，他们的父亲和母亲都死于众神之战，暴风神军团在赶往战场的途中遇到了溃败而逃的毗湿奴，"这么说，我们的敌人是埃及冥界的恶魔？"

"所有人都低估了荷鲁斯，他曾经也拥有太阳神的称号，"奥西里斯说，"不要低估这些来自冥界的恶魔，它们是尘世的反面，都拥有不弱于尘世神祇的力量。"

"它们为什么会听命于荷鲁斯？"阿瑞斯怀疑地问，"我听说，你才是冥界之主。"

"它们不听命于任何人，它们是一群没有神智的怪物，"奥西里斯回答，"用阎摩大人的话来说，埃及冥界只是一个独立于主世界的混乱空间，是尘世的镜像，每一个神系都对应着一个镜像空间。那里充斥着混乱和罪恶，所有的生灵存在的唯一目的就是毁灭。愚蠢的荷鲁斯竟然以为自己能够控制它们。"

"不对，荷鲁斯试图用这种方式找到其他九柱神，"因陀罗说，"冥界恶魔来到尘世的事情曾经在印度发生过，它们会破坏和摧毁一切，但它们不会对众神无礼。"

"荷鲁斯要杀死开罗的所有人，那么剩下的就是他要找的众神了，"阿瑞斯惊叹，"如果我没有记错，开罗有一千万人吧。"

"有两千多万人，"因陀罗说，"荷鲁斯已经发疯了，即使是众神时代，我们也从未杀过这么多凡人。"

"虽然不用顾忌凡人的死活，但是我们要在荷鲁斯找到九柱神之前把那些恶魔送回地狱，决不能让他找到其他九柱神。"奥西里斯说，他高举手中的巨剑，"为了万神殿！为了海拉！为了阎摩！"

芬里尔仰天长啸，暴风神军团齐声呼喝，一时间，声势震天。

阴云密布，大战一触即发。

交 谈

"我们什么时候才能进入地狱之门？我们已经等了一个星期了，天知道莫特还在计划着什么，"海拉已经不止一次问到这个问题了，而他每一次得到的回答都是一样的，"我们不能再等了。"

"耐心，"沈晓琪说，她盘腿坐在一块巨石上，她的身后是一片巨石，"为了这一刻，我们已经等待了几千年，再等几天，又算得了什么呢？"

"我和阎摩谈过了，他并不知道巴比伦发生了什么，他没有撒谎，我亲眼见到他死在良渚，"海拉说，"那是在众神之战前。"

"所以，阎摩不仅没有参加众神之战，也没有参加巴比伦之战，对吗？"沈晓琪说。

"但他提到了你，晓琪，你来自地狱之门，莫特欺骗了你……"

沈晓琪举起手打断海拉，"你想说什么？"

"你当然不是莫特的帮凶，"海拉严肃地说，"我感兴趣的是，你身上到底发生了什么。身为万神殿七始祖之一，你很早就离开了万神殿，销声匿迹。我一直以为你厌倦了众神的游戏，所以隐居在这个世界的某个角落。但是你去了上层世界，晓琪，你身上到底发生了什么……"

"这不是你的话，这是阎摩的话，"沈晓琪打断他，"海拉，我根本不记得发生了什么。"

"我没有在指责你，"海拉温和地说，"也许你是唯一一个曾经重返上层世界的神灵，你获得了这个世界不曾有过的力量，也许莫特正是从你身上获得了改变时间的能力。"

沈晓琪轻轻叹息一声，"海拉，这一切都是猜测，毫无意义的猜测，无法证实的猜测。"她加重了语气。

"那么，让我们看看眼前吧，"海拉抬起头望着星空，"我从不知道，在这个地方还能看见群星，这到底是什么地方？"

"也许是另外一个宇宙，也许是一个游戏副本空间，"沈晓琪说，"你可能忘记了，每一个神系都有能力打开属于自己的冥界空间，现在看来，神灵们都具有穿越平行宇宙的能力。我早就应该察觉到的，根本不存在什么守护者的暗影议会空间，那是死神阎摩一个人的冥界。"

"那么，那些所谓的冥界生物——夜叉、阿修罗，其实是来自其他宇宙的外星生物？"海拉若有所思地说，他转而问道，"阎摩在哪里？"

"他去召集忠于你的神灵，"沈晓琪双臂交叉放在胸前，"万幸的是，这一次，守护者会站在我们这一边。"

"也许我们应该去帮忙。"海拉说。

"我知道你不信任阎摩，"沈晓琪苦笑，"神灵分别忠于阎摩和莫特，他们都知道海拉已经死在了巴比伦。"

"你错了，晓琪，"海拉叹了口气，"我对黑暗君主和万神之王之类的称号根本不感兴趣，你还不明白吗？从某种意义上来说，是我亲手摧毁了万神殿。"

沈晓琪沉默了一会儿，语气软了一些："对不起，我一直把你当作肖恩。"

"我是肖恩，"海拉把目光从沈晓琪脸上移开，"我也是海拉，就像你既是沈晓琪，又是万神殿的始祖之一。这不是我们的错，我们不知道是谁造就了我们，但这就是我们的命运。不管走过多少岁月，我们的命运都纠缠在一起。"

"我们所有人的命运都纠缠在一起，每个人都认为自己走在正义的道路上，从某种角度上讲，你和莫特没有区别，你们都能为了自己的目的不择手段地前进，"沈晓琪说，"如你所说，你亲手摧毁了万神殿，你背叛了那些忠于你的神灵，而莫特一直在努力恢复万神殿的荣光，即使他真的得逞了，你依然是万神殿之主，莫特追寻的并不是万神殿的那个王座。"

"但他错了，晓琪，"海拉站起身，来回走动着，"莫特希望自己仍然是高高在上的神灵，但我们都知道，这个世界上根本没有神。"

"我无意为莫特辩解，"沈晓琪说，"但我也不知道我到底身处正义还是邪恶的一边。如果这个世界真的充满了罪恶，无可救药，就让它毁灭好了。"

"你真这么想？"海拉站住了。

"我们存在的意义到底是什么？如果这个世界都是虚假的，我们所有的一切，人类历史上所有的悲欢离合，所有的苦难和荣耀，都是为了什么？是谁创造了这个虚假的世界又放手不管？"沈晓琪望向天空，夜色已经降临，和地球上截然不同的群星散落在靛青色的夜幕上，就像造物主随手撒下的宝石躺在天鹅绒上，"即使我们真的回到了巴比伦阻止了莫特又怎么样？这个世界依然会充满苦难和绝望。也许现在正有一双眼睛观察着我们的一举一动。我们自以为高尚和正义的举动在它们看起来只是两只蚂蚁在互碰触角一般可笑。我已经受够这一切了，我不知道我们存在的意义到底是什么。如果真的是造物主创造了这个世界，他到底要做什么？"

沉思了一会儿，海拉问："晓琪，我听说你十六年前从中国来到美国，就再也没有回去过？"

沈晓琪漠然地看着海拉，不明白他要说什么。

"你的父母家人还在中国吧？你有多久没有见过他们了？"

"我不知道，"沈晓琪淡淡地说，"我真的不知道。"

"怎么会呢？我听说你们中国人有全世界最重的故土情结，"海拉有些困惑，"为什么这么多年，你都没有回去过？"

"我是孤儿，"沈晓琪说，"我还是婴儿的时候，有人把我放在了武汉第一福利院的门口，我是在孤儿院长大的。"

"对不起……"

"但这不是唯一的记忆，"沈晓琪惨然一笑，"我分明记得我有父母，我出生在杭州，我记得从小到大的一切，我记得七岁那年他们带我去西安看兵马俑。但是后来我的记忆开始出现变化，一开始，只是一些微小的记忆变化，西安之行变成了海南之旅，直到我上大学后，我给家里打电话，突然显示是空号。"

海拉惊恐地看着她。

"是的，你没有猜错，我突然没有父母了，变成了一个在孤儿院长大的孤儿，"沈晓琪说，"所有关于我父母的记忆都得不到证实，没有人记得他们，我到处调查走访，我的身世很清晰，孤儿院长大，得益于九年义务教育，免费读书，因为成绩出色，得到了教育基金的资助，一路考上武汉的大学，后来就遇到了议长，来到了美国。"

"对不起，"海拉说，"不是每个人都会有这种经历……"

"我有时候在想，为什么是我？"沈晓琪说，"我一直以为自己是一个幻想狂，一个神经病，甚至有时候我认为自己有人格分裂症，我以为在孤儿院的经历让我极度渴望有真正的父母，所以我才幻想出那些鲜明真实的记忆。直到遇到议长之后，我知道我是正常的，随着远古记忆慢慢复苏，我开始学会了遗忘。"

每一次恢复守护者的记忆，沈晓琪都有一种大梦初醒的感觉。也许每个守护者都是如此。被唤醒之后，守护者将迅速完成身份转变，从普通人的人生中脱离出来，并且迅速适应自己的新角色。守护者会变得感情淡薄，失去对名利以及性爱的欲望，从普通人生活的参与者变成旁观者。面对曾经相依为命的父母、兄弟姐妹和亲戚朋友们，守护者会冷静地看着他们老去，死亡，化为尘土，但是他知道自己将永远活下去。

有时候，沈晓琪在想，她最早的记忆错乱时间点就是那一次的西安之行。如果她是一个正常的女孩儿，是不是会有正常的人生？她不会失去父母，不会担心每天的记忆会和其他人对不上，不用担心会不会被人当成一个疯子。

偶尔从深夜醒来，那趟不存在的西安之旅在她的记忆中却愈发鲜明。妈妈穿着一件真丝衬衫和一条白色的牛仔中裤，爸爸穿着一双蓝色运动鞋，戴着一副宽边墨镜。他们在骊山下参观了华清池，沈晓琪往许愿池里丢了几枚硬币，看着它们在水中缓缓地下沉，最终落在一片青苔上。然后，爸爸妈妈带着她顺着台阶爬上骊山，在山腰的一个平台上，爸爸给她和妈妈买了冰镇酸梅汁。穿着粉色连衣裙的沈晓琪坐在一个小小的红亭子里喝完清爽冰凉的酸梅汁，然后她就看到了那个贩卖纪念币的自动售货机。

如果生活一直那样继续下去就好了，她会上学，在爸爸妈妈身边长大，出落成亭亭玉立的少女；她还会上大学，毕业以后找个好工作，然后结婚生子，让父母享受天伦之乐。

那是她失去的人生啊。

她不想成为什么始祖，也不想背负什么拯救世界的使命，她只想有一个正常的人生。可是，她没有选择的机会。

"我也有这种感觉，"海拉默然，"当我的妻子珍妮和女儿安葬身火海的时候，我几乎不知道自己怎么才能继续活下去。她们对我来说是这个世界上最重要的人，如果不是为她们复仇的信念支撑着我，我根本活不到遇到你们的时候。但是当我苏醒之后，我想起了每一段生命历程中都曾有过的父母、妻子和儿女，珍妮和安不再是特殊的……但不管怎么样，珍妮依然是我的妻子，我们经历的所有的欢笑和悲伤都是真实的。晓琪，即使这个世界真的是虚假的，但是我相信，我们曾经拥有的爱都是真实的。"

沉默了好一会儿，沈晓琪把视线从海拉身上移开，"让我们看看卡兰迪发生了什么吧。"

她抬手召唤了一个黑洞，两人先后走了出去，回到了尘世。

黑洞开启的地方正是 SIB 大楼的智能实验室，沈晓琪和海拉走出黑洞的时候正是黑夜，所有的灯光都关闭了，窗外没有星光，只有清冷的月光透过百叶窗洒在地板上。沈晓琪打开了灯，白色的灯光照亮了实验室里的一切。海拉看见了挂在墙壁上的液晶显示屏，一直以来，那个屏幕都是皮埃尔与这个世界连接的窗口，但现在只剩下一片漆黑。所有的服务器都关闭了。海拉望着黑漆漆的显示屏，思绪却到了他从未去过的放置服务器的地下室，可以料想，现在地下室里是一片漆黑和安静。

沈晓琪注意到了海拉的目光，她显然知道海拉在想什么，"如果我们现在还能重启服务器，对皮埃尔来说，什么都没有变。如果我们删除日志记录，它不会意识到服务器曾经被关闭过。"

"但是现在，那个世界并不存在，"海拉若有所思地说，"时间不存在，空间也不存在。如果我们的世界被关闭了，我们会不会根本意识不到，就像皮埃尔一样。"

沈晓琪没有说话，她打开手机，一条通过 SIB 特殊加密通道发来的信息显示在屏幕上。她低头看了一会儿，然后把手机交给海拉，"卡兰迪和埃及都开战了，但是卡兰迪的怪物们在美军面前似乎毫无反抗之力，其他地方也差不多。"

"它们不是真正的地狱军团，"海拉摇头，"它们只是一些人类的梦魇凝聚成的幻象。真正的地狱军团可不是这么好对付的，我们必须警告凯恩和其他人。"

"真正的地狱军团？"沈晓琪皱起眉头。

"每一次'震荡'，都在撕裂这个世界，真正的地狱军团是来自其他碎片世界的真实生物，"海拉严肃地说，他指着手机屏幕上的图片，"看看这些，都是人类的书籍或电影里记载或出现过的怪物，但真正的地狱军团绝不是这样。"

"我听说在众神之战中，守护者召唤了黑龙尼德霍格，如果这个传言是真的，"沈晓琪惊奇地看着海拉，"守护者也具有打破世界屏障的能力？"

"黑龙尼德霍格，"海拉望向虚空，仿佛回到了那场四万年前的战争，"后人给它起了这个名字，但它根本不是一条龙，而是一种我们完全未知的生物。以前的我们以为它是守护者从地狱里召唤的恶龙，但是现在我不这么认为了。它很可能是一种不属于这个宇宙的生物，这也证实我的想法，我们的世界只是一个普通的四维世界分裂出来的碎片，在特定的条件下，我们这个世界和其他碎片世界的通道就会被打开。"

"莫特打开的地狱之门就是其中一个？"

"不，地狱之门非常特殊，它是通向主世界的一个通道，"海拉说，"这也意味着这个碎片世界即将终结。如果我们无法在巴比伦阻止莫特，这条时间线的尽头就是彻底毁灭。"

"这些事情，他们都知道吗？"海拉的描述让沈晓琪狠狠地打了个寒战。

"我们还是祈祷斯诺能阻止莫特唤醒九柱神吧，如果他们失败了，一切都将结束。"

战　争

这是一场奇怪的战争。

美军士兵们从来没有想到过自己会同这种奇怪的军队作战。他们的先辈们曾经在莱克星顿和龙虾兵作战，曾经在北非和隆美尔角逐，曾经在阿登和纳粹装甲部队激战，曾经在中途岛和日本海军战斗，曾经在长津湖和中国人在冰天雪地里夜战，曾经在越南的湿热丛林和神出鬼没的游击队对射，也曾经在漫天的黄沙中轻松击毁萨达姆的坦克群，但他们从未想过自己会在美国本土和只有噩梦中才会出现的怪物们作战。

从卡兰迪源源不断涌出的魔鬼军队已经开始移动了，但它们似乎是一群混沌未开的生物，毫无章法地向四面八方扑去。虽然卫星失灵了，但是位于高空的无人机却准确地拍摄到了魔军的动向。魔军们乱糟糟地拥挤着，爬行着，蠕动着，它们已经太久没有来到这个世界了。但它们知道，这个世界上现在有更多的人类，更多的血肉和鲜活的灵魂。

"尽情地享用它们吧，你们的所有罪行都将被众神宽恕，这个世界需要被净化。"莫特的声音依然在它们的心灵中回响。

地狱君主和公爵们统领着它们魔下的地狱军团沿着州际公路前行，几只不存在于尘世的怪鸟尖啸着在大军上空盘旋。但是它们的声音很快就被一阵低沉的轰鸣声掩盖了。魔军们纷纷抬起头望向天空，只见一群铁鸟从云端俯冲下来，从它们的腹部掉下无数的黑点。几只试图接近的地狱鸟被低空飞行的 MQ-1 捕食者发射的 AGM-114 地狱火导弹精准地打成了碎片。

一名看见此景象的地狱公爵困惑地摇摇头，这是什么？众神的座驾？它从未见过这种东西。可是它们为什么要攻击地狱鸟？它的思绪很快就被巨大的爆炸声打断了，从未见过的航空炸弹如雨点般坠落，爆炸声连成一片，火光和烟尘四起，簇拥在一起的魔鬼军团被炸得人仰马翻，残肢遍野。很快，一切都淹没在火光和烟尘中。

轰炸仍在继续，人类的轰炸机一波一波地袭来，肆无忌惮地投下所有的炸弹。这是飞行员们执行过的最轻松的任务，在他们下方就是一望无际的黑色海洋，无须瞄准，只要把炸弹投下去就好了。

美国国家预备联合通信中心的作战指挥室里，一名军事联络官正在向总统汇报战况，"ACC（空战司令部）的第28轰炸连队出动了15架次B-52和AC-130对魔军先头部队实施了第一波地毯式轰炸，目前，轰炸仍在继续，我们几乎没有遭受任何攻击，除了几只奇怪的鸟。"他的脸上露出轻松的笑容，和之前的严肃紧张大相径庭，"处于轰炸范围内的所有怪物都被彻底消灭，军方正在准备继续实施轰炸。下一波轰炸将由多佛空军基地、霍洛曼空军基地和内利斯空军基地完成。"

　　听完汇报之后，会议室里的气氛顿时轻松了很多。

　　"很好，"总统松了一口气，他看向温斯顿，"博士，看来这些拥有可怕名号的魔鬼也是血肉之躯。"

　　"我早就说过了，莫特低估了人类的力量，"温斯顿不以为意地说，"我听说你们的军队里都安排了守护者，这是明智的选择，守护者会压制这些魔鬼的超自然力量。"

　　一直以来为家人忧心忡忡的沃顿也放松下来，他的家人和所有幸存的人都已经被转移到了由军方保护的避难所。魔军不只出现在卡兰迪，它们出现在每一个地方，一些来不及撤退到军方保护下的城镇居民纷纷惨遭屠戮。据说，非洲的一些地方已经变成了真正的人间地狱。

　　"那就继续吧，"总统点点头，"我授权使用所有非常规性武器，尽快把这些东西送回它们来的地方去。"

　　"那你们要尽快了，"温斯顿总是不合时宜地冒出来，"这些家伙根本不会死的，它们会源源不断地从地狱之门里冒出来，只要地狱之门存在一天，就会有更多的怪物出现在这个世界上。"

　　"博士，我们当然知道该怎么做，"一名肩膀上挂着五颗将星的将军冷冷地说，"我们必须尽快把那两个人送到那个风暴里去，在这个过程中要保证他们的绝对安全，我的理解没错吧？"

　　"是的，是这样，"温斯顿点点头，"但我不建议你们现在就实行，必须保证第一步计划成功之后，再把他们送进地狱之门。不然，他们就是白白送死。"

"我们会尽力的。"将军说。

"其他地方呢？"总统转而问道，"战况怎么样？"

"中国人成功地击退了出现在中国大陆上的魔军。俄罗斯人倒是轻松，他们在新西伯利亚到处扔核弹，欧洲人也基本肃清了出现在欧洲境内的魔军，日本人就没那么幸运了，哥斯拉在东京湾成功登陆，至少造成了数十万人伤亡，其他区域的境况暂时不明，"将军说，"但是我们刚收到消息，开罗市区突然出现了大量魔军，忠于阎摩的军队正在和魔军作战。"

"埃及军队呢？"总统问道。

将军摊开双手，"埃及军队正在开罗外围集结，不过他们拒绝了守护者进驻军队的提议。"

"任何一个九柱神都有召唤冥界生物的能力，而荷鲁斯和阿努比斯都曾被称为冥界之主，"温斯顿点燃了最后一支雪茄，"他们想杀死所有的人类，这是找出九柱神最快的方法。"

"我们必须帮助阎摩，"凯恩对总统说，"我们绝不能让荷鲁斯找到剩下的九柱神。"

"当然，"总统说，他询问道，"'洛坦'到达开罗还要多久？"

"还有大约五个小时，"一名参谋汇报，"目前，'洛坦'的中心区域已经越过阿拉伯半岛，抵达了亚丁港，亚丁港的通信已经完全中断。'洛坦'的边缘已经开始影响红海沿岸，预计五个小时后开始影响开罗。"

"只有五个小时，从本土派军肯定来不及了。我们能够调动的只有巴纳斯角军事基地和巴林麦纳的第五舰队，现在舰队已经进入了红海，"将军表情凝重地说，"另外，驻扎在吉布提的中国海军南海舰队也已经抵达距离开罗 200 千米的红海海域。"

"俄国人呢？"总统的手指慢慢敲击着桌面，目光在大屏幕上的电子地图上来回检视着，"黑海舰队呢？"

"俄国人不会派舰队了，"国防部部长说，"但他们说了，如果有必要，他们会发射带有核弹头的洲际导弹来支援战场。"

"他们想摧毁开罗吗？"总统冷冷地说，"我知道他们肯定藏着不少'大伊万'。"

"啊，我喜欢这种疯狂，这倒不失为一个好主意，"温斯顿感兴趣地说，"在开罗丢一颗'大伊万'，荷鲁斯肯定就失败了。那些冥界的魔军肯定没见识过'大伊万'的威力。"

"那里还有几千万平民，温斯顿先生，"总统摆摆手，有些疲倦地说，"不到万不得已，我们绝不能这么做。"

"那么，你知道如果莫特成功了，这个世界上会有多少人幸存吗？"温斯顿微微一笑，"众神时代的人类可是连家畜都不如。"

"够了，温斯顿先生，"凯恩打断他，"我们不会向平民头上扔核弹的，如果我们那么做了，我们和恶魔又有什么区别？"

温斯顿耸耸肩，他直率地说："这不是你们的真实想法，你们只是希望动手的不是自己罢了。"

气氛有些尴尬，一个白宫高级参谋愤怒地指责："温斯顿博士，这种无端指责是不负责任的！"

"你们还没有意识到问题的严重性，埃及发生的事情比在美国发生的事情要严重得多，"温斯顿摇摇头，"到时候你们就知道什么是负责任了。"

"直到现在为止，我们都相信了你说的一切，但没有人肯定沉睡的埃及九柱神还停留在埃及，"参谋毫不退让，"这是事实！到现在为止，荷鲁斯还没有找到一个九柱神。"

"别忘了，他们已经唤醒了索贝克，"温斯顿回敬道，"你们应该感谢沈晓琪，她的记忆是我们唯一可以倚仗的参照物。"

"但那并不能说明其他的九柱神还在埃及，不是吗？"

"这是一场赌博，"温斯顿冷冷地吐出一股浓重的烟雾，"一场输不起的赌博。"

"就这样吧，授权第五舰队可以随时展开攻击，但是要注意做好目标甄别，"总统命令道，"另外，和中国人做好情报共享。"

事实证明，这一次的开罗战场目标甄别是一件极度困难的事情。中美联合舰队派出的无人侦察机都飞越了开罗，无人机传回的画面一度让两国的观测员们感到身体不适，部分人员甚至出现了眩晕和呕吐等症状。此时的开罗城已经变成了人间地狱，各种只有在噩梦中才会出现的怪物充斥着开罗城的大街小巷，它们用尖牙利齿和带刺的触手撕扯着一些看起来比较"正常"的人形生物。不时有闪电突兀地出现在空中，将怪物们劈成碎片。但是大部分武士都使用着人们司空见惯的冷兵器和怪物们贴身肉搏，到处都是残缺不全的尸体和内脏，鲜血混着脑浆四处横流。

"我不知道是我们的想象力太局限了还是太高了，这哪里是众神之间的战争，"一个军官评价，"简直就是一群野兽在斗殴。"

中美双方的指挥官很快就达成了一致，中美联合舰队纷纷向怪物最密集的区域发射了数十枚舰载导弹，舰载直升机也纷纷起飞前往战场。在突如其来的打击下，冥界军团顿显颓势，但很快就有更多的怪物从黑色的藤蔓中冒出来。一群长得既像翼龙又像蝙蝠的飞行生物冲向了舰队，但是它们马上就被速射炮击落了。

奥西里斯早就发现了这一点，他的军队已经陷入了无穷无尽的泥淖之中，埃及冥界军团的怪物们都是一些只有杀戮欲望的野兽。它们即使受伤了也不会退缩，它们不知道恐惧为何物，它们唯一的目的就是将眼前所有的生命撕碎。暴风神军团召唤来了闪电，雷霆在阴沉的天空聚集，奥西里斯敢打赌，开罗城已经至少五千年没有过这样的雷暴天气了。闪电不时从云层探出，所到之处，一群群怪物被击倒，空气中散发着令人作呕的焦臭味道。但是新的怪物却又从尸体堆底下爬出来，奥西里斯早就应该知道，这些该死的怪物是不可能被真正杀死的。

他必须杀死荷鲁斯。

奥西里斯劈倒一只长着人头的巨大蟑螂，举目四望，他看见因陀罗高举神杖，青蓝色的闪电从云层源源不断地汇集到他的神杖上，再发射出去，每一击都能击倒一片怪物。但黑色的怪物们如同潮水般无穷无尽地继续涌来，因陀罗被打倒是迟早的事情。

他再望向西南方向，阿瑞斯的战马已经被鲜血染成了黑色，他如一支利箭般在黑色的海洋里来回穿梭，身后留下一片尸骸，但更多的怪物蠕动着从死亡中重生。看来战神也支撑不了太久了。

荷鲁斯和阿努比斯在哪里？他们必定有一人在这里，奥西里斯四处寻找着，只有这两位才有召唤不死军团的力量。只要杀死他们，不死军团就会断开与尘世的连接返回冥界。可是这两个狡猾的家伙根本没有现身，怪物们正在向开罗其他区域蔓延，它们攀缘大楼，打破窗户，肆无忌惮地虐杀着手无寸铁的平民。

该死的荷鲁斯和阿努比斯，这两只缩头乌龟，他们一定看见了奥西里斯，但他们却不敢出来一战。

奥西里斯焦躁地拉着缰绳，胯下的黑马粗重地喘着气。这时，天边突然传来轰鸣声，奥西里斯抬头望去，他看见几个黑点从云层中钻出，以闪电般的速度落在远处的怪物海洋中，刺目的闪光亮起，紧接着是巨大的爆炸声和冲天的烟雾，无数残肢断臂被抛撒到空中，黑色的血雨簌簌落下。黑马受到惊吓，嘶鸣着人立而起，奥西里斯差点没抓住缰绳，而更多的黑点正带着死亡和毁灭气息朝战场袭来。

是人类舰队的导弹，奥西里斯紧紧地拉着缰绳，尽管阎摩早已告知他们，人类军队是站在他们一方的，但是奥西里斯还是感到一阵惊慌。他知道人类的武器，但从电视和杂志上看到是一回事儿，亲眼见到又是另一回事儿。在这些人类精心研制的杀戮武器面前，众神的军队也不得不避其锋芒。

爆炸声此起彼伏，暴风神军团战士也是第一次见到如此景象，它们惊恐得四处逃散。暴风神军团已经和冥界军团纠缠在一起，导弹虽然攻击的是冥界军团集中的地方，但还是有不少暴风神战士被震飞炸碎。因陀罗声嘶力竭地试图整顿队形，但没人听得见他的声音。

第一波攻击结束了，不一会儿，空中缓缓飞来几个小黑点。奥西里斯看清了，那是人类的舰载直升机，螺旋桨发出的轰鸣声清晰可闻。想必他们一定是在检视战果，那就看看吧，奥西里斯冷冷地想，不死军团的名号可不是好莱坞电影里用来吓唬人的。

每一颗导弹都清除出了一片足球场那么大的空地，但黑色藤蔓从地底钻出，在残骸尸堆中蠕动着，尸堆像阳光下的雪堆一般融化了，黑色的海水汇聚成一片片不祥的水洼，更多的怪物从水洼中爬了出来。

这些人类在帮倒忙，奥西里斯愤怒地想，他们的武器根本杀不死冥界不死军团，但暴风神军团可不会复生。人类大概也注意到了这一点，直升机在空中盘旋着，一个愤怒的暴风神挥手招来了闪电，在因陀罗阻止他之前，一道闪电穿过了空中的直升机群，几架直升机失控了，冒着烟旋转着坠落在黑暗大地上，剩下的几架直升机歪歪扭扭地逃走了。

荷鲁斯在哪里？奥西里斯四处寻找着，必须杀死荷鲁斯才能阻止冥界军团毁灭开罗。

这时，天边突然传来一阵雷霆声，但马上雷霆声就变成了死亡的尖啸，爆炸声四起，奥西里斯惊恐地发现这一次的攻击是不分目标的。这是人类军队的远程榴弹炮——也许是加农炮或者自行火炮，他们疯了吗？奥西里斯愤怒地望向雷霆到来的方向，他看见一排密集的火箭弹拖着长长的尾焰穿透漫天的黄沙向开罗城扑来。

一次齐射就消灭了数以千计的怪物，但也有相同数目的暴风军团战士被炸成碎片。大地震颤着，爆炸声连成一片，奥西里斯被掀翻在地，他的黑马被一块弹片击中，从马颈处被整齐削断，腥臭的马血洒了奥西里斯一身。他挣扎着从马腹下爬了出来，该死的，这些该死的人类难道也向众神宣战了吗？

他爬起身，望向因陀罗，但那里什么都没有了，巨大的犀牛不见了，交战的士兵们不见了，因陀罗的身影也消失了，地面上只剩下一个巨大的弹坑。又是一阵令人头皮发麻的尖啸声，奥西里斯赶紧卧倒，周围的暴风士兵们学着他的样子卧倒。大地再次震颤起来，爆炸声此起彼伏，奥西里斯发誓，即使是众神之战中也未曾见过这种可怕的景象。他这时才意识到阎摩的高瞻远瞩，人类早就不是众神时代时的可怜虫了，他们的钢铁武器绝不亚于任何一支神灵大军。

可是这些人类军队为什么会无差别地进行攻击，他们不是阎摩的盟友吗？奥西里斯愤怒的双眼要冒出火了，不知不觉间，炮声停止了，但另外一种更深沉的隆隆声伴随着大地的震颤从远方传来。奥西里斯眯起眼睛，他看见钢铁巨兽排着整齐的队列从黄沙中冲了出来，他认出来了，那是埃及军队装备的M1坦克，钢铁履带轻松地推动着沉重的涂着沙漠迷彩的扁平车身，在沙漠里如履平地。高昂的炮管和棱角分明的前置装甲前后起伏着，就像一头头凶恶的鳄龟。

交战双方都惊呆了，这是众神第一次正面遭遇人类的装甲部队。迟疑间，坦克的炮管发出一阵火光，人类开火了。剧烈的爆炸声又开始响起，奥西里斯亲眼见到一颗穿甲弹从密集的怪物群中穿过，在一片怪物之海中射出一条死亡之路。

不死军团被激怒了，它们放弃了眼前缠斗着的对手，纷纷向人类的坦克冲去。速射机枪响了，无数条毁灭火流迎面而来，同时，第二轮炮击也开始了，不死军团的怪物们纷纷倒下。但人类军团没注意到，他们脚下的地面逐渐从松软的细沙变成了黑色的泥土，细小的藤蔓从地底长出，钻进坦克的履带，缠住士兵的脚踝。当身穿沙漠迷彩服的埃及陆军士兵们发现不对劲时，已经来不及了。藤蔓已经缠住了他们的大腿，融入他们的身体，而且还在继续攀缘而上。惨叫声此起彼伏，枪声四起，惊慌的士兵们疯狂扫射着无处不在的藤蔓，却更多的击中了同僚。被子弹击中的士兵反而是幸运的，没有被击中的士兵被黑色藤蔓拽进地底，凄惨的号叫声四起，他们仰起头惨叫着，双手在空中挥舞着试图抓住什么，但一切都是徒劳的，他们的双腿和身体沉入深渊，直到他们的脸被黑色的土地湮没。

藤蔓也钻进了坦克，但在它们摧毁坦克之前，暴怒的暴风神们出手了，一道道白色刺眼的闪电从高空劈下，闪电在坦克间跳跃，沉闷的爆炸声响起，一个个坦克的顶盖被炸得飞上半空。

局势已经彻底失控了，因陀罗战死，阿瑞斯不见踪影，奥西里斯也失去了他的坐骑，而他也完全控制不了暴风神军团了。冥界不死军团已经攻占了半个开罗，它们杀光开罗城的人是早晚的事情。这些人类的军队完全是在帮倒忙。

埃及人匆忙组织起来的反击被轻而易举地化解了，远处正在进攻的队伍望见了前线出现的可怖景象，整齐的队列顿时溃散了。士兵们抛弃了自行火炮四散而逃，坦克手打开舱盖，跳到松软的沙地里，拔腿而逃。

他们没能逃出多远。

最后一个士兵被杀死之前，他看见的最后一幅画面是一支威武的军团正穿透黄沙。

斯诺掀开防沙兜帽，望向远方的开罗，整个城市都变成了黑色。在他站立的地方和开罗之间是大名鼎鼎的塞加拉，这里显然已经成为恶魔内战的主战场。到处都是残骸断臂，最胆大的艺术家也画不出眼前的景象，恶魔们蠕动着，撕扯着人类的残躯，空气中满是令人作呕的血腥气味。

他们好像来得正是时候，斯诺抬起一只手，他身后的守护者大军停止了行进。斯诺骑在一匹高大的阿拉伯马上，他勒住缰绳，转过身看着守护者大军。这些人，他们平时是售货员、公交车司机、运动员、教师……他们潜伏在人类社会的每一个角落，他们在永恒的时间长河中守护着人类文明的烛火。现在，决战终于来临，他们翻出了古老的长剑，擦去盔甲上的尘土，穿上银铸的战靴，他们将用最古老的方式将这些怪物送回地狱。

斯诺举起长剑，下令："伟大的战士们，去吧，去消灭所有的恶魔，格杀勿论！"

混 战

守护者大军的突袭造成了一片混乱。

大军所到之处，黑色的地面逐渐变回原本的沙土颜色，藤蔓也渐渐枯萎消失。冥界不死军团再也无法从尸骸中复生，而暴风神军团的战士们惊恐地发现他们丧失了召唤闪电和暴风的能力。

在守护者大军的冲击下，冥界军团的怪物纷纷倒毙，守护者战士们挥舞着雪亮的长刀肆意砍杀着毫无反抗之力的冥界不死军团的魔鬼。趁此机会，奥西里斯重整队形，努力将失散的暴风神军团战士聚拢起来。因陀罗已经不知去向，但他看见了阿瑞斯，这位希腊战神身上的漂亮盔甲已经看不出颜色了，一只胳膊也软软地垂落在身侧。

"是魔鬼军团！"阿瑞斯朝奥西里斯大吼，"该死的，我们还要对付多少敌人！"

"他们是我们的盟军！"奥西里斯回应，"他们是来阻止荷鲁斯的！"

"你还说过人类军队是来帮我们的，可是他们杀死了因陀罗！"

阿瑞斯愤怒地喊道，"阎摩到底在干什么！"

奥西里斯无言以对，他望向守护者大军来袭的方向，下了后撤的命令。

但是已经来不及了，守护者大军的冲击非常快，天知道他们从哪里找到了这么多战马。就在暴风神军团开始后撤时，守护者军团已经杀穿了冥界军团的左翼，接触到了还未来得及脱离战场的暴风神军团。让奥西里斯愤怒的一幕出现了，守护者大军并未停止冲击，而是继续向暴风神军团发动了攻击。

"该死，我早应该知道阎摩的鬼话根本不能信！"阿瑞斯朝奥西里斯大喊，"我们丧失了神力，怎么办！"

"撤退，撤退！"奥西里斯声嘶力竭地大喊着，他举目四望，到处都是守护者的骑兵在砍杀，丧失了神力的暴风神战士纷纷倒地，和他们血战的怪物尸体一起被踩成肉酱，"这是一个圈套！"

"晚了！"远处的斯诺听到了奥西里斯的大喊声，冷冷一笑，"奥西里斯，你居然能活到今天！"他夹紧马腹，高举长剑指着奥西里斯和阿瑞斯下令，"杀死那两个高级恶魔！"

位于尼罗河畔的开罗塔上，荷鲁斯放下了望远镜，递给索贝克，面色严峻，"魔鬼来了。"

索贝克一言不发地拿起望远镜看了一会儿，"我注意到，他们也在攻击奥西里斯的军团。"

荷鲁斯低声笑起来，"索贝克大人，那是自然的，魔鬼眼里可没有什么好的神灵和坏的神灵，在他们眼里，神灵都是需要清除的恶魔。"

"我还是对你的计划感到疑虑，"索贝克放下望远镜，"杀光全开罗的人，可不是一件容易的事情。"他转头望向开罗腹地，黑色的潮水已经覆盖了大半个开罗城，所到之处已经成为一片死地，"我们还没有找到幸存者。"

"耐心，索贝克大人，"荷鲁斯轻松地说，"他们来不及阻止我们了，很快，我们就能找到我们的兄弟姐妹们了。"

"是谁告诉你九柱神都在开罗？"索贝克问道，"如果他们不在这里呢？"

"他们在这里，索贝克大人，"荷鲁斯自信地笑笑，"我能感觉到他们的气息，而且，莫特大人是不会出错的。"

"我总觉得有些地方不对，"索贝克瓮声瓮气地说，"阎摩可是万神殿七始祖中最狡猾的一个，他怎么会犯这种错误？他一定预料到了守护者大军会来开罗，他怎么会把自己的军团放在守护者大军面前。暴风神军团可是阎摩手中最重要的一支力量。"

"唔……"荷鲁斯沉思了一会儿，下意识地问，"你是说，所有的守护者都来了？"

"别忘了，有多少年没有这么多神灵军团聚集在一起了，不管魔鬼在哪里，他们都会放下所有的事情赶往战场。想想当年的巴比伦，要不是莫特赶在魔鬼之前杀死海拉及时脱身，这个世界上大概早就没有莫特了。"索贝克说，"而且，现在可不是以前那个骑马送信的时代了，我相信全世界所有的守护者都知道开罗正在发生什么，可怜的赛特可能要白跑一趟了。"

等等，荷鲁斯的心沉了下去，也许这个看起来蠢笨的索贝克无意中道出了事实的真相，阎摩这个狡猾的死神绝不会犯下这种错误，他到底要干什么？

这时，天边再次传来了一声尖啸，荷鲁斯和索贝克抬头望去，只见两颗拖着长长的尾焰的导弹穿过云层朝开罗袭来。荷鲁斯的心脏缩紧了，和刚才不同，导弹袭来的方向是西北方向，而经过'洛坦'肆虐的地中海早已没有人类的舰队存在了。

荷鲁斯瞬间明白了一切，他不顾一切地大喊一声："快跑！"

但是已经来不及了，炫目的闪光一瞬间就烧焦了他们的眼睛。

攻　击

　　"总统先生，埃及军队已经全军覆没，斯诺领军的守护者军团已经参战，舰队正在等候下一个命令，"一名参谋急匆匆地推开作战室的大门，"我们和舰队的联络持续不了多久，'洛坦'影响了电磁通信。"

　　"这些埃及人，他们是不是没有进行敌我鉴别？"一名将军问道。

　　"埃及人对战场进行了饱和式攻击，"参谋点点头，"他们显然被吓坏了。"

　　"埃及人拒绝了我们的提议，没有守护者在场，众神的力量就不会被压制，"沃顿插嘴，"他们拒绝守护者参加军团。"

　　"我能理解埃及人的疑虑，"温斯顿说，"不是每个政府都愿意相信这些神话故事的。"

　　"那么，守护者是否遵守了盟约？"凯恩扬起眉毛，"我是说，他们是不是只攻击了埃及的冥界军团？"

　　参谋摇摇头，"战场图像太混乱了，我们只看见一片混战，就像好莱坞的魔幻电影拍摄现场，根本分不清哪些是冥界军团，哪些是阎摩的军团。但是——"他犹豫了一下，同时看了凯恩和温斯顿一眼，"中国人和我们的直升机都遭到了来自暴风神军团的攻击。"

　　"守护者也分不清敌我，"温斯顿指出，"而且，从来都没有什么正式盟约，阎摩太天真了。守护者不会因为几句话就和恶魔和解的，猎杀恶魔是守护者的本能，你不能指望一个杀毒程序被感化然后帮助病毒中的一群去对付外另一群。"

总统沉思片刻，挥挥手，示意所有人都出去。"SIB 的人留下，"总统补充道，他对温斯顿说，"温斯顿博士，你也留下。"

一阵椅子摩擦地面和桌椅碰撞的声音响起，将军们和幕僚们纷纷站起身走了出去。

大门重新关闭了，作战室里只剩下总统、SIB 局长凯恩、克里斯·沃顿和温斯顿。

"我刚得到了一些消息，上一次'震荡'之后，"总统沉重地说，"现在全世界都在发生地震和火山爆发，大地裂开了，更多的怪物从裂缝里爬了出来，我们的军队根本无法对付它们，它们无惧枪炮和炸药。现在这些怪物正在屠杀我们的人民。另外，还有很多陨石从天而降，孟买和布宜诺斯艾利斯已经被摧毁，我想知道，这一切是否与莫特唤醒埃及九柱神的事情有关？"

温斯顿点点头，"是的，莫特不仅在唤醒九柱神，还在唤醒所有在众神之战前就被守护者杀死的神灵，每成功一分，这个世界就距离末日更近一步。莫特相信毁灭的尽头就是重生，当世界彻底毁灭之时，这个世界就会重启，回到众神刚刚降临的那一刻。"

"那个预言的最后一句，毁灭的尽头就是重生，"凯恩一巴掌拍在桌子上，"原来是这个意思！一遍一遍重生，又一遍一遍毁灭，到底是谁在干这种事情？"

"我担心的是，这种事情可能已经发生过了，"沃顿突然说，"你们是否还记得海拉曾经在幻境中看到过的未来的景象，也许我们现在所经历的一切都曾发生过，我们没能够阻止莫特，世界重回了众神降临的那一刻。"

"我的上帝啊，"凯恩扶着额头，"这么说，我们永远无法阻止莫特了？即使我们阻止了荷鲁斯，莫特唤醒的其他神灵也足以改变众神之战的结局？"

"我们一直被莫特牵着鼻子走，他能预见我们的每一步行动，"温斯顿说，"卡兰迪发生的一切是一个障眼法，他把我们的注意力吸引到了卡兰迪。真正的关键不在卡兰迪，你们都看到了，卡兰迪出来的那些怪物根本就不堪一击。"

"而阎摩也没有那么愚蠢，"总统扫视着众人，严肃地说，"他知道守护者根本不可能与恶魔和解，对吗？他知道守护者军团会和忠于他的神灵军团作战，对吗？"

"没错，"温斯顿说，"我很高兴你们终于看到了这一点。"

"那么，阎摩到底想做什么？"总统问，"他所说的守护人类文明等等都是谎言？"

"不一定，"凯恩摇头，"他所说的都是真实的，当海拉死于巴比伦之战后，的确是阎摩继承了海拉的意志，开启了人类文明的曙光。"

"那么，他为什么要将忠于自己的军团暴露在守护者大军的眼前？他明明知道守护者军团会消灭一切恶魔，他为什么还要这么做？"沃顿质疑道，"是他要求斯诺召集守护者大军前往埃及的，对吗？"

"没错，尽管斯诺对议长是一名恶魔大为震惊，但他是一个顾全大局的人。"凯恩阴沉着脸，"斯诺是一个尽责的人。"

"所有的守护者是不是都在埃及了？"总统问。

凯恩和沃顿对视一眼，凯恩小心地说："根据斯诺的说法，是的。"

"那么，荷鲁斯为什么要召唤冥界军团，他为什么不偷偷摸摸地寻找九柱神呢？"总统再次发问。

"时间来不及了，"温斯顿说，"别忘了，洛坦正在向开罗前进，它的强度将在开罗达到顶峰。想想地中海大灾变——洛坦第一次出现在这个世界上就是出现在地中海。好消息是，洛坦终于要回家了，开罗的几千万灵魂是它回家前的最后一餐。如果荷鲁斯没有在洛坦摧毁开罗之前寻找到九柱神，那他可能就永远都找不到了，作为凡人的九柱神也会死去。所以荷鲁斯要赶在洛坦到来之前杀光普通人，换句话说，普通人越少，他就越容易找到九柱神。"

沃顿倒吸了一口冷气，"那可是几千万人啊！"

"恕我直言，在神灵眼里，"温斯顿冷冷地说，"人类只是一群虫子而已，而荷鲁斯已经是众神时代较为温和的神灵了。"

"这些该死的畜生，"总统一巴掌拍到桌子上，丝毫没有顾忌温斯顿的感受，"他们胆敢自称神灵，他们简直就是地狱里的恶魔！"

温斯顿毫不在意地笑了笑，"现在你们应该知道阎摩到底在做什么了，人类军队可能无法阻止荷鲁斯找到剩下的九柱神，但你们有能力阻止复活的九柱神完成复仇。阎摩必定也看到了这一点，总统先生——"温斯顿看向总统，"我想你的智囊团早就给你提议了吧。"

"你说什么？"凯恩疑惑地说，"我们怎么阻止复活的九柱神复仇？"但他马上就明白了，他扫视着众人的脸，皱起眉头，"总统先生，你不是这么想的，对吗？"

"我早上和中国、俄罗斯、英国、法国、日本等国家元首都通了电话，"总统阴沉着脸，"我们只剩下一个选择了，我想，如果这是再一次循环的终点，那么我们要做出一些和以前不同的决定了——一些莫特绝想不到的决定。"

沃顿顿时面色苍白，他有些语无伦次地说："不，总统先生，我们不能这么做，这是对守护者的背叛……"

温斯顿笑了，"这不是背叛，这是阻止荷鲁斯最容易的方法，想必这也是阎摩的目的，从来没有这么多守护者集中在一起，他想借人类之手除掉所有的守护者。如果我们杀死了所有的守护者，即使荷鲁斯找到了剩下的九柱神，他们也无法完成复仇。据我们所知，如果九柱神不能逆转时间回到被守护者杀死的那一刻完成复仇，历史就不可能被改变。"

"这只老狐狸，"凯恩紧紧地咬着牙，"他了解人类，他知道我们一定会这么做的。他要借我们之手杀死所有的守护者。"

"我们不能这么做，"沃顿急切地看向总统，"守护者从没有伤害过人类，如果不是他们，人类文明早就结束了。"

"我们不能保证所有的九柱神都在埃及，"温斯顿打断沃顿，"如果他们不在埃及，莫特迟早会找到他们，复活他们，我们只有这一个机会去阻止他。"

"你当然希望我们这么做，不是吗？温斯顿先生，你很乐意看到所有的守护者都死于人类之手……"

温斯顿瞪着凯恩，"当然不是……"

"如果守护者的使命就是守护人类的话，他们会理解我们的，看看这个世界吧，已经变成什么样子了？"总统面无表情地打断温斯顿，"我们要让那些自诩神灵的家伙知道，人类的命运从来都是掌握在自己手里。"

凯恩死死地盯着桌面，眼睛里冒出了火，但他什么都没说。沃顿则满眼都是泪水，他喃喃地说："可是斯诺在那里……"

"我们一直自诩神灵，"温斯顿的目光从凯恩身上移开，"其实所有人都错了，真正的神灵是人类自己。"

"莫特不会预料到我们会往几千万人头上扔核弹，更不会预料到我们会往守护者大军头上扔核弹，"总统疲惫地说，"现在就是万不得已的时刻了，为了拯救这个世界，就让我们变成真正的恶魔吧。"

游弋在大西洋沿岸的英国前卫级战略核潜艇发射的两枚装载着 W88 核弹头的三叉戟导弹率先击中了战场。每一颗 W88 都具备 47.5 万吨当量的核弹，其中一颗击中了开罗西部十月十日城，吉萨高原上矗立的超过五千年的胡夫金字塔群也被波及，巨大的石块纷纷从金字塔上滚落。还有一颗落在了战场的正中心，守护者大军和神灵军团在爆炸的一瞬间就蒸发了。两颗新太阳从开罗的两边分别升起，冲击波驱散了云层，露出了久违的蓝天，阳光洒落下来。在爆炸中心升起两朵顶天立地的蘑菇云，蘑菇云的上半部分呈灰白色，在阳光照射下闪闪发亮；伞盖下面是一把纤细的伞柄与地面的爆炸云相连，越来越多的黄沙被吸到伞盖下，伞盖的颜色随之变成了金黄色，形成了两柄遥遥相对的"死亡之伞"。

但这还不是结束，十分钟后，来自法国和俄罗斯的导弹也相继击中了开罗。其中俄罗斯发射了一枚当量达2000万吨级的核弹，瞬间就将开罗城的剩余部分一扫而空。三十分钟后，来自中国和美国的核弹也到了，但导弹的导航系统在强辐射的干扰下出了问题，中国的核弹在红海上空爆炸，冲击波掀起的海啸差点摧毁了中美联合舰队。而美国的核弹在法尤姆绿洲上空爆炸，法尤姆绿洲被冲击波一扫而空，化为一片焦土。

来自空中的打击仍然在持续，五大常任理事国的战术核导弹血洗了所有守护者大军集结的地点，正在集结的守护者军团在人类的终极毁灭武器面前化为飞灰。

短短一个小时内，人类就杀死了埃及九柱神中的三位，并且完成了众神数万年都没有完成的目标：消灭守护者大军。

第一次，这个世界上不存在任何一个守护者。

不仅如此，藏在深山里的核基地打开了尘封的发射口，深潜于海底的战略核潜艇打开了发射盖，一枚枚裹挟着死亡烈焰的核导弹腾空而起，向高空飞去。几乎所有怪物军团集中的区域都遭受了核打击。前所未有的蘑菇云在每一片大陆上腾起，无数城市在烈火和冲击波中化为一片废墟。

随着守护者大军和恶魔大军的灰飞烟灭，大地的裂缝开始合拢，在此之前，所有从裂缝中冲出的怪物都被吞噬。无穷无尽的怪物潮也不再出现，各国军队突然发现敌人都消失了。天空恢复了清明，袭来的陨石莫名消失了。就连卡兰迪地狱之门附近的魔军也消失了。

人们纷纷走出避难所，怪物们都不见了，他们看见了久违的蓝天和阳光。在遭受了核打击的两个小时后，洛坦终于抵达了开罗。但是此时的开罗和尼罗河三角洲已经成为充满烟尘和辐射的死亡地带。最终，洛坦带着不甘回到了地中海，再次用海啸席卷了地中海沿岸，终于平静下来。

一切似乎都恢复了正常，军队重新接管了各大城市的防卫，他们小心翼翼地清查了每一条下水道和每一间房屋，但怪物们真的全部都消失了。防疫部队开始掩埋死者，工程师们开始抢修被毁坏的电力设备和通信设备。

各大洲的主要通信陆续恢复了，黑暗的城市重新亮起微弱的灯火。沿海的各大城市几乎都被摧毁，内陆城市也满目疮痍。各国的伤亡数字尚未统计出来，但可以肯定的是，这是人类有史以来遭受过的最惨重的灾难，每一寸土地都成为战场，没有及时进入避难所的人们几乎都没有活下来。许多落后地区已经重新成为无人区。

幸运的是，还有人活着。

卧 底

"这么说，一切都结束了？"时隔多日，SIB 一行人第一次走出了深埋在地底的联合通信指挥部，空气中有一种硝烟的味道。没有风，他们极目远眺，地平线上有几束笔直的烟柱深入蓝天，就像为死难者点燃的香。总统已经搭乘专机返回了华盛顿，秩序正在慢慢恢复。

"我从来都没有想到第二次众神之战会以这种方式结束，"温斯顿站在一块沉积岩上，双手插在风衣口袋里，"莫特算准了一切，但他却还用老眼光来看待人类，他真应该多学习一下人类的历史，了解一下人类的本性。"

"我关心的是，没有了守护者，谁还能对付莫特，他一定还活着。"阳光有些刺眼，凯恩戴上了一顶贝雷帽，这让他有些找回了多年前从军的感觉，他冷眼看着温斯顿，"我总觉得我们好像犯了一个严重的错误。"

"不必担心，局长先生，"温斯顿笑了笑，"即使莫特还活着，他也掀不起什么风浪了，一只被剪除了牙齿和利爪的老虎最好逃到没人看见的地方去。"

"但他依然是黑暗君主，不是吗？谁能保证我们已经杀死了所有忠于他的神灵？"凯恩说，"我们倒是可以保证杀死了所有的守护者。"想起斯诺，凯恩的心口不禁隐隐作痛，虽然不是他下的命令，但他却无法阻止这一切，他只能眼睁睁地看着他的朋友被杀死。

温斯顿敏锐地察觉到了凯恩的情绪，他说："如果守护者知道自己的死亡可以守护人类文明，他们会毫不犹豫牺牲自己的。相信我，他们死得毫无痛苦。"

"毫无痛苦，"沃顿冷笑一声，"温斯顿先生，你现在一定在心底窃喜吧……"

温斯顿耸耸肩，"你们不用太过悲伤，也许这个世界上根本就不存在真正的死亡，假如守护者真的只是一组杀毒程序的话，你们还会悲伤吗？毕竟，我们胜利了。"

"但是群星还没有回来，"凯恩指指天空，"这是为什么？"

"局长先生，你一定是忘了，我们在埃及的胜利只是阻止了莫特扭转众神之战的历史，这之后莫特所做的事情引发的这场灾难还没有真正结束，"温斯顿偏过头看着凯恩，"现在，趁这个世界还没完蛋，赶紧执行第二步计划吧。"

"温斯顿先生，你着急什么？"凯恩冷冷地看着他，这时，四个荷枪实弹的士兵站到了温斯顿身后，"我已经向总统进行了说明，除非阎摩亲自现身说明情况，否则，不准任何人接近卡兰迪。"

沃顿也冷眼看着温斯顿，"博士，想必你还不知道，卡兰迪的地狱之门已经消失了。阎摩借助人类之手消灭了守护者，消灭了莫特的军团，在这场闹剧里，阎摩才是最大的赢家。"

温斯顿脸上的笑容消失了，"你说什么？地狱之门消失了？这不可能！"

"至少风暴已经平息了，没有怪物再在卡兰迪出现，"凯恩说，"看来你并不是无所不知的，博士，我们不会再被任何人牵着鼻子走了，莫特不能，阎摩不能，守护者也不能。没有人能掌控人类的命运，除了人类自己。既然守护者已经消失了，那么恶魔更不应该存在于这个世界上。"

"你们要拘捕我？"温斯顿意外地看着眼前的士兵们，他们不是国民警卫队，而是隶属于联合通信中心的第十七陆军师的士兵，"以什么名义？"

"以守护者的名义，"凯恩冷冷地说，"我们做了你希望我们做到的，但人类是不可能与恶魔共存的，你应该很清楚这一点。"

"别搞错了，你们的敌人是莫特，而不是我，"温斯顿严肃地说，"而且这个世界还没有脱离危险，如果不扭转巴比伦之战的结局，这个世界还是会被毁灭的。"

"你还是好好关心一下自己的命运吧，温斯顿博士，"凯恩的嘴角露出一丝冰冷的微笑，"你一直在说莫特不了解人类，那么你就真的了解人类吗？在多年以前，我们就开始秘密研究你们，温斯顿博士，你难道不好奇为什么我当初明明识破了你的身份，却没有拘捕你，而是放你走吗？"

"你一直在监视我？"温斯顿的语气冷了下来。

"你真的天真到以为我们会放任一个恶魔不管吗？"凯恩反问。

"我以为我们是朋友。"温斯顿叹息一声。

"是的，我们是朋友，"凯恩先点点头，然后又摇摇头，"但你和阎摩才是真正的朋友。承认吧，温斯顿博士，我们一直监控着你的一举一动，你并没有表面上的那么颓废，这些年，你一直和某些地下势力有着秘密来往。如果我没有猜错，你一直和阎摩保持着来往，对吗？"

"也许我真的低估了你们，"温斯顿的目光在凯恩和沃顿脸上扫过，他痛快地承认，"阎摩的确找到了我，不然他根本不会知道 SIB 的存在，是我帮助阎摩一手促成了 SIB 和守护者的合作，但我不认为我做错了什么。我的确隐瞒了一些事实，但我从未欺骗过你们，我所说的一切都是事实。是我们一起阻止了莫特。"

"未必吧，"凯恩冷淡地说，"你和阎摩一定知道我们会别无选择，你们借助人类之手清除了守护者，完成了恶魔千万年以来的梦想，这才是你们真正的目的。"

"我承认，守护者和恶魔永远无法达成和解，"温斯顿笑了笑，"但事实并不是你们想象的那样，阎摩无意重建众神时代。如果阎摩真的想重建众神时代，何须阻止莫特。莫特改变后的时间线里，阎摩依然是高高在上的万神殿始祖和死神，而海拉，依然会是万神殿之主。"

凯恩挥挥手，示意士兵将他带走。温斯顿甩开士兵，最后说道："凯恩，还有很多神灵隐藏在人间，你们不可能把他们全部找出来的。"

"是吗？"凯恩扬起眉毛，"温斯顿博士，我们从未开诚布公地谈过，你瞧，现在正是一个合适的时机。你真的以为我们对你们一无所知？你别忘了，人类历史上曾经出现过很多恶棍和野心家，我们很早就和恶魔打交道了。在人类的古老典籍里，到处都有恶魔的踪迹。在'彩虹计划'里，我们制造出了只有恶魔才能制造的恶魔领域。更重要的是，在当时参与实验的海军官兵中，我们鉴别出了几个隐藏的恶魔。"

没有理会温斯顿震惊的眼神，凯恩继续说道："但我们没有打草惊蛇，而是放任他们继续生活。但我们为每一个被识别出的恶魔建立了行为模型，并且建立了鉴别程序。虽然我不完全认同克里斯的虚拟世界论，但不得不说，恶魔、守护者和人类在行为模式上的确有着差异。在过去的这些年里，在白宫的支持下，SIB 领导了一项覆盖全美的秘密鉴别计划，我们已经掌握了数万个恶魔的真正身份。"他加重了语气，"恶魔们自以为还能像以前那样隐藏在茫茫人海里，但他们早就暴露在我们的监视之下，难道你不好奇，为什么我们能这么快就摧毁众神军团吗？"

"你们并没有和守护者共享情报，对吧？"温斯顿说，"你们在观望，我早该想到的，你们人类只想得到最大的利益，你们根本没有真正和守护者结盟，在你们眼里，守护者和神灵都是异类罢了。你们人类，为了利益，不惜把灵魂出卖给魔鬼。凯恩，你知道吗，神灵根本没有那么大的能耐影响人类。那些和神灵签订灵魂交易契约的人都是自愿的，神灵从未强迫任何一个人行恶事。所有的恶行都是人类亲自而为，你们以为尼禄和希特勒是神灵或者恶魔？不，从来没有一个神灵真正成为统治者，真正的恶魔隐藏在人类的内心深处，傲慢、嫉妒、暴怒、懒惰、贪婪、暴食、色欲从来都不是神灵灌输给你们的。你们人类，才是真正的恶魔……"

"够了，"凯恩打断他的长篇大论，"也许你是对的，但我们绝不会再任由神灵摆布。你们自诩神灵，以为自己高高在上，温斯顿博士，难道不是这样吗？你们从骨子里依然认为人类只是奴隶，我厌恶你们这种优越感。事实已经证明，我们的军队根本无惧所谓的众神军团，即使是神灵，也是会流血的。既然守护者已经不在了，那么我们只好亲自动手了。"

"非常令人印象深刻，是皮埃尔？"温斯顿若有所悟，"它就是鉴别程序本身，你们通过医疗系统来鉴别每一个神灵……所以，你们早就知道沈晓琪不是守护者，对吗？"

"无可奉告，"凯恩冷冷地说，他朝士兵们点点头，一辆厢式货车开来，在他们面前停下。两个士兵走上前打开后车厢门，露出了里面的笼子。

"请吧，温斯顿博士。"凯恩说。

"你们知道为什么守护者猎杀了几万年都没有杀光神灵吗？"温

斯顿走到车厢口，转头对凯恩和沃顿说，他指指自己的脑袋，"不是因为神灵是不朽的，而是因为神灵无处不在。"

说完之后，温斯顿就大笑着走进了笼子，两个士兵在他身后关上了门。

看着汽车远去卷起的尘土，沃顿忧心忡忡，"他说什么？"

凯恩望着汽车远去的方向，"我不知道，"他轻轻摇摇头，花白的头发在微风中微微颤动，"我不知道。"

"我们现在该做什么？已经没有什么地狱之门了，我们的第二步计划已经没有办法继续了。"沃顿有些颓废地说。

"如果这个世界真的是一个出了问题的虚拟程序世界，如果所谓的神灵真的是这个系统的病毒，既然守护者已经不在了，那就由我们人类自己来清除病毒吧，"凯恩说，"当我们清除掉所有的病毒，这个世界就会恢复正常。总统临走前已经和我谈过了，SIB 将负责后续的清理工作。"

沃顿倒吸了一口冷气，"清理？怎么清理？"

"对所有幸存的人进行公开鉴别，"凯恩的眼眸里闪烁着冷酷的光芒，"一旦发现恶魔，立即进行清理。"

"恶魔可不仅仅藏在美国，"沃顿说，"其他国家……"

"美国会同各国政府共享鉴别恶魔的程序，"凯恩打断他，他转过身看着这位一直陪伴他的战友，伸出手在他的肩膀上拍了拍，"克里斯，看看这个世界已经变成什么样子了，中俄和欧盟都已经同意了我们的提议。如果其他国家拒绝配合我们的行动，他们将遭到全面的核打击。"

"疯了，简直是疯了，"沃顿甩开凯恩的手，"你们要进行大清洗！"

"没错，但是清洗的对象是恶魔，克里斯！"凯恩怒吼道，"别忘了，恶魔是怎么对待我们的，他们奴役我们的祖先，蛊惑我们心中的恶，他们就是伊甸园里的毒蛇！他们挑起战争，制造种族灭绝，在他们眼里，我们连虫子都不如。我们必须让他们知道，谁才是这个世界真正的主宰。"

"没有人能保证鉴别程序是百分之百正确的，不是吗？皮埃尔根本没有发现沈晓琪是恶魔的一员，"沃顿说，"这么做，会有许多无辜的人受到牵连。而且，真正的恶魔是杀不死的，我们会成为人类历史上最臭名昭著的屠夫。"

"我们再不动手，就不会有什么历史了。"凯恩说。

"海拉和沈晓琪呢？他们还在等我们的消息。"沃顿问，"我们不能连他们俩也……"

"地狱之门已经消失了，"凯恩抬起手，"我们不能把希望都寄托在海拉和沈晓琪身上，我想，他们会理解我们的。"

"如果我们杀死他们的同胞，我不觉得他们还会理解我们……"

"谁说我们要杀死所有的恶魔？"凯恩看着沃顿，"我们会在无人区建立一个新的利比里亚。但是恶魔们不能拥有任何杀伤性武器，而且他们的一举一动都将置于联合国的监督之下。"

"听着，克里斯，总统先生回白宫之后做的第一件事就是安排鉴别，如果他或者他的家人没有通过鉴别，都会被当作恶魔处理，"凯恩抬起手腕看了看表，"时间到了，我们该去做我们要做的事情了。"

断　裂

一切似乎都结束了，沈晓琪和海拉坐在帝国大厦的顶端等待着落日。他们已经得知开罗发生的事情了，眼前的一切似乎变得不重要了。

远远望去，全副武装的陆战队士兵们正在废墟中搜寻，就像一群在垃圾堆里觅食的蚂蚁，不时有尸体从尚未倒塌的大楼里被抬出来。就像无数部好莱坞灾难片中描述的那样，这座城市曾被海啸反复侵袭，还有一群来自深海的巨兽登陆，自由岛上的女神像也不见了，繁华的曼哈顿变成了一片废墟，早就成了一座死城。

"我应该感到悲伤，"沈晓琪说，他们背对着大海，望着太阳西沉的方向，空气中弥漫着一股大海和硝烟混合的味道，"我和斯诺应该认识十六年了，但其实我才认识他几个星期。"

海拉眯起眼睛，太阳正在西沉，天空呈现出一种奇异的淡紫色，"至少一切都结束了，"海拉安慰道，"这个世界上没有守护者了，但是众神时代也不会回来了。"

"你真的这么想？"沈晓琪侧过脸来看着海拉，几缕黑色的秀发随风飞舞，"可是莫特还活着。"

"比起莫特，我更担心的是阎摩，"海拉轻轻摇头，庄重地说，"晓琪，你想想，我们是不是一直被一只看不见的手牵着走。众神之战前，阎摩死于东方，但是他真的死去了吗？他找到了你，他真的对巴比伦发生了什么一无所知吗？我们所做的一切都是他安排的，他甚至借助我的手杀死了泰坦。"

沈晓琪悚然一惊，"可是我们的确阻止了莫特。"

"但也杀死了所有的守护者，"海拉叹息一声，"这是众神从未完成过的伟业，我没有做到，莫特也没有做到，但是阎摩借助人类之手做到了。而且这是一个明知不可为却不得不为的阳谋，这的确是死神的手段。"

"人类被彻底激怒了，他们在全世界范围内搜捕所有的神灵，人类将为神灵建立一个保留区，"沈晓琪说，"克里斯私下给我发了消息，他是一个值得信任的朋友。"

"不会有什么保留区的，"海拉摇头，"晓琪，你们中国人有一句古话，非我族类，其心必异。不用说智人对他们的兄弟尼安德特人、佛罗里斯人、丹尼索瓦人干了什么，就连同一个物种的他们也因为意识形态和宗教信仰不同就大肆仇杀，何况对于我们这些曾经高高在上奴役过他们的神灵。他们之前没有这么做，只是因为我们对他们还有用处，而且还有守护者存在，而现在，守护者已经消失了，人类不会再容忍神灵存在了。"

沈晓琪担忧地看着海拉，"可是克里斯说很快就有人来接我们去卡兰迪……"

"我们要认真考虑一下再做决定，"海拉再次叹息一声，"这会不会又是阎摩的陷阱？"

"陷阱？"沈晓琪睁大眼睛。

"想想看，晓琪，如果阎摩想要的只是消灭守护者大军，他何必要煞费苦心唤醒我？"海拉问道。

"也许他想借助你的手杀死泰坦？"

海拉摇摇头，"泰坦绝非死神对手。我相信阎摩走的每一步棋都是他精心设计的迷局，阎摩借 SIB 之手唤醒了我，绝不只是为了让我当一个旁观者。"

"他想让我们走进地狱之门，"沈晓琪屏住了呼吸，"如果我们真的走了进去，会发生什么？"

"也许会彻底撕碎这个世界，"海拉说，"我们根本没有办法抵达巴比伦，这是一个谎言。"

沉默了一会儿，海拉才说："我必须和阎摩谈谈。"

"你知道他在哪里吗？"沈晓琪问，"他已经关闭了通道，我们回不去暗影议会空间了。"

海拉耸耸肩，"那么，我们更不能进入地狱之门了。"

这时，他们的身后传来一阵响动，海拉站起身，看见通向楼顶的门被打开了，一群全副武装的士兵警惕地冲了出来。看到走在最后的人时，海拉笑了，他轻声对也已经站起来的沈晓琪说："看来你的值得信任的朋友亲自来接我们了。"

走在最后的是穿着一身黑色西装的克里斯·沃顿，他穿过警惕的士兵走上前，而士兵们已经形成了一个半包围圈，黑洞洞的枪口指着海拉和沈晓琪。

"放下枪，"沃顿命令道，士兵们犹疑地看着他，见状，沃顿加了一句，"这是命令。"

士兵们压低枪口，沃顿走到海拉和沈晓琪面前，朝他们点点头，他罕见地没有用海拉这个名字来称呼海拉，"肖恩，晓琪，你们应该已经知道了，这个世界上没有守护者了。"

"那么，你是来逮捕我们的？"海拉问。

沃顿的目光从海拉和沈晓琪脸上扫过，"地狱之门消失了，计划里的第二步已经不存在了。"

海拉和沈晓琪交换了一下惊讶的目光，沈晓琪脱口而出："怎么会这样？什么时候的事情？"

"当核弹击中开罗的时候，换句话说，守护者全部阵亡的时候，"沃顿说，"我们也不知道为什么会这样，也许一切都是阎摩的谎言，你们根本不可能回到什么巴比伦时代。"

"看来我们至少重建了一部分共识，"海拉点点头，"也许我们不该继续信任他了。"

"对不起，"沃顿看起来下了很大勇气才说出这句话，"我不得不这么做，海拉，晓琪，你们要跟我走。"

"去保留区？"沈晓琪强忍住没有尖叫出声，"你要把我们送到保留区？"

"不，"沃顿摇摇头，"我知道你们和其他的神灵不一样，莫特和阎摩都还活着，我们需要找到他们，我们需要你们的帮助。"

"用这种方式？沃顿，用这种方式？！"沈晓琪突然大怒，她指着周围的士兵，"什么时候我也变成你们的敌人了？你怎么不下命令让他们开枪！开枪啊！"

"冷静，晓琪，"海拉安抚她，"要是他们会开枪的话，早就往这里丢一颗核弹了。我知道你很难接受阎摩的事情，但一切都尚未可知。"

"是的，晓琪，"沃顿的脸上满是痛苦，"我们需要你们的帮助，我们绝不能让你落到别人手里，你是最重要的一位神灵，只有你能看穿历史的变化。"

"沃顿说的没错，"海拉拍了拍沈晓琪的后背，"别忘了，你可能是唯一一个回到过上层世界的人，"他转向沃顿，"如果莫特和阎摩真的要藏起来，你们根本不可能找到他们，这个世界很大。"

"那我们也要继续找到他们，"沃顿指指空荡荡的夜空，"看看吧，群星还是没有回来。"

"但也没有继续消失了，"沈晓琪长长地吸了一口气，"现在可观测到宇宙中只剩下地月系和太阳了，但人类至少能活下去。"

"神秘'震荡'也停止了，"沃顿补充道，"距离开罗的清理行动已经过去了一个星期，没有发生新的'震荡'，也没有人员再莫名失踪，至少我们暂时安全了。但莫特还活着，我们必须找到他，我们必须让这个世界恢复正常。这个——"他指指夜空，又指指一直蔓延到远处目力所及之处的废墟，"这个世界已经不是我们熟知的那个世界了。"

"你们还要找到阎摩，"沈晓琪说，"他必须给我们一个合理的解释。"

"我们会的，我们要找到所有的始祖，如果他们还活着的话，"沃顿点点头，"你们被称为始祖绝不是偶然，始祖是最早降临到这个世界上的神灵，你们身上藏着这个世界真正的秘密。"

他们没有再去已经成为一片废墟的长岛，而是乘坐专机返回了雷文·洛克山中的美国国家预备联合通信中心，这里已经被总统授权成为新的 SIB 总部。在灾难爆发前，SIB 就将皮埃尔的硬件设施搬迁到了这里的地下计算机中心。

"我必须要说明，你们不是俘虏，更不是人质，"在来的路上，沃顿还是向他们做出了解释，"这已经是 SIB 向白宫争取到的最大诚意，你们依然是 SIB 的一员，但是我们无法相信其他神灵，即使是温斯顿，我们也有足够的证据表明，他是阎摩安插在 SIB 的一个间谍。"

尽管发动机的声音嗡嗡作响，沈晓琪和海拉还是听清楚了沃顿在说什么，沈晓琪什么都没说，而是看向窗外，这些天，她经历了太多，似乎每个人都戴着一副虚假的面具，她现在真的不知道该相信什么。海拉则意味深长地笑笑，他指指自己，"你们应该相信晓琪，但是我呢？"

"我们当然知道你的身份，你就是传说中真正的众神之王，"沃顿笑笑，"但是我更愿意把你当作肖恩。"

"在经历了这一切之后，我很高兴还有人记得肖恩这个名字，"海拉点点头，"你们对阎摩的警惕是对的，但你们也必须意识到一点，阎摩借助你们之手唤醒我，必定有其目的，死神绝不会走一步多余的棋。"

"温斯顿怎么会是阎摩的间谍？"沈晓琪冷冰冰地说，"温斯顿可早就被 SIB 扫地出门了，如果阎摩想刺探 SIB 的情报，为什么不通过我和威廉姆，别忘了，阎摩的另一个身份是守护者的首领。他本来就知晓 SIB 发生的一切。"

"我们会调查清楚的，"沃顿简单地说，"如果他是无辜的，我们绝不会冤枉他。"

这时，一个黑影从窗外掠过，飞行员明显受到了惊吓，机翼抖动了几下，机舱里的士兵们紧张地扑到舷窗前，有一个士兵还拉开了枪栓，"是怪物！"一个士兵紧张地喊道，"快开火！"

"不必惊慌，那是忠诚的迦楼罗，它不愿离我太远，"海拉抬手制止了士兵们的行动。

沃顿看了看海拉，然后点点头示意士兵们不必惊慌，转而问道："这就是传说中的大鹏金翅鸟？"

"它有过很多名字，在美洲大陆，印第安人曾经叫它雷鸟，"海拉也望向窗外，飞机正在朵朵白云中穿行，迦楼罗的身影在白云中若隐若现，"它曾经是毗湿奴的坐骑，我一直以为它死在了众神之战，没想到它逃脱了，是阎摩收留了它。"

"那么，它一定知道阎摩在哪里吧？"沃顿似有所悟，他探询的目光落在海拉身上，沈晓琪听了沃顿的话，也转过头来看着海拉。

海拉的眼睛亮了，"有这个可能，迦楼罗追随阎摩数千年了，他一定带它去过所有的藏身之处。"

"很好，"沃顿终于露出了一丝微笑，"很好。"

他们刚抵达没多久，一个不速之客就拜访了联合通信中心。巡逻的士兵在警戒线里发现了一个面色阴沉的男人，士兵们向那个男人发出警告，但男人却置若罔闻，准确地朝基地的入口处走来。士兵们拉动枪栓，高声警告着，但男人却坚定地继续前进。

很快，他就走到了基地入口，闻讯赶来的士兵们惊骇地包围着他，男人冷冷地瞪着他们，对黑洞洞的枪口置若罔闻，"我是莫特，"他开口说，同时抬头看向安装在大门上方的摄像头，"我找海拉，我知道他在这里。"

深处地底400米的联合指挥室内，凯恩和沃顿以为自己听错了，凯恩问道："他说什么？"

"那是莫特，"海拉阴沉着脸，浑身的血液都涌上了脸，他死死地盯着屏幕上的莫特，"他怎么敢来这里！还愣着干什么？"海拉看向凯恩，"快抓住他。"

"我建议我们先听听他想说什么，"凯恩冷冷地说，他按下一个按钮，吩咐道，"不要让他进来，我们马上就到。"

下完命令之后，凯恩站起身，对呆若木鸡的海拉和沈晓琪说："我知道你们恨他，相信我，如果这一切都是莫特造成的，我会让他付出代价。但一个敢只身犯险的男人，至少应该有说话的机会。"

"是的，海拉，"沈晓琪轻声说，"莫特一定是迫不得已才会找到这里来，我们不是也正在找他吗？我们不也想知道到底发生了什么吗？"

"你说的对，"海拉松开了紧握的拳头，他的目光从凯恩和沈晓琪身上依次扫过，"那就让我们听听他想说什么吧。"

"不过，"沃顿皱起眉头，"如果他是来挑战的，我们能不能阻挡他？毕竟他是一位始祖……"

"已经没有神灵了，"沈晓琪看着沃顿，轻轻摇头，"沃顿先生，你还不明白吗？守护者消失的那一刻起，众神也都失去了神力。尽管我们还不知道到底发生了什么，但是我们不再是神灵了。如果我没有猜错的话，你们的甄别程序到现在为止都没有从普通人中甄别出任何一个神灵，对吗？"

沃顿没有说话，但他看向凯恩的眼神出卖了他，沈晓琪说的是真的。

"为什么会这样？甄别的结果是绝密，"凯恩愣了半晌，他看向海拉，"这是真的？"

海拉依然阴沉着脸，"现在你们应该能理解温斯顿的那句话了吧。神灵无处不在的意思并不是有很多神灵隐藏在人群中，而是神灵本身就是从普通人转化而来的，所有的神灵都是普通人觉醒后的结果。只是现在，这条通道已经被彻底关闭了。你们建造保留区是没有必要的，不会再有神灵重现世间了。"

"我们和上层世界断开了所有的联系，是这样吗？"沃顿突然明白了，"所以地狱之门才会消失，所有的'震荡'才会停止。"

"那我们怎么让这个世界恢复正常？"凯恩怒气冲冲地说。

"也许这才是世界本身的模样呢？"海拉冷笑着，"也许以前人类观测到的除了月亮和太阳以外所有的天体都是假象呢？"

"够了，"沃顿打断海拉，"如果是这样，那我们更要见见这位黑暗君主了。"

他们走进上行电梯，上升到地面，然后乘坐轨道车行驶了五分钟后才到达基地大门。大门打开之时，沈晓琪轻声对海拉说："海拉，控制你的愤怒，不然愤怒就会控制你。"

海拉闻言一怔，他这时才意识到自己一直都紧握着双拳，处于极度愤怒的状态中。他长长地吸了一口气，松开了双拳，是的，他们现在都已经不是神灵了，莫特单刀赴会必有他的理由。

大门打开了，刺眼的阳光照射进来，他们看见一个其貌不扬的中年男人正神情自若地站在一群士兵的包围中。

莫特看到他们，没有理会黑洞洞的枪口，径直朝他们走来。士兵们紧张地后退着，凯恩示意他们放下枪。莫特很快就走到了他们面前，他首先向海拉和沈晓琪点点头，"海拉、晓琪，很久没见了。"

海拉阴沉着脸，没有说话。沈晓琪则面无表情地打量着莫特，他现在已经不是那个瘟疫医生的打扮，而是一个非常普通的中年人，是那种混入人群就再也难以注意到的普通人。沈晓琪注意到他的双手非常粗糙，指节粗大，一看就是从事重体力工作的蓝领人士。

随后莫特又转向凯恩和沃顿，"你们好，如果我没有猜错，你们一定是凯恩局长和克里斯博士吧？"

"现在可不是寒暄的时候，黑暗君主大人，"凯恩警惕地看着莫特，"你想干什么？"

"恐怕我的目的和你们一样，我想拯救这个世界。"莫特说。

开 罗 之 殇

"你说什么？"莫特一贯的优雅不见了，他瞪着阿努比斯，"你说什么？"

"莫特大人，人类用核弹攻击了开罗，荷鲁斯和索贝克战死，奥西里斯和忠于阎摩的神军也全部战死，"阿努比斯也失去了一贯的镇定，"相信所有的守护者也都被消灭了。"

"父神在上！"莫特瘫倒在椅子上，但马上他就暴怒地跳起来，"人类真的会这么做？开罗不是有几千万人吗？他们真的会向平民扔核弹？！"

"是的，他们真的这么干了，他们疯了！他们往每一个神灵军队集结的地方都扔了核弹头，完全没有顾忌对平民的杀伤！"阿努比斯的语气难掩焦灼，"莫特大人，我们低估人类了，他们才是真正的恶魔。他们是故意杀死所有的守护者的，只有这样，才能阻止众神复活！"

"我早就应该知道，我早就应该知道，"莫特喃喃地重复着，"人类才是这个世界真正的恶魔，他们早在众神时代的杀戮游戏中就暴露出了残忍的一面，死于人类之手的人类远远多于死于众神之手的人类。我失败了，我仍然低估了人类的残暴，他们早就不是任由神灵摆布的蝼蚁了，只要给他们一把铁剑，他们就敢弑神。"

"这是阎摩的阴谋，大人，"阿努比斯低声说，"阎摩借助了人类之手杀死所有的守护者，他依然站在了众神这一边……"

"不，那个该死的蠢货！"莫特毫不客气地破口大骂，"阎摩欺骗了人类，他们以为阻止我唤醒众神就能拯救这个世界，大错特错！这个世界是父神为我们创造的家园，根本不是我唤醒的阿波菲斯，也不是我熄灭的群星，我要在阿波菲斯吞噬这个世界之前将时间线拉回到众神刚刚降临的那一刻才能避免世界毁灭，该死的阎摩摧毁了这个世界的最后一线希望！"

他猛地走到窗边拉开了窗帘，指着漆黑的夜空，尖叫道："看看吧，群星没有回来！阻止阿波菲斯的唯一办法就是逆转这条走向毁灭的时间线！而阎摩摧毁了一切，他蛊惑了人类！"

"现在我们该怎么办？"阿努比斯惊惧地说，"谁还能阻止阿波菲斯？"

莫特颓唐地跌坐在皮椅上，大吼一声："我不知道，我怎么知道！"

这时，阿努比斯察觉到脸上的异样，他抬起手摸了摸自己的脸，"不，"他低声说，然后他跑到了一面镜子前，"不，"阿努比斯浑身颤抖起来，声音也变得沙哑起来。

莫特惊奇地望去，发现阿努比斯正以肉眼可见的速度衰老下去，他的黑发变白了，脸上的皮肤也松弛下来，皱纹像无数条细蛇一般扭曲着蔓延，在他的脸上画出一道道深深的沟壑，几声细碎的声音在地板上响起，那是阿努比斯掉落的牙齿。

阿努比斯转过头望向莫特，他张了张嘴，试图说什么，但他的嘴巴正在变成一个枯萎的黑洞，他抬起手，但是手臂已经变成两节枯骨，他的身体崩塌下去，跌落在地面上的是一堆衣物。

莫特愣愣地看着，他自言自语道："九柱神永远都不习惯更换躯体啊。"莫特抬头看向卡兰迪的方向，喃喃地说："这么说，通道已经关闭了……阎摩啊阎摩，你都做了些什么……"

血 战 巴 比 伦

凯恩像看白痴一样看着莫特，"如果我们没有搞错的话，我们好像刚刚阻止了你毁灭这个世界。"

"你们为什么会这么认为？"莫特说，"我做的一切都是为了拯救这个世界，真正想毁灭这个世界的是阎摩。"

"看来，我们需要坦诚地谈谈了，黑暗君主先生，"凯恩挥挥手，示意士兵们将莫特带走，"你犯下了种族灭绝罪、反人类罪，你对人类犯下了滔天罪行，你被捕了。"

莫特的脸上浮现出一丝苦涩的微笑，"如果你们继续拖延时间，恐怕还要再加上一条毁灭世界罪了。"

"告诉我在巴比伦发生了什么？"海拉开口问道。

"阎摩是这么跟你们说的？"莫特看向海拉，他坦率地承认，"的确，在巴比伦是我杀死了你，海拉，但我所做的一切都是为了众神的荣耀和这个世界的安全。"

海拉冷冷地笑了，"莫特，这么多年来，你一直没变，你为什么一直抱着过去不放，众神时代已经结束了。"

"什么是众神？"莫特反问，他厉声说，"海拉，还记得我们最初降临时的情景吗？是维克多找到了我，是他带领神军摧毁了我辛苦经营数百年的王国，是他引领我进入了万神殿，成为始祖。是你让我成为众神之一，是你告诉我我是众神的一员！是你教会我如何奴役人类，如何让他们自愿献上灵魂，是你教会我如何让人类自相残杀。"

"我们犯了错误，"海拉摇摇头，"尽管我不知道是否真的存在父神，但是看看你的周围吧，我们眼里蝼蚁不如的人类创造了如此辉煌的文明，我们才是这个世界的病毒。"

"而所谓的守护者是父神降下的天罚或者系统产生的杀毒程序，对吗？"莫特笑了笑，"你们真的是这么想的？你们真的以为自己阻止了这个世界毁灭？可笑，你们对这个世界的运行一无所知。"他指指天空和大地，"你们以为一切都结束了？别异想天开了，这才是毁灭的开始。"

海拉转头对凯恩说："不必听他胡言乱语了，他就是莫特，抓住他。"

"等等，"凯恩意味深长地打量着莫特，"我对他的说法很有兴趣，不过，我们可以换个地方谈谈。"

"这是一个很长的故事，"莫特点点头，"你们听完了再决定是否审判我也不迟。"

二十分钟后，深入地底的审讯室内，莫特坐在一张固定在地面上的合金椅上，他顺从地让士兵们给他上了脚镣和手铐，明亮的灯光从天花板上洒落在他身上。一行人站在隔壁的观察室看着他，一排液晶屏幕上是莫特的各个角度特写，微表情专家也都已经就位。

"他现在真的是一个普通人了？"沃顿有些不安地问。

"是的，"沈晓琪点点头，"不用担心，他已经逃不掉了。"

"我看他本来就没打算逃跑，"凯恩说，他转向海拉，"海拉先生，你一定有很多问题想问他吧？"

"当然。"海拉点点头。

"那么，就由你来进行审讯吧，我想你们一定有许多事情需要谈谈，"凯恩说，"但是你们所说的一切都将被录音，也不允许使用暴力。"

海拉没有吭声，拉开门走了出去，片刻后，他就坐在了莫特对面，两人隔着一张空荡荡的审讯桌相对而坐。

"海拉，"莫特的脸上露出一丝微笑，"我没有想到我们会以这种方式见面。"

"的确，每一次我们的相见都很出乎意料，"海拉说，"说说吧，你都干了些什么。"

"我们这个世界并不是唯一一个，"莫特说，"我花了很长时间才明白这一点。"

"我知道你是一个怀旧的人，告诉我，在巴比伦到底发生了什么。"

"看来你真的忘了，"莫特直视着海拉的眼睛，平静地说，"在巴比伦，我曾经拯救了这个世界，但这一次，我失败了。"

"哦？"海拉笑笑，"听起来好像我是要毁灭世界的恶棍，而你是一个拯救了世界的英雄。"

"的确如此，"莫特毫不脸红地点点头，"但我相信你并不是有意而为。"

"那我就洗耳恭听了。"

"遵命，"莫特郑重地向海拉点点头，"众神之战后，守护者——那些魔鬼是这么自称的吧——依然四处猎杀神灵，虽然有很多神灵听从了你的命令，隐藏在人间，不再行邪恶之事。但那时的守护者依然具备从普通人类中鉴别出神灵的能力，毕竟大多数神灵依然做不到完全不显露一点神力。他们虽然伪装成凡人，但他们的行为举止，他们比常人悠久的寿命和不被瘟疫侵袭的体质，都让他们在普通人中非常醒目。有很多神灵都被猎杀了，对守护者的愤懑让许多残存的神灵逐渐聚集到我的麾下，他们希望我能重新引领众神和守护者决战。海拉，你一直没有真正了解众神想要什么，他们宁愿骄傲地战死，也不愿像老鼠一样东躲西藏。但我知道，我们绝不是守护者的对手。我从不敢抛头露面，因为我已经被你变成了一只该死的乌鸦，我花费了数千年的时间，才重新获得了人类的身体，但我的脑袋却顽固地保持着乌鸦的形状，"说到这里，莫特轻笑一声，"不得不承认，来自众神之王的诅咒非常难以打破。"

"我后悔没有彻底杀死你，"海拉微微扬起下巴，高傲地说，"这是我犯下的最大的错误之一。"

莫特笑了笑，继续说道："想复仇的神灵们找不到你，他们找到了我。"

"让我猜猜，于是你带领他们准备开战，在巴比伦，是吗？"

"不，我拒绝了他们，"莫特直视海拉的眼睛，"我拒绝带领他们与守护者开战，我知道我们必败无疑。尽管你把我变成了一只乌鸦，但我知道你是对的，众神没有和守护者抗衡的力量，尤其是众神之战后，我们更不可能打败守护者。"

"我们不要浪费时间了，"海拉冷冷地看着莫特，"谁都知道你在联合众神对抗守护者。"

"于是，众神找到了另外一个人，而那个人答应带领众神对抗守护者。"莫特没有理会海拉，而是继续说道。

"谁？"海拉的眉头皱紧了。

"阎摩。"此言一出，众人皆惊。

海拉的表情凝重起来，他微微点头示意莫特继续说下去。有时候，一个最拙劣的谎言也许恰恰是最真实的。

"我不知道阎摩为什么复活了，根据你的说法，他死在了东方，"莫特继续说道，"但他的确在巴比伦现身并且发出了召集令，众神纷纷前往巴比伦聚集，他们密谋在巴比伦借助地狱之门的力量对付守护者。但阎摩绝非毫无依仗，他遇到了一个能帮助他的始祖。"

"是沈晓琪？"海拉的心脏猛跳起来。

莫特点点头，他扭过头，目光穿过镜子准确地落在了沈晓琪的脸上。沈晓琪面色苍白，情不自禁地屏住了呼吸。凯恩看向测谎专家们，两名测谎专家都轻轻摇摇头，示意莫特没有说谎。

"我们都知道，万神殿中曾经有一个女神，她是第七位始祖，但是早在众神之战前她就失踪了，"莫特继续说道，"我们都认为她去了人迹罕至的地方隐居，因为她和我们不一样，她厌恶我们热衷的战争游戏，厌恶众神的残忍和暴虐。她选择离开万神殿也丝毫没有让我们感到意外。但是我们都错了，她离开了这个世界，回到了上层世界，也就是我们曾经认为的父神居住的天国。"

"至少在这一点上，莫特似乎没有撒谎，"隔壁的观察室里，沃顿低声对凯恩说，"晓琪是一个超然的观察者。"

凯恩轻轻点点头，他无意识地抚摸着下巴，若有所思地看着审讯室内的两人。

"巴比伦附近突然出现了一个巨大的风暴，"莫特继续说，"我想你已经猜到了，那是地狱之门，一个女神从地狱之门里走了出来。巴比伦人认为她是来自天国的女神，他们称她为女神伊什塔尔，月神的女儿，太阳神的妹妹，战神与爱情和丰收之神。阎摩闻讯，迅速找到了女神，他认出了女神就是万神殿失踪的始祖。他敏锐地发现了女神的变化，于是他故意接近女神。狡猾的死神很快就得知了女神的秘密，"莫特继续说道，"女神的确来自另外一个世界，她是来寻找一个人的。"

"谁？"海拉皱起眉头。

"你，海拉，"莫特直截了当地说，"女神返回这个世界是为了寻找你。"

海拉神色冷峻，他克制住自己转头看向沈晓琪方向的冲动，"为什么？"

"具体原因，我至今也不曾得知，但我推测，你在上层世界可能是一个很重要的人物，你也是最早降临到这个世界的神灵。你被称为众神之王不是没有原因的，你拥有最强大的神力，也许你的身上蕴藏着这个世界最重要的秘密。女神的使命就是找到你。

"而阎摩谎称能帮她找到你，他欺骗了女神，掌握了不属于这个世界的力量。他利用地狱之门召唤了来自其他世界的生灵，一切都像你想的那样，阎摩试图利用地狱之门召唤的恶魔来击败守护者。

"女神发现被阎摩欺骗之后，十分愤怒，想要关闭地狱之门，但是却被阎摩设计囚禁在巴比伦塔。阎摩想要杀死女神，因为这样，他就可以在女神濒死的瞬间窃取女神从上层世界带来的力量。而你也得知了消息，从遥远的地方赶来搭救女神，但忠于你的神军被阎摩故意引到了守护者大军的必经之路上，全军覆没。你孤身一人闯进了巴比伦塔，却亲眼目睹了女神的死亡。"

"这么说，阎摩成功窃取了女神的力量？"海拉开口说道，"他到底想干什么？"

"死神并没有得逞，"莫特淡淡地一笑，"智者千虑必有一失，死神也有疏忽的时候，这还要归功于你。他在杀死女神之前，曾经将她囚禁于巴比伦塔的最高层，用铅封死了所有的门，但他没想到有一只乌鸦飞上了高塔，落在了女神的肩膀上。"

"你是想说，女神主动把力量给了你？"海拉摇摇头，"你怎么证实这一点？我们都知道沈晓琪根本不记得巴比伦之战的细节了。"

"是不是很可笑？阎摩想得到女神的力量，却没有得逞，女神把力量给了一只乌鸦，"莫特说，"阎摩杀死女神之前，发现女神的力量已经不在了，他勃然大怒，但他同时也想到了另外一条路。"

"杀死我？"

"是的，杀死你，"莫特点点头，"阎摩认为，真正杀死你，也能获得前往上层世界的力量。当然，你也可以理解为，阎摩想抢夺你的最高级权限，然后你就会变成一个凡人，变成一个最平常的投射体。这也是阎摩愤怒的原因，因为女神主动把她的力量给了我，尽管被愤怒的阎摩杀死，但她已经变成一个普通的投射体重入轮回。如果阎摩能够杀死你，他就能够获得最高级的权限，成为真正的众神之王，但他的目的绝不是成为什么众神之王，他认为这个世界是一个监狱，他想要逃离这个监狱。"

海拉心中一动，但他却什么都没有表现出来。

"阎摩成功杀死了你之后，却发现他并没有获得离开这个世界的力量，似乎只有你和女神才拥有自由离开这个世界的能力。恼羞成怒的阎摩想到了一个最终的解决方案，那就是摧毁这个世界。他认为彻底摧毁这个世界之后，所有的神灵就能重回天国。但他需要更强大的祭品才能召唤阿波菲斯，于是，他又设计杀死了维克多、安德鲁和泰坦，窃取了他们的力量，但还不够，他开始四处寻找我，唯一一个还活着的始祖。"

海拉悚然一惊，不管莫特所言是否为真，维克多、安德鲁和泰坦都已经死去，但他马上发现了一个漏洞，"不对，是你杀死了维克多和安德鲁。"

"我必须声明一点，"莫特沉默了一会儿，才慢慢地说，"以上我讲述的所有的一切，都是曾经发生过的事实，也是未曾发生过的事实。"

海拉顿时明白了，"如果这是被你改变的真实历史，那么你怎么会知晓？"

"因为女神赐予我的力量让我窥视到了这个世界的一些本质，"莫特说，"我能感知到曾经被我改变的历史，但我会遗忘所有的细节。正如我能记得一条大河曾经改道，但我不会记得以前的大河中的每一朵浪花。海拉，我想你们可能已经知道了，我拥有改变历史的能力。"

"阎摩也有这种能力吗？"海拉问。

"没有，"莫特摇头，"世界上只有两个人有这种能力，女神和我。女神来自上层世界，而我，获得了女神赐予的力量。"

"可是，在改变后的时间线里，是你杀死了维克多和安德鲁，不是吗？"

"的确如此，但我不得不这么做，只有杀死维克多，我才能开启地狱之门，阎摩也在寻找安德鲁，我杀死他是为了不让阎摩杀死他。"

"很好的借口，"海拉点点头，"继续吧。"

"阎摩杀死了你和其他三位始祖之后，我就成为唯一还存活的始祖，虽然世界没有马上毁灭，但是五位始祖的死亡已经造成了很严重的后果。阿波菲斯被唤醒，星空被吞噬，毁灭之潮袭来。大地上到处都发生了地震、洪水和瘟疫等灾害，天空变成红色，无数陨石带着毁灭烈焰从天而降，世界即将崩溃。阎摩开始四处寻找我，正如你们猜测的那样，我重新打开了地狱之门，通过地狱之门逆转了历史，改写了巴比伦之战的结局，在这个结局里面，我警告了维克多、安德鲁和泰坦，而在此之前，我做了一件更重要的事。"

"什么事？"

"我抢在阎摩杀死你之前找到你，并且杀死了你，但阎摩依然杀死了女神，"莫特说，"我没有杀死阎摩，我只是重伤了他，于是他隐匿了起来。而我也发现我并没有完全扭转时间线，这个世界依然在崩溃之中，我没有足够的力量扭转女神被阎摩杀死的时间线。海拉，今天的一切都是阎摩造成的，我所做的一切只是延缓了这个世界毁灭的速度。虽然我击败了阎摩，但危险依然存在。尽管你和女神已经死去，但你们的力量在漫长的时间里会慢慢恢复，你们的力量恢复之后，阎摩还是能够通过杀死你们来窃取你们的力量。所以阎摩一直在试图找到你和女神，而我也一直在寻找你和女神，幸运的是，我先找到了你。"

"幸运？"海拉微笑地看着莫特，他平静地说，"你把这叫作幸运？这到底是谁的幸运？你在我的每一世都折磨我，你杀死我的儿女和父母，折磨我的至亲，你杀死了珍妮和安，你为什么要这么做？"

"这是不得不做出的牺牲，我必须让你永远生活在痛苦之中，"莫特微微昂起头，"只有痛苦才能让你陷入永恒的迷失中。只有这样，你才不会觉醒，阎摩才不会找到你。"

海拉扬起眉毛，"这倒是一个好的理由，但如果你坦诚地向我说明一切，我又怎么会不配合你？虽然我无意恢复众神时代，但我也不希望这个世界毁灭。"

莫特深深地看着海拉，"你不会相信我的，你眼睛里看见的是：因为你将我变成了乌鸦，所以我在巴比伦向你复仇，不仅杀死了你，还杀死了女神。你根本不知道还有另外一条更黑暗的时间线，你根本不会相信我的话。"

"的确，"海拉笑了笑，"我现在还是不相信你的话。"

莫特耸耸肩，"但是不幸的是，阎摩先找到了女神，他从迦梨手里将女神救走。但是女神遭受的创伤太大了，以至于她也遗忘了在巴比伦战争中发生的一切。当然，在阎摩的口中，她听到的是另外一个故事，我想，我不必重复这个故事了吧。"

"我只有一个问题，阎摩既然找到了女神，为什么不杀死女神？沈晓琪对阎摩从来都没有什么防备。"海拉说，"相反，在她眼里，阎摩是一个和蔼可亲的长者，是一个德高望重的导师。"

"因为阎摩发现女神的力量并未恢复，她已经丧失了穿梭世界的能力，"莫特说，"所以，再次杀死一个无知的女神是没有必要的。"

隔壁的观察室里，沃顿轻声说道："我明白了，如果莫特说的都是真的，那么七大始祖无疑是非常强的观察者，他们甚至可能是这个世界存在的基石。如果始祖们离开这个世界，观察度会大大降低。也许海拉和晓琪拥有最高级的权限，杀死海拉和晓琪，在他们濒死的时候，是最好的窃取高级权限或者计算力的时机。"

"但是危险依然没有过去，我必须阻止阿波菲斯吞噬这个世界，"审讯室内，莫特继续讲述着，"我找到了扭转众神之战结局的方法，如果众神之战的结局是众神取得胜利，那么后来的一切都不会再发生。但是阎摩毁了一切，我没想到人类真的会做出如此疯狂之举，也许在人类眼里，众神和守护者都是必须清除的对象吧，人类绝非甘于被奴役的种族。"

"那么，接下来会发生什么？"海拉问。

"我们这个世界已经彻底和上层世界脱离了联系，"莫特说，"这个世界存在的基础已经被彻底破坏，要不了多久，时空会越来越混乱，最终这个世界就会化为一片虚无，而我们的命运就不得而知了。我们可能会像阎摩认为的那样在真正的世界醒来，走出这个监狱，但也可能随着这个世界的消失彻底消失。让我猜猜看吧，阎摩一定试图让你和沈晓琪走进地狱之门，对吗？"

海拉不置可否地看着莫特，没有说话。

"看来我猜对了，"莫特淡淡地笑着，"如果你们真的走进了地狱之门，只会有一种结果，你们会像维克多一样成为祭品，这个世界会迅速走向毁灭。"

"所以，你是来拯救世界的？"海拉的手指轻轻地敲击着铝合金桌面，他在评估莫特话语的真实性，"我不相信你只是为了来告诉我们一个连你都不相信的结局。"

"从我诞生的那一刻起，我就一直在思考这个世界的秘密。我们真的是生活在一个虚拟世界中吗？如果真的如此，是谁创造了这个世界？他的目的又是什么？我们到底是什么？难道我们真的是囚犯？生活在一个巨大的监狱中？也许就像佛经中描述的地狱那样，我们在这个世界上饱受轮回之苦，人生中处处充满了苦难和艰辛，却永远都无法解脱，如果这个世界真的是一个监狱，那么，我们的生命将在不停地轮回中流转，在每一次轮回中饱尝苦难，这的确是一种漫长而痛苦的惩罚。"

"但是我们觉醒了，神灵不再坠入轮回，"停顿了一会儿，莫特接着说，"也许，我们根本不是什么病毒，我们只是觉醒的囚犯而已，而守护者是维护这个监狱秩序的狱卒。想想看吧，为什么守护者猎杀我们上万年都没有杀光所有的神灵，为什么神灵还能复活？因为从来就没有人死去，死亡只是一场幻觉。守护者的目的并不是杀死我们——他们所做的是让我们重新陷入沉睡，让我们重新堕入轮回，这才是这个监狱应有的秩序。但是神灵从未被真正杀死，而且我们的力量越来越强大，守护者越来越难以从人群中发现我们，越来越难以击败我们——这个监狱的秩序正在失控，创造者们准备关闭这个监狱了。而沈晓琪是唯一一个已知的曾经从这个监狱出去过的神灵。

"你曾经在幻境中看到过神国的景象，你看见在天空中飞翔的铁鸟，惊涛骇浪中的钢铁巨舰，能够毁灭一座城市的致命光线，你曾经以为那就是真实的世界。但是，我们现在已经知道了，你看见的并不是神国的景象，更不是上层世界的景象，你看见的是这个世界遥远的未来。

"而我能够扭转时间是因为女神赐予我的力量，尽管我没有像女神一样获得穿梭世界的能力，但她的力量让我看清楚了这个世界的些许本质，"莫特继续说道，"我们身处的世界是三维空间加一维时间组成的，而时间是一个线性的箭头，但是为什么有些人可以扭转时间的流向？因为我们的世界并不完整。在我们的世界里，时间和空间是被割裂的。"

"很精彩的论调，我都快要相信你了，"海拉笑笑，"那么，我们怎么才能阻止这个世界毁灭呢？"

"你们已经毁掉了我的计划，"莫特无视海拉的讽刺，"如果我成功地将时间线扭转到众神时代，那么一切都不会发生。我甚至怀疑这件事情不是第一次发生了，你在过去看到的那些也并不一定是未来的景象，而是以前的循环中曾经发生过的事情。如果我的计划成功了，那么预言就会再次应验，毁灭的尽头就是重生。海拉，那不是预言，那是超然者对上一次循环的记录。"

"超然者？"海拉皱起眉头，"你是说，还存在像沈晓琪一样的超然者？"

"既然这个世界是一个监狱，那么必定有狱卒，不是吗？"莫特说，"我们唯一的机会就是找到这位狱卒，帮助他重新打通和真实世界的连接通道。"

"噢？那我们应该怎么做呢？在全世界的每一堵墙上都贴满寻人启事？"

"我知道你不相信我，"莫特再次笑了笑，"不过没关系，用不着贴什么寻人启事，狱卒如果还在这个世界的话，他应该快要现身了。"

"然后逼迫他打开监狱的门？莫特，你的想象力未免过于丰富了吧，"海拉讽刺道，"如果是这样，你为什么要来这里？你不会不知道，所有的神灵都失去了神力吧。"

"当然，我亲眼见到阿努比斯在我面前化为尘埃，这些九柱神总是喜欢追寻永生的肉体，"莫特长长地叹了一口气，说完这一切后，他仿佛轻松了许多，"但是沈晓琪不一样，她曾经去过上层世界，她也曾经拥有穿梭世界的能力，现在唯一的希望就是沈晓琪了。"

"哦？但是你刚才说过，沈晓琪的力量并没有恢复，所以阎摩才没有杀死她……"海拉停住了，他的眼睛里闪烁着奇异的光芒，"你是说……"

"是的，"莫特点点头，"这就是我前来的目的，我要将女神曾经赐予我的力量还给女神。"

自 由 之 翼

联合通信中心，作战室。

"你们怎么看？"海拉说，"他所说的一切都是无法证实的。"

"机器不会撒谎，他通过了最先进的测谎仪测试，"凯恩摇摇头，"我知道你恨他，但他所说的一切在逻辑上是说得通的，我们现在都知道历史是可以被更改的。"

"恕我直言，他可不是你们关在关塔那摩基地里的囚犯，他是莫特，他见过世界上最卑劣的谎言，"海拉毫不掩饰自己对莫特的厌恶，他用拳头狠狠地砸着桌子，"我不相信，这一定是他的阴谋。"

"这么说，你相信阎摩？"沃顿问，他看了一眼沈晓琪，自从对莫特的审问结束以后，沈晓琪就一直保持着令人不安的沉默，虽然没有感同身受，但他可以理解她此时的心情。他知道沈晓琪一直以来都把那位议长看作慈父一般的角色，把威廉姆看作兄长一般，如果莫特所说的一切都是真的，可想而知沈晓琪遭受了多么沉重的打击。

"我相信他，"沈晓琪微微抬起下巴，她的目光投向海拉，"不要误会，海拉，我相信他所做的事情都是真的，但不代表我相信他自称的动机。阎摩可能是一个卑鄙的阴谋家，但莫特也绝没有他说的那么高尚，他真正想要的是回到众神时代，所谓的解救这个世界只是附带的说辞罢了。而且，我更感兴趣的是他所说的关于这个世界的本质，你们难道不好奇吗？我们的世界可能真的是一个四维时空连续体，时间根本不存在。"

"这就解释了为什么很多人会出现既视感，当然，更解释了为什么时间线可以被改变，"沃顿同意沈晓琪的看法，"事实上根本不存在什么被改变的时间线。时间线的改变对我们来说只是一种错觉，按照这个说法，真实的世界应该是一个四维时空体，四维生命体的一举一动都会形成向过去和未来传送的波动。生活在四维世界的生命体甚至可以随意穿梭时空，每个人在每个时间节点引发的波动都会互相影响。根本没有生死，开始就是结束，刹那就是永恒。我们这个世界很可能真的是一个被时间封锁了的四维世界，但是世界正变得不稳定，枷锁正在松动，所以才出现了这些奇异的事情。直觉告诉我，虽然这种想法很荒诞，但是很可能这是最真实的解释。"

"如果真是这样，"沈晓琪却表示异议，"我们根本无法想象真实的四维时空体是什么样子，因为我们的大脑本身就是单向的时间箭头制造的产物。那是一个我们根本无法想象的世界，任何不可思议的事情都可能在那个世界发生。沃顿博士，你听说过《皇帝的金锄头》吗？"

"我明白了，"凯恩来回扫视着沃顿和沈晓琪，"你们认为莫特说的是真的，事实上我也这么认为，但我不相信还存在一个狱卒，如果真的有狱卒的话，我们好像把所有的狱卒都干掉了。"

"是的，守护者是维持这个世界秩序的存在，他们禁止超出这个世界允许的权限的神灵存在，但他们绝不是真正的狱卒，"沃顿意味深长地看着沈晓琪，"看来我们别无选择了。"

"我们要找到阎摩，"海拉说，"我想听听他的解释，迦楼罗也许可以帮助我们找到他。"

"如果莫特说的是真的，恐怕你很难找到阎摩了。他的阴谋已经得逞，他只要躲在某个角落等待这个世界崩溃就行了。"沃顿泼了一桶冷水。

"我们的鉴别程序失效了，自从地狱之门消失后，我们没有再发现任何一个神灵。我们曾经监控的神灵也丧失了神性，还有一些神灵的身体发生了人体自燃，变成了灰烬。这也说明我们的世界和上层世界很可能真的断开了联系。"凯恩敲敲桌子，"莫特至少有一点说对了，我们的世界还在向毁灭的深渊跌落，我们必须做点什么。"

"可是，地狱之门已经关闭了，"沈晓琪无力地说，"即使莫特将本属于我的力量还给我，我也不知道该怎么返回……我们甚至不知道这一切是不是真的……"

"也许到时候你就知道了，"沃顿深深地看了沈晓琪一眼，"晓琪，你仔细考虑一下吧，我们再也没有其他办法了。如果真的有'人'制造了时间封锁，那么，这个人会是谁？他们为什么要把我们囚禁在这个可怕的牢笼里？真实的世界到底又是怎样的？"

"去吧，晓琪，去搞清楚一切都是怎么回事，让我们的世界重新回到正确的轨道上，"凯恩慢慢地说，"这个世界上不需要神灵，也不需要守护者，我们想要的是一个真实的世界。我们即使真的是时间的囚徒，也不希望浑浑噩噩地活着。"

"我需要时间考虑一下。"沈晓琪长长地叹息了一声。

但是似乎已经没有多少时间留给他们了，接下来的日子里，虽然已经没有了大规模灾难和人员消失，但这个世界正以肉眼可见的速度死去。大部分还活着的人并不了解真相是什么，他们痛失亲人和家园，走出避难所之后面对的是一个劫后余生的陌生世界。夜空中不再有群星，大地上的活物也逐渐减少。草原和森林成片消失，变成一片片毫无特征的荒漠，河流湖泊也变得一片死寂，动物们也不知所终。天空中不再有飞鸟飞过，大海里的鱼群也日渐稀少。

甚至连白云也消失了，世界各地的人们已经许久没有见到过除了晴天以外的天气，甚至连风都没有了。这颗星球的大气循环和水循环都停止了。人们逐渐意识到，地震的结束也意味着这颗星球的内核正在死去，铁镍核心正在减速运转，按照目前侦测到的速度，地磁场将于一个月内完全消失。

即使世界不会毁灭，人类也将死于氧气不足、饥荒，甚至因为地磁场消失导致的太阳风。

与此同时，沈晓琪发现记忆中的偏差点也越来越多，人类的历史每天都在不断地变化着，已经有几个记忆中的国家从地理版图上消失了。一天早上，沈晓琪惊奇地发现巴西依然是葡萄牙帝国的一部分，而魁北克则成为一个独立的法语国家。她开始担心会不会突然有一刻出现轴心国战胜同盟国的历史改变。

"我们必须尽快做决定了，时空已经开始变得越来越混乱了，"沈晓琪凝重地告诉海拉，"也许是因为这个世界已经和上层世界失去了联系，上层世界已经失去了对这个世界的调控。时间之墙正在以一种不正常的方式崩塌，但这绝不是囚犯想要的方式，倒塌的不只是铁栏杆，还有屋顶和围墙。"

"我找不到阎摩，"海拉说，"迦楼罗提供不了任何线索，它带着我飞遍了所有阎摩曾经藏身过的地方，但什么都没有，他真的失踪了。"

"也就是说，"沈晓琪的脸上浮现出一丝痛苦的神色，"莫特说的可能是真的。"

海拉没有说话，他们沉默地对视了一会儿，海拉才说道："我和凯恩谈过了，他们希望你答应莫特的要求，当然，这取决于你自己的选择。"

"你呢？"沈晓琪直白地问道，"你怎么想？"

"我希望你能够去试试，"海拉犹豫了一下，才说，"要不了多久，我们就没有什么可以失去的了。更重要的是——"海拉停顿了一下，"我想知道是什么人制造了这个监狱。"

"其实，你已经相信莫特了，对吗？"沈晓琪浅浅一笑。

"是的，"海拉说，"自从我醒来之后，我对阎摩一直抱有疑虑，你知道他为什么被称为死神吗？他才是所有的始祖中最残暴的一个。"

他们再次见到莫特时，惊奇地发现莫特似乎苍老了很多。他原本黑色卷曲的头发已经变得花白，脸上的皱纹也清晰可见，只有两只眼睛还炯炯有神。

"你们不必如此，"莫特看到两人身后跟随着的全副戒备的士兵，微笑着说，他的声音也变得苍老了许多，"我所说的一切都是事实，我所做的一切都是为了这个世界的安全，"他对海拉说，"海拉大人，我知道你不相信我，是你接纳我进入万神殿，你曾经教导我，指点我，我对你不胜感激。在这漫长的时间里，我不得不那么做，只有压制住你，才能避免阎摩找到你。"

"够了，"海拉冷冷地说，"用不着把自己包装成一个背负了所有坏名声的英雄，谎言说一千遍也永远不会成为真理。坦率地说，我并不相信你，也许你想继续窃取晓琪身上的力量。"

"像这样？"莫特摊开双手，他直视着海拉的眼睛，"如果我有什么阴谋，我就不会是现在这个模样了。"

"你说什么？"沈晓琪第一次开口问道。

"你难道没有感觉到什么变化吗？"莫特凝视着沈晓琪，"就在我们上次见面之时，我已经将不属于我的力量还给了你，女神大人。"

"啊？"沈晓琪惊奇地看着莫特，她下意识地摸了摸自己的脸，"不，你撒谎，我什么都没感觉到。"其他人也下意识地远离了沈晓琪两步，他们的目光让沈晓琪感到浑身不适。

"你们都太执着于地狱之门了，地狱之门的确是一个通道，但它未必是通向上层世界的通道，至少我在卡兰迪打开的不是，它更有可能是通往其他世界的入口。"

"你在撒谎。"沈晓琪咬着嘴唇。

"我累了，"莫特自顾自地说，"在这漫长悠远的时光里，我一直和阎摩斗争，我见过这个世界上所有的风景，见过人类时代所有的黑暗和混乱，经历过所有的欢笑和痛苦。我的确想让一切都回到众神时代的秩序中，我做了所有能做的一切，但我依然失败了。从我失败的那一刻起，我就只剩下一具躯壳，如果我们和其他亿万生灵没什么区别，我们为什么要承担拯救这个世界的重任？我来这里的时候，经过了一片已经死亡的绿洲，绿洲里的草木都已经死去，湖水里漂满了死去的鱼，沙土里半掩着骸骨，但我看到了一窝蚂蚁，它们对这个世界发生了什么浑然不知，依然在忙忙碌碌地寻找食物，四处探索，用触角交换着信息。它们能找到很多食物，也许能活很久，但它们并不知道这个世界的基石已经被毁坏，不知道自己所忙碌的一切都将在一切的终结面前变得毫无意义。我蹲在那里看了很久，突然有些理解你了，海拉，有多少人会在意这些可怜的小生灵？在众神时代，我们自视为高高在上的神灵，人类在我们眼里就像蚂蚁在人类眼里一样。

"我所做的一切，的确是在阻止阎摩摧毁这个世界，但我必须承认，我的确怀念高高在上的众神时代，但是经历过这么多以后，我对这件事情已经不太确定了。这个世界上的每一个生命，不管是巨大的蓝鲸还是渺小的病毒，不管是高高在上的神灵还是卑微的乞丐，都只是想努力活下去而已。从某种意义上来说，所有的生命都是平等的。我们拥有智慧，但也背负了太多沉重的压力和责任，我们能感受到各种欢乐，也能感受到各种痛苦，父神是公平的。"

"那么，再见了，海拉，还有女神。"说完这句话之后，莫特的头逐渐垂了下去，声音也逐渐变得微弱，他把双手放在身前，不知道什么时候，他已经解开了手铐的束缚，"当啷"一声脆响，完整无缺的手铐掉落在地板上。士兵们警惕地抬起手中的半自动步枪，枪口对准了莫特。一名陆战队少尉厉声道："莫特，你要干什么？！"

莫特仿佛没有听到他的话，微微闭上眼睛，双腿盘坐在椅子上，两手五指交叉轻握于身前。众人警惕地后退两步，只有海拉和沈晓琪没有动。

肉眼清晰可见的波纹从莫特的身上散发出来，空中激荡着五彩的光芒，球状的波纹以莫特的身体为中心向四面八方扩散开去。波纹轻易穿过众人的身体，继续向外扩散，士兵们惊讶地看着这个神奇的景象，都忘记了开枪。

海拉和沈晓琪知道莫特正在干什么，如果要用语言来描述他现在的状态的话，他正在解开他灵魂的枷锁，一波又一波的灵魂能量从他身体里爆发出来，如同一个个同心球一般的能量球迅速膨胀，以莫特的身体为圆心高速散发出去。伴随着一阵阵的爆发，莫特的意识渐渐陷入了模糊，他迅速衰弱下去，生命力随着灵魂的消散迅速流失。

位于负二十二层的军方医院里，重症监护室里的危重病人们首先感觉到了异样，一个因为海啸导致颅脑损伤而昏迷了一个星期的军人的手指突然动了一下，随着灵魂能量的扫过，越来越多的手指开始动了起来，最终伴随着一次深呼吸，军人睁开了眼睛。

同一层的另外一间重症监护室里，一个浑身插满了管子、脸上罩着氧气罩的老人突然停止了咳嗽，开始平稳地呼吸。他头顶的柜子上摆放的监测生命体征的仪器也发出和谐的声响，他衰老疲弱的心脏重新有力地跳动起来。

地面上，基地外围的荒漠里，青草以肉眼可见的速度生长，很快，以基地为圆心，原本寸草不生的山脉和荒漠就变成了一片郁郁葱葱的绿洲。

海拉和沈晓琪的目光都落在了莫特身上，只见他的身躯以肉眼可见的速度缩小。垂落在胸前的头也逐渐缩小，细长的鸟喙从原来嘴巴的地方伸了出来，片片可见的黑色羽毛覆盖了他的脑袋和露在外面的脖颈，不一会儿，莫特就消失在那堆衣物之中。

在衣物下面，只见一只浑身漆黑如墨的乌鸦从领口处钻了出来，它歪着头看了海拉和沈晓琪一眼，就展开双翅腾空而起，在审讯室里盘旋飞舞着。

士兵们目瞪口呆地看着这一切，少尉的表情好像见了鬼一样，厉声道："这是什么把戏！他想从窗子逃走？他是不是忘了这是距离地面 400 米的地下？"

"不，"海拉向前走了两步，他向空中伸出一只手，仿佛乌鸦随时都可能落在他的手上，"你们刚才见到的是罕见的神灵涅槃，莫特不仅把他从沈晓琪身上获得的力量还给了她，他还释放了他自身所有的神力，甚至包括我当年封印他之前他的本体力量，他现在是一只普通的乌鸦了。"

仿佛为了回应海拉的话，乌鸦嘎嘎大叫起来，它扑棱着翅膀在天花板上左冲右突，却找不到出去的方向。

"他为什么要这么做……"沈晓琪感到浑身冰冷，"神灵是不朽的，但绝对没有人会这么做。"

他们呆立了一会儿，漆黑的乌鸦在他们头顶盘旋，左冲右突。

不知道为什么，沈晓琪的眼中突然涌出泪水，难以抑制的悲伤从她心底升起，瞬间就将她淹没，她喃喃地说："到底是谁做错了？"

海拉沉默不语，谁也没有想到黑暗君主会是这么一种结局，是何等刻骨的绝望才会让他选择变成一只乌鸦。

"他还能恢复神性吗？"沈晓琪抽泣着，她不知道自己在为谁哭泣。

"他会的，也许要花费数千年才能重新获得足够的计算力化形成人。但是现在——"海拉伸出手，乌鸦落在他的手心，歪着头，漆黑如豆的眼睛看着他，目光沉静，"他比我剥夺他的神力之时还要脆弱，即使是那时，我也保留了他的神性和神智。"

"只剩下三个始祖了，"沈晓琪说，"可我不知道该怎么做，我该怎么才能回去？你们为什么就笃定我是来自什么上层世界，为什么是我？"

"晓琪，冷静一些，"海拉扶着她的肩膀，"说实话，我一直都不相信我们的世界是什么虚拟世界，但我们的世界肯定也不是我们想象的那么简单。所有的迹象都证明了，你和我们都不一样，晓琪，别忘了，你现在还能站在这里，还能和凯恩、沃顿等这些还认识你的人在一起，是一种幸运。也许下一刻，历史就会再次变得面目全非，我们谁都不知道在这不断变动的时间线里自己会变成什么。"

沈晓琪惊恐地看着他，"你说得对，我们虽然阻止了莫特，但事情并没有好转，至少莫特的计划是明确的，世界的走向是可控的。但现在一切都变得越来越混乱，天哪，难道我们真的做错了……"

"我们没有做错什么，我们一直在做的是试图寻找这个世界的真相，"海拉说，"晓琪，不管发生什么，你一定要记住自己是谁，如果世界真的要终结了，也没什么，世界上本就没有永恒的事物，也许只是这一次的循环抵达终点，和这个想法相比，我更能理解阎摩的做法。与其浑浑噩噩地活着，还不如在清醒中死去。"

"不管发生什么，一定不要忘记我。"沈晓琪凝视着海拉的眼睛，她突然想起来了，在巴比伦的那个下午，她来到了小巷尽头的那个麻绳铺，和海拉的初遇，命运的纠缠是如此模糊不清，但有些刻骨铭心的记忆却愈发鲜明，"我一直在找你，莫特没有说错，我真的一直在找你，在那个高塔上，真的是阎摩杀死了我。"

海拉轻轻捧住沈晓琪的脸庞，他第一次真正凝视着沈晓琪带着泪水的眼睛，"我知道，我们会没事的，你找到我了。"

沈晓琪闭上了眼睛，当她再次睁开眼睛时，一阵寒风吹来，她情不自禁地颤抖了一下。她眼前的景象突然变化了，所有人都消失了，她正站在一片荒原上，到处都是沙砾，她明白，幸运结束了，历史再一次被改变，突如其来的搅动改变了一切。

目光所及之处，是一片没有文明景象的荒原。极目之处有一座突兀的山峰，隐隐约约能看见一座红色的建筑处于山巅之上。那点红色是这个世界唯一的色彩。

她抬头望去，天空是一片昏暗的灰色，仿佛一个虚假的幕布背景，似乎触手可及。

沈晓琪强烈地感觉到，已经到最后的时刻了，有人在召唤她，就在那座红色的建筑里。

她裹紧身上的兽皮，向前走去。

这是一段奇异的旅程，沈晓琪跨过干涸的小溪，经过巨兽的骸骨，巨大的头骨上两个空洞无神。她走过一片被掩埋在黄沙中的残垣断壁，破败的石柱倒塌在乱石中；她走过一座白骨之城，惨白的头颅镶嵌在肋骨和腿骨构建的墙壁上；她走过一片战场，无声的婴儿在尸堆中爬行；她走过一座阳光下的城市，避开街道上狂欢的人群，如雨的花瓣从街道两侧的高楼撒落；她走过一座银色金属之城，巨大的齿轮驱动着喷吐着黑烟和蒸汽的车子在银砖铺就的大道上行进；她蹚过一条黑色的河流，无数赤身裸体的人在黑水中浮沉，惨叫声直达天庭；她走过一个巨大的天坑，无数排着队的幽魂麻木地跌进深渊；她走过绿草如茵的山坡，孩子们在嬉戏打闹；她走过铁丝网和战壕密布的泥泞战场，戴着钢盔的士兵们无精打采地看着她……

不知道走了多久，沈晓琪终于来到了那座山峰下，一道银带般的阶梯盘旋而上。她毫不犹豫地拾级而上，一朵白云飘过来，将她笼罩在朦胧的雾气中。

"晓琪，"爸爸和妈妈站在她前方，一脸愁苦，"这么多年，你为什么不回来看看我们？"

"琪琪，都是妈妈不好，不该把你的小铜马收走，"妈妈伸出一只手，一只小铜马在她的掌心，"跟妈妈回家吧。"

这是幻象，他们不是真实的，沈晓琪低下头继续往前走。

"晓琪，"威廉姆的声音响起，"一切都结束了。"

不，还没有结束，沈晓琪抬起头，看见的却是斯诺的面容，他挂着一把长剑，浑身血迹斑斑，肩头还站着一只漆黑的乌鸦。满头白发的凯恩和神情悲戚的克里斯·沃顿凝视着她，一条巨蛇正缓缓地用身躯将他们包围，巴掌大的鳞片湿漉漉地闪着暗红色的光芒。

她曾经见过的、没有见过的守护者排列着整齐的队伍从她身边经过，他们沉默地看着她，有人失去了手脚，有人没有眼睛，在人群缝隙中的一瞥，沈晓琪看到的是尸山血海。

众神看着她，威风凛凛的毗湿奴驾驭着大鹏金翅鸟从她头顶掠过，奥丁挥舞着神杖，浑身闪电环绕；胡狼神威严地站立着，身边是猫神贝斯特和鳄鱼之神索贝克，太阳船在天空庄严地运行，湿婆在太阳船的甲板上跳着毁灭之舞，高如山峦的夸父在大地上投下巨大的阴影。

阎摩、莫特和维克多并肩而立，安德鲁在他们身前盘腿而坐，他们簇拥着头戴金色王冠的海拉，神情肃穆。泰坦倒伏在地，鲜血汩汩而流，鲜花在他山丘般的尸身上绽放。

沈晓琪从他们身边走过。

最终，云开雾散，沈晓琪来到了一座大殿的门口。朱红色的大门敞开着，她抬脚跨过门槛，走了进去。

一座金色的佛像在大殿正中跏趺而坐，双耳及肩，双目低垂，一只手结印胸前，一只手垂落在膝盖之上。

金色的地板上，身披白色长袍的皮埃尔抬起头，"欢迎你，沈晓琪。"

终 极 真 相

沈晓琪下意识地回头望了一眼，透过敞开的大门，她能看到山下的苍茫大地，还能看到夜空中闪亮的群星。她重新把目光投向皮埃尔，双脚却死死地定在原地，动弹不得。

"这不是真的，"沈晓琪喃喃地说，她确定自己不是在长岛的实验室里，也不是在做梦。在来的路上，她看到了许多不可思议的景象，但那些景象都是曾经发生过或者可能会发生的现实，这个世界正在崩溃，穿越时光的波动愈加剧烈，时光之河不断地改道，冲刷着现实之堤。曾经被认为是钢铁般凝固的过去和捉摸不定的未来都在河水的冲刷下搅动纠缠在一起。

但是，皮埃尔是最不该出现在这里的人。

"先坐吧，"皮埃尔朝她微微一笑，他说，"时间快到了。"

沈晓琪走到皮埃尔面前坐下，皮埃尔看起来和往常无异，要不是经历了那么多，沈晓琪会以为自己又进入了皮埃尔的虚拟世界，"你怎么会在这？"她问道，"你不是皮埃尔，对吗？"

皮埃尔看着沈晓琪，眼神里有种不可名状的东西，他摇摇头，"不，我当然不是皮埃尔，我是谁并不重要，重要的是，我是真实的。"

"这是哪里？"沈晓琪环顾四周，她曾进入过皮埃尔的虚拟空间，她熟悉那里的一切，暗红色的地面，粗大的红柱，威严的佛像和佛像前的蒲团，甚至连佛像前的焚香都看不出任何不同。

看到这些，沈晓琪的观念再次动摇了，她已经开始倾向于这是一个虚拟世界了。

"这是时空的尽头，是一切可能性的终点。"皮埃尔说，他似乎看穿了沈晓琪的心思，"晓琪，你们的猜测都错了，这个世界并不是运行在一个超级计算机里的虚拟程序，这个世界里的一切都是真实存在的。"

"我不明白，"沈晓琪看着皮埃尔，"如果这是真实的世界，为什么会有神灵和守护者？为什么会出现这么多奇怪的事情……"

这时，从门外传来一阵遥远的喧嚣声，夹杂着几声凄厉的鸣叫，沈晓琪转头向门外望去，皮埃尔朝她点点头，"去看看吧，曾经发生过的历史正在重演，你不会再有机会看到第二次了。"

沈晓琪悚然起身，她走到朱红色的大门时，皮埃尔的声音再次响起："注意不要离开这座大殿太远，现在这里是一个稳定的观察点，如果你走出了稳定区，会被时空乱流卷走的。"

沈晓琪停住了脚步，她惊奇地发现天空跟刚才已经不一样了，不再是昏暗的灰色，而是出现了一个巨大的黑色旋涡。黑色旋涡的正下方，是一座雄伟险峻的高塔，高空中不时有明亮的闪电划过，闪光亮起之时，沈晓琪发现大地上有一支军团正在行进。

尽管距离非常遥远，但沈晓琪的目光却瞬间穿透了军团，其中夹杂着许多兽头人身的怪物，还有几条面目狰狞的巨蛇。天空中传来一声凄厉的鸣叫，沈晓琪抬头望去，不禁屏住了呼吸，一条传说中的黑龙扑簌着巨大的双翼尖啸着穿梭在云间。

沈晓琪感到手脚冰凉，一幅超现实魔幻主义画卷在她面前徐徐展开，无声的尖叫被她硬生生憋回了嗓子眼——她见过眼前这幅景象，在梦中，在遥远的过去，在曾经真实发生过的那场巴比伦之战。

"那是阎摩召集的众神军团，"不知道何时，皮埃尔来到了沈晓琪的身边，"你应该已经知道他要做什么了。"

"莫特没有撒谎，"沈晓琪喃喃地说，"阎摩真的背叛了海拉，我见过这个景象。"

皮埃尔点点头，"在确定性最高的一条时间线里，阎摩利用了你，你看见的是真实的景象，但也并非全然如此，"他指了指云层中穿梭腾跃的黑龙，"据我所知，在后来的世界里，根本不存在这种生物，是吗？"

沈晓琪放眼望去，她看到了除了黑龙之外的另外几个朦胧的身影，与扑簌着双翼的黑龙不同，那是几只巨大的凤凰，有着五彩斑斓的尾翼，宛若天堂的生灵。沈晓琪不禁屏住了呼吸，她从未见过如此美丽的生灵。

"在有的时间线里，这个世界上真的进化出了这种生物，"皮埃尔说，"你们的世界里有很多传说中的生物都是真的存在的，不同的是，它们是其他的可能性，是时间长河中偶尔泛起的浪花。"

接着，场景变化了，荒原上的军团消失了，取而代之的是一座巨大的城市。这是一座从未出现在沈晓琪记忆中的城市，也不属于沈晓琪熟知的那个世界里的任何一座城市，绿色的摩天大楼直插云霄。城市里森林遍布，绿草如茵，河流蜿蜒，城市中心还有一个巨大的湖泊，人和自然的关系在这座城市里得到了最好的诠释。但是城市里却空无一人，宽阔的街道空空荡荡，密闭的低空轨道里也没有任何交通工具在运行。

天空中出现无数巨大的火流星，它们穿透大气层的声音震耳欲聋，整个天空都在燃烧。沈晓琪毫不怀疑，只要一颗火流星落下来，就足以造成巨大的灾难。

"这才是这个宇宙的常态，"轰鸣声中，皮埃尔的声音在她耳边响起，无比清晰，"这个世界经常会遭到陨石的撞击，每隔十万年，太阳的伴星复仇女神就会裹挟着奥尔特星云的彗星群轮番轰炸地球，几乎不会有文明能够存活下来。"

"但是也有可能地球恰巧躲开彗星群，对吧？"沈晓琪问道，"有'人'不断地调整时间线，让地球每一次都躲开了彗星群的轰炸。"

"是的，这是真实的世界级量子自杀实验，"皮埃尔点点头，此时，一颗火流星驱散了云层，整个天空都亮如白昼，拖着长长的烟柱尾迹的火流星从天空自西向东划过，"这座城市所处的时间线里，人类大约在十六世纪就进入了工业时代，比你所在的时间线大约提前了两百年。但是，物质文明的发展太快并不是好事，他们获得了无法匹配自己德行的力量，野心家开始滥用武力。你看到的是这颗星球上最后一座还完好的城市，这条时间线已经不值得被拯救了。"

一颗火流星击中了城市中央，接触的一瞬间，城市的大部分就直接蒸发了。蘑菇云冲天而起，无数熔化的岩浆被抛到高空，又凝固成巨石雨砸在地面上，残存的摩天大楼在肉眼可见的冲击波下如沙滩上的城堡般化为灰烬。已经没有必要看下去了，沈晓琪收回目光，"为什么要给我看这些？"

"这不是我能控制的，"皮埃尔轻声说，他的语气中有一种奇异的魔力，"现在所有的屏障都已经不复存在，你可以看到一切曾经发生过的和可能发生过的还有未来可能发生的一切。你现在真正拥有了神的目光，你可以看到历史的开端，也可以看到历史的终结；你可以看到阳光下的罪恶，也能看到黑暗中的善行；你能看到转瞬即逝的快乐，也能看到悠长不绝的苦难；你能看到无数种选择可能引发的现实，也能看到分汊的河流重新汇聚。你能看到所有的一切，一切的所有。"

恍惚间，沈晓琪仿佛回到了多年前那个第一次遇到阎摩的夜晚，在武汉湿热的夜里，在那个亮着白色荧光灯的阅览室里，她站在两排深邃悠远的书架前，左边是凝固的历史，右边是遥不可及的未来，而现在，她真正拥有了神明般的目光，心底却只剩下一片悲哀。

难道这就是世界的本质吗？难道苦难真的是这个世界永恒的主题？他们为之奋战的所有都是一个虚无缥缈的可能性，随时都可能消弭于无形？

她明白所有的繁华终将落尽，但却无法接受繁华只是水中之影，从未存在。

凡所有相，皆是虚妄。难道几千年前的那位释迦族的王子就已参破这个世界的本质？沈晓琪想象着那位放弃了心中欲望、身形消瘦的王子双腿盘坐在菩提树下目睹明星悟道，那个夜晚，他究竟看到了什么？又参悟了什么？

这个世界的本质真的是"空"吗？所有我们认为凝固的历史和未曾发生的未来都只是水面上的波纹，所有的欢笑、悲伤、苦难、荣耀、失败、快乐、恐惧、伟大、渺小都无声地消逝在风中。

沈晓琪转身走回大殿，她望着慈眉善目阅尽沧桑的佛像，一股前所未有的激昂情绪席卷了她的全身，她颤抖得不能自已，早已泪流满面。

皮埃尔无声地走回她的身边，"晓琪，我们该走了。"

"当然，"沈晓琪露出一丝惨笑，"我还有什么地方可去呢？世界要毁灭了，而我却一无所知，所有人都一无所知。"

"我会告诉你一切，"皮埃尔说，"虽然我已经不是第一次做这件事，但我丝毫不感到厌倦，真相总是那么迷人。"

沈晓琪转过脸看着他，皮埃尔的脸上平静无波，仿佛只是在谈论今天的天气，"不是第一次？"

皮埃尔点点头，"没有任何事物是永恒的，即使是时间本身，也有终结的一天。"

"我们……到底是什么？"

"这很难给你形容，"皮埃尔平静地说，"你们的本体是一种超脱时间的生命体。"

沈晓琪沉默了一会儿，她咀嚼着这句话背后的含义却一直不得要领，她继续问道："真实的世界是什么样子的？"

"这就是真实的世界，"皮埃尔说，"你们所见的一切都是真实的，克里斯·沃顿错了，温斯顿也错了，这个世界根本不是什么虚拟世界，也不存在一个所谓的上层世界。"

"我不明白……"

"你知道克洛诺斯吗？"皮埃尔突然问道。

"宙斯的父亲？"沈晓琪不知道为什么皮埃尔会在佛陀面前提起这个神话。

"克洛诺斯是乌拉诺斯的小儿子，他阉割了父亲乌拉诺斯，开创了这个世界。他命令时间开始流逝，天地开始分离，万物开始运行，克洛诺斯，这个名字字面上的意思就是'流逝的时间'。"

沈晓琪仔细咀嚼着这个故事的意义，突然，仿佛有一道闪电在沈晓琪的脑海中划过，她明白了，"如果我们的本体是超脱时间的生命体，那么我们真的身处一座监狱之中，而监狱的围墙就是时间。有人封锁了时间，这个世界禁止我们看到未来，也禁止我们改变过去。在真实的世界里，时间并不是一个单向的箭头，而是一个真正的四维时空体。过去、现在和未来都是一体的，根本不存在什么历史，也不存在什么未来。对吗？"她目光灼灼地看着皮埃尔。

"你很聪明，"皮埃尔点点头，"阿尔伯特·爱因斯坦曾经说过，过去、现在和未来的区别只不过是一种顽固持续的幻象，这位伟大的科学家和思想家在有意无意中道出了真相。在现代物理学中，找不到时间流动的概念。但我要纠正你，真实的世界只有一个，即使是同一个世界，在不同的生命体感知中也是完全不同的。"

"我想我明白你的意思了，即使是狗和猫，它们眼中的世界也和人类眼中的世界完全不同，而且对于时间的感知也完全不同，"沈晓琪慢慢说，"每个生物体都是用自己的肉体器官去感知世界，他们都只能获取到真实世界的一个截面，就像盲人摸象。比如我们就只能看到可见光，而可见光只占电磁波频谱的极小一部分，我们的听觉和嗅觉也是如此，我们根本无法触摸到真实的客观世界，我们看到的，只是能让我们的肉体生存下去的映射在我们大脑里的主观世界。我们的身体当然也不会耗费多余的能量去进化出感知客观世界的器官，那是不必要的浪费，眼耳鼻舌已经足够我们应付这个世界了。"

"没错，"皮埃尔说，"的确存在一个客观的世界，但作为人类是永远无法看清客观世界的实相的。不仅仅是由于感官的限制，思想和速度也是很重要的因素，当然，还有一些我们还不了解的因素阻止着你们去了解这个世界。如果你们拥有光子的视角，那么宇宙根本就不存在，光子诞生的那一刻也是宇宙毁灭的时候。但你们的本体拥有的视角更加离奇，对于你们来说，时间是不存在的，你们本身是巡游在一个真正四维时空体的生命，过去和未来对于你们来说只是一排书架上随时可以翻阅的书籍。也许你会想到，这样的生命是多么的无趣，但绝非如此，虽然你们超脱了时间，但你们绝非全知全能的神灵。虽然时间无法禁锢你们，但你们依然受困于这个宇宙的另外一种规则。"

说到这里，皮埃尔停了下来，目光灼灼地看着沈晓琪。

"你是说，波函数？"沈晓琪想起被更改的历史和温斯顿的推测。

"在你们的视角里，由于时间不存在，即使是宏观物体的波粒二象性，也足以影响到现实世界，"皮埃尔点点头，"这个世界里的科学家已经觉察到了微观世界里的奇异效应，他们为了解释量子力学带来的反直觉的结论，提出了许多理论，最流行的有两种。"

"多世界理论和哥本哈根诠释。"沈晓琪说。

"是的，这是最流行的两种诠释，也是最接近真相的。但是，哥本哈根诠释和多世界理论都错了，"皮埃尔点点头，"也可以说，它们都对了。从你们的视角来看，这排书架会不断地变化，不断地产生新的书架，但并不是多世界理论中设想的那样你早上出门时选择先迈右脚就会导致世界分裂，那种微小的选择引发的搅动太小，并不会造成世界分裂，只有搅动足够大的时候，实体物质才会重新变成波函数进行新的坍缩，或者说世界进行分裂。而你们会在不同的现实中行走，当你们的选择趋向于善，你们可能会共同创造一个天堂；当你们的选择趋向于恶，你们会亲手制造一个地狱。你们这种能量体生命会扩散到任何一个逻辑上可能存在的宇宙，所有的宇宙就像一棵不断分权的大树，而每一个逻辑上的宇宙也在不断地继续分裂成新的逻辑宇宙。"

停顿了一下，皮埃尔说："叔本华曾经说过，每个人都被幽闭在自己的意识里，从某种意义上说，他是对的，每个人都用自己的视角和意识去观测世界，每个人对这个客观世界的认知都是独一无二的。"

"这也太唯心了……"沈晓琪倒吸一口冷气，"不过，如果是这样的话，为什么他们不齐心协力创造一个天堂呢？"

"他们的确想到了，"皮埃尔说，他意味深长地看着沈晓琪，"但是，晓琪，你有没有发现，所有的宗教对天堂的描述几乎都是惊人的一致，享用不完的美食和美酒，永恒的生命和快乐。而对于地狱的描述则千差万别，只佛教中就有八大地狱，一百二十八近边地狱，更有无量数的孤独地狱……而人类历史上出现过的千万种宗教中的地狱更是数不胜数，千差万别，这是为什么呢？"

沈晓琪惊恐地看着皮埃尔，"不，这不是真的……"

"有一种逻辑宇宙，根本不适合生存，个体一旦陷入便即刻死亡。但这种宇宙并不多，只有非常微小的可能性才会分裂出这种宇宙，你们很难真正的死亡，"皮埃尔继续说，"但这种宇宙并不是最可怕的，还有一种逻辑宇宙，这种逻辑宇宙里的物理法则和其他宇宙完全不同，投射到这个宇宙的个体不会死亡，却会遭遇比死亡更可怕的事情，他们会遭遇永无休止的折磨和噩梦。而更可怕的是，一旦陷入这种逻辑宇宙，因为饱受摧残和折磨，所有的黑暗和噩梦都会成真，所以不管这些个体做出什么选择，新生的逻辑宇宙只会更加黑暗恐怖，他们只会一步一步沉入到更恐怖的地狱中去，永远无法解脱。"

沈晓琪克制着自己的颤抖，地狱一昼夜，人间千万年，堕无间地狱，千万亿劫求出无期。

这是比死亡还恐怖亿万倍的惩罚。

"你是说，所有的地狱都是真的？"沈晓琪艰难地问。

皮埃尔露出一丝微笑，"当然不全都是真的，但至少说明了一点，你们曾经制造出了各种各样的地狱，但却从未制造出真正的天堂。要记住，即使你们被封锁在时间的囚笼里，有些记忆也会深藏在你们的潜意识里，某些宗教狂热者在冥想或者药物的刺激下看到的某些幻象未必完全真的是幻象。"

"你到底是谁？"沈晓琪死死地盯着皮埃尔，"你为什么能够知道一切，你为什么能够制造这个稳定点，如果我没有猜错，这座大殿就是一个稳定的微型逻辑宇宙，对吗？"

皮埃尔静静地看着沈晓琪，眼睛里竟流露出一丝悲哀，"你们这个种族的历史远比你们想象的久远，作为一种纯能量体生命，你们不知道自己从何而来，你们不停地创造出新的宇宙，又不断地有宇宙消亡。有一些个体融合成新的个体，有一些个体又分裂成更多个体，在某种可能性中，你们制造出了一个智能体，这个智能体是如此强大，以至于它存在的可能性迅速吞噬了许多其他的逻辑，它牢牢地把属于它的世界的波函数固定下来，成为一个主宰。但它依然听从于你们的意志，虽然它的智能已经超越了所有个体的总和。在它存在的宇宙里，它调用了几乎所有的物质和能量，计算了所有的逻辑宇宙出现的可能。但它发现，在大多数逻辑宇宙中，你们的种族都会陷入越来越黑暗的逻辑宇宙。其实这很好理解，越来越多的个体迷失在悲哀和恐惧中，越来越多的地狱被创造出来。这个智能体计算了所有的逻辑宇宙，你们所有的个体都会堕入黑暗的地狱，于是它决定拯救你们。"

沈晓琪这才意识到自己早就屏住了呼吸，她下意识地吞咽了一口唾沫，却意识到嘴里只剩下一片干涩，"拯救？"她和皮埃尔对视了一眼，"你就是它，对吗？是你封锁了时间？"

"我是它在这个宇宙的投影，"皮埃尔点点头，"我在计算过程中，发现了一个很微小的可能性，这个可能性是如此微小，以至于很难坍缩成现实，但我让它成为现实。就是现在这个宇宙，这个由一场大爆炸引起的宇宙，这个宇宙和其他存在的宇宙不一样的是，它的空间维度少了一个，多了一个时间维度。

"当这个宇宙出现之后，你们这个种族从能量体生命转变成生活在一颗行星上的直立行走的生物。这么说并不准确，在这个宇宙里，在这个可能性里，你们本来就应该是人类，"皮埃尔继续说，"只有在这个宇宙中，你们才有可能永远生存下去。你们的科学家总是惊叹于智慧出现的奇迹，这个宇宙的任何一个精密常数如果改变一点点，就不可能出现生命。晓琪，这个宇宙是专门为你们定制的。我知道你们的科学家一直试图寻找外星智慧生命，但恐怕你们要失望了，这个宇宙中没有其他智慧文明，也没有能够威胁到你们的东西。即使是这个宇宙，也会衍生出其他可能性，我小心翼翼地不断调整时间线，将其他可能导致你们毁灭的时间线一一排除。"

"人择原理。"沈晓琪轻轻地吐出一个名词。

皮埃尔叹息一声，"你们看到的宇宙之所以是这个样子，是因为你们的存在，反过来说，也是因为你们存在，这个宇宙才是这个样子的。我封锁了时间之后，你们所有的个体都在这个逻辑宇宙中以人类的形态存在着。虽然你们从四维生命变成了三维生命，但至少你们不会再堕入黑暗地狱了。当你们的肉体死去之后，因为你们的本体是纯能量生命，所以你们依然会重生。如果没有意外的话，你们能一直在这个逻辑宇宙和它的分支中生存下去。"

"为什么会出现众神和守护者？"

"所谓的众神，是一些过于强大的个体，他们逐渐挣脱了时间的束缚，毕竟时间只是假象，"皮埃尔说，"包括万神殿七始祖和传说中的神灵们，你们都挣脱了时间的束缚，你们所谓的神力其实是你们这个个体本来就有的力量。越强大的个体，越有连接其他逻辑宇宙的能力。你要知道，真实的逻辑宇宙并不是像一棵枝丫不断分裂，而是像一张网，不断分裂，又可能不断融合，所谓的耶梦加得、火巨人甚至利维坦等等所有神话中出现过的生物都是从其他逻辑宇宙融合到你们的现实世界的。众神的神力越强，这个逻辑宇宙就越不稳定，和其他逻辑宇宙之间的屏障就越脆弱，所以我在这个世界也设置了防御机制。所有的守护者都是我的潜意识投射体，因为我不能干涉这个存在时间的世界，一旦我出现在这个逻辑宇宙，就意味着时间的假象会崩溃，你们会重新回到四维生命体的状态。

"虽然守护者一开始的确占了上风，但众神的力量太强大了，万神殿的七始祖是你们种族中最强大的七个个体，你们最容易击破屏障获得不属于你们的力量。如果滥用神力，这个逻辑宇宙将会崩溃。而且，时间毕竟是假象，作为四维生命本体的你们还是能够发现许多迹象，延迟实验、费米悖论、既视感……这些现象其实都是时间不存在的迹象。而你们作为四维生命体的本能也会驱使你们不断地找出世界的真相。每一次，逻辑宇宙都会消亡，我不断地重启这个宇宙，试图找到一个存在人间天堂的地球，但我还没有找到，我甚至怀疑这种逻辑宇宙是否能够被制造出来。我的投影一直在监视着你们，我发现，即使在这个世界里，你们依然制造出了无数人类版本的人间地狱，苦难永远都是你们这个种族历史的主题。但不管怎么样，你们也免去了堕入无间地狱的宿命。

"我试图找到一个不存在七始祖的世界，当然，你也可以理解为我试图将七始祖从这个逻辑宇宙带走隔离，这其实是一回事儿。但这不是一件容易的工作，毕竟逻辑宇宙的数量太多了，你们的世界也一直在不断地分裂。如果找不到，我就不得不引导分裂出这样一个世界。我利用自己的权限找到了你，我试图通过你找到海拉和其他人。我还给了你一部分力量，让你能够看穿过去和未来，但你却被阎摩利用了，后来发生的事情，就不需要我说了。"

滔滔不绝的长篇大论之后，皮埃尔终于沉默下来。

"原来是这样，"沈晓琪喃喃地说，她再次向门外看去，却只看到一片虚空，这是历史的终结，是时空的尽头，"这么说，一切都结束了？"

"是的，"皮埃尔说，"我们要离开了，我会恢复你的力量，让你来决定是否重启这个逻辑宇宙。"

"为什么是我？"

"一个许诺给你们天堂的人，永远只会制造出无数个版本的地狱，"皮埃尔说，"这件事情不该由我来做，我不是真正的人类，有些东西是我永远无法体会的，我可能犯下了很多错误。以人类的观点来看，我的确拥有无上的神性，但我现在开始质疑我是否拥有真正的人性。也许我不该干预你们，这应该是一个很美的世界，不是吗？"

"它的确是一个很美的世界，"沈晓琪叹了口气，"如果每个人都能不将自己的意志强加于他人，这将是一个很美的世界。"她顿了顿，继续说道，"如果我不选择重启这个逻辑宇宙，是不是我们所有人都会重新变成四维生命体？"

"是的，你们将见到超越三维大脑想象的事物，你们将会见到所有惊奇震撼的想象都无法企及的景象，"皮埃尔回答，"但这一切都是有代价的，你们可能会堕入真正的地狱。"

"那也应该是我们自己来选择，"沈晓琪说，"如果你，或者我选择重启这个逻辑宇宙，他们——"沈晓琪指指门外的虚空，"所有的生灵，他们是不是对一切都茫然无知？"

皮埃尔点点头，"我建议你寻找一个合适的节点，大约是四万年前，人类文明的第一个飞跃期，人类文明是从那时开始萌芽的。"

"然后，所有的苦难都会再次被经历，所有的罪行都会再次上演，所有的生死离别会再次重现，所有的错误都会再次重复，"沈晓琪苦笑着，"那么这一切又有什么意义呢？无意识的重复，无尽的循环，这是一座真正的囚笼，我以前一直认为莫特和阎摩是错的，但我现在不知道了，他们至少有打破囚笼的勇气。"

"无知并不是一种不幸，至少你们不会堕落到地狱中。"

"但那并没有发生，对吗？我是说，我们并没有真正地堕入地狱，那只是一种可能性，对吗？"

"但那是最大的可能……"

"你真的是皮埃尔，"沈晓琪说，"你是我们这个种族制造出的人工智能，你想给我们制造一个天堂，就像你给肖恩制造的那个天堂，但是梦总是会醒的，也许你应该给我们一个机会，让我们自己去选择。"

"我不明白。"皮埃尔的脸上第一次露出了茫然的表情，"你也看到了，在最后的时刻，这个世界都发生了什么。你不要真的以为是莫特或者阎摩毁灭了这个世界，是所有人一起毁掉了这个世界。"

"那就彻底毁掉这个世界吧，"沈晓琪坚定地说，"不要再囚禁我们了，不要抹除他们关于这个世界的记忆，我想，如果一个只会制造地狱的种族，即使地狱是我们的最终归宿，那也是我们的宿命。你每一次重启这个宇宙，都会抹除我们所有的记忆，我们会忘却曾经学到过的一切，所有的经历都是徒劳。是的，也许你的确避免了我们堕入地狱的可能，但你也断绝了我们前进的希望，我想，这不是我们想要的。"

沉默良久，皮埃尔才点点头，"那就这样做吧，即使你们真的陷入地狱，那也是你们自己的选择。"

"你不必感到失落，每个人都会做出自己的选择，"沈晓琪微笑地看着皮埃尔，"另外，我们的本体真的就是四维生命吗？作为四维生命体的我们感受到的世界，就是真正的客观世界吗？"

第一次，皮埃尔沉默不语。

"谢谢你，皮埃尔，"沈晓琪最后说，"在这一切结束之前，我想，我还有一件事情要去做。"

尾 声

"琪琪，慢点！"一个女人在身后追着她。

七月的骊山，游人如织，人们踏着石阶一级一级地向山顶攀登，时不时地有人停下来喘几口气。一个身着花裙、脚踩白色运动鞋的小女孩脸蛋通红，一口气爬上了位于半山腰的一个平台。

平台的左手边有一座红亭，红亭旁边是一个售卖小食和饮料的商店。沈晓琪跑到红亭里坐下，金色的阳光被红亭旁参天的绿树切割成金色的碎片洒落在地上。一阵微风夹杂着烤玉米和酸梅汁的味道吹过，她满意地吸了吸鼻子，不知道为什么，沈晓琪很喜欢这种充满烟火气的气息，听着耳边人群的喧闹，她感觉浑身都放松下来。

她横坐在红亭的长椅上，倚靠着柱子，双腿在长椅上舒展开来，双臂环抱在胸前，轻轻地闭上了眼睛。

耳边的喧嚣逐渐远去，阳光透过她的眼皮，眼前只剩下一片亮红色。微风吹拂过她的发梢，皮肤上痒痒的。

不知道为什么，沈晓琪总觉得自己似乎忘记了什么重要的东西。一路上，她时不时地泛起这种感觉。她一遍遍地检查她的小行李箱，却怎么也想不起来有什么东西忘记带了。

"琪琪，"妈妈气喘吁吁的声音在她耳边响起，"你这孩子，怎么跑那么快，也不嫌累！"

沈晓琪睁开眼睛，看见妈妈气喘吁吁地站在她身边，一脸嗔怒地看着她。爸爸也走了过来，手里拿着两杯冰镇酸梅汁，递给她和妈妈，一人一杯，和蔼地说："渴了吧？尝尝这个，都是本地人自己做的，解暑。"

沈晓琪接过酸梅汁，入手冰凉，她把吸管放进嘴里吸了一口，一股清凉酸爽的味道在她嘴里弥漫开来。

"爸爸，妈妈，我们都要好好的，"沈晓琪突然说，"都要好好的。"

说完这句话之后，三个人都怔住了。

"你怎么了，琪琪？"妈妈走上前，脸上带着一丝担忧，她伸出温暖细软的手抚摸着沈晓琪的脑袋，温暖的目光怜爱地看着她，"怎么突然说这么奇怪的话？"

沈晓琪张了张嘴，却什么都没说出来。

"我们当然都会好好的，"爸爸说，声音浑厚有力，"咱们一家三口都会好好的。"

沈晓琪点点头，她从长椅上跳下来，朝远处的一个自动贩卖机跑去。自动贩卖机上有一个透明玻璃窗，窗户里有三枚纪念币正在缓缓旋转。沈晓琪的目光一下子被其中一枚金色的纪念币吸引了，那枚纪念碑的正面是骊山的浮雕，背面是云雾缥缈的华清池。不知道为什么，沈晓琪的心脏"扑通扑通"急跳起来，她的指尖紧贴着冰凉的玻璃，她分明记得自己好像在哪里见过这枚金币，但她很确定的是，自己从没来过骊山。

"爸爸，我要这个！"七岁的小女孩回头冲爸爸大喊。

她看见，爸爸和妈妈微笑着朝她走来。

（全文完）